JN307536

二 見 文 庫

幻 影

キャサリン・コールター／林 啓恵＝訳

Double Take
by
Catherine Coulter

わたしの美しい姉ダイアンと、姉の新しい夫ラリー・ホートンへ。
ふたりが溢《あふ》れんばかりの幸福に包まれますように。

キャサリン

幻　影

登　場　人　物　紹　介

ジュリア・ランサム	サンフランシスコに住む未亡人
オーガスト・ランサム	ジュリアの亡夫。霊能者
チェイニー・ストーン	FBIサンフランシスコ支局特別捜査官
ディロン・サビッチ	FBI犯罪分析課チーフ
レーシー・シャーロック	FBI犯罪分析課特別捜査官。ディロンの妻
ディクソン(ディックス)・ノーブル	バージニア州マエストロの保安官
クリスティ・ノーブル	失踪したディクソンの妻
ルース・ワーネッキ	FBI犯罪分析課特別捜査官
チャップマン(チャッピー)・ホルコム	ディクソンの義父
トマス・パラック	サンフランシスコの実業家
シャーロット・パラック	トマスの妻
デビッド・カルディコット	シャーロットの弟。バイオリニスト
シャーロック判事夫妻	レーシーの両親
フランク・ポーレット	サンフランシスコ市警察本部の警部
ウォーレス・タマーレイン ベブリン・ワグナー キャサリン・ゴールデン ソルダン・マイセン	霊能者
コートニー・ジェームズ	アッティカの刑務所に服役する囚人

1

サンフランシスコ
木曜日の夜

ジュリアは口笛を吹いていた。長らく忘れていた幸福感に久々に包まれて、いい気分だった。ついに警官たちから解放され、テレビ局も視聴率を落とさないためにより刺激のある新しい話題に移った。そして、茂みや車や木陰にひそんでいた卑劣なパパラッチたち。なかにはゴミ缶の陰で、ジュリアを見張っていたやからまでいた。なんのためにそんなことをするのか。恋人との密会写真を〈ナショナルエンクワイアラー〉に売って大金を稼ぎたかったのか、あるいはジュリアが木の幹に〝わたしが殺しました〟と書くのを待っていたのか。そんな彼らも、半年にわたる執拗《しつよう》な取材の末、そのうとましいカメラをジュリアより興味深い被写体である映画俳優や芸能人に向けなおした。いや、彼らの興味はジュリアではなく、夫のドクター・オーガスト・ランサムにあった。マスコミを引き寄せる磁石は夫であって、ジュリアではない。マスコミにとって彼女はかりそめの気晴らしにすぎず、広く世に知られた霊媒師であった夫を——死者と話すことのできた男を——殺した可能性の高い邪悪な未亡人として扱われていた。

やっと自由になれた。

パシフィックヘイツにある自宅からどれくらい歩いてきたかわからないけれど、気がつくとサンフランシスコ湾の三十九番埠頭《ふとう》をそぞろ歩いていた。観光施設の集まったここには、店舗が立ちならび、顔を白塗りにした芸達者な大道芸人が集まり、アシカが住みつき、そのすべてがフィッシャーマンズウォーフの目と鼻の先にある。抜群においしいファッジの店に立ち寄ったジュリアは、いま三十九番埠頭の西側の手すりを前にしてクルミ入りのファッジをゆっくりと嚙みしめながら、埠頭の隣にある平らな木製のはしけに寝そべる数十頭のアシカを見ていた。人びとの話し声が聞こえてくる。笑い声。冗談を飛ばし、言い争いをしている。子どもたちを脅したり、なだめすかしたりする親たちの声。そうした声のすべてが日常を感じさせた——なんていい気分なんだろう。四月のサンフランシスコにもかかわらず、五月に花を咲かせるための雨は降っていない。美しい蜘蛛《くも》の巣のような霧がゴールデンゲートブリッジを通って流れこんでくる。驚くのは空気にまで四月に特有の霧のにおいがあること。清々《すがすが》しくてぴりっとしていて、軽い湿り気とわずかな刺激を運んでくる。

のんびりと埠頭の突端まで歩を進め、アルカトラズ島が浮かぶ海面を見やった。実際は島までさほど距離はないけれど、海流が激しく、水は凍りつくほど冷たいので、泳げば命にかかわる。

ふり返ったジュリアは、両肘を手すりについて、熱心に人を眺めはじめた。埠頭の突端までやってくる人は多くない。明かりが点々と灯《とも》ってきた。急速に気温が下がってきているけれど、ごつい革のジャケットを着ているので寒さは感じなかった。これはボストンで大学に通っていたときにガレージセールで手に入れたジャケットで、いまもいちばんのお気に入りだった。これを着ているのを見ると、オーガストは苦々《にがにが》しげでありながらおもしろがっているような顔をしたものだ。彼を傷つけたくなかったので、そのジャケットを着ると若いころのジュリア、頭も心もはつらつとしたむかしの自分に戻るような気がすることは、彼には一度も言わなかった。だが、いまここにそのオーガストはいない。若返ったように心が晴ればれとして、自由に漂いだしたような気分だった。

どれくらいそうしていたのかわからない。だが、ふいに人の声の代わりに静けさが耳をつき、そこらじゅうに明かりがついていた。ホテルに戻らなかった数少ない観光客が、近くにある五、六軒のレストランのどれかに入っていく。ジュリアは腕時計を見た。あと少しで七時半になる。〈ファウンテンクラブ〉で八時に夕食の約束をしていたのを思いだした。相手はウォーレス・タマーレイン。三十年前に霊能業界に入ろうと決めたとき、自分でつけた名前だと聞いている。ジュリアはオーガストと長いつきあいだったウォーレスから、亡くなった夫は〝天福《ザ・ブリス》〟に迎え入れられて、誰に殺されたか知らないまま、そのことを気にしてもいないと何度となく聞かされた。いまは幸せにしているし、これからもきみを見守ってくれるよ、と。

ジュリアはその言葉を受け入れた。詰まるところウォーレスは夫の友人であり、夫がそうであったように彼も〝本物〟だからだ。だが、オーガストがいわゆる霊媒師の多くを嘲笑《ちょうしょう》していたのも、また事実だった。夫は彼らの芸の達者さに感心しつつ、その滑稽《こっけい》なふるまいにあきれて首を振ったものだ。では、わたしはなにを信じているのか？　ジュリアは世間の多くの人と同じように、世の中には特殊な能力を持った人がいて、死者と話ができると信じていた。そしてオーガストがそんな人物のひとりであることは確信していたけれど、夫のような能力を持つ人はごく少数にすぎない。夫と過ごした日々のなかで、おおぜいの偽物に会ってきた。そんな連中たちは、亡くなった愛する人は誰も彼も、その死に方いかんにかかわらず、死後の世界で幸福に暮らし、心静かに満ち足りて、ずっとむかしに死んだペットとまで再会しているとしか言わないようだ。だが、ジュリアは口出しを控えつつも、疑問に思わずにいられなかった。オーガストはほんとうに〝天福〟で幸せにやっていて、彼を殺した人間を罰したいと思っていないのか。それでいいのか。ジュリアには耐えられなかった。そこで殺人犯を見つけてもらえないかと夫の友人や霊媒師仲間に頼んでみたが、残念ながら、その能力のある人間はいなかった。それは警察から唯一の重要参考人として疑いがかけられているジュリアにとって、不運なことだった。

オーガストにその能力があったかどうかは知らないが、テレビに登場する霊能者たちは殺人犯の風貌を描きだし、その存在を感じて、誰をどうやって殺したかを告げ、犯人の追跡に協力して、ときには死者と言葉まで交わす。彼らのなかに本物がいるのかどうか、ジュリアにはわからなかった。

誰に殺されたの、オーガスト？　誰に？　どうして？　それもまたひとつの疑問として頭のなかに残されている。そう、どうして夫は殺されなければならなかったのか。

オーガストの死後、彼の弁護士であるザイオン・レフトビッツが電話してきて、留守番電話にメッセージを残していった。オーガストの不動産はとても貴重で、あなたにはそれを管理する重大な責任がある、と。いまのジュリアには、その不動産もそれほど確固たるものでないのがわかっている。

つねに義務はついてまわる。少なくとも、人生の八割はそんなものに占められている。ほんとうはウォーレスと食事などしたくない。ウォーレスから慰められるのも、夫が安らかに眠っていると聞かされるのも、うんざりだった。そのあとは避けようもなくウォーレスの自慢話につきあわなければならない。とうのむかしに亡くなった市長の祖父と交信できたと聞かされるかもしれない。そんなことを聞かされても、いまの幸福感が損なわれるだけだ。

「すみません、マダム。あそこに見えるのがアルカトラズですか？」

ジュリアがふり返ると、長身の黒人男性がすぐそばから笑顔でこちらを見おろしていた。がっちりとした顔に眼鏡をかけ、ベルトつきのロングコートを着ている。

ジュリアは笑顔で彼を見あげた。「ええ、そうよ」

「明日、行ってみるつもりです。でも、今夜は――サウサリート行きのつぎのフェリーの出航時刻をご存じですか?」

「知らないけど、それほど待たないはずよ。時刻表ならあそこの建物の脇《わき》にあるわ。三十九番埠頭から五分もかからない――」体をねじって指さしたとき、男のこぶしが顎に飛んできて、背中から木の手すりに倒れかかった。視界に星が飛び交い、そのあと男の手に銀色のなにかが見えた。鋭利ななにか――どうしよう、ナイフだ。なぜなの? だが恐怖に喉を締めつけられて、言葉が出てこない。ジュリアは銀色の切っ先に目を奪われていた。

大きな声がした。「FBIだ! そこまでだ。いますぐ彼女から離れないと、撃つぞ!」

ナイフを持った男は動きを止めると、悪態をついた。ジュリアを持ちあげて、手すりの向こうに投げ捨てた。ジュリアは凍りつくほど冷たい海水に浸《つ》かり、黒い岩の上を転がり落ちた。尖《とが》った岩が短剣のように体に刺さる。立ちあがりたいけれど、もはや悪あがきにすぎないと瞬時に悟った。このままただ落ちるしかない。あの声は――アシカの鳴き声? それとも人の叫び声? もはや関係のないことだ。どうせ岩だらけの湾底まで転がって海中に沈んだら、すべてが闇に包まれてしまうのだから。最後にジュリアの脳裏をかすめたのは、これでもう二度と幸福感を味わえないという思いだった。

2

強くリズミカルに胸を押されている。けれど、馬乗りにはされていない。と、誰かの唇が唇におおいかぶさってきて、暖かな空気が吹き入れられ、その空気に満たされた。奇妙な感覚だけれど、ふいにどうでもよくなった。意識が遠のいていく。

鋭い男の声が顔に浴びせかけられた。「気を失うな！　聞《き》こえるか？　いますぐ戻ってこい！　湾から助けだすだけでもひと苦労だったんだぞ。梯子《はしご》ひとつ近くになかった。ふたりして溺《おぼ》れてもおかしくなかったんだから、いまさらひとりで行くな！」

一度、二度と頰を平手打ちされて、痛烈な痛みが走る。続いてふたたび胸を押されると、意識が戻ってきた。ただでさえ強い圧迫感がさらに強くなり、そのたびに激しい衝撃が背骨にまで響いた。

「さあ、戻ってこい！　頼むから、息をしてくれ！」

また唇が重ねられて息が吹きこまれ、歓迎すべき熱が体の奥まで届いた。体は凍えるほど冷えきっているけれど、ふいごを使ったように熱い吐息が入ってくる。そして突然、ジュリアはその熱を求めた。夢中で熱を吸いこんだ。

さっきの男の声がして、こんどは頰に吐息を感じる。男はくり返した。「そうだ、それでいい、さあ戻ってこい。きみならできる！　あきらめるな！」

「もっと」ジュリアはささやいた。声が出ているかどうかわからなかった。うつぶせにされて、男からこぶしで背中を叩かれた。口から水が吹きだすと、すかさず横向きにされた。ジュリアは肩を上下させて必死に息をした。泣きたいほど寒いけれど、男から手首で背中を強打され、ごぼっと水を吐きだした。やがて水はいきおいを失い、顎を伝った。

苦しげに息をしながら、かすれ声で言った。「アシカの鳴き声はもうやんだのね」

背中を叩いていた手が止まった。男が言った。「ああ。今日は連中もそろそろ店じまいだ。もう少し我慢しろよ」リズムをつけて背中をさすられると、また大きく激しい咳が出て、さらに水を吐きだした。いったいどこにこれほどの水が入っていたのだろう？

水が出てこなくなると、男に上体を起こされ、膝のあいだに頭を伏せさせられた。必死に息をした。どうにも震えが止まらなかった。

「よし、いいぞ、そのまま呼吸するんだ」男は言うと、革のジャケットを脱がせ、代わりに厚地のスポーツコートでくるんでくれた。

ジュリアはしゃっくりをしながら言った。「わたしのジャケット。かわいそうなことになっちゃったわ。ボストン大学の二年生のときから、ずっと愛用してたのに」

「どうせぼろぼろだから、どうってことないさ。多少の水ぐらいなんだ。それより、聞いてくれ。おれが〈クラブハウス〉から出てきたら、男がきみの顎を殴るのが見えた――そのあとナイフを持ってるのに気づいて、おれは大声をあげた。男は時間がないと察して、きみを手すりから海に落とした。そうしておけば追われないですむ、おれがすぐにきみの救出にあたり、きみを海から助けださなきゃならないとわかっていたからだ。実際、おれは発砲すらできなかった。その時間がなかったんだ」

「あなたが発砲？　どういうことなの？」

闇のなかから別の男の声がした。「おい、チェイニー、ぼくは一瞬たりときみたちから目を離せないのか？　ジューンはどこだ？　彼女は一服するため、きみは彼女を連れ戻すために外に出たはずだろ？　いったいどうしたんだ？　この人は？」

男は駆け寄ってくると、ふたりの傍らにしゃがみこみ、彼女の顔をのぞきこんだ。呆気《あっけ》にとられたような顔をしている。「なにがあったんだ？　自殺未遂か？」

尋ねられているのは、ジュリアを助けてくれたチェイニーとかいう男だが、さいわい命のあったジュリアが代わりに質問に答えた。「いいえ、わたしが男に殴られたんです。その男はわたしを片付ける時間がないと判断すると、手すりからわたしを海に投げ入れたんです。あっという間の出来事で、どうすることもできませんでした。彼、チェイニーがその男を止めてくれたおかげで、命拾いしました」言葉を切り、いたずらっぽい笑みを浮かべて彼を見た。「変わった名前だけれど、変わった名前には慣れてるわ。わたしの名前は変わってなくて、ありふれてるけど」

「きみの名は？」

「ジュリア」

チェイニーはにこりとして、背中をさすりつづけた。「ありふれてるってほどじゃないさ」

もうひとりの男からおかしなものでも見るような目つきで見られたけれど、ジュリアはさして気にしなかった。重い疲労を感じるまま、チェイニーの手にもたれかかった。「顎が痛くて、頭のなかで爆発が起きたみたい」

「そりゃそうだろうな」チェイニーは応じた。「おい、おい、まだ寝るなよ。さあ起きあがって。きみならできる」ふたたび彼女の上体を起こして、さらに何度か背中を叩いた。ありがたいことに、もうなにも出てこなかった。「これでいい。もう体内に水は残ってない。落ち着けよ、ジュリア。きみはもうだいじょうぶだ」ジュリアの両腕をつかんで、揺さぶる。

「もうひとがんばりしないとな。さあ、起きろ！」

ジュリアは目を開いて叫んだ。「乱暴にしないで！　頭が取れちゃうわ」

チェイニーが揺さぶるのをやめた。「わかったよ。でも、また気を失おうとしたら、ぶっ叩くからな」

そのとき女の声がした。「チェイニー？　マニー？　なにがあったの？　タバコを吸いおわってなかに戻ったら、ふたりともいないんだもの。リンダは、マニーがあなたを捜しに出たと言ってたわ、チェイニー。料理が運ばれてきたから、なかに戻って。え？　なんなの？」

　チェイニーはジュリアを引きあげつつ、ゆっくりと立ちあがると、彼女が顔から転がらないように脇に抱えこんだ。それでもまだ危なそうだったので、腕に抱きあげた。「ごめんよ、ジューン。これも仕事のうちだと思ってくれ。きみとマニーは店に戻って、チョッピーノを楽しんでくれ。〈クラブハウス〉特製のシーフードシチューで、サンフランシスコ一の味だからな。これはおれの仕事だから、投げだすわけにはいかないんだ。また電話するよ」

「わたしは〝仕事〟じゃないわ、ジュリアよ」

「ああ、わかってるよ」

「いま何時なの？」

「もうすぐ八時だ」

「いけない。ウォーレスと食事の約束があるの」

　ジューンが言った。「この人、なにを言ってるの？　ジュリアって名前なの？　あなた、びしょ濡れよ、チェイニー。この人は誰でなにが――」

　マニーが口をはさんだ。「チェイニー、ぼくが911に電話しようか？」

「いや。きみはなかに戻って、みんなを楽しませてくれ。電話はおれがする。悪いな、ジューン。明日電話するよ」チェイニーは、やけにおとなしくなった腕のなかの女が凍え死なないことを祈った。せっかく命からがら救いだして、ウールのスポーツコートにくるんでやったのだから。

マニーが言った。「ぼくたちの税金が有効に使われる現場を目撃したわけだな。行こう、ジューン。チェイニー、感動の救出場面を目撃できて楽しかったよ。明日電話でなにがあったか教えてくれ」

チェイニーはマニーにうなずきかけながら、携帯電話を取りだして、911を押した。

「救急車を一台、三十九番埠頭に――」

ジュリアのなかで、ふいにその言葉が意味をなした。残る力をかき集めて、彼の濡れたシャツの襟をつかんだ。「お願い、お願いだから、病院はやめて。救命士も、医者もいやなの。わたしの願いを聞いて、チェイニー――」

「なあ、ジュリア、きみは――」

「病院に連れてったら、わたし、死ぬから」

その声に切迫感を聞き取って、チェイニーは携帯電話を閉じた。「わかった、病院はやめよう。で、どうする？　家はどこだ？」

彼女は言い渋っていた。

チェイニーがふと周囲に目をやると、観光客が何人か自分たちを遠巻きにしていた。こちらを見て、なにかを話している。「ずいぶんな扱いだな。おれがきみを助けたのに、きみは怖がって家を教えようとしない。せめて名字くらい教えてくれないか、ジュリア?」

ジュリアは首を振りかけたけれど、それすら億劫《おっくう》で、ぼそりと言った。「ジュリア……ジョーンズ」

「ふうん、そうか。おれが信じるとでも思ってるのか? 住所を教えないと、このままサンフランシスコ総合病院に運ぶぞ」

ジュリアは住所を告げた。強い恐怖心が鋭く胸を刺した。顎がずきずきして、突然体のあちこちがひどく痛みだした。そんななか、彼のコートにくるまれていることが救いだった。

「あなたのすてきなコートを台無しにしないといいんだけど。すごく上質なウールね」

「きみの革ジャケットと同じで、幾多の困難を乗り越えてきてる」

チェイニーは濡れた革ジャケットをコートの上にかけると、大股で三十九番埠頭の入り口に向かいながら、彼女を揺さぶっては、話しかけた。「寝るんじゃないぞ。頼むから」

そこまで馬鹿じゃないわという声が聞こえたような気がしたけれど、ほんとうに聞いたのかどうかはわからなかった。

3

三十九番埠頭にある店はあらかた閉店して暗く、観光客もまばらだった。ふたりの子どもを連れた女が近づいてきて、できることはあるかと尋ねてくれた。

「いや、だいじょうぶです。ありがとう」

「親切な人ね」ジュリアは言い、遠ざかる自分たちを見ている女に向かってうなずきかけた。チェイニーはうめいた。ずぶ濡れで寒く、きれいに磨いた革のブーツが水を含んで鳴っている。彼女の頭が肩に転がった。

「起きろ！」

「わかってるわよ」くぐもった声。「なぜあなたのコートは濡れてないの？」

「おれは賢いから、コートと拳銃と財布と携帯を埠頭に投げ捨ててから、きみを追って飛びこんだんだ」

駐車場の係員とひと悶着《もんちやく》あって、十分ほどかかった。三十九番埠頭に引き返して駐車券を取ってくれば、高い駐車料金を払わなくていいと言われたのだ。そのあと、車をロンバー

ド へ向け、フィルモアにのぼって、右に折れてブロードウェイに入った。そこで彼女が言った。「あそこ、あの左側にある家、明かりのついてない家よ」チェイニーは大邸宅の私道に車を入れた。大邸宅としか表現のしようのない、びっくりするほど美しいレンガ造りの三階建てだった。両側に鬱蒼《うっそう》とした茂みがあり、淡い色のレンガの外壁にはツタが絡んでいる。チェイニーは車三台分の幅のあるがらんとした私道に車を停めた。クリーニングした衣類を受け取ろうにも、異様なほど駐車スペースを探すのが困難なサンフランシスコにあっては、驚くべきことだった。この邸宅なら、どの窓からもすばらしい景色が望めるはずだ。

「すごい下宿だな」チェイニーは言った。

この間、彼女とずっと話をしてきた。いや、ほぼ一方的に話しかけていたのだが、彼女がときおりぼそぼそと返事をするので、意識があることはわかっていた。車のヒーターは最大出力になっているのに、いまだに濡れた服から蒸気が上がらないのが不思議だった。彼女を自宅に送り届けるのが馬鹿げた行為なのはわかっている。とはいえ、治療が必要なようなら、貸しのある医者がいる。クワンティコでディロン・サビッチから教わったことをつねに念頭に置いているからだ。いつ借金を取りたてる必要が生じるかわからないから、医者には貸しをつくっておかなければならない。たぶんいまがその時なのだろう。彼女はヒーターを最大にした車内でスポーツコートにくるまれているにもかかわらず、がたがたと震えていた。

「バッグはないんだな」チェイニーは言った。

「持ってなかったの。鍵を二十ドル札にくるんで、ポケットに入れておいたから」

チェイニーは濡れた革ジャケットの両ポケットを探り、濡れてくしゃくしゃになったティッシュを取りだした。「ないぞ。どうやってきみの家に入ったらいいんだ？」

ジュリアが思案顔になる。チェイニーは少し待って、もう一度尋ねた。「いま考えてること」答える彼女の声はあやふやだった。それでチェイニーも心配になり、この穏やかな木曜の夜、サウサリートでレジャーボートに乗っているドクター・ベン・ブリースのことを思い浮かべた。

チェイニーは彼女の肩をつかんで、強く揺さぶった。

「どうやって家に入ったらいいんだ、ジュリア？」

彼女はひと息に答えた。「玄関の扉からふたつめのパンジーの鉢の底に鍵があるわ」

「そりゃまたずいぶんと気の利いた隠し場所だな」チェイニーは天を仰いだ。

「いいから探して」彼女がつけつけと言い返した。

チェイニーは笑顔を返した。彼女の意識がはっきりしてきている。

鮮やかな紫色のパンジーがいっぱいに花をつけた十八センチの鉢の底まで指を突っこんで、いまいましい鍵を見つけるのに、少なくとも三分はかかった。そのあと、本来はとても上質な黒いウールのズボンで鍵を拭《ふ》かなければならなかった。はじめてのデートだというので、クロゼットの奥から二カ月ぶりに引っぱりだしたズボンだ。ジューン・カニングは、太平洋岸証券取引所で株式仲買人として働く、とてもすてきな女性だったのに。ため息が口をついて出た。とはいえ、いまどき喫煙しているような女と外でディナーをとりたい男などいるだろうか。ここカリフォルニアで。

玄関の錠を開けても、アラームは鳴りひびかなかった。どうかしている。そう思いながら、チェイニーは愛車のアウディにとって返した。彼の体格の割には小さい車だけれど、これなら街じゅうどこでも停める場所に困らないし、なじみのクリーニング店の脇の細い路地にも入る。彼女を車から引きずりだし、脇に抱えこんだ。

家のなかに入ると、玄関ホールの壁を手探りして、明かりをつけた。思わずあんぐりと口を開けてしまった。生まれてこの方、こんなお屋敷には入ったことがなかった。たしかに、サンフランシスコに来てからこの四年間、パシフィックヘイツの美しく改修された家を何軒か訪ねたことがある。だが、ここまでの規模の家はなかった。それでもチェイニーは足を止めることなく、カエデ材でできた幅広の階段に彼女を導いた。二本の親柱のてっぺんには、パイナップルが精巧に彫りこまれている。階段をのぼって二階の広い踊り場まで行き、広々とした玄関ホールをふり返った。三階分の高さのある天井は大聖堂のようで、床からゴールドとクリスタルでできたアンティークのシャンデリアまでの距離が、少なくとも五メートルはあるだろう。いったいどれほどの重さがあって、どうやって掃除をするのか、チェイニーには見当もつかなかった。

「どっちだ?」

「左よ」

「きみの寝室か? それにしてもぞっとしないな。ご主人がそのへんをうろついてないだろうな?」

「もういないわ」彼女の声は、濡れてぺたんこになった髪と同じくらい、覇気《はき》がなかった。

「わたしの寝室は廊下の突きあたりよ」

廊下はゆったりと広く、磨きこまれたカエデ材の厚板が、長さいっぱいに敷かれたアンティーク絨毯《じゆうたん》の両側にのぞいている。寝室の明かりをつけるときには心構えができているつもりになっていた。だが、できていなかった。たっぷり一秒は、その場に立ちつくした。広い部屋だった。チェイニーの自宅のリビングよりなお広い。天井はありえないほど高く、百年はたっていると思われる凝った飾りが彫りこまれていた。そのとき別のドアが目に入った。バスルームではなく、だだっ広いウォークインクロゼットだ。つぎのドアを開くと、やはりだだっ広いバスルームで、クリーム色のタイルが張りめぐらされ、天井や壁のそこここに、田園風景を描いた色とりどりのイタリア製のタイルがはめこまれていた。チェイニーは閉じた便器の蓋《ふた》の上に彼女を坐《すわ》らせ、シャワーの蛇口をひねった。手を出して湯に変わったのを確かめてふり返ると、彼女がまたもや前かがみになっていた。服を脱がせて下着姿にした。レースやフリルのない、実用的な下着だ。シャワー室のドアを開け、そこであらためて彼女を見た。いまシャワー室に入れても、顔から倒れて溺れてしまいそうだ。それにじつのところ、チェイニー自身も凍えていた。

もう一度、彼女を便器の蓋に坐らせた。「倒れるなよ」

「わかってる」彼女はそう答えると、左に傾き、長い大理石のカウンターの脇に取りつけられているトイレットペーパーホルダーに頰をつけてもたれかかった。

チェイニーはボクサーショーツとシャツ一枚になり、シグと携帯と財布をカウンターに置いて、革ジャケットと彼女の服とともに床に脱ぎ捨てられている、かつてはきれいだったスポーツコートに目をやった。彼女を連れて広いシャワー室に入ったとき、ふとこんな思いが頭をかすめた。クワンティコの教科書には、救出したばかりの他人とシャワーを浴びる場合の注意事項が書いてあったっけ？　ガラスのドアを閉め、シャワーの湯の真下に彼女を立たせた。

彼女が悲鳴をあげて、手から逃れようとした。

チェイニー自身、彼女とともにシャワーを浴びだすや、湯が針のように感じられて悲鳴をあげそうになった。

彼女を抱きかかえておとなしくなるのを待ち、彼女の腕や背中を上下にさすった。ずいぶん痩《や》せているけれど、骨格はしっかりとしていて、華奢《きゃしゃ》ではなかった。もともと痩せているのか？　それとも痩せるようななにかがあったのか。

ジュリアは、こんどは外側から体がゆっくりと温まってくるのを感じた。それにつれて、力が戻ってきた。チェイニーの首筋に口をつけたまま言った。「もうひとりで立てるわ。ありがとう」

チェイニーは手を放した。「湯はどれくらい出るんだい？」

「そろそろなくなるころよ」ジュリアはドアを押し開けて、シャワー室から出た。思っていたとおり、彼が手を伸ばして支えてくれた。

チェイニーは蛇口を締めて外に出た。彼女をじっくり見て、ひと安心した。力強さが戻り、意識がはっきりしている。顎には大きな痣《あざ》が広がり、腕や肋骨《ろっこつ》や足にはこまかい痣やらすり傷やらが点々と散らばっている。埠頭から落とされたとき、湾内の岩にぶつかったせいだ。

彼女はチェイニーを上から下まで眺めまわして、笑顔になった。「わたしを助けてくれてありがとう。すてきなボクサーショーツね」

「それはどうも。きみの笑顔もすてきだ」彼女の目に生気があるのを確かめ、ほほ笑みながらつけ加えた。「どういたしまして」

「あなた用に、濡れてない服を持ってくるわ」彼女はチェイニーに特大のタオルを投げ、自分でも一枚持つと、バスルームを出ていった。

数分後、チェイニーが寝室に戻ってみると、彼女は厚地のバスローブを着て靴下をはき、頭にはターバンのようにタオルを巻きつけていた。そして両手に紳士用の服をひと山抱えていた。

「オーガストとあなたと、身長は同じくらいだけど」彼女は言い、観察するような目でこちらを見た。チェイニーは腰に大判のタオル一枚という格好だった。「彼のほうが太ってたし、とくにお腹まわりはかなり大きいけれど、ベルトを使えばなんとかなるわ」

チェイニーはバスルームに引き返し、濡れそぼった自分の服を見おろした。すべてクリーニングに出すしかない。だが、上等のウールのズボンはもう使えないだろう。アカデミーの卒業式のときはいたこのズボンは、そのあと葬儀で二度使い、今夜久しぶりのデートだというので引っぱりだしたのだ。

ボクサーショーツの代わりにジョッキーショーツをはき、白いTシャツを着て、恐ろしく肌触りのいい大きなダークブルーのカシミヤセーターを重ねた。ズボンはぶかぶかだったが、彼女に言われたとおり自分のベルトをきつく締め、セーターで腰まわりを隠した。濃い色のありふれたチノパンの丈はじゅうぶんあった。チェイニーはなにもはいていない足を見おろした。すぐに彼女の声がした。「靴下はここよ。靴のサイズはいくつ?」

「十二だ」

「悪いけど、少し小さいわね」

開いたドアの隙間《すきま》から、イタリア製のローファーが差し入れられた。もし空腹なら食べてしまえるほど、革がやわらかい。

チェイニーがバスルームを出ると、彼女が巨大なウォークインクロゼットから声を張りあげた。「すぐに行くわ。念のために言っておくけれど、心配しないで、わたしはもうだいじょうぶだから。すっかり温まって、いまにも汗をかきそうなくらい。ここで倒れることはないわ」

「わかった」チェイニーは携帯を取りだし、所属する支局の責任者であるバート・カートライトの番号を押しはじめた。だが、途中で思いなおした。これは所轄署が担当すべき事件だ。そこでフランクに電話をかけると、彼は自宅でバスケットボールの試合を観ていた。背後から、なんで車を貸してくれないのかとごねる彼の息子の声が聞こえる。

「やあ、フランク。あんたのために事件を見つけといたぞ」

4

サンフランシスコ市警察本部のフランク・ポーレット警部は言った。「そりゃまた親切なことだな、チェイニー。えらく退屈しながら、ウォリアーズがレイカーズに圧勝するっていう奇跡が起きるのを待ってたとこだ」

「前半と後半どっちだ？」

「後半だ」

「今夜は奇跡は起こらないよ。まちがいない。なあ、フランク、ある問題が起きてるんだが、捜査局じゃなくて所轄署の事件なんだ。あんたに殺人未遂事件を進呈する」そして、ここまでの経緯を説明した。

フランクは黙って話を聞くと、ため息まじりに天井を見あげた。「なんでおれなんだよ？ああ、わかってるさ、その理由は。おれはトラブル磁石だからな。いや、言わないでいい。犯人の顔はちゃんと確認できてないんだろ？」

「ああ、はっきりしたことはなにひとつわからない。長身の黒人で、運動選手を思わせる敏《びん》捷《しょう》かつスムーズな動き。確信犯で、あわてず騒がす、躊躇《ちゅうちょ》もなかった。FBIだ、撃つぞと脅すと、いっさい戦意を見せず、彼女を手すりから湾に落として、走り去った」

「そのナイフだけで、拳銃を持ってなかったんじゃないか。強盗目的で、FBIとやりあったり、人目を惹きつけたりする気はなかったんだろう」

「いや、強盗未遂じゃないんだ、フランク。相手はプロだ。やることなすこと素人離れしてたし、切りあげて逃げるという判断にしてもそうだ。彼女を保護する必要がある。犯人もまだ彼女が生きてると想定してるはずだ」

「わかったよ、相手がプロだって点はおまえの言うとおりだろう。で、被害者は無事なのか?」

「ああ。病院に行きたがらなかったんで、自宅に送ってきた」

「なにやってるんだ、チェイニー。彼女はなにを考えてるんだ?」

「わからない。とにかく怖がっててね。震えがひどかったんで、ともかく自宅に連れ帰って、シャワーを浴びさせた。いまは落ち着いてる」

またため息。「被害者の名前は?」

「ええっと、ジュリア——」

数メートル先でジュリアが静かに言った。「わたしの名前はジュリア・ランサム」一瞬言葉を切り、深々と息を吸った。「ドクター・オーガスト・ランサムの未亡人よ」

チェイニーは呆然《ぼうぜん》と彼女を見つめた。びしょ濡れでぐったりしていたときは、まったくわからなかった。だが、いまならわかる。マスコミは容赦なかった。逮捕されたわけでもないのに、誰もが彼女がやったと決めつけた。無能な警察がぐるになっているのではないか、警察本部長が彼女とねんごろになっているのではないかと勘ぐる向きまでいる。アイルランド系の本部長は、六人の子どもに囲まれて幸せな結婚生活を送っているというのにだ。

「聞こえたよ、チェイニー」フランクは言った。そのくせ、自分の耳を疑ってでもいるように、「ジュリア・ランサム」と、彼女の名前を復唱した。「こう言っちゃなんだが、仕事が中途半端だったようだな」そこでフランクは黙りこんだ。チェイニーには、ゴミを出してくれとフランクの妻が叫ぶ声が聞こえた。それに息子の笑い声が続き、たくさんの人の絶叫がした。敵方のコービー・ブライアントのスリーポイントシュートが決まったのだ。これで少なくとも今夜の奇跡は消えた。

チェイニーが住所を伝えると、フランクは言った。「そこならよく知ってるよ。二十分で行く、チェイニー。われらがレディの護衛を頼むぞ。強盗事件じゃないのは、確かなんだな？」

沈鬱なフランクの声を聞いて、チェイニーはにやつきそうになった。

「悪いな、フランク。犯人の狙いは彼女の命だ」

「彼女の安全を確保するため、何台か車をやるよ」

「頼むよ」チェイニーは電話を切り、オーガスト・ランサムのズボンのポケットに戻した。

「警察が来るの?」

「ああ。フランク・ポーレット警部だ」

「全警官から質問されたかと思ってたけど、その人は知らないわ」

「わかってくれ、こうするしかないんだ。きみは殺されかけた。フランクはいいやつだよ。知りあったのはおれがサンフランシスコに越してきてすぐだったから、もうすぐ四年になる。あいつならきみを煩わせたり、妙な——」

その先は言わずもがな。彼女は乗ってこなかった。

チェイニーが見ていると、彼女は革のジャケットをワーテルローの戦いより古いアンティークの椅子の背に広げ、続いてスポーツコートを隣にあった揃《そろ》いの椅子に同じようにかけた。

「おれの濡れた服の残りは、バスルームに広げてある」

「わたしに任せて。あなたのスポーツコートやズボンを元どおりにしてくれる凄腕《すごうで》のクリーニング屋さんがあるの。とりあえず、このジャケットを着てて」

「ありがとう」

彼女はうなずきを返すと、しっかりした足取りで寝室を出ていった。古いバギージーンズに、フォーティーナイナーズの赤いセーター、ナイキの青のランニングシューズという恰好だ。ポニーテールにした濡れた髪は、年代物のマホガニーのデスクのように深みのある色合いをしている。ノーメイクの顔が、やけに若く見えた。

チェイニーは手渡された青いカシミヤのジャケットに袖《そで》を通しながら、長い廊下を彼女についていった。ジャケットを着おわったとき、彼女が一瞬足を止めて、ゆっくりとうなずいた。背の高い女で、長い脚で延々と続く絨毯をどんどん進んでいく。

ほんとうなら、いまごろチェイニーは歯応《はごた》えのいいフランスパンとともにチョッピーノを楽しんでいるはずだった。だが、フランクの言うとおり、なぜかいつも中途半端になる。ドクター・オーガスト・ランサムの未亡人、ジュリア・ランサム。あと少しすれば、彼女は自分の手を離れる。

階段をおりきった彼女が、ふり返ってチェイニーを見あげた。「オーガストの服がよく似合うわ。それと、あらためてお礼を言わせて。あなたがわたしの正体を知ってどう思っているかわからないけれど、わたしを助けてくれてありがとう。あなたの服はクリーニングに出して、届けさせます。地元の警官とどうやって知りあったの？」

「おれも警官なんだ。地元警察じゃないが」

「じゃあ、旅行中の警官？」

「いや、そうじゃない」

彼女の片方の眉は、吊りあがったままだった。

覚えていないのか？　無理もない。チェイニーは肩をすくめて答えた。「連邦なんだ。おれはFBIサンフランシスコ支局のチェイニー・ストーン特別捜査官」

彼女は一瞬、チェイニーを凝視したのち、天を仰いで大笑いし、しまいには喉を詰まらせそうになった。握った両手で目を押さえるしぐさは、まだ十代のチェイニーの姪《めい》のようだ。

呼吸が落ち着くと、彼女は言った。「いま思いだした。わたしを殺そうとした男にそう叫んでたわね。いけない、ウォーレス・タマーレインに電話して、食事に行けないことを伝えないと」

彼女は廊下の壁際にある美しいテーブルセットに走った。電話と、瑞々《みずみず》しいアザレアを活《い》けた花瓶が置いてある。その隙に、チェイニーのほうも古い友人であるマニー・ドーランに電話をかけて、この間にあったことを伝えたが、ジュリアの名前は伏せておいた。

「なんてこったい、チェイニー。ジューンはおまえに飛びかかりたがってたんだぞ。いまもご機嫌とは言いがたいよ」

「おれのヒーローぶりをしっかり宣伝しといてくれ」

「ああ、任せとけ。乙女と楽しめよ」

ジュリアが電話を終えて戻ってきた。「ウォーレスにうちに来たいと言われたけど、断わったわ。はっきり言って、これ見よがしな霊媒師と警官を接触させたくないの。いい取りあわせとは思えないもの」

「ああ」チェイニーはゆっくりと応じた。「同感だね」

5

フランク・ポーレット警部は、レイニー・ビガーとアレン・ホイッテンという、秋から冬にかけてドクター・オーガスト・ランサム殺人事件の捜査を担当した刑事ふたりを連れてやってきた。

ふたりの刑事はいっさい無言のまま、ジュリア・ランサムに会釈した。チェイニーはビガーの顔に侮蔑《ぶべつ》の表情がよぎったのに気づいて眉をひそめたものの、ホイッテンのほうは心得たもので無頓着を装っている。フランクが前に出て自己紹介し、ジュリアのほっそりとして白い手を握った。

チェイニーはその手に結婚指輪がないのに気づいた。アクセサリーのたぐいはまったくつけていない。

「ほんとうに医者に診《み》せなくていいんですか、ミセス・ランサム？　顎にかなりひどい青痣ができていますよ」

彼女は軽く顎に触れて、何度か口を開け閉めした。「ひどく見えますが、折れてはいません。ご心配いただいて、ありがとうございます、ポーレット警部」刑事ふたりを見る彼女の顔には、いらだたしげな表情があった。「おふたりもどうぞ。こちらはチェイニー・ストーン捜査官です」

チェイニーはビガーとホイッテンと握手をした。どうせ捜査官だからとうとましく思っているのだろう。朝食の前に所轄の警官を蹴りたがるタイプかどうか、気にしているにちがいない。

ビガーは嫌悪を隠そうともせず、ジュリアをひとわたり眺めた。「顔を殴られて、湾に落とされたにしては、ずいぶんお元気そうですね、ミセス・ランサム」

ジュリアは自分がビガーから夫を殺しておいてその罪をまぬがれていると思われているのを知っていた。ここでビガーの敵意にひるんで、生きている価値がないと思わされるなど、まっ平ごめんだ。きびきびと応じた。「ありがとう。きっと丈夫なたちなのね」

「あるいは、理由はほかにあるのかも」ビガーは言い返した。

「ストーン捜査官、わたしが自分で顎を殴ったと思う？」ジュリアはチェイニーに尋ねた。

「そのあと、手すりを乗り越えて、夜間水泳を楽しむために湾に飛びこんだと？」

「まさか」チェイニーは言うと、引っこんでろという顔でビガーを見た。

「もちろん、そんなことをおっしゃりたかったわけじゃありませんよね、ビガー刑事？」ジュリアはゆっくりと言った。「あるいは、共犯者どうし仲たがいしたとでも？」

ビガーは口をつぐみつつも、肩をすくめた。

ビガーに多少の職業意識が残っていてよかった、とチェイニーは思った。

ホイッテンが言った。「何者かがあなたを傷つけようとしたようだ、ミセス・ランサム」

「ナイフを突きつけられるのは、〝傷つけようとした〟というレベルを超えてるんじゃないかしら、ホイッテン刑事」ジュリアが言った。

ホイッテンがカッラーラ産の大理石でできた暖炉の上にかけられた美しい印象派の絵画を顎で示した。「新しい絵ですか？」

「わたしが不当に得た財産で買ったかどうかをお尋ねかしら？」

図星だとチェイニーは思ったが、当のホイッテンは無言だった。ジュリアの答えを聞きたがっている。

「オーガストは印象派を好まなかったけれど、わたしは好きなの。あの絵はわたしの書斎にあった一枚で、画家はシスレー。結婚の記念に夫が買ってくれました。お気に召して、ホイッテン刑事？」

「ええ、気に入りましたよ。ドクター・ランサムは大枚をはたかれたにちがいない。それで、誰に狙われたとお考えですか、マダム？」

「あれは強盗でも、ヤク中でもないわ。犯人のふるまい方や、行動からして、ふと思ったんだけど――夫を殺した犯人かもしれない。ストーン捜査官がいなければ、わたしも命を落としていたでしょう」

「ほんと、捜査官はヒーローだわ」ビガーが言った。

フランクは刑事ふたりに対して眉をひそめた。連れてきたのはまちがいだったかもしれない。とくにビガーのほうは、怒りでがんじがらめになっている。なぜだろう？　あと数日で休暇から戻ってくるビンセント・デリオン警部補から事情を聞いておく必要があるだろう。いや、戻ってくるまでにはまだ一週間ほどあったかもしれない。「ご主人が殺されて半年になります、ミセス・ランサム。なぜいまになって、ご主人を殺した犯人があなたの命を狙うのでしょう？　ご主人殺しの犯人についてなにか思いだされたんですか？　あなたが犯人を事件に結びつけるなにかを見つけて、それを犯人に知られたとか？」

「それはないと思います、ポーレット警部」ジュリアは言いつつ、眉根を寄せた。「でも、じっくり考えてみないと」

チェイニーが口をはさんだ。「きみの命が狙われたのは、なにかが変化したからだ、ジュリア。なにが変わったのかよく考えてみてくれ。犯人をふたたび表に引きずりだすようなことがあったはずだ」

ビガーが言った。「あなたはいまもベイエリアの霊能者すべてと懇意なんでしょう、ミセス・ランサム？」

「たまに会う程度よ」たとえば今夜、ウォーレスと食事の約束があったように。

「あなた方がよくたむろしてるという噂があるんです。なにかのクラブみたいに」

「噂って？」ジュリアはビガーに尋ねた。

「あれやこれや、あちこちで」ビガーが答えた。

フランクが言った。「そんな噂は知らんぞ、ビガー刑事。それよりいまお尋ねしたいのは、あなたが死ぬことで誰が得をするかです、ミセス・ランサム」

「得をする人なんてひとりもいません、ポーレット警部。わたしには親族はいません。ひょっとすると、遠い親戚が何人かいるかもしれないけれど、わたしの知らない人ばかりです。遺書はつくってあって、財産はすべて各種の医学研究財団に寄付します」

「そうですか。ところでミセス・ランサム、もしお話しになれるようでしたら、あったことをありのままに話してください」

ジュリアは自分が幸福感に包まれていたことを話さなかった。ようやくパパラッチたちが近所の柱から撤退したため、生き返ったような気分でフィッシャーマンズウォーフまで足を伸ばしたことや、その間、純粋に嬉しくて、走ったり、口笛を吹いたり、会う人ごとに声をかけたりしたことも話さなかった。「わたしは三十九番埠頭の先端に立って、アルカトラズのほうを向き、霧がもくもくとゴールデンゲートを抜けて入ってくるのを見てました。ずいぶん遅い時間でしたので、観光客もあまりいませんでした。明かりがつきはじめ、人と食事をする約束があったので、家に帰ろうと思いはじめてました」言葉を切って、息を吸いこんだ。「男は長身の黒人で、身なりがよくて、理知的な目つき――すべてを見とおし、その意味を熟知しているような目つきをしてました。細いフレームの眼鏡をかけ、とても丁寧にアルカトラズのことを尋ね、そのあとサウサリート行きのフェリーについて訊いたんです。感じのいい笑顔だったので、わたしもつい笑顔を返したりして。フェリーのことを彼に教えて、時刻表の場所を教えようと体をひねったとき、顎を殴られました。気絶させるつもりだったんでしょう。つぎに見たら、彼はナイフを持ってました。銀色で、切っ先が尖っていて。でも、彼がそのナイフでわたしを刺す前に、ストーン捜査官がやめろと叫んだんです。男はわたしを木製の手すりから湾に落としました」ジュリアが顔をしかめた。「アシカはいなかったけれど、海中に沈む前に一頭が鳴いてたわ」

「男はアルカトラズと、サウサリート行きのフェリーのことしか、尋ねなかったのですか?」

「ええ、ホイッテン刑事、それだけよ。脅威はまったく感じなかった。言葉遣いがよくて、身長は百八十センチ強。顔立ちも整っていたし、くり返しになるけれど、身なりもよかったんです」

ビガーが驚きを口にした。「じゃあ、あなたが見たのはナイフだけ? 実際はナイフじゃなかったのかもしれないわね、ミセス・ランサム。あなたが大金持ちだと知って、金品を奪おう――」

「レイニー――」ホイッテンがたしなめるようにビガーの名を呼んだ。「それで、ミセス・ランサム、犯人はあなたに笑いかけたんですね？」

チェイニーにはジュリアが心を閉ざすのがわかった。身じろぎひとつしていないけれど、この状況や刑事、刑事たちへの嫌悪に全身をこわばらせている。彼女は淡々と答えた。「ええ、ホイッテン刑事、それでさっきも言ったとおり、わたしも笑顔を返したの。返さずにいられなかった。着ていたコートはバーバリーで、いかにもな身なりだったから。つまり、お金がかかっていたの。残念だけど、彼についてそれ以外のことは覚えてないわ。そのあとストーン捜査官の叫び声を聞きました」

ジュリアは自分の発言をフランクが小さなメモ帳に書きとめるのを見た。フランクはジュリアと同じ左利きだった。彼はチェイニーに話しかけた。「きみはどの程度、犯人のことを見てる？」

「顔を見たのは一度、こちらが叫んでふり返ったときだけだ。そのあと、犯人は彼女を湾に落として立ち去った。くり返しになるが、運動選手のように柔軟で敏捷な身のこなしだった。年齢のわりには動きが若くて、しなやかだった。拳銃を抜く時間すらなかった。ミセス・ランサムを助けなきゃならなかったから、あとは追えなかった」

「絶好のタイミングだったわね」ビガーが言った。

「ええ、ほんとにそう」ジュリアは言い、思いきり笑顔になってビガーを見た。「ひょっとして、ストーン捜査官を味方につけるためにわたしがすべてを仕組んだと考えてるの？　だったら、訊かせてほしいんだけど、なぜ彼を味方につけなければならないの？　だって、わたしには味方もなにもないのよ。それとも、わたしが見落としているなにかがあるのかしら？」

チェイニーは内心ほほ笑んだ。ジュリアには気力がみなぎっている。そして、なりゆきを見守った。

ビガーが引きさがった。

ホイッテンがチェイニーに話しかけた。相棒のビガーから注意をそらすためだ。「その男の特徴はひとつもつかんでいないのですか？　まったく見覚えがない？」

チェイニーは首を振った。「確実に言えるのは、素人じゃないってことだけだ。敏捷で手際がよかった。彼女にいっさい警戒させなかった。もしぼくがタバコを吸っている友人を探して外に出てなかったら、ミセス・ランサムは死んでただろう。犯人は逃げるのに必要な手をすかさず打った。当面の敵はぼくだと気づいたからだ。つまりどういうことかと言うと――」いったん言葉を切る。「犯人は彼女を殺すつもりだったたってことだ。その証拠に、犯人は彼女に顔を見られることを気にしていない。そして、彼女を殺しそこなっただろうことを知ってる。さらに、われわれがいたるところにやつの似顔絵を張りめぐらせることにも気づく。それでもサンフランシスコに居残るようなら、まともな神経じゃない」

フランクがジュリアに尋ねた。「似顔絵を作成したいのですが、犯人の顔をよく記憶しておられますか？」

6

「はい」ジュリアは答えた。「あの顔は一生忘れられません」

「よかった」チェイニーは言った。「おれもある程度は覚えてる。それぞれに作成してもらって、あとで比べたらいい」

ビガー刑事は口を開きかけたが、その前に頭が働いたらしく、なにも言わなかった。

フランク・ポーレット警部が携帯を取りだした。「いますぐここに来られるかどうか、オーティスに訊いてみよう」

チェイニーが時計を確認すると、まだ九時だった。「フランク、ＦＢＩには人相認識プログラムがあって、手書きの似顔絵をプラグインできるようになってる。何カ月か前にそれを使って、犯人を捕まえたんだ。今回も使える」

フランクがうなずいた。「きみの言うとおり、犯人がプロなら、期待がもてるな。そういえば、そのプログラムを担当した捜査官のひとり、ディロン・サビッチに会ったことがある。サビッチと、その妻でやはり捜査官のレーシー・シャーロック、デーン・カーバーは、しばらくこっちにいたんだ」

「ああ」チェイニーはうなずいた。「デーンの兄さんが殺されたときだ」

「脚本殺人ですね」椅子にかけていたホイッテンが身を乗りだした。「デリオン警部補はいまだに話題にしてますよ」

チェイニーは言った。「だったら、彼らが所轄の警官をいたぶらないのはわかってるね」

「ただし、連邦動物園のほかの面々はそうだぞ、チェイニー」

「そうだな、フランク。サビッチとは個人的に知りあいだから、ミセス・ランサムから人相が聞けたら、似顔絵を使ってなにができるか彼に訊いてみよう」

サンフランシスコで起きた三重殺人の犯人のことは、ジュリアも記憶にあった。被害者のひとりが司祭だった。自分もいまその世界に足を踏みこんでいるのに気づいて、身震いした。席を立った。「似顔絵係を待ってるあいだに、みなさんにコーヒーを淹《い》れてくるわ」

彼女が部屋を出ると、ビガーが言った。「彼女がコーヒーを淹れるって、夜間はお手伝いさんがいないのかしら？」

「そういうことだろう」チェイニーは言い、ビガーの続きを待った。

ほどなくビガーは席を立ち、部屋のなかを歩きまわりだした。「共犯仲間のひとりが彼女を消そうとしたにちがいありません。愉快ですよね。きっと彼女がその男を手玉に取ろうとしたんです。じゃなきゃ、手玉に取るのをやめたくなったか」

フランクがいさめた。「それくらいにしておけ、ビガー刑事。ミセス・ランサムはどんな罪にも問われていないんだぞ。なぜその男が彼女を今夜殺そうとしたか、いまのところ、誰にもわからない」

ビガーはなおも暴言を吐きたそうだったが、そこまで愚かではなかった。うなずいて、リビングを見まわした。「ここがどんなにすごいお屋敷だったか、忘れてました。そのすべてがいまや彼女のもの。彼女はいまいくつですか？　二十八？」

「そのくらいだな」フランクが言った。「なあ、チェイニー、ミセス・ランサムの手伝いでもしてきたらどうだ？」

フランクがそんなことを言うのは、ジュリアが自分のことを敵視していないからだ、とチェイニーは思った。彼女がチェイニーにならら心を開くと思っている。実際、そのとおりかもしれない。チェイニーは黙ってうなずくと、リビングから広々とした玄関ホールに出た。キッチンにはどう行ったらいいんだ？

立ち止まって、女の声に耳を傾けた。低く小さな歌声のするほうに歩いた。キッチンは奥に向かう廊下のなかば、左側にあった。ここもチェイニーの自宅のリビングほどの広さがある。ステンレス製の調理器具がならび、巨大なアイランドカウンターの頭上から銅製の鍋《なべ》がいくつもぶら下がり、イタリア製のタイルが輝いている。たぶん恐怖を押しとどめるためなのだろう、ジュリアは鼻歌を口ずさみながら、ふつうのガラスポットを指先ではじいて、ガラス製のプレス式ポットに熱湯をそそいだ。どの程度味に差があるのか、チェイニーにはわからなかった。

「手伝うよ」そう声をかけて、オーガスト・ランサムのズボンのポケットに手を突っこんだ。

顔を上げずに彼女が言った。「冷蔵庫の隣の食器棚から、大きなマグを出して。わたしはトレイを持ってくるわ」いったん黙った。「クッキーも出すべきだと思う？　ちょっとしたお菓子とか？」

チェイニーはにこりとした。「きみを助けだすのに忙しくて、夕食を食べてないんだ。どんなクッキーがあるんだい？」

「オレオ」

「たくさんある？」

「ええ、まだ封を切ってないのがひと袋。わたしにミルクを飲ませるにはそれしかないって、ミセス・フィルバートは言ってるわ」

「ミセス・フィルバート？」

彼女は顎を上げた。「うちの料理人よ」

そしてアイランドカウンターの抽斗《ひきだし》から大きなトレイを引っぱりだした。明るい海辺の風景が描いてある。チェイニーはその上に特大のマグを置いた。「ビガー刑事がきみの気骨のある態度を目のかたきにするのは、どうしてなんだ？」

　ジュリアはいったん動きを止めてから、食料庫《パントリー》に入った。未開封のオレオの大袋を持って出てきた。オレオを皿に円状にならべて、皿をトレイに置いた。「答えはあなたにもわかってるはずよ、チェイニー捜査官。ビガー刑事はわたしが夫を殺したと決めつけてるの。もし今夜わたしが溺れ死ぬか、喉にナイフを刺されるかしてたら、大喜びしてたでしょうね」

「たしかに、おれもそんな印象を受けた。あの態度だからな。今後きみは会わないほうがいいかもしれない。たぶん彼女の態度は目に余ると、ポーレット警部から彼女の上司の警部補に話がいくだろう。彼女の態度を理由にきみの弁護士から抗議されるのは、市警としても避けたいはずだ」

　彼女は肩をすくめた。「気にする必要なんてある？」

「いや。もしおれがきみの立場なら、思いきり顔を殴りつけてる」

　ジュリアが思いつめた顔になって、こぶしを固めた。「そうできたらせいせいするでしょうね」

　チェイニーは大笑いすると、トレイを持ち、彼女を先に立たせて広々としたキッチンを出口に向かった。ふたりの足音がタイルにこだました。

　十分後、フランクは似顔絵担当官のダニー・オーティスを招き入れた。「どうも、警部、ウォリアーズがあと少しだったのを知ってますか？」ダニーは手を伸ばして、フランクの顔に近づけた。「よもやというとこまで、レイカーズを追いつめたんです。ま、後半戦が終わったときには大差をつけられてましたがね、ぼくが案じてたほどの完敗じゃなかった」

フランクがうめいた。「いいニュースを聞かせてもらえて嬉しいよ。コンピュータは持ってきたか？　いいぞ、ダニー、ミセス・ランサムから話を聞いてくれ」

十時には、皿からオレオが消え、ポット二杯分のコーヒーがなくなり、ジュリア・ランサムとチェイニー・ストーン捜査官の証言をもとに、きわめて似通った二枚の似顔絵ができあがった。ジュリアは感心するほどこまかな部分までよく覚えていた。

「多少のちがいはあるが」チェイニーは言った。「ミセス・ランサムは顔を突きあわせて間近から犯人を見てるから、彼女のほうが正確だと思っていい。これをおれに託すかい、フランク？　よければワシントンのディロン・サビッチに送らせてもらうが」

「まずはコピーを取って、そうだな、そのあとサビッチのお手並み拝見といこう。さて、おまえたち」フランクは刑事ふたりに声をかけた。「これで犯人を指名手配する際、似顔絵を添付できる。ベイエリア全域に渡るように手配してくれ」そして、ジュリアに顔を向けた。

「ミセス・ランサム、なにか気がついたことがあったら、わたしに電話してください」名刺を手渡した。「今夜はパトカーをお宅の外に待機させます。いいですね？」

「ありがとうございます」ジュリアは警官全員を見送り、隣に立っているチェイニーを見た。

「あなたの住所を教えて、捜査官。クリーニングができたら、送るわ」

チェイニーはＦＢＩの名刺を一枚取りだし、裏に自宅の住所と携帯の番号を書いて、差しだした。「顔色が少し悪いみたいだな、ジュリア。ベッドに入るんだぞ。明日の朝、また顔を見にくる。それと、おれが帰ったらセキュリティシステムをセットしろよ」開いた戸口で、彼女をふり返った。「青痣にはビタミンEが効くから、塗るといい」

「また会えるのね、捜査官?」

「ああ、かならず、ミセス・ランサム」チェイニーはパトカーのなかにいる警官たちにうなずきかけて、愛車のアウディに乗ると、ヘイトアシュベリーまで五百メートルほどのベルベディア通りにあって、タウンハウスと小さなアパートにはさまれているコンドミニアムに向かった。昨日まではけっこうな広さがあると思っていた自宅に。

7

バージニア州マエストロ

ディックスことディクソン・ノーブル保安官のもとに義父チャッピー・ホルコムから電話が入ったのは、木曜午後三時二十五分のことだった。

「ディックスか？　チャッピーだ。きみに話がある。きわめて重要な話だ。いますぐタラに来てもらえるか？」

どんな用件だろうと待ってもらうしかない、こちらは労働者、保安官としてマエストロの住民に仕えなければならないと言いたかったが、横暴な義父の声にはそう言わせないなにかがあった。「どうしたんです、チャッピー？」

チャッピーは、「クリスティに関することだ。すぐ来い、ディックス」とだけ言った。

血の気が引いた。妻のクリスティが失踪《しっそう》して三年以上になる。文字どおり、ある日忽然《こつぜん》と消えたのだ。書き置きのたぐいはいっさいなく、今日にいたるまで手がかりひとつ見つかっていない。だが、チャッピーは電話ではそれ以上話そうとしなかった。「うちに来い、ディックス。できるだけ早く」

ディクソンは三十分とかけずにチャッピー・ホルコムの屋敷に出向いた。タラと呼ばれる南部風のこの屋敷は、マーガレット・ミッチェルの小説に出てくるフィクションのタラにならって建てられている。屋敷の玄関へ向かって弧を描く私道に車を入れたときには、頭がどうかなりそうになっていた。

バーナードという名の執事が玄関で迎えてくれた。この執事はマエストロ郊外のローン・ツリー・ヒルに立つオークや屋敷の表に立つカシと同じくらい高齢で、しっとりした早春の午後の陽射しを受けて禿頭《とくとう》が輝いていた。バーナードは早口で矢継ぎ早に言葉を紡ぎだした。「ディックス、旦那さまは書斎です。お急ぎください、悪いことが起きたようで。よくわからないのですが、クリスティお嬢さまに関することのようです」ディックスは黙ってバーナードのあとに続いた。

バーナードは書斎のドアを開き、ディックスを通すために脇によけた。

チャッピーは大富豪だった。二日程度なら独力でバージニア州全体を維持できるだろうし、自分にそれだけの力があるのを承知している。職場でも家庭でも容赦なく権力をふるい、跡継ぎ息子のトニーとその妻シンシアをいいように操っている。いまアンティークのマホガニーの大きなデスクの傍らに立ち、痩せた長身の体を光沢のあるカシミヤの青いタートルネックセーターと黒いウールの仕立てのズボンで包んだその姿は、まさに貴族を思わせた。ディックスはそんな義父のそばにいると、自分を駄犬のように感じた。ディックスはじっくりとチャッピーの顔を眺めた。憔悴《しょうすい》しきっている。横柄なところもなければ、目に悪意もない。皮肉混じりに平然と言葉の暴力をふるう人物には、およそ見えない。瞳孔《どうこう》が広がり、顔はショックに青ざめている。

どうなっているんだ？　クリスティについて、なにを聞いたのか。ディックスの鼓動が大きく速くなった。

「チャッピー」ディックスは義父の肩に手を置いて、身構えた。「なにがあったんです？　クリスティに関する話というのは？」

首を振るチャッピーを見て、彼が自分を律するのに苦労しているのがわかった。「ジュールズがクリスティを見かけたというのだ」

「ジュールズ？」

「そうだ。きみもクリスティの名付け親を知っているだろう。ジュールズ・アドベア。何年か前に会っているが、覚えていないか？　大都会でゆっくり暮らしたいとぬかしおって、この一年はサンフランシスコの、海に突きだしたシークリフで正面にゴールデンゲートブリッジを見ながら暮らしている」

「ああ、わかりました。それで、彼がクリスティに会ったと？」

「クリスティを見かけたといって、電話してきた」

チャッピーの肩にかけていた手が力なく落ちた。ディックスは後ろに一歩下がった。呆然と義父を見つめ、頭を左右に振った。頭がまっ白になり、意識しないと息が吸えない。口がからからになって、話をすることもできない。

チャッピーはディックスの手首をつかんだ。「これがほかの誰かなら、わたしも一蹴《いっしゅう》して、場合によってはそんなことを言う人物を殴りつけていただろう。だが、相手はジュールズ、クリスティが誕生したとき、その場にいた男だ。年はわたしより上かもしれないが、まだもうろくはしていないし、いまだフクロウのように目が利く。正直言って、わたしはなにを預けてもいいほど彼を信頼している。ただし、金だけはべつだが」

その発言には重みがあった。ディックスはクリスティがなんの前触れもなくふいに消えてしまう前に、たぶん十回ほどジュールズ・アドベアに会っていた。ジュールズが飛行機でラトビアかどこかからリッチモンドに到着したときのことを脳裏に思い起こした。背が低く、大きな黒い口ひげをたくわえた老人で、太鼓腹をしていた。クリスティを見つけだそうと協力を惜しまず、ディックスの息子たちの力になろうと心を砕いてくれた。自腹を切って私立探偵まで雇ってくれたのだ——運には恵まれなかったが。誰ひとり、運には恵まれなかった。

ジュールズがクリスティを見かけた？　まさか、ありえない。ディックスがクリスティの死を受け入れるようになって、ずいぶんになる。その間ずっと、妻は何者かに殺されて、墓標もない場所に埋められたのだと、ずっと信じこみ、息子たちにもそう思いこませようとしてきた。この話を聞いたら、息子のロブとレイフは衝撃を受けるだろう。この件についてはは伝えられない。いまはまだ。

保安官なのだから、ここは態勢を立てなおして、全体を整理しなければならない。「チャッピー、ジュールズはどこでクリスティを見たと言ってるんですか？　サンフランシスコですか？　それで彼女に話しかけたんですか？　お願いですから、いますぐ洗いざらい話してください」

チャッピーは三百年前にヘップルホワイトが製作した椅子にどさりと腰かけた。白地に緑の縞《しま》の入ったブロケード織りはオリジナルのようだ。そして、はいているイタリア製のローファーを見やった。手が震えている。「その日、ジュールズはラッシャンヒルにある大きくて無粋なペントハウスで行なわれた資金調達パーティに参加していたそうだ。政治家が開いたパーティで、ジュールズが言うには、その政治家の妻が——一片の疑いもないとジュールズは言っている——クリスティだった」

「その政治家の名前は？」

「トマス・パラックだ。わたしも取引したことがあってな。マエストロにも一度来ている。クリスティがいなくなる前だから、かれこれ三年半ほど前のことか。滞在したのはわずか二日間だった。ただ、たぶんクリスティには会っていない。所得税法よりなお十年ほど年寄りで、石油と多角経営でたっぷり潤っている。それで、さっき言ったとおり、ジュールズによるとその男の細君が――それがクリスティだと」

ディックスは焦りを抑えて、ゆっくりと話した。「あなたにもおわかりのはずだ、チャッピー。ありえない話です」

「わかっておる。だがな、ディックス、きみほど確信があるわけじゃないんだ。いや、わかっておるよ、娘が自分の意思できみたちを置いて出ていくわけがない。あれはきみと息子たちを心から愛し、なんともはや、わたしにまで愛を分け、弟の愚かな妻のことまで大目に見ていた。だが、ジュールズはクリスティだと断言した。クリスティをまのあたりにしたショックで、心臓発作を起こしかけたそうだ。実際、右半身に激痛が走って、息ができなくなったとか。で、ジュールズは彼女に〝クリスティ〟とささやきかけ、救急車が呼ばれるまでパラックが隣に付き添っていたそうだ。パラックはジュールズに顔を近づけて、〝家内はシャーロットだ。いいな、それを忘れないように〟と言い、ジュールズによると、クリスティのほうは自分が主催するパーティを台無しにされたホステスのような顔、つまりオークのきれいな寄せ木細工の床で薄汚いジジイに死なれるのはたまらないと思いながら、お行儀よくそれに耐えているような顔をしていたそうだ。ジュールズはそのとき実際気分が悪かったと認めているし、彼女のほうがジュールズに気づいたふうがなかったことも認めている。だが、ジュールズにはクリスティだという確信があったから、それにはおおいに困惑したそうだ」

「つまりジュールズは、倒れる前にはその女性に話しかけてないんですね？」

「ああ。ジュールズは来客の列にならんでいて、彼女をひと目見たとたん床に倒れ、気づいたときには彼女を見あげていたからだ。そのあと救命士が駆けつけて、病院に運ばれた。結局、心臓発作ではなかったが、医者にはなんらかの一時的な発作が起きたのだろうと言われたそうだ。それで体が麻痺《まひ》して卒倒したのだろう、高齢者にはよくあることだ、と。ジュールズはさっき、退屈な検査の最中に病院からわたしに電話をかけてきて、サンフランシスコまで来て、クリスティがなにをしているのか調べるべきだと言っている」

「クリスティではありませんよ、チャッピー。彼女は死んだんです。彼女のほうにはジュールズに気づいたそぶりがなかったんでしょう？」

「だったら、その女は何者だ？」

ディックスは黙って肩をすくめたものの、当時の痛みやら記憶やらがいっきによみがえってきて、クリスティ失踪直後の数カ月のように、そうした諸々《もろもろ》に押し潰《つぶ》されそうになった。

「この地球上には自分とそっくりの人間がいるといいます、チャッピー。そんなことを考えると気が気じゃありませんが、ジュールズはクリスティのそっくりさんに会ったんでしょう。それ以外に考えられない。そう、クリスティのわけがない。あなたがトマス・パラックという人物を知ってるのも、ただの偶然です」

「いいや、ディックス、そう決めつけたもんじゃないぞ。もしトマス・パラックの妻がクリステイで、記憶を失っていたとしたらどうだ？　なんらかの事故にあって、神経衰弱に陥っていたら？　恐ろしいなにかから逃れるために、すべてを抑圧したとも考えられる」

「チャッピー――」

「サンフランシスコに流れ着き、偶然トマス・パラックに会って、なんらかの理由で結婚した――いや、かなりの年齢差があるのでな。もしそうだとしたら、ジュールズに気づかないことも説明がつく。名前は必要だから、シャーロットと名乗った。ジュールズはまちがいないと言ってる。サンフランシスコに行ってくれんか、ディックス？　いや、かまうことか、わたしも一緒に行こう」

ディックスは迷うことなく書斎のドアまで歩くと、ふり返ることなく言った。「チャッピー、わかりました。おれがサンフランシスコに行って、事情を調べてきます。トマス・パラック夫妻にも会ってきます。ですが、あなたを連れていくのは気が進まない。あなたはここに残って、息子たちを見ててください」そこで立ち止まって、ふり返った。「チャッピー」ごく静かに呼びかけた。話しかけていたのは、ときに腹立たしいほど道徳心に欠けた人物でも、息子の首根っこを押さえつけて放さない人物でもなく、クリスティの父親だった。「お願いですから、あまり期待しないでください。クリスティではありえない。あなたもほんとうはそのことをご存じのはずだ。クリスティは死んだんです」

チャッピーは無言だった。

「それと、この件は誰にも話さないでください。トニーやシンシア、息子たちにもです。母親が生きているかもしれないなどという話は、息子たちの耳には絶対に入れたくない。どう考えても真実でないことで、あの子たちをまた苦しめるのはむごすぎます」

「承知した、ディックス。誰にも言わんよ」

玄関のドアまで行くと、バーナードが現われた。いまだチャッピーの青ざめた顔が脳裏にあったので、ディックスは頼んだ。「チャッピーをよろしく頼むよ、バーナード。なにか一杯引っかけたほうがいいかもしれない。たしかミセス・ゴスがスコットランドのシングルモルトウイスキーの二十五年物を持ってたと思うんだが、なんという酒だったかな？」

バーナードが畏《おそ》れ多そうに言った。「〝ロード・オブ・アイル〟ですね。結婚記念日のプレゼントとしてご亭主に差しあげたら、翌週そのご亭主が亡くなられたと言っておりました。それで後生大事に取ってあるんです。いまでは三十年物、ここで家政婦として働いたのとほぼ同じ年月になっているでしょう！」

ディックスはうなずいた。「今回だけは、彼女も出してくれるかもしれない」

「それはどうでしょうか」バーナードは言い、だしぬけに尋ねた。「お嬢さまだと思いますか、ディックス？」

どうやらドアの向こうで立ち聞きしていたらしい。彼の立場なら自分も同じことをするだろう、とディックスは思った。まっすぐバーナードを見ると、不安げな目つきをしていた。

バーナードは二十代のころから、やはり当時二十代だったチャッピーに仕えてきた。「いや、ありえないよ。どこかで誤解が生じてるんだろう。バーナード、さっきチャッピーに言ったとおり、この件はおれたち三人のあいだだけの話にしてくれ。いいな、ミセス・ゴスにも内緒だぞ」

バーナードがうなずいた。「わたしもロブとレイフの耳には絶対に入れたくありません」

「よかった」ディックスは言った。「じゃあ、近いうちにまた、バーナード」

8

　それから二時間後、ディックスは夕食の席についていた。カリカリに揚がったチキンの外側だけを食べて、残りを体重二キロほどしかないトイプードルのブルースターにやっていた。息子ふたりが皿のサヤインゲンに手をつけたのを確認してから、すらすらと嘘をついた。

「サンフランシスコで会議がある。二、三日かかりそうだ。今日、ＦＢＩから電話があって、犯行現場についてみんなの前で説明してくれと言われてね。どうやら、ウィンクル洞窟《どうくつ》で起きた不可解な殺人事件についてまだ疑問を持つ人が多いらしい。あの事件の流れを説明させられることになりそうだ」

「すっごい急だね、父さん」レイフは言うと、しかめっ面でチキンを見おろした。十四歳のレイフは棒のように痩せており、ディックスと同じ黒っぽい瞳をしている。チャッピーがレイフと会うたびに指摘するとおり、男前になりつつあった――長男のロブに続いて。もうこの子たちに〝大切な話〟はしたんだよな、ディックス？　いまディックスは天を仰いで、息子たちにどんなふうに〝大切な話〟をしたか記憶を探った。ディックス自身まごついたし、息子たちのほうも気まずそうだった。考えるだけでも、頭が痛くなる。なぜレイフは食べてないんだ？　のべつ食べているのに。と、鳥の骨が山になったレイフの皿を見て、満腹なのだと気づいた。まだ皿に残っているサヤインゲンを指さすと、レイフは一本だけ口に運んだ。

「サンフランシスコってあんまり近くないよね？」

「ああ、長旅だ」

「ルースは明日来るの？」ロブが尋ねた。「ぼくがパンサーズ相手に投球するのを見たがってたけど」

かつてワシントンＤＣの首都警察に籍を置いていたルース・ワーネッキは、いまはＦＢＩの特別捜査官として、本部の犯罪分析課《CAU》で働いている。二カ月と少し前にディックスが彼女の命を救って以来の知りあいだ。恐ろしく頭が切れて、ディックスと同じように頑固で粘り強いうえに、その愛情は海よりも深い。そんなわけで、ディックスは彼女にぞっこんだった。ルースのことを思うと、とんでもないときににやついてしまうし、シャワーを浴びていると歌いたくなる。とりわけ彼女の力強い脚が体に巻きつけられている場面を思いだすと、たまらなかった。

ルースを救出してからいろんなことがあったけれど、ともあれいまの彼女は自分のものだった。息子たちが同様に感じているのはわかっている。母親のことを思うと後ろめたさもあるようだが、ふたりともこれまでの誰よりもルースに対して心を開いていた。ルースを信頼し、ともに笑い、ともに悩んでいる。

法的にはつながりはないものの、四人は固い絆で結ばれている。ディックスの妻は失踪中で、死亡を証明できる物証はなかった。離婚するには、自分や息子たちが妻によって遺棄されたことを公的な理由にしなければならない。遺棄されたとしてクリスティを訴えることを思うと、胸がむかむかする。そんな言葉は自分の口からはもちろん、誰にも言わせたくないし、またどんな書類にも記録させたくなかった。だとしたら、どんな将来が描けるだろう？いまのところ、それは問題になっていない。ディックスと息子ふたりがアレクサンドリアにあるルースの家に行ったり、彼女がここマエストロに来たりして、ルースが犯罪分析課の課長であるディロン・サビッチの説得に成功しさえすれば週末の三日を一緒に過ごせ、説得に失敗することはまずなかった。最近ルースは、リッチモンド支局への転属をあまり口にしなくなった。実際は、おたがい将来のことはほとんど話さない。話題にのぼるのは当面のことばかりだ。ディックスは自分とルースが宙ぶらりんの状態に置かれていることに気づき、一瞬目をつぶった。将来は冬眠するクマのようにリビングの片隅にうずくまり、四人揃ってそれを見て見ぬふりをしている。そのほうが体裁がいいし、正直言って、楽だからだ。

ルースに電話をかけて、自分がいなくても来る気があるかどうか尋ねなければならない。けれど、彼女が来てくれるのはわかっていた。ルースは息子たちを愛してくれている。将来の約束の有無によって愛するかどうかを決めるような女性ではない。だとしても、今回のことを正直に伝えるべきだろうか？　すぐには答えの出ない問題だった。彼女にはＦＢＩの会議があるなどという嘘は通じないし、つまりはもうひとつの嘘も通じない。ディックスはむかしから、嘘が大嫌いだった。嘘は人を混乱させ、とどのつまり破滅に至らせる。

ディックスは長男のロブを見た。「彼女はきっとおまえの試合を観たがるぞ、ロブ。ほんとのことを言うとな、話をする予定だったやつが心臓発作で倒れたんだ。つまり、父さんは二番手だったわけだ。だが、おかげで懐かしい友だちにたくさん会えるよ。おまえたちには、きっちり規則を守ってもらいたい。わかったか？」

十六歳のロブはディックスと同じくらいの上背があり、体が大きくなって男らしくなりつつある。ディックスはそのロブに目配せした。それに気づいたロブは、身じろぎひとつせず、生真面目にうなずいた。ずいぶん大人になったものだ。寂しいと同時に誇らしい気分になった。いつのまにこんなに大きくなったのだろう？「おまえに任せたぞ、ロブ。兄さんを手こずらせるなよ、レイフ、いいな？　もしルースが来たら、おまえたちで彼女のめんどうをみてくれ。冷凍庫にほうれん草とソーセージのラザニアが入ってるから、ピザじゃなくてそれを彼女に出すんだぞ。たぶんルースがお返しにサラダをつくってくれるから、ぶつぶつ言わずに食べろよ」

「わかってるよ、父さん」ロブが言った瞬間、ディックスには想像がついた。ルースはうちに入るなりピザに取り囲まれ、ブルースターにつきまとわれるだろう。彼女が大笑いしながら冷凍庫のラザニアを取りだし、息子たちは結局、ピザとラザニアの両方を食べることになる。そう、それにサラダを。

ロブが言った。「父さん、ルースがぼくのコーチで速球を投げられるようになったの、知ってる？」

ディックスはうなずいた。そして、おれたちの息子はいい子に育ってくれたよ、ルースもよくやってくれてる、とクリスティに話しかけた。この数年、折りにふれて心のなかでクリスティに話しかけてきた。妻の記憶やその存在感はつねにディックスとともにあり、悪いときには慰めを、いいときにはさらなる喜びを与えてくれた。だが、魂の奥底では、クリスティが死んでいること、死んで三年以上になることを受け入れていた。

サンフランシスコの女性が縁もゆかりもない他人であるのは、まちがいない。それでも、家族全員のために、現地に出向いて確認してこなければならない。自分が断われば、チャッピーが行くだろう。そうなったら、彼がどれほどの悲嘆を味わうことになるかわからない。それに、頭の片隅にこうささやく声がある。もしその女がクリスティだったら、どうする？

ディックスはズボンの裾《すそ》をかじっているブルースターを抱きあげた。満腹したふわふわの毛玉は、守銭奴の凍った心でも溶かしそうな目をしている。青い首輪のゆがみをなおして、胸に抱き寄せた。「ルースが来てもあんまり興奮するなよ、ブルースター。もうおしっこをかける必要なんか、ないんだからな」

息子たちがげらげら笑った。「ブルースターはルースの革ジャケットが好きなんだよね」レイフが言った。「ブルースターはクリーニング屋さんの営業をしてるのよって、ルースが言ってたよ」

息子たちの話題は学校でのことに移った。さっきの説明を受け入れたようだ。助かった。父親が西海岸に飛ばなければならない本当の理由だけは、息子たちの耳に入れたくない。

9

ワシントンDC、FBI本部
金曜日の午前

　ルース・ワーネッキ特別捜査官が腰をかがめてズボンの裾を引っぱりだしていると、ディロン・サビッチが上司のジミー・メートランド副長官に話しかける声が聞こえた。「これを見てください。よくできた似顔絵です」

「できすぎかもしれないと思ってたところだ」メートランドが言った。「目撃者がいいように粉飾してるんじゃないか？　そこのところをチェイニーに確認したか？」

「チェイニーによると、ここまでこまかく描けたのは、犯人が被害者女性を殺すつもりで、近くから顔を見せたからだそうです。犯人は彼女をサンフランシスコ湾に投げ入れ、チェイニーに助けだされなければ、そのまま溺れていたと思われます」

「チェイニーの手柄だな」メートランドは言った。「それに、被害者にとっては途方もない幸運だった。偶然なんだろう、サビッチ？　チェイニーが彼女とつきあっていたとか、仕事上かかわりがあったとか、そういうことじゃないんだな？」

ルースはついつい聞き耳をたてた。チェイニーとは知りあいだ。ドアに顔を近づけると、サビッチの返事が聞こえた。「ええ、その点は自分も気になりましたので。被害者とは一面識もなかったそうです。チェイニー・ストーンには勘の鋭いところがあって、どうした因果か、ここぞというときに絶好の場所にいるようです。そんな妙な話は聞いたことがありませんが、そういう噂を差し引いても——チェイニーは捜査官としてきわめて優秀です」

メートランドはうなずき、サビッチのデスクの前を行きつ戻りつしはじめた。「チェイニーに関する報告書はわたしも何通か読んだ。抜群の記憶力の持ち主のようだな。彼が法学の学位を持っているのを知ってるか？」

サビッチがにやりとした。「彼が天使の側についてくれたことを神に感謝せねば」

メートランドは鼻を鳴らすと、盛りあがった二頭筋をなにげなく曲げたり伸ばしたりした。「まったくだ。世間が堕落した弁護士を必要とする以上に、わたしたちは彼を必要としている」

「彼は元検察官ですが、システムを崩壊させないために次々と司法取引を受け入れなければならない現実に耐えられなくなったそうです。そんな行為にはまるで正義を見いだせず、自分がいてもいなくても関係がないと感じたとか」

メートランドはうなずいた。「サンフランシスコの支局担当捜査官だが——バート・カートライトといったか？　あれも切れる男だが、ストーンのことを目立ちたがり屋だとこきおろしていたぞ。わたしが思うに、仲間のカバーにまわらないという意味のようだ」

「それで?」サビッチがにやりとした。

「そりゃ目立ちたがり屋といったら、元祖はおまえとシャーロックだろう。ただし、おまえの父親は別格だぞ。バック・サビッチは人を怒らせる名人だった」メートランドはふと口をつぐみ、サビッチには、彼が過去をふり返っているのがわかった。

　サビッチはしばし喪失感に浸った。シャーロックを父に引きあわせられなかったことや、息子のショーンを見せてやれなかったことが、残念でならない。

　メートランドが言った。「サンフランシスコ市警はジュリア・ランサムを警護してるんだろうな」

「はい。チェイニーは電話してきたとき、フランク・ポーレット警部が指揮をとってると言ってました。それでドクター・ランサムの再捜査に入ってますが、半年前は彼女が重要参考人だったので、いまだ彼女がかかわっているという噂が消えないようです」

「だが、なにも出なかった」メートランドは言った。「彼女は逮捕されなかった」

「そうです」サビッチは言った。「そしていまになって、彼女が殺されかけた。興味深いと思われませんか?」

　ジュリア・ランサムって誰なの? ルースは聞きながら思った。ジュリア・ランサム——聞き覚えのある名前だけれど、誰なのかわからない。ルースはFBIの捜査官であり、捜査官というのは知りたがりなもので、なにより、チェイニー・ストーンとは知りあいなのだから、ここで投げだすことはできなかった。それに、頭は忙しく働いている。自分の席に戻って、サビッチを待つことに意味があるだろうか。じつはこうして立ち聞きしていると、今朝の七時三十分に眼前に突きつけられた驚愕《きょうがく》の事実に向きあわずにすむ。たとえ一時的にせよ、ディックスがもたらした重い知らせを忘れさせてくれるものなら、なんでもよかった。どんな天秤を使ったところで、詰まるところは、失踪して三年になる彼の妻クリスティが生きているのか死んでいるのかという問題であって、その中間はありえない。そして天秤がどちらに傾くのか、恐ろしい予測をせずにいられなかった。

サビッチの声が聞こえた。「犯人がプロなら逮捕できるはずです。そしてチェイニーはプロだという印象を受けています」

メートランドは似顔絵の男の顔に指を突きたてた。「この冷酷な目を見ろ。似顔絵画家は特徴をよくとらえている。よし、このよくできた似顔絵を何枚か使って、人相認識プログラムにかけるとしよう。ヒットするかどうか、結果はやってのお楽しみだな」

ルースにはサビッチも是非ともそうしたがっているのがわかった。「結果が出たらお知らせします、副長官」

いまだに成長した四人の息子を相手にできるほど頑強なメートランドは、背筋を伸ばして言った。「こりゃ上を下への大騒動になるな。サンフランシスコ市警はオーガスト・ランサムが過去に無料で医学的なアドバイスを与えて傷つけるなり殺すなりした人たち全員をもう一度調べなきゃならんぞ」

「医学的なアドバイスはさほど与えていないようです」サビッチは言った。「ランサムは有名な霊媒師だった。つまり、死者とやりとりできた」

メートランドは不満げにうなった。「エドガー・ケイシーがガン患者に桃の種を勧めたという記事を読んだことがある。で、金銭面の捜査はどうなってる？」

サビッチが答えた。「例によっていろいろありましたが、自分の知るかぎり、とくに未亡人につながる証拠は見つかりませんでした。

オーガスト・ランサムの遺産として残されたのは、わずかな現金と、莫大《ばくだい》な不動産です。パシフィックヘイツの邸宅は八桁《けた》の価値があるでしょうから、結論として、未亡人は貧乏とは言えませんが」

「わたしもこれまで、世間同様、未亡人が犯人だと思っていた。彼女のほうが三十だか、四十だか年下なんだろう？」

「そんなところです。そしていまになって、何者かがその未亡人を殺そうとした。たんに彼女を片付けなければならないのかもしれないし、彼女が都合の悪いなにかを見つけたのかもしれない。そこはチェイニーと地元のサンフランシスコ市警が調べるでしょう」

メートランドが顔をしかめた。「そうか、そうか、そうだろうとも。チェイニーがこの件を放りだして立ち去るわけがないし、そうなれば当然、おまえも首を突っこむ。しかたがないな、連絡を絶やすなよ」

「まだチェイニーの意向がわかりません」サビッチは言った。「ですが、霊媒師だなんだを含めて、興味深いのは確かです。シャーロックがその手の本をたくさん読んでいるのをご存じですか？」

「すべていんちきだと心得てるのか？」

「どう考えているのか尋ねると、そのたびに、『トワイライト・ゾーン』のテーマを口ずさむんです。態度を決めてないようですね」

「シャーロックはドクター・ランサムの本も読んだことがあるのか？」

「可能性は高いと思います。尋ねてみましょう」

「あの手の本はよく売れるらしいな。しかもランサムは、あっちの世界でも五本の指に入る有名霊媒師だった」

サビッチはゆっくりと言った。「あの有名なマジシャン、フーディニと同じように、ランサムが生前に妻と約束をしている可能性はあります」

「おまえが言いたいのは暗号だな？　ふたりのあいだで秘密の暗号を取り決めておいて、ほかの霊媒師がその暗号を妻に伝えられれば、その霊媒師は信じられるってことか？」

サビッチはおもむろにうなずいた。「そんなところです。ジュリア・ランサムになにか裏があれば、それを探りだすのはチェイニーでしょう。チェイニーは彼女の命を救った。それでなんらかの絆ができているはずです。地元警察もやはりそう考えるでしょう」

「わたしのほうからサンフランシスコの支局担当捜査官に連絡を入れて、この件でサンフランシスコ市警から要請があったら、チェイニーの好きにさせるように言っておこう。連絡を絶やすんじゃないぞ、サビッチ」

いますぐ離れなければいけない。そう思いつつも、ルースの足はリノリウムの床に張りついて、動かなかった。

サビッチのオフィスから出てきたジミー・メートランドに、あやうく押し倒されそうになった。メートランドはにやりとした。「ルース、調子はどうだ？　ディックスと息子たちはどうしてる？」

「あの、はい、おはようございます。みんな元気にしてます。今週末はロブがにっくきクレセントシティのパンサーズ相手に投げるので、マエストロまで行ってきます」

メートランドは首を振った。「野球にバスケにアメフトにスノボにわたしの車の運転——うちの庭には息子たちの折れた骨が散らばっている。ディックスにしても、バンドなりなんなり、息子たちにはもっと安全なものに手を出してもらいたがってるだろうよ」そして、デーン・カーバーとアーカンソー州リトルロックで起きた異様な殺人事件について話しあっているシャーロックに手を振った。メートランドはデーンがチェイニーと同じロヨラ・ロースクールに通っていたのを思いだした。どちらの成績が上だったのだろう?

「やあ、ルース」サビッチの声がした。「この似顔絵について、きみの考えを聞かせてくれ」

10

ルースが立ち聞きしていたことに気づいていながら、サビッチはそれを責めるどころか、意見を求めてくれた。ルースは彼のデスクに広げられた似顔絵を見おろした。眼鏡をかけたハンサムな黒人男性。意志が強そうで、自分が何者で人生においてなにを成すかを知っているような顔つきをしている。ルースは迷わず答えた。「プロですね。プロのデータならデータベースにたっぷり蓄積されてますから、名前を特定できる可能性が高いと思います。この目を見てください――魂の底まで空っぽの男です」

「いや、空っぽではなくて、冷淡なんだろう。ところで、用があったんだろう?」サビッチはルースの顔に目をやった。そして、つくづくと顔を見て言った。「ドアを閉めてくれ」

ルースは言われたとおりにした。

「よし、ルース、椅子にかけて」

ルースは坐った。

「警官というのは、いま起きていることをすべて承知しておかないと気がすまないもんだ。

きみもここ何分かのあいだは、チェイニー・ストーンとジュリア・ランサムの話に気を取られていたはずだ。だが、ほかになにかあったんだろう？　ディックスにかかわることなのか？」

「いえ……はい、そうです。ディックスがリッチモンド空港から電話してきました。これからサンフランシスコに出かけるそうです」情けない顔でサビッチを見た。「失踪中の奥さんのクリスティのことでです。クリスティの名付け親が彼女に会ったとチャッピーに電話してきたと言ってました」

サビッチの黒い眉が吊りあがった。彼はゆっくりと言った。「それはクリスティじゃないぞ、ルース。クリスティはとうに死んでる。そのことはきみも、ディックスも承知してるはずだ。にもかかわらず、彼は今回の件を調べるしかなく、きみもそう思ってる。で、その名付け親がなんと言ったか、教えてくれ」

「名付け親はジュールズ・アドベアといいます。会ったのはクリスティだと断言する一方で、彼女からはなんの反応もなかったことを認めてます」

ルースはディックスから聞いたとおり、サンフランシスコのラッシャンヒルの派手なペントハウスで行なわれた資金調達パーティで起きたことをくり返した。

話し終わったときには、ぐったりしていた。サビッチは彼女の顔を見つめ、その目が不安に曇っているのに気づいた。「サンフランシスコか」ゆっくりと言った。「おれの義父に電話をしてもかまわないか？　その人たちを知ってるかどうか、尋ねてみよう――トマス・パラックとシャーロットだったな？」

「もちろん、かまいません。ディックスもかまわないはずです」

「シャーロックの父親のコールマン・シャーロックは判事で、めったにいない生粋のサンフランシスコ人だから、地元の情報に通じてる。しかも金持ちだから、彼らと交際があってもおかしくないんだ。うまくすれば、あたふたすることなく、即座に問題を解決してもらえるかもしれない」

「ありがとうございます。わたしが想像してたのは、ディックスがその金ぴかのペントハウスに近づいて呼び鈴を鳴らすと、気取った執事が出てきて、奥さまはいまお目にかかれませんと応じる場面でした。これといった策がないから、家の脇から彼女の寝室にでも忍びこまないと顔が見られないんじゃないかと思ってたんです」

サビッチは椅子の背にもたれ、ルースの顔から目を離すことなく、腕組みをした。「おれもディックスと同意見だ。彼の妻は殺されてる。いなくなって……三年ぐらいか？」

「三年以上です。今回、西海岸へ行くにあたって、ディックスは息子たちに嘘をつき、わたしは彼から今週末、息子たちについていてほしいと頼まれました。たぶんチャッピーもまとめてってことになると思います」ルースは苦しげに笑うと、ごくりと唾を呑みこんだ。「ディロン、もしクリスティが生きていたら？」

サビッチは立ちあがり、デスクをまわって出てきた。そして、やはり立ちあがったルースに腕を伸ばし、抱きしめて、髪にささやきかけた。「ありえない。いいから、そんなことで頭を悩ませるな。おれがおもしろそうな話をしてたら、すべて立ち聞きしていいぞ」

「ディロン、お義父《とう》さんにいま電話してもらえませんか？　早くすっきりしたいんです。ディックスのためにも、わたしたち全員のためにも」

「その前にディックスの許可を取らせてくれ、ルース」

「彼もそれを望むのは、あなたもご存じのはずです。お願いです。わたしたちみんなのために連絡してください。わたしのためだけでなく、全員にとって重要なことなんです」

サビッチはまじまじとルースの顔を見ると、ミッキーマウスの絵のついた腕時計に目をやった。「西海岸は七時ぐらいだな」ルースにうなずきかけて椅子に坐るよう指示すると、携帯電話を取りだして、ダイヤルした。

「はい、シャーロック家です」

「おはよう、イザベラ、ディロン・サビッチだ。元気にしてるかい？」

「サビッチ捜査官！　お声を聞けて嬉しいです。おかげさまで、変わりありませんよ。わたしの赤ちゃんは元気にしておられますか？」

「ああ、イザベラ、元気におれを押さえつけてるよ」

「わたしの赤ちゃんの赤ちゃんはお元気でしょうか？」

「彼女の元気をうわまわれるのは、ショーンだけさ」

イザベラが笑った。「それはようございました。小さいながら完璧な坊やですね。いまシャーロック判事におつなぎします」

判事はすぐに電話に出た。「嬉しい驚きだな、サビッチ。悪い知らせじゃないといいが」

義父の不安を解消して、義母のエベリンのようすを尋ねたサビッチは、異例の問題とその関係者について簡潔に語った。「あなたがディクソン・ノーブルと面識がないことは承知しています、コールマン。ですが、ディクソンはいい男で、三年前に奥さんがいなくなって以来、苦労してふたりの息子を立派に育ててきました。きまじめな保安官で、頭が切れ、職務に忠実なうえに、ブルドッグのように屈強です。あなたもきっと気に入られる。それで、トマス・パラックとその妻のシャーロットのことは、ご存じですか？」

「もちろんだ。パラックは地元の集まりによく顔を出すし、国政に参加するようになって十年になる。たしか出身は東海岸の町……そう、わたしの記憶が確かなら、ニュージャージーだったと思う。ハリウッドのセットと相性のいい男で、わたしに言わせれば、そんなものは明晰《めいせき》な頭脳の廃墟《はいきょ》でしかない。ロサンゼルスで政治家として活躍したのを足がかりにして、国政に移った。さっき言ったとおり、国政に携わるようになって十年ほどになる。落選していた時期もあるかもしれないが、わたしは知らない。単に本人が返り咲きを望んだのかもしれない。精製と石油探査で富を築いたが、いまではその経営も多角化し、幅広く手を出している。そのなかにはシリコンバレーにあるソフトウエア会社数社もある。三年ほど前までは独身だった。そういえば、ゲイだという噂もあったが、ただの噂だろう。彼をゲイだと感じたことはない。

わたしと彼とのつきあいは社交の場にかぎられ、だいたいは彼がつぎつぎに催す資金調達パーティの場でだ。政治にしか興味のない男だし、新しい奥さんの前で彼をへこますのははばかられる。それに、そろそろ七十になろうとする男だ。向こうはわたしが敵方の候補を支援するつもりがないのを知っているから、協定関係が長く続いている。わたしは表向き、政治的に彼を批判しない代わりに、向こうも双方が支援しているチャリティ以外では、わたしに資金援助を求めてこない。

彼の連れ合いのシャーロットとは面識がないが、彼女は富の街ボストンの出身だと聞いている。ただし、保証のかぎりではないが。なんならわたしがふたりを食事に招待するが、サビッチ？　シャーロット・パラックのことが少しはわかるかもしれない」

「その前にもうひとつ質問させてください。エベリンはふたりをご存じなのですか？」

「どうだろう。五分後に尋ねてみよう――朝食の席で」

「ありがとうございます。ぼくからよろしくとお伝えください。こちらでもMAXを使ってシャーロット・パラックのことを調べてみます。彼女の身元や、トマス・パラックと結婚する前になにをしていたかがわかるかもしれません。それと、この件については内密にお願いします。そうだ、ディックス・ノーブルを食事に同席させる手がありますね。それは可能ですか？」ＭＡＸというのは、サビッチ愛用のラップトップの名前だ。

「名案だな。それならその場で彼の疑問を解決できる。いますぐトマスに電話をかけ、彼とシャーロットが今夜か土曜の夜、空いていないかどうか尋ねてみよう。それでどうかね？」

「一同、恩に着ます。少し待ってください——」サビッチはルースに尋ねた。「ディックスは何時にサンフランシスコ空港に到着する？」

「現地時間で、今日の午後三時前後です」

サビッチはシャーロック判事に言った。「ディックスがサンフランシスコに着いたら、ぼくから電話をして、計画を伝えます」

「彼にこちらに来るように言ったらどうだ？　うちに泊まってもらってかまわない。それなら食事に同席しても、不自然にならないだろう。どうだね？」

「ありがとうございます、コールマン。名案です。ディックスとは仲がいいので、お宅に泊めていただけるのは、願ったり叶ったりです」

「それはそうとサビッチ、ジュリア・ランサムの殺人未遂事件について、なにか聞いているか？　ＦＢＩ捜査官が彼女の命を救ったと新聞の一面に載っていたが」

「ええ、いくらかは」

「ふむ、きみは口の堅い男だったな。きみが取り仕切っているのか？」

サビッチは笑った。「シャーロックに電話を替わるので、しばらく会話を楽しんでください。ショーンの最新のコンピュータゲームの話が聞けますよ。『パジャマサムとドラゴンテール』というゲームです」たぶんシャーロックも、バージニア州マエストロのディクソン・ノーブル保安官について、父親に語るだろう。そしてふたりが会うことに大興奮する。サビッチは携帯の通話口を手で押さえて、ルースに声をかけた。「すぐに戻る」

シャーロックに携帯を渡し、しばらく妻の顔を眺めた。妻は父親に話しかけ、いつものように温かみのある声で笑った。オフィスに戻ったサビッチは、ふたたびルースに言った。

「きみにもわかるだろう？　一度結婚した相手なら、どれほど年月がたっていようと、どんなに見た目を変えていようと、すぐに見分けがつくものだ。ディックスも今夜のうちにわかる。一瞬にしてね」サビッチはパチンと指を鳴らした。「当面、やれることはないぞ、ルース。パンサーズ相手にノーヒットを狙えと、ロブを励ましてやったらどうだ？」

ルースは声を震わせて笑った。「わかりました、おっしゃるとおりですね。でも、それがやけにむずかしくて」

「わかるよ」

「もしロブがノーヒットを達成したら、いばりくさるロブに嫌気が差して、弟のほうが家から逃げだしちゃうかもしれません」そう言って、ルースはオフィスをあとにした。サビッチはその背筋が伸びていることに気づいた。胸を張り、大股できびきびと歩いている。これぞルースの歩き方。いまにも他人のケツを蹴りあげそうだ。

突然、サンフランシスコ方面の動きが活発になった、とサビッチは思った。これまでも何度もあったことだが、なぜか特定の場所に物事が集中する。シャーロックがこちらに向かって歩きながら、携帯電話を切っている。妻の話を聞くのが待ち遠しい。シャーロックは『パジャマサムとドラゴンテール』でショーンに負けたことを父親に話しただろうか？

11

サンフランシスコ
金曜日の午前

エベリンは夫のコールマン・シャーロック判事に言った。「シャーロット・パラックなら、先月、〈ハイアット・エンバルカデロ〉のファッションショーで見かけましたよ。きれいな人。ただきれいなだけではなく、上品で知性があり、とても興味深い顔つきをしているわ。よそよそしいというのかしら。実際、二年前に出会ってからずっと、彼女にはどこかうち解けない部分があるのよ。

マジー・ウォーレスが例の鼻声を低めて、けれどまだ大きすぎる声で、こんなことを言っていたわ。シャーロットは着るものに大金を使い、マジーが言うには、ハンガーから外す暇もないほどだけれど、どんな育ちだかしれたものでないわと。意地の悪いマジーの言うことだから、聞き流しましたけれど」

「彼女の育ちとは、どういう意味だ？　彼女はボストンの名家の出だと聞いているが」

「わたくしにはさっぱり」

「トマス・パラックは近くにいなかったのだな？」

「トマス？　ええ、その日は女性の集まりでしたから」

シャーロック判事が言った。「わたしはあと五分ほどで、行かなければならない。おお、イザベラ、来てくれたか。急な話で悪いが、今夜お客さんをお招きしてある。明日の夜も滞在されるかどうかは、今夜の食事にかかっている。ディクソン・ノーブル保安官といって、サビッチとレーシーの友人なのだ。それから、今夜の夕食は五人分用意してくれ」

「もう先方に電話したのね。気づきませんでした」エベリンは言った。

「そうとも。すでに向こうは起きて〈ウォールストリート・ジャーナル〉に目を通しおわっていた。わたしは親しげな調子で、彼が推す候補者に――なんという名だったかな？――そう、地方検事に立候補した男に肩入れしてもいいとほのめかしてやった」声をたてて笑う妻に笑顔を向けた。「それでトマスも乗ってきた。トマスとその奥方は七時に来るそうだ」

「知恵がまわりますこと」エベリンはカップを掲げた。

「特製のミントソースを添えたローストポークでよろしいですか、シャーロック判事？」

「ああ。それにアップルパイを頼もうか」

イザベラはうなずいた。「このひと月、お客さまがありませんでしたから、楽しみです」そう言うと、鼻歌を口ずさみ、頭のなかで段取りをつけながら、ダイニングへと立ち去った。

それから四十五分後、シャーロック判事はサンフランシスコでもっとも醜悪な建物、ゴールデンゲート・アベニューにある連邦地方裁判所の十六階にある執務室にたどり着いた。記録的な速さで助手とやりとりし、執務室のドアを閉めて、コンピュータを立ちあげた。あと二十三分で法廷に入らなければならない。ジュリア・ランサムの名前を打ちこみ、画面に目を凝らした。彼女が殺されかけ、地元のFBI捜査官に助けられたことを報じる朝刊の記事を読みおわったときには、詰め物をしたばかりの臼歯《きゅうし》をかけてもいい気分になっていた。まちがいなく、婿はこの事件に通じている。どっぷり浸かっているはずだ。婿にはいつも先を越されているが、今回こそ婿があのいまいましいMAXを活用する前に、なにかを探りだせるかもしれない。

ディックスは定刻にサンフランシスコ空港に到着した。頭上の物入れからひとつきりのキャリーバッグを取りだし、空港を通り抜けた。よく晴れた、寒い日だった。ホテルのことは機内でフライトアテンダントに尋ねてある。タクシーに乗りこもうとしたそのとき、携帯電話がニューオーリンズ・ジャズを奏でだした。

五分後、タクシーはパシフィックヘイツに向かって走りだし、四十分後には、サンフランシスコ湾を一望できるアールデコ様式の美しい三階建ての屋敷を前にして立っていた。

「こりゃ、金のかかったきれいなお屋敷ですな」運転手が強いロシア訛《なま》りの英語で言った。

そのとおり、金のかかったきれいなお屋敷だった。チャッピーの邸宅タラに似ている。ただ、眺望はこちらのほうが上だった。


ディックスは濃いコナコーヒーの入ったカップを手にして、かしこまったリビングルームのソファに坐り、腕時計に目をやった。向かいにはエベリン・シャーロックが坐っている。

「ええ、いま五時です」エベリンは言った。「ねえディックス、ふと思ったのですけれど、あなた、スーツを持っていらっしゃらなかったでしょう？　短期の急な旅行ですもの」

ディックスは美しい女性にほほ笑みかけた。娘のシャーロックとは、まるで似ていない。物腰がやわらかくて、優雅で、たおやかで、顎のラインでまっすぐ切りそろえたブロンドがしゃれている。シャーロックのあの荒々しい赤毛は、誰から受け継いだのだろう？

「はい、マダム、じつは――」

「エベリンと呼んでくださらないと」

「はい、エベリン。トマス・パラックという人物が政界の大物だというので、ばつの悪い思いをしないでいいように、ぼくにもきちんとしたスーツを持参するだけの良識はありました。ただ、はたしてそのスーツでいいのかどうかはわからない――」

エベリンはディックスの大きな手を軽く叩いた。婿のサビッチ同様、がっしりとした力強い手、深い泥沼からでも引っぱりだしてくれそうな手をしている。「イザベラにふさわしいスーツかどうか確認させましょうね。それでよければ、イザベラにアイロンをかけてもらえばいいわ」

イザベラの見立てによると、ダークブルーのウールのスーツはこんな機会にぴったりだけれど、シャツはいただけないとのことだった。ディックスは渡されるままにシャーロック判事の手縫いの白いシャツのボタンを留め、シンプルな金色のカフスをつけ、イタリア製の赤と白のシルクタイをウィンザーノットに締めた。それから一歩下がって、姿見で自分の姿を眺めた。

窓に目をやると、あてがわれた寝室は、自宅のダイニングほどの広さのある気持ちのいい部屋だった。丘の中腹に広がる美しい町サウサリートと、マリンヘッドランズ半島が見えた。さっきエベリンがため息混じりに言っていたのを思いだす。雨続きだったせいで、アイルランドのように緑が濃くなっているけれど、長くは続かない、これも七月までよ、と。

寝室にはクリスティが大好きだったイギリス製のアンティーク家具が溢れている。それに対して、ルースは明るくカラフルなもの、奇抜なものが好みだ。彼女の家の玄関に入ってすぐの場所に控えている陶器の雄鶏《おんどり》がいい例だった。ディックスは動きを止めて、見るともなしに、鏡のなかの自分を見つめた。おまえにやれるのか？　どんな顔をして、クリスティではありえない女に会ったらいいのか。クリスティはもうこの世にはいないんだぞ。

だが、もしその女がクリスティだったら？

いつしか手が汗ばみ、動悸《どうき》がしてきた。脳を酷使しすぎたせいか、ろくに考えられない。その女、シャーロット・パラックという女は、クリスティではない。だが――おい、いったいどうしたんだ、馬鹿野郎。クリスティはとうに死んだ。冷静になれ。ふたたび脳が暴走し、思考が脇にそれた。その女がクリスティのはずがないとしたら、長らく消息不明になっていた姉妹だとでもいうのか？　チャッピーが不倫をして、愛人が妊娠したのを知らなかったのか？　一日じゅう、思考はあてどなくさまよっている。もしいまベレッタが手もとにあったら、頭を撃ち抜いていたかもしれない。

ディックスには自分が望んでいること、望んでいないこと、そしてこれから知る事実が怖くてしかたがなかった。自分の無力さを認めざるをえなかった。だとしても、今夜その女に会うには体裁を保たなければならず、落ち着きと理性と明晰な頭脳が必要だった。ひと目見れば見分けがつくのはわかっている。それで終わる。

ディックスは鏡を見ながら頭を振り、濃い色の髪に櫛《くし》を通した。しゃんとして、この事態に対処しなければならない。めちゃクールにしないとね、とレイフなら言うだろう。なおもわが身を見つめ、納得してゆっくりとうなずいた。この家の客人らしく、洗練されている。上品かつ裕福そうで、これなら高慢ちきな気取り屋と食卓を囲んでも、見劣りがしない。自分には威厳と自信があり、心の準備もできている。なにがあろうと、取り乱すことはない。

十分後、リビングに戻ると、エベリン・シャーロックがその自己評価を後押ししてくれた。彼女はディックスの袖を軽く叩いた。「もしシャーロットがあなたのクリスティでないとしても、あなたと駆け落ちしたくなるんじゃないかしら」そして、その必要もないのに、ディックスのタイをなおしてくれた。

その発言によって、また状況の見え方が変わった。ディックスはエベリンを見おろし、娘とのちがいに対する驚きを新たにした。と、エベリンが小首をかしげた。「わたし、男性のダブルカフス姿が大好きなのよ」シャーロックがこれとそっくりのしかたで小首をかしげるのを見たことがあった。

「どうせ駆け落ちするんなら」ディックスは言った。「あなたとしますよ」

エベリンがため息をつき、低いしわがれ声で言った。その声がやけにセクシーに響いた。

「あら。すてきなカフスをした男性が多すぎて、わたしにはそんな時間はありませんよ」

ディックスは大笑いした。「ぼくがダブルカフスのシャツを着たのは、人生で三度めくらいじゃないかな」

冷静で超然としていて、貴族を思わせる風貌――チャッピーを若くしたようだ、とディックスは気づいた――のシャーロック判事は、リビングに入ってくると、妻の頬に口づけしてきれいだと褒めてから、ディックスと握手を交わした。そして上下に視線を走らせ、上司に気に入られたがっている息子を見る父親のような目でディックスを観察してから、おもむろにうなずいた。「きみならうまくやれるだろう、ディックス。さて、なにか飲むかね?」

「いえ、けっこうです、判事は――」

「コールマンと呼んでくれ」

ディックスはうなずいた。「胃が受けつけません。シャツとタイを貸してくださって、ありがとうございます。そしてカフスも」

そのとき呼び鈴が鳴った。胃が重くなって、磨きたての靴に落ちそうだった。いまグラスを持っていたら、取り落としていただろう。エベリンが袖口を軽く叩いて、こともなげに言った。「パラック夫妻がいらしたんじゃないかしら。ディックス、あなたならだいじょうぶよ。あなたには肝心なことがすべてわかっていて、向こうはなにも知らないの。あなたのクリスティかどうかはすぐにわかります。それでおしまい。彼女がクリスティなら、当然、どちらにもそれがわかるはずです」

もっともな忠告だったが、シャーロット・パラックが玄関ホールに入ってくるや、思考が停止した。彼女はクリスティと同じ笑顔であたりを隅々まで照らしだした。きれいにそろった白い歯は、クリスティの歯だった。ジュールズ・アドベアの言ったとおりだった。長く細い指先についた爪には、ディックスの好きな淡いピーチ色のマニキュアが塗ってある。ディックスは唾を呑みこみ、平静さを保とうとした。あくまでも物腰やわらかく客人を迎える赤の他人でなければならない。シャーロットに近づく必要があった。髪の色はクリスティよりも濃いけれど、別人だという決定打にはならない。上背も体つきもクリスティと変わらないが、この女のほうが痩せている。だが、それもあまり意味がない。彼女の目を見ればわかるはず。近づいて顔を突きあわせてみなければならない。

シャーロック判事がそっとディックスの袖をつかんで、前に押しやった。「ディクソン、友人を紹介させてくれ。こちらはトマス・パラックと奥さんのシャーロット。トマス、こちらはディクソン・ノーブルだ」

12

ディックスは一歩前に踏みだし、手を差しだした。マナーが板についた上流紳士の物腰だった。「はじめまして、ミスター・パラック、ミセス・パラック」その声は、晴れわたった半月の夜空の下に広がるサンフランシスコ湾のように、静かで穏やかだった。

トマス・パラックと握手を交わすと、その妻のほうを向き、我慢できずにもう半歩だけ踏みだした。ふたりのあいだには三十センチの距離もない。シャーロットはほほ笑みを浮かべて、手を差しだした。ディックスはその顔から目をそらさなかった。彼女も目をそらさなかった。

なにかに気づいたようすはなかった。彼女はおれを知らない。クリスティではないのだ。だが、クリスティにそっくりなのは確かだった。いまなら、ジュールズ・アドベアが彼女を見たショックで倒れたのもうなずける。

彼女の瞳はクリスティと同じ青みがかった薄緑色だが、少しだけ形がちがう。温かみのある愛想のいい顔をしているけれど、クリスティにはあった独特の輝きがなかった。怒っているときも、喜んでいるときも、悲しんでいるときも、そして溢れんばかりに幸せそうなときにも、ディックスの知るクリスティは、一日も欠かすことなく目に独特の煌《きら》めきを宿していた。いま見ている目の奥には、それがない。リッチモンドを発《た》ってから、何度も妻の写真を眺めて、こまごまとした部分や、さまざまな気分のときの雰囲気をよみがえらせてきた。シャーロット・パラックの鼻は、クリスティの鼻はチャッピー譲りで、目の前にある鼻はちがう。クリスティよりも少し細かった。二メートルも離れていたら、ディックスもショックで倒れていたかもしれない。けれど、とても似ている。もし彼女が記憶を失っていて、整形手術を受けていたら――いや、そんな馬鹿なことがあるか。だが、彼女はクリスティではない、そういうことだ。

突き刺すような悲しみが襲ってきて、なにかが心の内側で壊れた。この女がいなくなって久しい妻であったらという願いが途方のないものであったことに気づいた。

だが、ちがった。この女は見ず知らずの他人だった。

「ミスター・ノーブル？　どうかされましたか？」

彼女の声。いまいましいほど、クリスティに似ている。握った彼女の手に力が入った。ディックスはふいに手を放した。チャッピーよりも高齢で七十に手が届かんとする恰幅のいい老人であるトマス・パラックが――巧みに仕立てられたスーツで太鼓腹を隠したシャーロットの夫が――眉を吊りあげて、ディックスを凝視していた。妻の手をやけに長く熱心に握っている男に対して、にわかに疑念が湧《わ》いてきたのだろう。どことなくディックスの挙動が不自然だからだ。年の離れた妻に性的な興味を持ったと思われたのかもしれない。

ディックスはあわてて後ろに下がり、形ばかりの笑みを浮かべた。

終わった。クリスティではない。

「まじまじと見てしまって、申し訳ありません、ミセス・パラック」ディックスは言った。「遠いむかしによく知っていた女性にそっくりでいらしたので。その女性がそうであったように、あなたはたいへんお美しい」

完璧な言い訳だった。トマス・パラックもいったん疑いを引っこめたようだ。自分の妻をおおっぴらに褒めそやした若くてたくましい男を前にして、得意げな顔をしている。その女は彼の妻であって、若い男には手に入れられないからだ。シャーロット・パラックのほうは、頭を傾けてまだディックスを見あげている。賛美の言葉に驚きつつ、喜んでいるようだ。この女はおれを知らない。おれが何者で、なにをしているか、まるで知らない。

クリスティではない。

エベリン・シャーロックが社交の場にふさわしい軽い調子で言った。「自分にそっくりな人がいると、よく言いますものね。わたしも、自分のそっくりさんに会ってみたいものだわ。その人は入院中かもしれないし、イタリアの女子修道院の院長になっているかもしれない。あなたはどう思う、コールマン？」

シャーロック判事が野太い声で大笑いしたので、ディックスはその間《かん》に平常心と思考力を取り戻した。判事は言った。「よしてくれ、エベリン、イタリアにしろよそにしろ、修道院長などわたしの手に負えるものではない。おまえの修道院で、ワインでもつくるつもりか？」そして、パラック夫妻に笑顔を向けた。「リビングへどうぞ。イザベラのうまいオードブルをつまみながら一杯やって、そのあと、ディナーでたっぷり腹を膨らませていただきましょう」

クリスティではない。

それなのに、なぜかディックスは彼女の後ろについて、クリスティの歩き方と見くらべていた。わずかに異なるが、大きなちがいではなく、クリスティを観察してまねたような歩き方をしている。おい、いいかげんにしろ。いますぐそんなことはやめるんだ。明日には帰宅して、いよいよ婚姻状態の解消に向けて動きだす。判事の前に進みでて、〝遺棄〟という言葉を口にするのだ。ああ、そんなことが耐えられるだろうか。いや、いい潮時だ、過去に縛られていてはいけない。すべきことをして、どっちつかずのまま苦しい生き方をするのはやめなければ。ルースまで巻きこんでしまう。ディックスはルースが自分のものになってくれることを、かけがえのない女性を生涯にふたり見つけられる幸運に恵まれていることを祈った。誰にとっても、どっちつかずの状態に長くとどまりすぎた。

食事中はシャーロットを見ないように心がけ、おおむねうまくいった。だが、シャーロットのほうがちらちらと視線を投げかけてきた。

ディックスはパラックの話に耳を傾けた。王家のマントのように富をまとっているのがおかしかった。パラックは自分がひとかどの人物であること、力があることを意識しており、なにより、人の恨みをかわないようにそれを隠すことを知っていた。チャッピーのほうが巧みではあるけれど、共通する点が多かった。

ディックスはシャーロック判事が夕食の席で出したメルローの極上ワインのグラスを受け取った。ちびちびと口をつけ、胃に拒否されずにすむのが嬉しかった。それでも目は相変わらずシャーロットに向かいがちで、彼女もその夫も、それに気づいていた。もしディックスがパラックなら、その厚顔を殴りつけたくなっていただろう。だが、この老人は手放しで喜んでいるようだ。きたんなく言えば、戦利品としての妻《トロフィー・ワイフ》というのが、シャーロットを表わす言葉だろう。

皿から顔を上げて、シャーロットに話しかけた。「ミセス・パラック――」

「シャーロック家のご友人なのですから、シャーロットと呼んでくださらないと」

「シャーロット」ディックスは勧めに従い、うなずいた。彼女の声には、誰が聞いてもわかる特別なぬくもりが込められていた。「あなたのアクセントはどちらのものですか？　ひょっとすると、南部？」

「あら、ミスター・ノーブル、いい耳をお持ちね。元々は東部の出ですが、その後、ダーラムに転居いたしました。ですが、わたし自身はカリフォルニアが長いんですよ。アクセントと言えば、あなたも軽い南部訛りがおありだわ」

ディックスはうなずいた。「ぼくはバージニア州にあるマエストロという小さな町で、保安官をしています。ディックスと呼んでください」

「おお、法執行官がまたひとり」パラックは言い、ナプキンを皿の脇にぽんと置いた。「連邦判事に保安官とは」ディックスには、パラックのなかで自分の地位がいちじるしく低下したのがわかった。笑いをこらえて、うなずいた。「ええ、そうです。ぼくはシャーロック家の娘さん夫婦の友人です。おそらくご存じでしょうが、レーシーも彼女の夫のディロン・サビッチもFBIの捜査官で、数カ月前にぼくの町で起きた事件を一緒に捜査しました」もうひと口メルローを飲み、気がつくとふたたび話しだしていた。「ひょっとすると、ぼくの義父もご存じかもしれませんね、ミスター・パラック。チャップマン・ホルコムといって、チャッピーと呼ばれています。主たる興味は銀行業で、ホルコム銀行のオーナーです。いや、正確じゃないな――より正確を期すと、彼の主たる興味は金儲けです」ディックスは世慣れた笑みを浮かべた。

パラックがうなずいた。「その町名には聞き覚えがあると思っていたよ。そう、チャッピーとは何年か前に取引をして、ついでに言えば、おおいに儲けさせてもらった。だが、あれ以来、連絡をしていないし、会ってもいない。あのつむじ曲がりの老人は、近ごろどうしておられる？」

「変わりありません。いまは息子のトニーが銀行を経営していますが、チャッピーはまだ完全に手綱を放そうとしないのです。亡くなるまでこの状態が続きそうです」

シャーロック判事がさりげなく口を出した。「その男性はきみの義理の父親なんだな、ディックス？　そうか、思いだしたぞ。娘のレーシーが言っていたが、きみはその男性の娘さんと結婚したんだったな。あいにく、奥さんの名前までは覚えていないが」

「妻は亡くなりました」ディックスは喉の奥から苦いものが込みあげてくるのを感じつつ、シャーロック判事の機転と演技力に舌を巻いた。「名はクリスティ。亡くなって三年と少しになります」

「ほんとうにお気の毒です」シャーロットが言った。「わたしは早くに父を亡くしました」

「ところで、ディックス」パラックが言った。「チャッピーに法律を破るなと警告してやってくれ。さもないと、ここにおられるシャーロック判事に強制収容所のひとつに送られるかもしれないぞ」

「強制収容所？」眉を吊りあげて、ディックスは問い返した。「この国にそんなものがあるとは知りませんでした」

「わが国の刑務所システムは――」パラックが身を乗りだした。目つきが鋭くなる。「恥さらしだ。囚人は混みあったおぞましい施設に入れられ、刑務所の管理システムは泥沼にはまりこんで機能していない」

「その点はわたしも賛成する」シャーロック判事が言った。

パラックがぶち上げた。「唯一の解決策は服役囚の一時帰休システムを活用することだ。収容者の一部を出してやり、社会に再統合する」

「連中の再犯率の高さを知らないのかね、トマス?」シャーロック判事が反論した。「州の所得税よりも高いのだぞ。社会の側からしたら、窃盗犯や、殺人犯、ドラッグの売人、強姦《ごうかん》犯、その他もろもろの犯罪者を街に戻して好き放題やらせるなど、めっそうもないことだ」判事はふと口を閉じた。客人であるパラックを叩きのめすわけにはいかないと気づいたからだ。「ただし、あなたが言われることにも一理ある。われわれはシステムを修正しなければならない——刑務所の数を増やす方向で」

パラックはなにかを言いかけたものの、女主人のエベリンが射抜くような目で見ているのに気づき、「それに賛成する人間もいるだろう」と言うにとどめた。ディックスはパラックの自制心の強さに感心しつつ、湧いてきた疑問に頭を悩ませていた。チャッピーと知りあいなのに、パラックはクリスティに会ったことがないのか? チャッピーの書斎のデスクに飾ってある彼女の写真を見たことは? ディックスの名前ぐらいは聞いていても、おかしくないのではないか。もしクリスティと面識があるのなら、自分の妻がクリスティにそっくりであることに気づかないだろうか?

エベリンはアーモンドをトッピングしたサヤインゲンと小タマネギの料理をパラックに勧めた。「あら、トマス、ディックスの義理のお父さまをご存じでらしたなんて奇偶ね」

パラックが応じた。「なに、マエストロで少しお目にかかっただけです。たしかチャッピーとおっしゃいましたね？　そのあとリッチモンドに出て、さらにふたりの銀行家に会いました。なぜニューヨークに出られないのか、尋ねたのを覚えています。つまり、バージニア西部のちっぽけな田舎町でなにができるか、と。おっと、侮蔑するつもりはないんだよ、ノーブル保安官」

ディックスはさらりと受け流した。「ぼくはちっぽけな田舎町が大好きなんです。刺激的な大都会ニューヨークからわざわざ家族で引っ越したぐらいで」

だが、パラックはろくに聞いていないようだった。サヤインゲンとロールパンを食べる合間に言った。「わたしが地方検事に推しているガレン・バンブリッジは、強硬な治安強化推進派でね、コールマン。さらなる刑務所の建設にも興味を示す可能性がある」

ディックスは言葉を失って、パラックを見あげた。育ちがよく、自分が日の当たる場所にいることを心得ている。なにさまのつもりだ？「あなたが推される候補は、世界から悪魔を一掃すべきだという信念の持ち主ですか？」

「悪魔？」笑いかけたパラックは、それを抑えるだけの礼儀を持ちあわせてはいたものの、冷ややかな軽蔑の顔になった。「いま悪魔と言われたか？　悪魔と？　悪魔などという中世の戯言《たわごと》を、いまこの時代、どこの誰が信じるのかな？」

エベリンには、白目をむいて食卓に横たわるパラックと、その傍らに立つディックスがありありと思い描けた。女主人として客あしらいに長《た》けているエベリンは、大急ぎで、デ・ヤング美術館で開催中のエジプトのハトシェプスト女王展の話題を持ちだした。ありがたいことに、パラック夫妻はどちらもその展覧会に行っていた。

絶品のアップルパイのアイスクリーム添えに舌鼓を打ちながら、シャーロック判事は、パラックが候補者について熱弁をふるうのを黙って聞いた。興味を持っているような顔をするという、信じられないような芸当までやってのけた。

シャーロットは控えめながらディックスに関心を示しつづけ、十時ちょうどに夫にコートを着せかけられたときには、ディックスの袖に触れるところまでいっていた。シャーロック判事は強硬な治安強化推進派だという候補者を検討してみるとパラックに約束しつつ、パラックがその言葉を真に受けていないだろうと察していた。ともあれ、判事は精いっぱいの熱意を見せ、エベリンがワイングラスを投げつけなければならないような議論を客人にふっかけずにすんだ。

玄関のドアが閉まると、エベリンはディックスの頬を軽く叩いた。「彼女はあなたを知らず、あなたも彼女を知らない。終わったんですよ、ディックス。疑問はきれいに解消されたわね。さあ、ベッドに入って、おやすみなさい」

13

土曜日の午前八時、シャーロック判事夫妻はディックスと食卓についていた。地下のトレーニングルームでひと汗流してきた夫妻は、運動着姿だった。ふたりともはつらつとしており、運動したばかりの顔は健康的に輝いていた。エベリンは化粧をしていなくとも、美しかった。ディックスはグレープフルーツをひと切れ食べた。「昨日の夜、サビッチとシャーロックに電話で報告をしました。もちろん、クリスティの父親にもです」そして、ルースにも。

「つらい報告だな」シャーロック判事が言った。

「はい、とても」話を聞いたチャッピーは、むっつりと黙りこんだ。ディックスには、義父の目にふたたび激しい悲しみの色が浮かんでいるさまが見えるようだった。この三年のうちに薄らいできた悲しみの色が、ふたたびよみがえっているだろう。ただ、チャッピーにしても、クリスティが死んでいることは受け入れていた。「こんな結果になって残念です、チャッピー」ディックスは言った。「誰にとっても残念な結果です。その女性はクリスティにそっくりでしたが、クリスティではありませんでした」言葉足らずだけれど、ほかに説明のしようがなかった。チャッピーが取り乱さずにいてくれることがありがたかった。

ルースには、同僚たちから離れられるように、携帯のほうに電話を入れた。彼女が深い安《あん》堵《ど》感《かん》を声に出すまいとしているのがわかった。ディックス本人はというと、淡々と落ち着いた口調で話すように心がけた。天地神明にかけて、ほんとうのところ自分が心の奥底でなにを感じているのか、わからなかった。もやもやとした疑問と、それよりさらにもやもやとした複雑な感情が渦巻き、積もり積もった記憶が過去に引き戻そうと待ち受けている。わかっているのは、クリスティに生きていてほしいという思いだけだった。

見ると、シャーロック判事はかりかりに焼いたターキーのベーコン四枚を載せたトーストをふたつに折って、口に運んだ。L　T《レタス・トマト》抜きのBLTだ。判事が言った。「サビッチとレーシーはなにが起きたか承知していた。ただ、きみの心の準備ができるのを待っていたんだろう。シャーロット・パラックがきみの妻でないと聞いても、どちらも驚かなかった」

「あなたと話をしたとは、ふたりとも言ってませんでした。クリスティでないと聞いて、ふたりのどちらかが驚くとは、ぼくにも思えません。ふたりとも警官ですからね。ハッピーエンドを信じるには、多くを見すぎている。判事もまたしかり」

クリスティではなかった。いま一度思いながら、ディックスは顔を伏せた。顔に浮かんでいるであろう悲嘆の影を見せたくなかった。母はよく言っていた。自分が苦しいからといって、人にまで重荷を負わせるものじゃないのよ。その人のせいじゃないんだからね、と。その教えを今日まで忘れずにきた。

「早々に解決できましたね」エベリンは当然のように言った。「いま大切なのはその点です。真実を知るのに、先延ばしにする必要はありませんもの」

ディックスは彼女に向かってにこっとした。そのとおりだ。奈落《ならく》に落ちる前に答えを見つけることができた。

「急なことだったのに受け入れてくださって、ありがとうございました。パラックを招いてくださったことも、力添えしてくださったことも。おふたりに借りができました」

シャーロック判事は、やんわりとその言葉を退けると思いきや、うなずきを返した。「保安官に借りがあるのはいいものだ。あって損はなかろう?」

エベリンが笑った。「この人は抜け目がないんですよ、ディックス。ご用心あそばせ」夫妻のあいだになにかが通いあった。同じものが両親のあいだに通いあうのを見たことがあるし、自分とクリスティのあいだにもそれがあった。本物の愛情が。だが、かつてクリスティの顔があった場所にはいま別の顔——ルースの顔——がある。ディックスはあらためて自分の幸運に感謝した。自宅に帰ったら、ルースと生きていけるように法的な手続きを取らなければならない。ディックスはシャーロック判事夫妻に言った。「酸っぱいと思っていたグレープフルーツが、食べてみたら甘かったようなものです」

イザベラがダイニングに入ってきた。「ディックス、お電話ですよ。よろしければ、廊下のほうでお出になれますが」

ディックスは眉を吊りあげた。自分がここにいるのを知っているのは、チャッピーとサビッチとシャーロックとルースだけで、彼らならば携帯に電話をかけてくるだろう。ディックスはイザベラに連れられてダイニングを出て、受話器を手に取った。「はい」

「ミスター・ノーブル？　ディックス？　シャーロット・パラックです」

あやうく受話器を取り落としそうになった。国税庁からの電話のほうがまだ驚かなかっただろう。「おはようございます、ミセス・パラック」

「いやだわ、ディックス。シャーロットと呼んでくださらないと」

ディックスは無言で彼女の出方を待った。どういうことだろう？

シャーロットは急いで言った。「今日のランチをご一緒していただけませんか？」

ディックスは慎重を期して尋ねた。「あなた方ご夫妻とですか？」

「いいえ、わたしひとりです。昨晩はろくにお話しするチャンスがなくて。主人はいつも政治の話題に突入してしまうの。わたしは南部出身で、あなたもいまは南部にお住まいです。南部を離れてずいぶんになるので、あちらのようすをいろいろ聞かせていただきたいわ。わたしも主人も、南部の政治状況に深い関心を寄せています」

こんなにお粗末な言い訳は聞いたことがなかった。ディックスはどう応えていいかわからなかった。バージニアの政治状況？　本音を言えば、ただうちが恋しかった。十時発の便に乗れば、ロブの野球の試合は観られないにしろ、帰宅したときうちで迎えてやれる。「帰らなければなりません、ミセス――シャーロット。思春期の息子ふたりと、野球の試合が待っているので」

彼女は動じなかった。「ランチだけです、ディックス。さっき言ったとおり、故郷から来た人に会って、その土地に住んだ人にしかわからない経験をうかがったり、話したりしたいだけです。そして主人にとってはもちろん、政治的なスキャンダルやもつれがごちそうです。あなたは保安官でいらっしゃるから、リッチモンドの事情には通じていらっしゃるはずよ」

彼女はなぜこんなに熱心なのか？ 昨夜の色目は本気だったのか？ もしそうだとしたら、今日はなにを求めているんだ？ 小さな町の一保安官がバージニア政界の不正行為をどう見ているかでないことは確かだ。亭主のいないときにこっそりとでなければ話せないことがあるのかもしれない。「わかりました。ただ、無調法なことに、ぼくはサンフランシスコのレストランを知りません」

「魚料理はお好きですか？」

好きだと答えると、彼女が言った。「ロンバード・ストリートの〈ポートルイス〉はいかがかしら？ 判事のお宅からもあまり遠くないし、サンフランシスコでも指折りのシーフード・レストランなんです」

「いいですよ。住所と道順を教えてください」

　数分後、ディックスはダイニングに戻り、シャーロック判事夫妻に告げた。「シャーロット・パラックでした。昼食をともにして、南部の経験やリッチモンドの政治スキャンダルなどを語りあいたいそうです」髪を搔《か》きあげた。「頭がおかしくなりそうですよ。あなた方まで巻きこんでしまった。もう彼女に会うのがいちばんだとは思えません。いや、実際、この十数年間でもっとも愚かな約束だったかもしれない」眉をひそめる。「すっかり混乱してますが、ぼくが言いたいのは、彼女に会ってご主人がいないときでなければ話せないことが彼女にあるのかどうか確かめてこなければならないということです」

「あるに決まっていますよ」エベリンが言い、呆気にとられたディックスの顔を見て、つけ加えた。「南部がどうのっていう、とても都合のいい口実がなかったら、どうやってあなたと約束を取りつけたのかしら」

「わたしの疑問は」シャーロック判事は言いながら、ゆっくりと立ちあがった。「トマスの前では言えないどんなことをきみに伝えようとしているかだ。きみが考えているよりも、単純な話かもしれんな」

　エベリンが言った。「シャーロットは頭の悪い人ではない――」白いテーブルクロスを指先で小刻みに叩き、ディックスに満面の笑みを向けた。「コールマンが言うとおり、単純明快なことかもしれませんよ。そうよ、あなたに会いたいだけとか。あなたが昨日つけていたコールマンのフレンチカフスの虜《とりこ》になったのかもしれないわね」

14

夕方の便を予約したディックスは、変更になった到着時間をルースに伝えた。彼女には訊きたいことがたまっていて、すぐにでも尋ねたがっているのはわかっていたが、それを制して言った。「いまはなんの答えもないんだ、スイートハート。だが、じきにわかる」

スイートハート？　ルースはその甘美な響きにいらいらが鎮まるのを感じた。わたしがスイートハート？　いいでしょう。椅子に深くかけなおした。「わかった。あなたの勝ち。うまいことやったわね」彼が電話の向こうで、にやにやしているのが見えるようだった。

「いいかい、ルース。いまはなにをどう疑問に思ったらいいかすら、わからないんだ。帰ったらすべて話すから、それまで辛抱してくれ」

腹が立ってぶつぶつ言ったけれど、しまいには笑いだした。「ほんと、あなたって食えない警官ね」

でも、それはあなたのほんの一部。そう思いながら、ルースは携帯電話を切った。自分もやはり警官であり、そんな彼を好きになった。

スイートハートか。独特の響きがある。ルースは鼻歌を口ずさみながら、北東部を移動する道々で人を殺してきた男の供述調書に戻った。酒場でカッとなり、クアーズの瓶でほかの客の頭を殴りつけたところで、ようやく捕まえることができた男だった。


ディックスはシャーロック判事から借りた年代物の黒いシボレーK5ブレザーを駆って、丘をくだった先にあるランバー・ストリートに出た。

「正午ごろ、レストランの周辺一キロ内には一台分の駐車スペースもありませんから、無駄にうろつかずに、同じブロック内にある駐車場をご利用くださいね」と、イザベラから忠告されていた。彼女はディックスの頭のてっぺんから足のつま先まで見た。「お強そうで、危険で――フレンチカフスがないと、いかにもマッチョという感じですね」

ディックスは笑い声をあげた。ブラックジーンズに黒のショートブーツ、白いシャツに黒い革のジャケットという、ふだんの恰好だった。それがお強そう？　まあ、それも悪くないだろう。


握手を交わしたシャーロック判事の顔には、ネオンサインのようにはっきりとこう書いてあった。あの女にはくれぐれも用心するようにな。

〈ポートルイス〉の前で待つシャーロット・パラックを目にしたときは、またもや息を呑んだ。長いあいだ心の奥底に押しこめてきた恐ろしい空虚感がよみがえったものの、すぐに気を取りなおした。彼女はクリスティではない。自分が大きな過ちを犯して、まちがった印象を与えていないことを祈った。彼女に気があると思われていたら、やっかいなことになる。ディックスは笑顔で手を差しだして、握手を強いた。抱きつかれでもしたらことだ。彼女がそうしたがっていることを直感していた。「ミセス・パラック」

「やめてください。お願いだからシャーロットと呼んで、ディックス」

ディックスはうなずき、彼女と連れだって店に入った。どちらも黒い大ヒラメを注文した。

「いかにもニューオーリンズ風ですね」赤いジャケット姿のウェイターにメニューを返した。

彼女はうなずくや、次々と質問をぶつけてきた。南部の経験も、バージニアの議員や政治家も登場せず、もっぱらディックスのことを尋ねた。

ディックスはなるべく私的なことを明かさないよう、手短かに答えた。するとシャーロットは再度、質問の仕方を少し変えつつ同じことを尋ねた。ディックスは少しずつしか答えず、彼女は根気強かった。そしてついに、ディックスの妻がどのように亡くなったかを尋ねられた。彼女がクリスティのことを知りたがっているのは明らかだった。

シャーロットの美しい瞳、その奥にクリスティのいない瞳を見つめた。気がつくと、彼女の顔を観察していた。「妻は三年と少し前に突然いなくなって、それきりです」

唾を呑みこみ、その先は言わなかった。

大ヒラメが届いた。スパイスが利いていて辛かったが、無理して口に運んだ。それが不快な思考のように腹のなかで暴れた。では、と手に取ったスティックパンは、食べるとチョークのような味がした。

「奥さまになにがあったかわからないの？」

「ええ」

「亡くなったと思っているんでしょう、ディックス？　家出するなんてありえないと」

「ええ、ありえません。妻は死んだんです。なぜそんなに関心を持たれるんです？」

「わたしが関心を持つのは、そのことにあなたがとても傷ついているからよ、ディックス。それがいやなの」

エベリンの言ったとおり、彼女はおれに興味があるのかもしれない。なぜだ？　昨夜、明らかに自分に注目していた男を相手にして、手練手管《てれんてくだ》を誇示するためか？　彼女は夫のある身でありながら、少なくとも表向きは、ディックスに狙いを定めていることを隠そうとしていない。こんなことなら、ランチの誘いなど受けなければよかった。だが、自分のなかの警官の部分は好奇心を満たしたがっている。そろそろ反撃に転じてやろう。

「ごきょうだいは？」

「弟がひとり」

「ひとりだけですか？」

彼女は短い沈黙をはさんで、ゆっくりとうなずいた。

ディックスは黒い眉毛を吊りあげた。彼女の弟にはなにか事情があるらしい。しばらく待ってから、尋ねた。「学校はどちらに？」

「ボストンよ。わたしはドイツから来た男性が好きになったの。大柄で、ブロンドで、いかつい顔をした男性だった。それで、彼とミュンヘンに駆け落ちしたけれど、結果は惨憺《さんたん》たるものだった。両親はたいそう腹を立てたけれど、少なくとも、結婚はしていなかった」

「ご実家は裕福なんですか？」

シャーロットはからからと笑うと、口当たりのいい辛口のシャルドネを注《つ》いでもらおうと、ウェイターにうなずきかけた。いかにもフランス系らしく肩をすくめる。「お金のあるなしがなんだというの？　詰まるところ、人はなにかを選択する。あとはそれを悔やむかどうかだけよ」

「いや、お金のあるなしはやはり問題になります。いいですか、ぼくは警官です。なぜ父親といってもおかしくないほど年上の、裕福な男性と結婚されたんですか？」

彼女は腹を強打されたような顔になった。「そんな——ひどいことを言うのね、ディックス。わたしがなぜ主人と結婚したかなんて、あなたには関係のないことよ」

「ご両親はご主人のことをどう思われているんですか？」

「両親は亡くなりました。ずっと前に。独り立ちして、ずいぶんになるわ」

「結婚してどれくらいです？」

「なぜそんなことを訊かれるかわからないけれど、三年よ」きつい口調になった。「まだ質問があるのかしら？」

「ええ、単刀直入にうかがいます、シャーロット。ぼくをランチに誘った理由を教えてください」

彼女はこのままこちらを見ないだろう。目を伏せたシャーロットは、あまりにクリスティに似ていて、息が止まりそうだった。彼女が身にまとっているのはシルクのラップドレスで、色はクリスティが好きだった淡いブルーだった。深いVネックに、指にかかりそうなほど長い袖。胸はクリスティよりも大きい。だが、整形手術かもしれない。おい、いったいなにを考えているんだ？

帰りたかった。彼女が自分と寝たがっているかどうかなど、知りたくなかった。クリスティにうりふたつのこの女には、もう二度と会いたくない。弟とのあいだになにか事情があるらしいが、知ったことか。家に帰りたい。帰って、息子たちを抱きしめたい。ルースと愛を交わし、またスイートハートと呼びたい。玄関を入ったらすぐに、激しく尾を振るブルースターに飛びかかられたい。

シャーロットが身を乗りだした。「わたしが電話をした理由を知りたいの？　いいわ、ノーブル保安官。昨日、あなたはわたしをずっと見つめていた。そしてわたしを見ていると誰かほかの人、ほかのきれいな人を思いだすと言ったわ。わたしは馬鹿じゃないから、それが奥さんのクリスティのことだとわかった。そしてあなたは奥さんは亡くなったと言ったのよ、ディックス。だけどそれは、家出したってことだった。しかも出ていって長い時間がたっている。わたし、なにかまちがっている？」

要は、ていのいい暇つぶしに使われたということだ。ディックスは立ちあがった。財布から五十ドル札を取りだして自分の皿の脇に置き、それでは足りないと気づいて、二十ドル札を二枚足した。「なにもまちがっていませんよ、シャーロット。あなたは美しく、それを自覚しておられる。では、ぼくは飛行機の時間があるので」いま一度、我慢しきれずに彼女の顔を見て、警官たろうとした。職業柄、人の心を読むのは得意のはずなのに、シャーロットの顔からはなにも読み取れなかった。さっき言葉に詰まったときの彼女は、クリスティの顔をしていた。

ディックスは作り笑いを浮かべると、物理的にも精神的にも遠ざかって、声をやわらげた。「ぼくは帰ります、シャーロット。あなたの顔や、あなたがぞっとするほど妻に似ていることを忘れなければなりません。ご主人のもとへ戻られたらいい。それがあなたの選択、あなたの人生ですからね」

彼女はさっと立ちあがり、ディックスのシャツの袖をつかんだ。「待って、ディックス、行かないで！」ドレスの長い袖がめくれ、右手首につけていたブレスレットがあらわになった。小さな丸い土台の上で美しいファセット・ダイヤモンドがきらきらと輝いていた。

ディックスは動けなくなった。八年めの結婚記念日を祝って出かけたローマで、クリスティにプレゼントしたブレスレットに似ている。魔法に満ちた霧雨の午後、ふたりはピエトロ・マグニがみずからディックスが望む言葉を刻みこむのを眺めた。そのあとピエトロは自分の作品のできばえに満足して、クリスティの手にキスせずにいられなかった。

15

ディックスはシャーロットのバッグとジャケットを持ちあげ、彼女の手をつかんで、歩道へと引っぱりだした。昼どきのランバー・ストリートには、音と車と人が溢れている。ディックスは脇に彼女を抱えるようにして駐車場へと急ぎ、彼女を引きあげるようにして二階にのぼった。通りの喧噪《けんそう》が遠ざかった。

シャーロットは彼の手から逃れようともがいて、息を切らしている。「どうしたの、ディックス？　なにを考えているの？　怖いわ！」

怖いのかもしれないが、よくわからない。だが、どんな女性でもひとけのない駐車場に引きずりこまれたら、その男の手から逃れようともがくだろう。彼女の目——クリスティの目ではなく——には疑問と、なにかが浮かんでいた。興奮か？　ディックスは手をつかんだまま、彼女の顔をのぞきこみ、明快に尋ねた。「そのブレスレットの入手先を教えてくれ」

シャーロット・パラックが目をしばたたいている。明らかに驚いている。「ブレスレット？　なに——ああ、これね」袖を振りおろすと、腕を左右にひねり、ダイヤモンドのひとつずつを煌めかせた。「どうしてこのブレスレットのことが知りたいの？」

「どこで手に入れたんです、シャーロット？」

「主人から結婚記念のプレゼントとしてもらったのよ。パリで買ったと言っていたわ。それで、どういうことなの？　なぜそんなことが気になるの？」

その瞬間、ディックスはクリスティの夫から警官になった。彼女の手を放し、少し離れると、どうにかこうにか笑みをつくった。「申し訳なかった、シャーロット」一瞬顔を伏せると、息が浅くなっているのがわかった。肩をすくめて鎮めようとしたが、うまくいかない。

「そのブレスレット――妻のクリスティがそれにそっくりのブレスレットを持っていたんで、すっかり動揺してしまったんです。妻はそのブレスレットが気に入って、つねに身につけていた。それがあなたの手首にあるのを見ると――なんと言うか――」

彼女の手はディックスの二の腕にあり、ブレスレットがきらきらと輝いている。「ああ、ディックス、ごめんなさい。わたしにはなにもわからないわ。ただの偶然でしょう？　ひょっとするとクリスティとわたしは、外見が似ているだけではないのかもね。どう思う？」

ディックスはふたたび彼女を見て、正直に答えた。「ぼくはあなたを知らないんですよ、シャーロット。あなたとクリスティがどう似ているか、わかりようがない」

「ディックス、もう落ち着いた？　よかったら、ブレスレットを見てみない？」

それこそディックスが望んでいることだった。うっかりすると、ブレスレットを奪い取ってしまいそうだ。「ええ、お願いします。ご親切に」

シャーロットが優雅な手つきでブレスレットの金具を外した。ダイヤモンドの連なりから手が抜かれ、ディックスの手に落とされた。

見るべき箇所はわかっていた。目にするものが怖くて、手が震える。

ゆっくりとブレスレットをひっくり返し、留め金の下側を見た。刻まれた文字は覚えている。〝永久《とわ》に〟。そしてそのすぐ下にピエトロ・マグニの印としてよりあわされたような〝p〟と〝m〟の文字がある。

ブレスレットを持ちあげ、その箇所に目を凝らした。

金具の下にはなにも刻まれていなかった。削り取られた跡もない。クリスティのブレスレットにあまりに似ていたため、悲鳴をあげたくなった。もしやと信じた貴重な一瞬が終わってしまった。こんどの幻想、薄いベールも、その奥にはなにも隠されていなかった。

結局、この女はクリスティではなく、このダイヤモンドのブレスレットもクリスティのものではなかった。もともと偶然など嫌いだし、あまり信じていなかったが、こんなことがあると、偶然の存在を全否定したくなる。

ブレスレットを返すと、シャーロットは慣れた手つきで手首に留めた。

「申し訳ありませんでした、シャーロット。とてもよく似ているが、別のものだとわかりました。驚かせてしまって、申し訳ない」

ディックスはシャーロットに自然な笑みを向けた。ルースはその笑みを見るといつも、ディックスをつかんで、引き寄せる。その笑みで特許を取るべきだとルースは言ってくれる。まずかった。ディックスは後ろに下がった。

シャーロットが手を伸ばして、腕に触れた。「身につけていたことが申し訳ないわ、ディックス。あなたを苦しめることだけはしたくないのに。今回のことも、あなたにはひどく苦痛だったはずよ」言葉を切り、クリスティそっくりに小首をかしげ、ディックスの顔を見てゆっくりと言った。「あなたがサンフランシスコにいるのは、このためなんでしょう？　あなたの奥さまのことをご存じのどなたかがわたしのことを伝えたから、クリスティかどうか確かめにきたんでしょう？　そんなに似ていて？」

ディックスは美しい顔を見おろした。意識していないと、忘れそうになる。この女はクリスティではない。彼女がつけていたブレスレットはクリスティのものではなかった。もうあきらめて、家に帰ろう。そして今回のことはきれいさっぱり忘れるのだ。

だが、シャーロットは聡《さと》かった。瞬時にすべてを悟った。

「部分によってはそっくりです。あなたを見た人は、クリスティだと思うでしょう」

「そうなのね。主人はなぜコールマン・シャーロックから呼ばれたのか、不思議がっていたわ。政治に関して判事が心変わりする可能性は、ほぼ皆無なのに」言葉を切った。「じつは、ひと晩じゅう、あなたがわたしを見つめていたのをトマスは大喜びしているのよ。セクシーな若い男性にうらやまれるのが大好きなの。それで、わたしを確認することが昨晩のディナーの目的だったの？」

「さっき言ったとおり、それが目的のひとつでした。ただ、シャーロック判事の娘さん夫婦と懇意なので、法の執行に関する会議について話しあいたかったのも事実です。あなたを見て、腰を抜かしそうになったのは認めます。ありえない偶然かと思いましたが、そうではなかった。決着がつきました。

おつきあいいただいて、ありがとうございました、シャーロット。失礼して、家に帰ります。さあ、車まで送りましょう。どこに駐車してあるんですか？」

ディックスが同じ駐車場の一階で、彼女が乗ってきたシルバーのレクサスから離れようとすると、彼女が言った。「わたしがあなたとランチに誘った理由を尋ねたわね」

ディックスは立ち止まった。

「わたしももう少女ではないわ、ディックス。あなたに惹かれたというのが答えよ。結婚はしていても――」肩をすくめる。「あなたに惹かれてしまった。トマスはとてもよくしてくれる。でも――」いつでも〝でも〟だ、とディックスは思った。それが言い訳になるとでもいうのか。

押し黙ったままでいると、彼女が続けた。「またお目にかかれるかしら、ディックス？」

ディックスは偶然の重なりを思い、ふたつのブレスレットを思った。結婚記念のプレゼントなら、なぜ彼女の夫は留め金の裏に文字を刻ませなかったのだろう？　ひょっとすると、新しい留め金かもしれない。留め金を交換するだけなら、そうむずかしいことはあるまい。

　ふと心が鎮まった。結論が出て、心が鎮まった。彼女を見おろした。「絶対にない《ネバー・》とは言え《セイ・ネバー》ませんね」

16

サンフランシスコ
日曜日の早朝

ジュリアは息子を見おろした。肌が白くて透けて見えるほどだ。小さな手を握っているうちに、眠るように逝ってよかった。でも、安らかには見えない。空っぽで灰色の顔。

ドクター・ブライヤーの手がモニターから離れ、心電図のかすかな音も聞こえなくなった。時が、一生が、終わった。医師がジュリアの腕を握って、慰めようとしてくれる。けれど、そうはいかない。医師が望んでいるのは、ジュリアが別れを告げて、この冷たい無菌室を去り、リンクを置き去りにすること。

「息子さんはもうここにはおられません」医師は言う。「永久の眠りにつかれたのです。わたしと一緒にいらしてください」

どこへ？

見える――スカイラー・パークでリンクと一緒にバスケットボールのゴールにシュートしている自分が、ハーフパイプで恐るべきジャンプをしてみせるリンクが。後ろに引いた足でスケートボードの後部を深く踏みこみ、前の足は空中高くにボードを引き寄せる。ああ、怖い、高く跳びすぎている。と、ボードが旋回して、彼女の心臓が止まりかける。リンクの友人たちが、「すげーぞ、リンク、いいじゃん」と騒ぎたてる。リンクを見つめ、なんでこんなことになったのだろうと思う。スケートボードで一度も負傷したことがないリンクが、そのスケートボードで死んでしまうなんて。

ふたりで住んでいた貸家をスケッチしている小さくて真剣な顔が見える。あのときのリンクは、家の杭《くい》に波が押し寄せるさまを描こうと、満ち潮になるのを待っていた。リンクが腕を巻きつけてきて、こちらが悲鳴をあげるまで締めつけるのを感じる。むかしからふたりでそんなふうにふざけてきたけれど、彼の力が日に日に強くなっているので、以前のようにおもしろがってばかりはいられなくなっていた。

ジュリアは生気を失った唇を見つめた。もう帰宅したとき、頬に出迎えのキスを受けることはない。父親譲りの口達者で、なにを言っても返事が返ってきたけれど、その父親も亡くなって三カ月になる。

そしてリンクも逝ってしまった。受け入れるしかない。でも、いまはまだ無理。腹立たしいほど効率重視の病院のベッドの傍らに立ち、リンクのだらりとした手を取った。少なくとも、もうチューブはつながっていない。チューブは静かになった機器からぶら下がっている。

こんなにひとりきりだと感じるのは、生まれてはじめてだった。お願いだから起きて、リンク。けれど、それは叶わない願いだ。

あと二週間で七歳だった。

「ジュリア、わたしと一緒に来てください。もう時間です」

「ありがとうございます、ブライヤー先生。でも、もうしばらくリンクのそばにいさせてください」彼女はドクター・ブライヤーよりも年嵩の医師、スコット・リランドを見やった。ジュリアのことを生まれたときから知っている医師だ。その淡い瞳が涙に潤んでいるのを見て、胸が押し潰されそうになった。

時が過ぎていく。活気のないパレードの行列のように一分一分が刻まれていく。そのとき、オーガスト・ランサムの眠りを誘うような低い声が耳もとに聞こえた。

「わたしにはリンカーンがなにを考えて、なにを感じているか、伝えてあげることができる、ジュリア。リンカーンはきみを恋しがりながらも、まちがいない、幸せを感じているよ。おじいさんが一緒にいるからだ。きみの父親がどんなに彼を愛しているか、きみも知っているだろう。それに、そう、リンカーンの父親もいる。ベンはリンクを愛している。心から。わたしなら、きみにリンカーンと話させてあげられる。試させてくれないか」

説得力のある耳に心地よい声がふいにやんだ。だが、ジュリアにはなにかが聞こえた。人の声ではないなにか――なにかが動く音が遠くにぼんやり聞こえる。まるで、まだ鎮まることのない遠いむかしの感覚のように。まだ距離があるけれど、近づいてきている。

廊下のオークの床板がかすかにきしむ音が近づいてくる。

廊下って、どこの？


ジュリアははっと目を覚ました。呼吸が速く浅くなり、自分がどこにいるかわからない。夢を見ていたのに気づき、心をかき乱すかつての無力感が、息子のベッドサイドでアルコールと消毒薬のにおいが刻みこまれたような不快な空気を吸いこんでいたときの空虚感が、忍び寄ってきているのを感じた。

でも、ここはハートフォードではない。いまはサンフランシスコの、自宅のベッドにいる。ただの夢。またあの夢を見てしまった。

長きにわたってくり返し見てきた夢だから、いま聞いた物音は夢に新たに織りこまれた要素で、実際はなにも聞いていないのかもしれない――

だが、ふたたび音が聞こえた。ゆっくりとした小さな足音。どうしよう？　この家に何者かが侵入して、わたしを殺すために寝室に近づいてきている。リンクを殺したように。いえ、リンクは殺されたのではなく、起きてはならないくだらない事故で死んだ。でも、オーガストは殺され、その犯人はわたしの命も狙っている。今回はみずから手を下そうと――

恐怖に脳が凍りついて、めまいがした。木曜の夜——あれからまだ二日しかたっていない——は、なすすべがなかった。突然の攻撃に不意を衝《つ》かれて、なにがなにやらわからないうちに死にかけた。だが、今回は事情がちがう。準備もできて待ちかまえている。どう動いたらいいか、頭のなかでくり返し練習して、考えなくとも体が動くようにしておけばいい。ジュリアはベッドの傍らに走り、サイドテーブルの抽斗から、特殊表面加工された銃身が氷のように冷たい拳銃と予備の弾倉をそっと取りだした。昨日、手になじむまで練習し、どれくらい力を入れたら引き金を引けるのか指に覚えこませた。心臓はどきどきいっているが、恐怖がおのずとアドレナリンの大量放出をもたらして、湧きあがる力強さに武者震いした。

シグP239があっても、夜間、脳裏にくり広げられる夢を消すことはできないし、突進してくるサイも止められないが、いま相手にしているのは男ひとりだ。特大の枕に上掛けをかぶせていると、また足音が聞こえた。寝室のドアのすぐそばまで来ている。

寝室の闇は深かった。月光が明るいので、カーテンを閉めておいたのだ。ジュリアはベッドの反対側のドアに走ったが、裸足《はだし》なので音はしなかった。よかった、こちらの物音を聞かれたくない。相手をとまどわせるため、膝をついて、壁に背中をつけた。あとはこのまま待てばいい。自分の動悸が耳につく。速くなっているが、動かずに呼吸を整えた。もう一度小さな足音がして、それきり音がしなくなった。もうそこ、ドアの向こう側にいる。たぶんドアに耳をつけて、物音に耳をすませているのだろう。ジュリアはこれから起こることと、自分がどうするかを思い描いた。

三十九番埠頭で自分を殺そうとした男だろうか？　バーバリーのコートを着て、眼鏡の顔に愛想のいい笑みを浮かべた？

ドアノブがじわじわと回転した。入ってきて、殺すつもりだ。ベッドでぐっすり眠っているところを撃つつもりだったのだろう。卑怯者。激しい怒りにまたもやアドレナリンが溢れだして体が震えたが、かまうものか。こちらの準備はできている。

さあ来い、弱虫。前回のようにはいかないわよ。こちらは暗がりでどう動いたらいいかわかっていて、おまえにはわかっていない。さあ、来るがいい。

ドアが開いた。まず手袋をはめた手が見えた。拳銃を握っている。

ジュリアは腹ばいになり、いっさいの動きを止めた。男がそっと寝室に入ってくる。その動きはなめらかで、ベッドしか見ていないようだ。ジュリアは男の眼鏡のかすかな煌めきと、黒っぽいジャケットとパンツのシルエットをとらえた。

男はジュリアの右前一メートルほどの位置に来ると、拳銃を持ちあげた。一度、二度と引き金を引き、さらに二発を枕に撃つのが、サイレンサーの低い音でわかった。そこでいったん手を止めてから、ジュリアの頭があっただろう位置をもう一度撃った。拳銃をおろし、ベッドに一歩近づく。

「いますぐ銃を捨てないと、頭を吹き飛ばすわよ」

男が瞬時に向きを変えるのとジュリアが発砲したのは同時だった。男は銃弾を腕に受けて、後ろに下がった。

男の撃った銃弾は上にそれ、ジュリアが立っていたら心臓があった位置の壁に穴を開けた。怒声と罵声《ばせい》をあげながら男はさらに六発撃ち、ジュリアの頭の上の壁に銃弾を浴びせた。膝をついていたら、殺されていただろう。

だが、いまジュリアは膝をついていなかった。腹ばいだ。

ジュリアは再度引き金を引いたが、狙いが外れて、ベッドサイドのランプが床に落ちた。男も引き金に指をかけたが、もはや弾倉は空だ。ジュリアはさらに発砲し、銃弾が男の背後の壁に当たる音を聞きながら、続けて二発撃つ。男が左右に体を振りながら寝室を飛びだし、長い廊下にブーツの足音が響く。残念。二発めを食らわせることはできなかった。

ジュリアは急いで立ちあがり、男を追って走りだした。階段を駆けおりる男に向かって五、六発撃った。男の動きは素早く、左から右へと身をかわしたかと思うと、急にふり返ってしゃがみこみ、狙いを定めようと動きを止めた。いや、ちがう。狙いを定めるためでなく、弾倉を入れるためだ。

ジュリアは膝をついて手すりの背後に引っこみ、予備の弾倉をシグに装着して、また撃った。男には当たらなかったものの、階段の親柱に命中して、木片が飛び散った。それが矢となって男の顔と首に刺さる。男は痛みにうめいて手で顔をおおい、ジュリアがなおも発砲しながら階段を駆けおりると、こちらに背を向けて走りだした。ふたつめの弾倉がまもなく空になろうとしている。弾が切れるのはいやだが、それでも発砲せずにいられない。銃弾が男の右足脇のタイルを割る。男が罵声をあげながら、いきおいよく玄関のドアを開けた。そこへもう一発撃ったものの、男は去り、悲痛な叫び声は聞こえなかった。まったくアラームが鳴らない。セキュリティシステムが解除されているのだ。

ジュリアは玄関ホールを突っ切り、ドアノブをつかんだ。ドアを開けてはいけない。男にチャンスを与えてしまう。新しい弾倉を装着していると考えたほうがいい。すぐ外で、にたにたしながらジュリアの登場を待っているかもしれない。深呼吸をすると、心臓が痛いほど大きく打っているのを感じた。心を鎮めた。だいじょうぶ。

ドアノブに手をかけた。いまだ体内を駆けめぐっているアドレナリンのせいで震えている。だめよ、冷静にならなければ。男を追ってはいけない。

男の腕を撃ってやったし、男の顔と首には木片が突き刺さっている。われながら、よくやった。できることなら、前庭に転がっていてもらいたい。玄関のドアを開けて、行方を確認したくてたまらなかった。でも、待たなければ。弾倉に残っているのはあと何発？　たいして残ってはいないだろう。

ジュリアが玄関のドアを開けると、車が走りだす音が聞こえた。半ブロックほど先だ。エンジンの音はしだいに遠ざかっていった。

電話に走ったけれど、かけた先は911ではなく、チェイニー・ストーン特別捜査官の携帯電話だった。

17

チェイニーはアッパーハイト・アシュベリーのベルベディア・ストリートからブロードウェイのランサム邸まで、八分とかけずに急行した。携帯でフランク・ポーレット警部に事情を説明し、ジュリア・ランサムの家に向かう途中だと伝えた。

私道に車を入れたとき、ジュリアは薄く開けた玄関のドアの内側にいた。チェイニーはアウディから飛び降り、シグをあちこちに向けながら、物陰に目をやった。人影はなく、どんな動きもない。チェイニーはシグをホルスターにおさめ、彼女に出てくるなと手で合図した。

玄関に近づいた。「だいじょうぶか?」

「ええ。忘れたの? だいじょうぶだって、もう三度も言ったでしょ。さあ、入ってよ。わたしが馬鹿だった。どうかしてた。殺して当然の相手だったのに、できなかった。銃を捨てろと言ったら、向こうがふり向いて——ああ、チェイニー、すごく素早かったのよ。でも、わたしは床に腹ばいになってたから、彼の腕を撃ってやった。そしたら、向こうも撃ってきて、何度も何度も撃ってきて、でも当たらなかった。見当ちがいの場所を狙っていたからよ。

銃を捨てろなんて言ってないで、とにかく撃ちまくってやらなきゃいけなかった。あなたからそう言われてたのにね。そしたら、そのうちランプを撃っちゃった。馬鹿みたい。でも、少なくとも腕は傷つけてやった。敗血症にならないともかぎらないわよね？」

ジュリアの声は甲高かった。いったんこの状態を脱したら、数時間動けなくなるのは目に見えている。彼女は話しつづけた。さらに二度、同じ話を聞かされながら、チェイニーは彼女をじっくりと観察した。まるでドラッグをやっている小娘のように、なかば意味不明の言葉を吐き散らしている。前身頃にワンダーウーマンのプリントがある、丈の長いダークブルーの寝間着を着て、ジム用のソックスをはいている。乱れた髪が顔にかかり、顎には青痣が浮きあがりつつあった。

チェイニーは彼女を黙らせるため、そっと口に手を置いた。それでもしばらくは話していたが、やがて静かになった。手を離すと、口を開いてにんまり笑い、どうにかまた口を閉じるまでには、さらに十言ぐらい口にした。

チェイニーは言った。「興奮するのも悪くないだろ？　よくやったな。きみの勝ちだ。殺せなくたって、かまうもんか。腕を使えなくしたかもしれないんだから、上出来だよ」

彼女がひと息ついてから言った。「問答無用で撃たなかったのは、誰がわたしを消したがってるのか知りたかったからだと思う。あとそうね、自分の行動を正当化したかったのかも。なにを考えてたか、覚えてないわ。でも、わたしは賢いから、犯人を逮捕して質問できるかもしれないと思ったのかもしれない。ねぇ、チェイニー、この頭を壁に叩きつけて、わたしを殴って」

「あとでな」チェイニーはほほ笑んだ。「そのまましゃべりつづけろよ、ジュリアア。ただし、もう少しゆっくりだ。で、犯人は玄関から逃げた――」

「あとは追わなかったけど、玄関のドアを少し開けたら、車のエンジンがかかる音が聞こえたわ。たぶん半ブロックぐらい先だと思う。ツツジの茂みの脇に倒れて死んでればいいと思ってたんだけど。でも、怪我はしてるわよね？　ひょっとしたら、腕の動脈をやってるかも――ううん、そこまでは望めない。だいたい、どこにも血がないもの。動脈を撃たれたら、大量の血が出るのよね？」

またもや彼女の口調が興奮に速まったので、チェイニーはゆっくりと大きな声で言った。「そこの歩道を見てみろよ。ここから点々と血がついてるだろう。動脈には当たらなかったが、銃弾はぶちこんでる。それでじゅうぶんだよ」彼女の手から拳銃を取りあげた。

「でも、頭をぶち抜いてやればよかったのよ。逃げられちゃったわ。まだそのへんを歩きまわってる。いけない、なかに入って、ストーン捜査官」

「もうすぐ夜中の二時になる。チェイニーにしてくれ」

彼女は驚いたような顔をしてから、大声で笑いだした。「ほんとね。あなたにはこれで二度、びくついてるとこを見られたわ。今回はあなたに濡れてもらわなくてすんだけど」そう言うと、白いジム用のソックスを見おろし、親指の部分に小さな穴が開いているのに気づいて、にんまりした。「拳銃を返してくれる？　気をつけるって約束するわ。持ってると安全だと感じられて、気持ちが落ち着くの。それがなかったら、あの男に撃ち殺されてたかもしれないのよ」

ジュリアが平静を取り戻しつつあるのを見て、チェイニーはシグを返してやった。彼女は体を斜めにしてリビングに入り、物陰に銃口を向けた。

笑う気にはなれなかった。「銃をおろしていいぞ、ジュリア。犯人は逃げた」

「ええ、わかってる——」ジュリアは寄せ木細工のアンティークテーブルにそっとシグを置いて、ふり返った。通話中だったチェイニーは、携帯を切ると、言った。「ポーレット警部に到着したと伝えたよ。部下を連れてすぐにこちらに来る。警官たちに犯人を捜させるだろうし、朝になったら、近所への聞きこみもはじまる。同じ男だったんだな？」

「ええ、そうよ。火曜の夜と同じで、わたしを殺す気だから、顔を隠そうともしてなかったわ。そのことはもう話したわよね？」

「ああ。でも、もう一度、話してくれ」

「わかった。真っ暗な寝室のなかだけだったら、そこまで断言できなかったけど、廊下に駆けだしたとき、相手の顔が日中と同じようにはっきり見えたの。眼鏡はかけていたけれど、バーバリーのコートは着てなかった。黒っぽい革のジャケットよ。黒いブーツをはいてたと思う。もっと射撃の練習をしなきゃ。彼はすごく素早かった。わたしの二発めは、少なくとも五十センチは離れてて、ランプを壊しちゃった。つぎは階段の親柱に当たったけど、結果としては悪くなかったわ。木片が飛び散って、彼の顔や首に刺さったから。いいきみよ。痛かったでしょうね」

「よくやったな」

ため息をついたジュリアは、ようやく冷ややかな疲労感が襲ってくるのを感じた。

「ポーレット警部がすべての病院に手配してくれる。怪我がひどければ、医療の助けがいるかもしれない。目にしてもそうだ。さて、最初からもう一度、話してくれるか？」

ジュリアは綾織《あやお》りのソファにチェイニーとならんで腰かけ、彼のほうを見た。話しだそうとした矢先、フランクが入ってきた。「玄関の鍵が開いてたぞ」フランクは言った。

「グッドタイミングだよ、フランク」チェイニーは言って、ジュリアにうなずきかけた。

「こんばんは、ポーレット警部。わかった、やってみる。すべてが矢継ぎ早に起こったけれど、いまなら話せると思う」

けれど、しばらく口が利けなかった。ジュリアは親指の穴を隠すようにソックスを引っぱった。

チェイニーはフランクを見ていた。自分と同じように、ジュリア・ランサムを観察している。彼女はいまだ見ひらいたままの目に混乱の色を残していた。ふいに死の脅威が去ったいま、その状態になじもうとしている。「無理するなよ、ジュリア。まずポーレット警部に各所に連絡を入れてもらおう。きみはしばらく目を閉じてソファにもたれ、頭のなかであったことを再現したらいい。何度か深呼吸して、頭をはっきりさせるんだ」

「でも——」

「そのほうがポーレット警部により詳しく話せるから、そうしてくれ」

近づいてくる車の音がジュリアの耳に届いた。サイレンの音がしないことに、ほっとした。オーガストが半年前に殺されてからというもの、いまだ近隣住民たちから白い目を向けられている。

彼女がいまだにぴりぴりしていることに気づいたチェイニーは、立ちあがって、手を差し伸べた。「ポーレット警部が部下に指示を出しているあいだに、コーヒーでも淹れよう」

フランクは天を仰いだ。「いいな、濃くしてくれ。そのあと、ことこまかに話を聞かせてもらいますよ、ミセス・ランサム」

午前四時。ジュリアが見ていると、機材をまとめた鑑識課の捜査員たちが、朝になったらまた引き返してきて壁の銃弾の取りだしを終える、とフランクに伝えていた。「かなりの数の銃弾があります」鑑識課のひとりが言った。「屋内と外の歩行路で血痕《けっこん》をいくつか発見しました。明日もまた、数時間かかるかもしれません」

フランクがジュリアに言った。「昨夜遅くにお宅の警備をやめさせて、夜間の巡回に切り替えていました。申し訳ない。それがまちがいだった。ふたたび二十四時間体制で警備にあたらせます。本来ならあなたの拳銃をお預かりするところですが、それはやめにしましょう。チェイニーにせっつかれてあなたに銃の携帯許可を取るのには大変苦労しましたからね」

「ありがとうございます、ポーレット警部。ベッドにはシグと入るつもりです」

ジュリアとチェイニーが見送るなか、フランクは遠回りをして縁石沿いに停めてあったパトカーまで行った。ジュリアが言った。「残ってくれて、ありがとう。すぐ外に警官がいてくれるのがわかってても、骨の髄まで怖くなってるの。自分のめんどうは自分でみられるって言いたいんだけど——だって、今晩はそうしたのよね？　だとしても、やっぱり、ありがたいわ。ゲストルームに案内するから、ついてきて」

ジュリアがふと足を止め、チェイニーをじろじろと見た。「ブーゲンビリアの部屋は、あなたのスタイルに合わないわね。かわいらしすぎるもの。オーガストの部屋を使って」

広々とした寝室で、湾を一望できる大きな窓があった。晩秋の森を思わせる壁紙が貼ってある。上手なマッサージのように、心を鎮めてほぐしてくれる雰囲気があった。

「鳥のさえずりが聞こえてきそうだ」

「熊《くま》と一緒に冬眠してるわ。洗面用具はバスルームよ。剛毛の歯ブラシも二種類ある」ジュリアは亡き夫の衣類を見せてから、眺望に恵まれた森にチェイニーを残して出ていった。

チェイニーは彼女の背中に言った。「きみの寝室のドアは開けておいてくれ」

「今夜は自分のベッドはやめておくわ。廊下の先にいる——だいじょうぶ、ドアも開けておくから。残ってくれて、ありがとう、チェイニー。わたし、びくついてるみたいなの」

「当然だよ」

彼女はうなずくと、はにかんだような笑みとともに、広い廊下を遠ざかっていった。くたびれ果てているのがわかる。ほどなく熟睡できることを願うばかりだ。

かくいうチェイニーは、厚手の羽毛布団を顎まで引きあげるや、眠りについていた。

18

女性の歌声にはっとして、チェイニーは目覚めた。数少ないお気に入りのオペラ、『蝶々夫人』のアリア。横になって目を閉じたまま、聞き入った。音域の合った美声。歌が終わるまで動かなかった。

身支度を調《ととの》え、剛毛の歯ブラシで歯を磨いて、階下のキッチンに向かうと、ジュリア・ランサムがかがんでオーブンからマフィンを取りだそうとしていた。

深々と息を吸ってみる。大好きなブルーベリーマフィンだ。

びっくりさせたくなかったので、彼女が鉄板をコンロに置くのを待った。

「すごくいいにおいだね」

ジュリアはふり返るなり、カウンターの端に置いてあった拳銃に飛びつきかけた。「ああ、おはよう、チェイニー。まだ早いのに。わたしは――」

ジーンズにフラットなバレエシューズに白いシャツという恰好で、髪は編みこんである。それに口紅をつけている。淡くて華やいだピーチ色。青痣を隠すため、ファンデーションもいくらか塗っていた。アクセサリーは、銀色の小さなフープピアスだけだ。

チェイニーは言った。「森のベッドで寝てたら、すばらしい歌声が頭のなかで鳴りだしてね。『蝶々夫人』だろ?」

「ええ、大好きなの。起こしてしまったのなら、ごめんなさい。たまに気づかないうちに口から飛びだしてて。だいたいはひとりのときなんだけど、たぶん——」

「いや、いいんだ、ジュリア。きれいな声だ」

電子レンジが鳴った。「ありがと。坐って。いま朝食ができるから」

チェイニーは腕時計を見た。「そろそろ鑑識課の連中がやってくるな」

「いくつか銃弾の跡を見てみたけど、きれいな古い木材がかなりえぐり取られてたわ。血液から犯人のDNAがわかるのよね?」

「ああ。声楽を勉強したことがあるのかい? プロとして歌ってたとか?」

彼女は首を振りながら、チェイニーのためにコーヒーを注ぎ、コンロに移動してスクランブルエッグをかき混ぜた。「そうね、大学時代に一学期だけ、毎日何時間も練習してたんだけど、そのあとは——」

「どうしたんだ?」

彼女が肩をすくめた。「状況が変わってしまったの」

事情を知りたかったけれど、チェイニーは尋ねなかった。過去の話はいずれ聞ける。

彼女は手早かった。六分後には、ふたりでスクランブルエッグと、ブルーベリーマフィン、それにチェイニーの好みにぴったりの焼き具合の、かりかりのベーコンを食べていた。

そのときなにかが足に押しつけられて、チェイニーは椅子から転げ落ちそうになった。代わりに、フォークを放りだしてしまった。

「ごめんなさい。ほら、フレディ、チェイニーを怖がらせちゃったじゃないの。いい子だから、こちらにいらっしゃい。ターキーのベーコンをあげるわ」

大きくて迫力があってオレンジ色の縞の入った白い猫が、ジュリアの隣の椅子に軽々と跳びのって、なにやら話しはじめた。すさまじい鳴き声は、紙皿に山盛りにしたターキーベーコンに顔をうずめるまで続いた。フレディは大きな音をたててベーコンを食べ、もっと大きな音で喉を鳴らした。それを聞いていたチェイニーは、やがて笑いだした。

「こいつには、すごいエンジンがついてるんだな」

「ええ、そうなの。仔猫のときでさえ、ふた部屋向こうでごろごろいうのが聞こえたのよ」ジュリアがため息をついた。「たぶんこのあたりでフレディのめんどうをみたがるのは、わたしだけだったから、ミセス・ミンターもわたしに頼むしかなかったのよね。ミセス・ミンターにしても、みんなと同じで、わたしが夫を殺したかもしれないと疑ってるんだけど。そしたら、今回はこんなことが起きて」ふたたびため息。「ご近所の人たちから、どう思われることやら」

チェイニーは淡々と応じた。「一度マスコミから槍玉《やりだま》に挙げられたら、長いあいだ風評がついてまわるものだ。だが、こんどはきみが標的だ。マスコミはそれに飛びつき、人の見方も変わる。ご近所にしても同じだよ。火曜と昨日の夜は、フレディを見なかったな」

「フレディは書斎のソファの下に隠れてたの。ミセス・ミンターと新しいご主人がギリシャの島々をめぐっているあいだの一週間、わたしが預かってるのよ。フレディがわたしと寝てなくてよかったわ。昨日の夜、あの男に傷つけられてたかもしれない。あなたが言ったように、ご近所の人の見る目がほんとに変わればいいんだけど」

フレディが大きな声で鳴いた。ジュリアは笑いながら頭を撫でてやり、さらにベーコンを与えた。「でも、フレディも結局はわたしと寝たのよ。今朝目を覚ましたら、胸の上にいて、息が苦しくてしかたなかったわ」

突然、フレディが身をこわばらせた。首筋の毛が逆立ち、威嚇しはじめる。

「伏せろ、ジュリア！」チェイニーは彼女をテーブルの下に押しこみ、自分のシグを抜いた。

19

ジョージタウン、ワシントンDC
日曜日

ディックスは言った。「目なんだ——結局はちがったんだが、あまりに似てたんで、一瞬、息ができなくなった。こんなことなら来なければよかったと、後悔しきりだったよ」

ルースは片方の手を彼の両手に重ねた。「行くしかなかったのよ、ディックス。彼女に会って、確かめるしかなかった。でも、これでもう終わったのよ」

「いや、終わってないんだ、ルース。シャーロット・パラックがつけていたブレスレットのことがある。いくら世界が広くとも、ここまでの偶然はありえない」

「きみが昨日電話してきたあとのことだ、ディックス」サビッチが言った。「シャーロット・パラックのことを調べてみた。その結果を話しあうために、今日はみんなに集まってもらった。子どもたちはリリーとサイモンを付き添いにして映画にやってある。ディックス、シャーロットは自分のことを裕福な家の出だと言ったのか？」

ディックスは記憶を探った。「いや、はっきりとは言ってないが、おれにそんな印象を与えたのは確かだ。若いころ、金持ちの親に反抗してドイツ人の男と逃げたが、結局、結婚せずに戻ってきたという意味のことを言っていた。両親は亡くなったそうだ。きょうだいは弟がひとり――そこになにか手がかりがありそうだったんだが、尋ねる気になれなかった。ともかく早く帰りたくてね」

「そうか、わかった。最初に言わせてもらうと、シャーロット・パラックの過去を探るには、あのMAXをもってしてもかなりの時間を要した。彼女の過去をごまかすために、トマス・パラックはそうとう手を尽くしたはずだ――あるいは、彼女自身がやったのかもしれない。だが、MAXはふたりの結婚証明書を手がかりにして過去にさかのぼった」サビッチはしばし間を置いた。「シャーロット・カルディコットという名の娘が、保険社会福祉省のノースカロライナ支局のデータベースに登録されていた。父親については本人の申し立てどおり、死亡している。家族を捨てた二カ月後に酒屋に盗みに入り、警官に射殺されたんだ。そのときシャーロットは五歳だった。

きみが言ったとおりだったよ、ディックス。彼女には四つ離れた弟、デビッド・カルディコットがいた。彼女と弟と母親がダーラムに住んでいたのはまちがいないが、金などどこにもなかった。母親のアルシア・カルディコットは仕事をふたつ掛け持ちして子どもを育てていたが、乳ガンにかかってあっという間に亡くなった。シャーロットが十一歳、デビッドは七歳だった。子どもたちは十八歳まで、里親のもとで育った。そのあと彼女の足取りがしばらく途絶える」

ディックスが尋ねた。「大学には行ってないのか？」

サビッチがうなずいた。「だが、興味深いことに、彼女は可能な部分については真実を語っている。弟のデビッド・カルディコットは現在三十三歳で、アトランタ交響楽団のバイオリン奏者だ。里親のひとりだったメイナード・リー・ソーントンというフィドルの名手から手ほどきを受けたのは、まちがいない。デビッドにはかなりの才能があったようだ。メイナードはどうにかして彼にバイオリンを握らせ、結果から推察するに、すぐれた教師だった。デビッドが十七のときメイナード・リーが死に、十八になると、ヨーロッパに旅立った。正確に言うとプラハだが、そのあとパリ、ロンドンと移った。アトランタ交響楽団に提出された経歴書によれば、クラブや公園、カフェなど、ありとあらゆる場所でバイオリンを弾いていたらしい。

そして、もうひとつ、信じられないような偶然があったんだ、ディックス。これによって、様相が一転するような偶然だ。デビッド・カルディコットはアメリカに戻ると、きみがどこよりも愛する音楽学校、スタニスラウスに入学願書を出し、そして受け入れられた」

ディックスにはサビッチを見つめることしかできなかった。「冗談はよしてくれ」

ルースが言った。「ディロン、作り話はやめてください」

サビッチはかぶりを振った。「いや」深々と息を吸う。「ディックス、デビッドはクリスティ失踪時、マエストロのスタニスラウスにいた」

ディックスは椅子から転げ落ちそうになった。立ちあがり、リビングの端まで歩いて、ふたたび引き返してきた。心臓から素手で命を搾り取られたような気分だった。深く息を吸いこみ、一同に顔を向けた。「いや、サビッチ、ほんとのとこ、どうかしてる。たちの悪い冗談だとしか思えない。ブレスレット、クリスティのブレスレットが、シャーロットの手首にあった。あらゆることが結びついているけれど、どういう関係なんだ？ デビッドは姉のシャーロットとクリスティが双子なのに気づいたのか？ それで、クリスティを殺したのか？ それともクリスティを殺したのはシャーロットか？ だが、どこにそんな理由がある？ いったい、どうなってるんだ？」マントルピースをこぶしで殴り、顔をしかめた。

こぶしをさすりながら言った。「そしてそこに、大金持ちのトマス・パラックが、デビッド・カルディコットを介してつながってくる。いや、デビッドにちがいないんだ。パラックはチャッピーを知っていて、デビッドはマエストロにいた。だが、デビッドはどうやってパラックに出会った？ 頭がおかしくなりそうだ」

「たしかに頭を打ちつけたくなる難問ね」シャーロックが言った。

「たくさんの断片が宙を舞ってるわ」ルースだった。「でも、なんらかの形でつながってくるかもしれない」

ディックスは三人の顔を順繰りに見た。「もしシャーロットや、彼女の亭主に後ろ暗いところがなくて、すべてがまったくの偶然だとしたら、なぜ自分の弟がスタニスラウス音楽学校にいたことを言わなかったんだ？〝あら、バージニア州マエストロから来たの？　わたしの弟はスタニスラウスにいたのよ。世間って狭いわね〟とかさ。それが自然な流れだろう？」

サビッチが言った。「それこそが彼女にぶつけるべき質問だな。にしたって、もっともらしい返事は用意されてる。〝うっかりしてたの。そのときは頭に浮かばなくて〟とか、〝たいして意味がないと思ったから〟とか」ポップコーンのボウルを三人にまわした。「きみ好みの塩加減だぞ、ルース」

「ブレスレットのことだけど、ディックス」シャーロックが言った。「率直に言って、クリスティのブレスレットだという可能性はどの程度なの？」

ディックスは答えた。「最初に見たときはまちがいないと思ったが、正直なところ、とても似ているとしか言いようがない。おれに見せるため、彼女はブレスレットをわざわざ外してくれた。罪悪感があるんだとしたら、おかしな行動だろう？　おれはブレスレットの留め金の裏側を見た。クリスティのブレスレットのそこには、文字を刻んであったからだ。だが、シャーロットのは買ったばかりの新品のように、きれいなもんだった。文字はもちろん、宝石商のロゴすらなかったんだ」

シャーロックが言った。「うちの鑑識課には、誰にもわからないように王冠から女王の名前を削り取れる人間がいるわ。プラチナなら簡単なもんよ」

ディックスは椅子にかけなおして、腕組みをした。「なんの痕跡も残さずに文字を消せるんなら、答えはイエス、同じブレスレットだと思う。あのブレスレットが手に入れば、ＦＢＩの鑑識に調べてもらえる。だが、それには、盗むぐらいしかおれには思いつかないよ」

間髪を入れずにルースが言った。「わたしになら手配できるわ。でも、あなたはだめよ、ディックス、経験が足りないから。わたしの抱えている情報提供者のなかに、住居侵入の得意な友人を持ってる人間がいるはずよ」

サビッチが声をあげて笑った。「きみの情報網が超一流なのは確かだがな、ルース、強盗の依頼はもう少し待ってもらおう」

シャーロックが思案顔になった。「でも悪い案じゃないわね。そのブレスレットが手に入れば、どこでつくられたものか調べられるし、不明点がひとつ減るもの」

サビッチが言った。「その案はいましばらく棚上げしておかないか。もしほんとうに関係があるのなら、パラック夫妻がシャーロック家に入ったとき、ディックス、きみを見てどう思ったか想像することしかできないが、自分たちがおびき寄せられたことに気づいたはずだ。少なくとも、夫妻のうちのどちらかはクリスティ絡みだとわかっただろうし、場合によっては夫妻両方が気づいたかもしれない」

「それらしいそぶりは、どちらにもまったくなかった。嘘じゃない、おれはふたりの表情をつぶさに観察してたんだ」

「それより、ディックス」シャーロックだった。「わたしには、昨日の朝、シャーロットがあなたに電話してきた理由が気にかかるんだけど」

サビッチが言った。「夫婦で状況を検討した結果、ディックスが突然登場したのはジュールズ・アドベアのせいだと気づいて、探りを入れようとしたのかもしれないぞ」

「だとしても、ブレスレットのことがある――」ディックスは言った。「彼女が知ってたとは思えないんだ。入手経路をってことだが。知ってたら、そんなものをつけてくるか？　興奮しきりの雄牛の前で赤いケープを振りまわすようなものだろ？」

サビッチが言った。「きみは別の方向から検討してみたほうがよさそうだ。なんなら、ルースと一緒にアトランタまで旅行してきたらどうだい？」

ディックスはゆっくりとうなずいた。「名案だな」

「ただし、この段階でデビッド・カルディコットを締めあげるなよ。いいな？」

「いっきに謎が深まってきたわね」ルースが言った。一捜査官として興奮と期待に目を輝かせたものの、その輝きも、ディックスへの心配でまたたく間に曇った。それでも彼にほほ笑みかけて、彼の腕に手をやった。「さあ、これでこれからの方針が決まったわよ。心の準備はできてる？　昨日ロブは、クレセントシティのパンサーズ相手に五イニング無安打で投げ抜いたのよ」

ディックスは高らかに笑って、いっとき緊張を解放した。「で、昨夜のロブはしゃべりづめで、しまいにはレイフに殴られたんだ。ふたりを引き離すのがたいへんだったよ」

シャーロックが言った。「あなたたちがここへ来たとき、ロブが口を開くなりショーンにその話をしたのを知ってる？　おかげでショーンはロブを崇拝してるわ」

サビッチが腕時計を見た。「リリーとサイモンと子どもたちは、あと三十分は映画から戻らない。たぶん三人してアイスクリームをねだってるよ」

「きっとアクション映画よ」シャーロックが続いた。「意気揚々と帰ってくるわ。ヒーローが危機に瀕したとき、ショーンが興奮しすぎてないといいんだけど。うちだと跳ねまわりながら、父親の声をまねして指示を飛ばすのよ。わたしの声のまねじゃないなんて、信じられない」

ルースが応じた。「ショーンはロブとレイフをお手本にするはずよ。つまり、椅子に坐ってスクリーンを見つめ、ポップコーンの容器に手を突っこんでるわ」

急にディックスが立ちあがって、行きつ戻りつしはじめた。「悪いが、じっとしてられないんだ。ルースと一緒にアトランタに行く前に、デビッド・カルディコットの情報を集めなきゃならない」

サビッチが言った。「きみは坐ってろ、ディックス。すでにＭＡＸが調べた。特筆すべき点も、前科も、不審な点も、見あたらなかった。さっき言ったとおり、年は三十三。一匹狼で、人と群れず、妻はいない。つまり世間的には、才能ある変わり者で通ってる。アトランタ交響楽団でバイオリンを弾くようになって、あと少しで三年になる。バイオリニストとしての評価はきわめて高い」

「それだけ聞くと、まともだな」ディックスは言った。「だが、そうじゃないのは、おれたちみんながわかってる。そう単純なはずがないんだ」

シャーロックはポップコーンを口に運んでから、言った。「なにかわかったら、ディロンから連絡がいくわ。それで、ジュールズ・アドベアが床に倒れてたとき、トマス・パラックがなんて言ったのか教えてくれる？」

メモを見るまでもなく、ディックスは答えた。「〝家内はシャーロットだ。いいな、それを忘れないように〟と言ったそうだ」

シャーロックがうなった。「ずいぶんと大袈裟な物言いね。倒れたミスター・アドベアを心配するのがふつうでしょう？　かなり奇妙だわ」

サビッチが言った。「おれたちには奇妙に聞こえるが、彼らにはそうともかぎらないぞ。さて、パラック夫妻が結婚したのは二年と十一カ月前のことだ。つまり、クリスティの失踪からあまり間がない時期だ」

「大物政治家だという以外に」ディックスは尋ねた。「トマス・パラックについてわかってることは？」

「彼の情報ならたっぷりあるぞ。パラックは石油で巨万の富を築いた。採掘から精製、販売まで手がけることで、満遍なく稼いだんだ。チャッピーがきみに語ったとおり、いまはありとあらゆる方面に投資してるよ。

九〇年代の初頭に石油産業から撤退してからは、本格的に未公開株に手を出しはじめた。といっても、リスクはそう高くないんだ。おそらく彼に借りがあるであろう金融界の大物をおおぜい知っているからだ。こうした大胆な親友たちと組むことで、いくつかの投機的な事業で大儲けした。もう何年も前から証券取引委員会が目をつけているが、いまだ彼の弁護団の壁を突破できずにいる。国税庁にしても、意を決して二年ごとに監査に入るたびに、この弁護団にいいようにあしらわれてる。

最近は大使になりたがってるようだ。それもチャド共和国やスロベニアといった国じゃなくて、ヨーロッパの大国の大使だ。そのために、国政レベルで政治力を発揮してるのかもしれないな。表向きは報酬目当てに名ばかりの社長になりたがってる一金満家にしか見えないが、実際はとんだかぎ裂きがあった――」サビッチは一同に満面の笑みを向けた。

じれたルースが、サビッチにポップコーンを投げつけた。「もったいぶらないでください、ボス」

サビッチは答えた。「じつは、トマス・パラックは両親と話をしてるんだ」

シャーロックが尋ねた。「それが大犯罪だとでもいうの？」

「いや、つまりこういうことなんだ——その両親っていうのが、三十年ほど前に死んでるんだよ」

20

全員の目がサビッチにそそがれた。

ディックスがゆっくりと口を開いた。「つまり、あの金持ち老人は霊を信じてるってことか？　実際に話をするぐらい本気で？」

サビッチはうなずいた。「サンフランシスコのチェイニー・ストーン捜査官が担当している事件を調べてたら、半年前に殺害されたある霊媒師の依頼人リストにパラックの名前があったんだ。パラックは両親が死んでから毎週水曜と土曜に、この霊媒師に会っていた。可能ならいまも続けていただろう。興味深いと思わないか？」

ディックスが言った。「なぜそんなことを？」

サビッチは答えた。「その情報から、パラックという人物の裏付けとなる別の事実が浮かびあがってきた。パラックの両親は、一九七七年二月十七日、サウサンプトンにあった自宅で惨殺された」

ルースが身を乗りだし、両膝に手をついた。「悲惨な最期ですね。そういうことなら、霊を信じたくなるかもしれない」

ディックスが質問した。「犯人は捕まったのか？」

「ああ。ただし、捕まえたのは所轄署じゃなかった。当時四十一歳の彼らの息子、つまりトマス・パラックが、犯人を見つけるために多数の探偵を雇ったんだ。探偵たちが犯人を突き止めたおかげで、警察はようやく隣家の地下室を捜査した。犯人はコートニー・ジェームズ。終身刑を宣告されて、いまアッティカに服役してる。ジェームズは資産家の出で、信託財産を持っていた。両親が引退してイタリアに引っ越したあとは、一族の屋敷にひとり暮らしだった。物静かで、聡明で、超然とした人物だったらしい。父親から引き継いだ銀行を経営し、毎日決まった時間にニューヨークに通勤していた。彼のことを悪く言う人物はひとりもいなかった。

探偵たちは彼がパラック夫妻の殺害に使用したナイフを地下で見つけた。ナイフにはふたりの乾いた血液が付着していた。少なくとも、血液型は一致した。当時はまだDNA鑑定がなかったんだ。そのうち、パラック夫妻以外にも被害者が複数いる、ジェームズは連続殺人犯だ、夫妻は最後の被害者にすぎないという噂が流れだした。

ジェームズは裁判にかけられ、金のかかる弁護士を複数雇っていたにもかかわらず、有罪を宣告された」

ルースが言った。「それで、コートニー・ジェームズはまだ生きてるんですか？」

サビッチがうなずいた。「もう八十近い年齢で、アッティカの高齢受刑者のひとりだ。金のある男だから、それを受刑者仲間にばらまいて、敬意や忠誠心や身の安全を買っている。彼を苦しめる人間はいない。なにせ、看守とその家族にまでクリスマスプレゼントを贈ってるんだからな」

ルースが尋ねた。「弁護団はどうやって死刑判決をまぬがれたんですか？」

サビッチが答えた。「ニューヨークには、当時死刑がなかったから、二度の終身刑を連続して受けることになった」

ディックスが尋ねた。「先代のパラック夫妻以外にも人を殺したという噂が流れたんだろう？　それについてはどうなったんだ？」

「そういう噂があっただけで、具体的な証拠はなかった。コートニー・ジェームズが裁かれたのは、パラック夫妻の殺人に関してだけだが、陪審員たちが彼を見るたびになにを思ったか、わかろうというものだ」

ルースは言った。「わたしには、ジェームズを確実に有罪にするため、トマス・パラックがその噂の発信源になったようにしか、聞こえないんですけど」

「パラックならすばらしい駐仏大使になれると思うが、どうかな？」

ルースが大笑いした。「ほんと。トマス・パラックが毎週水曜と土曜、パパとママになにを話してるのか、知りたいもんだわ」ルースはディックスを見た。彼の目にふいに苦痛が浮かんだのに気づき、クリスティのことを考えているのだと察した。さっと立ちあがると、キッチンに歩きだし、背中を向けたまま尋ねた。「ディロンにはお茶、ほかは水でいいですか？」

ルースがサビッチの気に入りの紅茶を慎重に計り、ジョージ王朝時代の古いポットに入れた。茶葉の上に熱湯をそそいでいると、誰かが肩に手を置いた。

「えらいぞ、よくやってるな。きついだろうが、辛抱しろよ。いずれはきれいに解決して、きみとディックスはともに生きていける」

黙ってふり返ったルースは、サビッチの肩に顔をうずめたが、泣きはしなかった。涙にはけ口を与えるつもりはない。泣きだしたら止まらなくなりそうだし、いまのディックスには絶対に見せたくない。落ち着くまで、サビッチが抱えていてくれた。

サビッチは彼女の背中を押さえながら言った。「きみはきれいだし、おれのお茶だって上手に淹れられる。さあ、アトランタのことを話すぞ」

ルースとサビッチが飲み物を運ぶと、ほどなく玄関のドアがいきおいよく開いて、子ども三人が駆けこんできた。そのうちふたりは思春期特有のホルモンと甘ったるいにおいを放ち、ショーンは興奮しすぎて、ぴょんぴょん跳ねていた。リリーとサイモンがあとに続き、げっそりした顔に笑みを浮かべた。

サビッチは妹とその夫に目顔で感謝を伝えた。

ロブが言った。「あのね、父さん、『ファタル・ベンジャンスII』だけどさ、ショーンの目を何回か隠してやんなきゃならなかったけど、いけてたよ」

レイフが続いた。「そうだね、内臓とか血とかあんまなかったけど、悪くなかった」

「ママ、ポップコーンがおいしくてね、でね、ぼく、どうしたら悪者を切り殺せるか、ヒーローに教えてやったんだよ」

「悪者だけど、女だったよな、ショーン」ロブが言った。「いかす女なのに、すんげえ悪だったんだよ、父さん。強くて、きびきびしてて、ルースみたいだったよ」

三人によることこまかな説明が終わると、ショーンがさも満足そうに言った。「それでね、その女の頭が吹っ飛んだんだよ」

ルースは言った。「ポップコーンの大が十四個ぐらいですんだ、リリー？」

「いや、二十かな」サイモンが答えて、笑い声をあげた。「心配いらないよ。映画はどっちかっていうとアクションアドベンチャーで、血なまぐさい場面はたいしてなかったからね」

「ほんと、へぼかったよね」そう言うと、ロブは父親の前のテーブルに置いてあるポップコーンのボウルに向かった。

ディックスがルースと息子ふたりとともに部屋を出る前、サビッチはディックスに言った。

「なにかわかったら、すべてメールする。きみとルースがアトランタのデビッド・カルディコットを訪ねるのは、それからだ」

21

サンフランシスコ
日曜日の午前

ジュリアはいやがるフレディを抱きしめると、身をくねらせながら壁際に移動し、食卓の下にもぐりこんだ。

「動くなよ、ジュリア！　できればフレディを黙らせてくれ」

すでにシグを抜いて撃つばかりになっているチェイニーは、閉まっているキッチンのドアにそっと近づき、戸板に頬をつけて、耳をすませた。

背後をふり返ると、ジュリアがフレディを暴れさせまいと必死になっている。と、抱きかかえられたフレディが急に毛を逆立てて、ふたたびシャーシャーと威嚇しだした。

チェイニーはメイド用の一角を通り抜けて、勝手口に向かった。その先には塀に囲われた庭がある。耳をそばだててから、勝手口を開けて、曇った朝の庭に出た。

裏庭は広く、塀に沿ってオークの巨木が立っている。ここから別の裏庭に出ることはできないが、小道はあった。いまにもほころびそうな蕾《つぼみ》をつけた草花と樹木、生け垣、そしてアイビーにおおわれた塀が見えるだけで、動くものはなかった。勝手口を閉じ、その右壁に背中を押しつけて、さらに耳をすませた。

なにも聞こえない。

足を忍ばせてキッチンに戻り、ジュリアに向かって首を振った。彼女がささやいた。「フレディがこんどは玄関に向かってうなってるわ」

チェイニーは表側の廊下に急ぎ、ふたたび耳をそばだてた。玄関のドアががたがた鳴って、開いた。足音。男たちの話し声。そして女の声がした。

闖入者《ちんにゅう》は平気で物音をたてながら、近づいてきた。

チェイニーはキッチンを飛びだして、シグを構えた。「全員そこを動くな」

女が両手を挙げて、悲鳴をあげた。

男ふたりがぶつかり、イタリア製のタイルの床に倒れそうになった。

女が叫んだ。「あんたね！　ジュリアを殺そうとした男は！　家に着いたとたん、マスターズ夫人があんたのことを言ってたわよ。あたしのかわいそうなフレディは無事なの？　あたしはあの子の母親よ」

驚いたことに、男ふたりが突進してきた。女までが、大きな赤いバッグを振りまわしながらそれに続いた。チェイニーは身をかがめた。

ジュリアが叫んだ。「だめ、やめて、この人を傷つけないで。ＦＢＩの捜査官よ！」

そのとき、サンフランシスコ市警の警官であるブランチンとマックスウェルが玄関のドアから駆けこんできた。全員がその場で立ちつくした。なぜ警官が来るのにこんなに時間がかかるのか、チェイニーにはわからなかった。この家を警備しているはずだろう？

ほどなく、ブランチンとマックスウェルはベルトに拳銃を戻し、ぶつくさ言いながら出ていった。ジュリアはリビングの居心地のいいソファに腰をおろして、隣に坐った男をウォーレス・タマーレインだとチェイニーに紹介した。ウォーレスは彼女の手を握り、小さな声でささやきかけていた。ありがたいことに、フレディの自称母親は、ふたりの巡査が立ち去るとまもなく、大きな赤いバッグをつかんだまま、フレディを連れて帰った。

ジュリアの紹介によると、男ふたりはどちらも霊媒師とのことだった。なるほど、それはすごい。霊媒師というのは、奇術を行なうだけでなく、死者と話ができると主張する人種のことだ。どちらかというと、詐欺師に近い。顔を上げてチェイニーを見た年嵩の男、ウォーレス・タマーレインは、眉をひそめて若いほうの男に小声で話しかけた。ジュリアの年齢のことを話している。ともにカジュアルなブランドの服に身を包んだ男ふたりは、どちらも射抜くような目でチェイニーを見ていた。まるで親子のようだ。

ウォーレスのことは、チェイニーも聞いたことがあった。数年前にはテレビで番組を持っていたし、本も何冊か出している。そしてこの街に住んでいる。結婚していない証拠に、痩せた長身をジュリアに寄せて離れなかった。五十前後のようだが、川底に転がる石のようにつるりとした顔をしているので、確かなことはわからない。

もうひとりはベブリン・ワグナーといって、チェイニーにははじめて聞く名前だった。そう本人に言うと、チェイニーのことを頭の悪い七面鳥でも見るような目で見て、尖った鼻をつんと上に向けた。ウォーレスと同じように細身で、実際、親子にしか見えず、大きな黒い瞳にいたるまで同じだった。ウォーレスと同じだった。しかし、息子のほうは、思いつめたような深刻な表情を浮かべようとしているのはわかるものの、酒を飲みたがっているようにしか見えなかった。

チェイニーはにやりとした。「鏡の前で練習しないとな。必要なのはそれだ」それに対して、ベブリン・ワグナーはウォーレスほど深みのない声で答えた。「体調がよくないようですね、ストーン捜査官。葛藤《かっとう》の跡が黒いくまになって目のまわりに現われてる」彼は首を振りふり、美しい銀のカラフから自分のカップにコーヒーを注いだ。

「大切なわたしのジュリア」ウォーレスは低い声で言い、ちらっとチェイニーを見た。「昨夜の出来事に、わたしがどれほど動揺したことか。心配のあまり、霊能力がブロックされかかったんだよ。ああ、わたしのジュリア、だいじょうぶかい？」

「ええ、ウォーレス、わたしならだいじょうぶよ、ほんとうに」

ウォーレスは浮かない顔つきでじっと彼女を見た。「そして数分前の馬鹿げた騒ぎ。この男は銃を振りまわした」

「彼はわたしを守ってくれてるんです。駆けこんできた巡査ふたりも同じよ」

ウォーレスが言った。「べブリンもこの俗っぽい捜査官も追いだしてくれないか。どちらも、もう用済みだ。わたしがついているからね。わたしにならきみを守れる。〈セシール〉にエスプレッソを飲みにいこう。話があるし、こんなごたごたからきみを救いだしたい。ひょっとすると、オーガストにも言いたいことがあるかもしれない」

チェイニーは言った。「もしオーガスト・ランサムに現われる用意があるのなら、ミスター、彼を殺した犯人をあなたに告げるかもしれない」

ウォーレスは深刻そうな黒い瞳を上げた。「そういうことではないんだ、ストーン捜査官。きみはまったくわかっていないようだね。オーガストはもはや過去にこだわっていない。以前に起きたこと――」

「自分の寿命が縮められたことを気にしていないとでも言うおつもりか？　同じ人物が残された奥さんを殺そうとしているかもしれないんですよ」

ウォーレスは根気よく説明した。「ストーン捜査官、人間は一線を越えてしまうと、過去の苦しみや侮蔑のすべてが、重要なものではなくなる。実際、人生の困難がことごとく消えてなくなるのだ。しかしながら、今回の場合、オーガストは自分を殺した犯人を知らない。背後から襲われたからだ。彼がわたしに語ったところによると、背後に物音が聞こえたものの、ふり返る時間はなかったそうだ。彼はそのときコカインをやっていた。悪癖にはちがいないが、本人によると、集中力が増して、ふだんより理解力が深まり、反応がにぶくなって、恐怖心が弱まる。だから喉に鋭いものを突きつけられたのをふいに感じ、そのあと強烈な寒けを覚えた。それでおしまいだったのだ。一線を越えて、すべてが変化した。彼はいま〝そ《ジ・》の後《アフター》〟にいる。

とはいえ、ジュリアのことは案じている。彼はいまも、これまでも、ジュリアを愛してきた。だから彼女を思って、ここにいるのだ。わたしたちのいるこの部屋にはいないが、そう遠くない場所にいる」

「わたしを殺そうとした男を誰が雇ったか、オーガストは知らないの、ウォーレス？」

「オーガストにはわからないんだよ、わたしのジュリア。一線を越えたからといって、全知の存在になるわけじゃないからね。みんなそれまでと同じだ」

「だが、オーガストには霊能力があった」チェイニーが言った。「そうした能力も〝その後〟に引き継がれるんですか？」

「いいや、ストーン捜査官。それは引き継がれない。なぜなら、あちらにいれば不要だからだ」

「もしくは」チェイニーは眉を吊りあげた。「ドクター・ランサムからほかの霊魂に訊いてもらうか。それも無理なら、こちらに少しとどまって奥さんに目を光らせ、悪が近づいてきたら教えてもらえるといいんですが」

「悪か、ストーン捜査官。悪と言っていいかどうか、わたしにはわからないが」

「何者かがほかの誰かを殺したがっているとき、あなたならそれをなんと呼ばれる？」

ウォーレスは肩をすくめた。「怒り、憤怒、必要。おそらくはそのすべて。だが、悪とは言わない。わたしにとって悪とは、動機のないもの、それ自体として存在するものだ」

そのときベブリンがだしぬけに立ちあがった。エネルギーが火花を散らしているようだ。

「オーガストはここにいないと言いましたね、ウォーレス。たしかに、それはそうだと思います。いまはここにいない。けれど、さっきまでいて、去るのを感じました」

ジュリアがはじかれたように立ちあがった。「ほんとうにここにいたの、ベブリン？　あなたの感覚にまちがいはない？」

「もちろんだよ。彼の存在を感じたからね」

「だったら、彼はなぜ立ち去ったんです、ミスター・ワグナー？」

「わかるわけないだろ、ストーン捜査官。彼にはしなければならないことがたくさんある。のんきに寝転がって『クンバヤ』を歌ってばかりもいられないんだよ。うん、いまはいっさいオーガストの気配を感じない。感じられたらいいんだけど。心の声で呼びかけて、応じてもらおうとしたんだけど、彼はなにも言わなかった。

でも、あなたの案には賛成だよ、ストーン捜査官。もしぼくがオーガストなら、ジュリアのそばにいるな」肩をすくめて、細長い指で顎を撫でた。「でも、オーガストはわが道を行くタイプだったし、死んでもそこは変わらない」

　チェイニーはさっさとふたりを追いだしたかったが、どちらかがオーガスト・ランサムの殺人犯かもしれなかった。そして、殺し屋にジュリアの殺害を依頼したのかもしれない。

「あなたはおおぜいの死者と話をされるんですか、ミスター・タマーレイン？」

「そうとも。これは天賦《てんぷ》の才能であり、責任であり、義務である。正直に言うと、オーガストは短時間に急速に出入りしていて、わたしとつながりを維持するのに苦労している。だから、彼のイメージや思考の断片しかつかまえることができないのだ。理由はわからない。わたしにも、彼にも」

「明日また、話をうかがえますか？」

　ウォーレスがチェイニーをひたと見すえた。こんなふうに見られたら、彼には自分を越えた先にあるなにか、この世に属するとはかぎらないなにかが見えていると信じたくなりそうだ。偏見をもってはいけないと思いながらも、本来が法律家なので、いよいよとなると疑念が頭をもたげる。自分の目に見えないものや、自分の手や頭で処理できないものは受け入れるなという考えが、脳に刻みこまれているのだ。

「ジュリアの助けになるのなら、喜んで応じよう」

「ドクター・ランサムはあなたの友人にして、同業者だったと考えていいのですか？」

「ああ。哀れなオーガストとわたしは、長年近しい関係にあった」

「そしてジュリアのことですが、彼女のことはどう見ておられますか？」

「ジュリアは大切な女性だ。木曜の夜、一緒に食事をする約束だったんだが。結果はきみも承知のとおりだよ、ストーン捜査官。十一時には帰宅する。それでいいかね？」

うなずくと、チェイニーはベブリンに視線を移した。「ミスター・タマーレインとは親戚ですか？」

「親戚？　まさか。ぼくはクロアチア人、ウォーレスはカンザスの出身だよ」

ひどく傷ついた口調だったので、チェイニーは大笑いしたくなった。咳払いをして尋ねた。「あなたにも明日の昼前に話をうかがえるでしょうか、ミスター・ワグナー？」

ベブリンは承諾して、深刻なまなざしをジュリアに向けた。だが、チェイニーには、どちらの男もほんとうは話したがっていないように見えた。なぜだ？　おれがFBIだからか？　ふたりのうちどちらかが、あるいはふたりが共謀して、オーガスト・ランサムを殺したからなのか？

ジュリアが言った。「明日はストーン捜査官と出かけることになってるの。四六時中、わたしを視界におさめておきたいそうだから。木曜の夜、わたしを助けてくれたのは彼なのよ」

これで話が決まった。ジュリアは騒ぎを避けつつ、チェイニーに同行することを決めた。実際、彼女がついてくるのは歓迎だし、そばにいてもらいたいが、それは言わずにおいた。彼女の悦に入った得意顔が気に入ったからだ。恐怖で呆然としているよりずっといい。

「とはいえ、きみを見捨てていくこともできる」ようやくふたりきりになると、チェイニーは言った。

「いいえ、もうわたしから逃れられないわよ。それに、ウォーレスとベブリンのこと、全部、聞きたいでしょう?」声を低めて秘密めかす。「震えて、青ざめ、白目をむくような話、真夜中に深い眠りからはっとして目覚め、脂汗にまみれて、胸を原始人の太鼓みたいにどんどこさせるような話よ。あの人たちの証言記録はまだ読んでないんでしょう?」

「ああ。日曜だからね。フランクが明日の朝にはすべてのファイルを準備してくれるそうだ。明日はブライアン・ストリートに立ち寄ってから、ここへ来てきみを拾う。ただし、あのふたりの関心はきみに向けられていたから、きみ以上に詳細な情報を提供できる関係者はほかにいないんじゃないかと感じた」

「ええ、あのふたりが関心を持ってるのはわたしだけよ」

「ああ、おれもそれに気づいた。ほかにも気づいたことがある。タマーレインとワグナーにはなんらかの関係があるんじゃないか? 親子みたいに似てるだろう?」

「言われてみれば、たしかにそうね、あなたの言うとおりかもしれない。あのふたりはよく一緒にいるのよ。ベブリンはサウサリートに住んでて、あなたも彼のうちが気に入ると思うわ。何カ月か前に、彼から結婚を申しこまれたの」

「なんだって?」

ジュリアはうなずいた。「そう。そして、やさしいウォーレスは、それとほぼ同じころにわたしに交際を申しこんだ。わたしはたいして美人じゃないから、お金目当てかもね。でも、ふたりとも経済的にはかなり恵まれてるの。お金になる本があるし、一時間千ドルになるグループセッションをやってるし。ひょっとすると、ふたりともこのきれいな屋敷に同居したいのかもしれないわ」

「一時間千ドル？　ぼったくりもいいとこだな」

「ぼったくり？　そうかもしれないけど――」

「けどなんだい？」

「オーガストの書斎に戻りましょう。オーガストやウォーレスがテレビに出たときの録画テープがたくさんあるの。ベブリンのも何本かあるし、キャサリン・ゴールデンっていう霊能者のテープもあるわ。彼女からも話を聞く必要があるはずよ。まずはそれを観て、感想を聞かせて」

「偏見をもたないように心がけるよ」そう、霊とのやりとりが可能だと信じるつもりがあるかのように。今生《こんじょう》のあいだは無理だろうが。

「霊媒師というのは――自分たちのことを聖職者だとでも思ってるのか――残された人間と、あちら側の人間をつなぐ偉大な存在なのか？」

「そんなところよ。〝あちら側《ザ・ビヨンド》〟は死後の世界を表わす表現のひとつでしかなくて、オーガストはいつも〝天福《ザ・ブリス》〟と言ってたし、ウォーレスは〝その後《ジ・アフター》〟と呼んでるわ。オーガストが書いた本を一冊あなたに進呈するわね」

「タマーレインとワグナーの本も一冊ずつ頼むよ」

彼女がうなずいた。「そうね。キャサリン・ゴールデンの本も。さあ、一緒にビデオを観て、オーガストは本物じゃないと言って、チェイニー」

22

ジョージア州アトランタ
月曜日

デビッド・カルディコットはバックヘッドのリリーポンド・レーンに住んでいた。道路から奥まったところに立つ、百年の歴史を持つその木造住居は、型破りとしか表現のしようがなかった。淡いブルーと鮮やかな黄色に塗装され、七台の自転車が奥行きのある表側のポーチにならんでいる。みごとに育ったモクレンの古木十数本が四方から家を取り囲んでいるため、さながら赤々と燃える火災現場のようだ。それでいて、その大きな家はよく手入れされた両隣の家とうまく調和し、魅力のある家として人目を引き、笑みを誘う。

デビッドが家にいるのはわかっていたが、あらかじめ電話はしないと決めていた。今回は不意を衝《っ》いたほうがいい。

きれいに日焼けした若い娘がドアを開け、ふたりを見つめた。ショートパンツにホルタートップを身につけ、髪はポニーテールにしている。風船ガムを大きく膨らませて、はじけさせると、顔の下半分にガムが張りついた。

ディックスは尋ねた。「お年は？」

彼女はガムまみれのままにっこりとした。ガムを引きはがすと、もうティーンエイジャーには見えなくなった。「あら、あなたのこと気に入ったわ。誰だか知らないけど。わたしの年は三十三。もっとずっと若いと思ったんでしょ？　そうじゃないんなら、お願い、嘘をついて。いまのわたしは、自信をつけてもらわなきゃならないの。ここが彼のうちじゃなければ、ろくでなしのデビッドにドロップキックを食らわせて、窓から叩きだしてやるのに」肩をすくめる。「さあ、入って。彼に会いたいんでしょう？」

「そうです」ルースが言った。「わたしはルース・ワーネッキ特別捜査官です。こちらはディクソン・ノーブル保安官」

ふたりがそれぞれに身分証明書を提示すると、彼女はびっくりした顔で、また風船ガムを破裂させ、ふたりと握手をした。「わたしはホイットニー・ジョーンズ。デビッドを逮捕にきたの？　彼、ロシアからバイオリンを密輸入したの？　盗品のストラディバリウスとか？」

「わたしたちの知る範囲では、そういう事実はありません」ルースは言った。「別件でうかがいたいことがありまして。密輸入に関しては、わたしたちの胸におさめておきます」

「FBIには盗まれた芸術作品を扱う部署があるんでしょ？　デビッドは絶対、なにかしでかしてるわ。デビッド、おりてきて！　警察の方々があなたに話があるそうよ。逮捕とかってことになるかも」

ルースは我慢できずに笑いだした。「彼がなにをしたんですか、ミズ・ジョーンズ？」

「昨日の夜、外でステーキを焼くはずだったのに、ほかの楽団員にセッションに誘われるまま安酒場で演奏してて、忘れちゃったのよ」

「そりゃいけない」ディックスは言った。「ぼくが何本か歯を折ってやりましょうか？」

「やめて、そんなことしたら、彼とディープキスできなくなっちゃうから。それより、急所を突いてやるつもり。彼はセックスが大好きだから、セックスを断ってやるだけで、禁断症状に陥るのよ」ホイットニーは高らかに笑いながら、ふたりをリビングに手招きした。

そこには各種の電化製品がならび、たっぷりと詰め物をした赤い織り地のビクトリア朝様式の特大ソファが置かれている。凝った装飾をほどこしたスペイン製のチェストは黒と見まがう色の濃さで、傷だらけで艶《つや》のある表面には、五百年もの年月が刻みこまれていそうだ。溶岩ランプが載った坐りの悪いヒッピー風のテーブルが隣にあるのを見て、チェストを椅子代わりにしているのだろうとディックスは思った。傷んだオークの床をおおうペルシア絨毯の数々は、そのほとんどが古すぎて、すり切れている。壁はおおむね絵や写真に隠れていた。きわめてロマンチックなラファエロ前派の絵画の複製とたくさんの写真があり、十九世紀の銀板写真法で撮った写真を含め、そのすべてが有名な作曲家と演奏家だった。ひげに顔をおおわれた男や、針金のような顎ひげをたくわえた男。みな一途《いちず》なまなざしをしている。

横幅のある表側の窓から日光が射しこんでいる。そこだけはモクレンの巨木におおわれていなかった。

ホイットニーがふり返った。階段の上からデビッドの声がしたのだ。

「ホイットニー、ごめん！　今日、演奏会が終わって帰ってきたらステーキにするから、待ってくれよ！」

「なによいまさら」ホイットニーは叫び返した。「これから出かけるの。銀行の頭取とデートなの」彼女はルースとディックスにウインクし、顔を寄せてひそひそと言った。「これが効くの。頭取のことも含めて、いまだに本気でびびってるのよ。デビッドと結婚するつもりだけど、その前にしつけてやんなきゃ。じゃあね」ホイットニーはさっさと部屋を出ていった。風船ガムのはじける音がして、玄関のドアがばたんと閉まった。

それから数分後、痩せて長身の男がリビングの入り口に現われた。息を切らしているけれど、ホイットニーに追いつけなかったのは明らかだ。ぶかぶかのショートパンツに、よれよれのライトブルーのTシャツを着て、ほっそりした足には靴下も靴もはいていない。右耳の中ほどに大粒の美しいダイヤモンドのピアスをしていた。

「ホイットニーはぼくをからかってるのか？　あなたたちはほんとうに警官なの？　それとも物売り？　銀行から来たってことはないんだよね？　銀行員なら好都合なんだけどな。家の改修費をまた借りたいんだ」

ディックスはふたりの名前を告げ、家の改修を手助けするために来たのではないと念を押して、身分証明書を見せた。デビッドは握手の手を差し伸べようとしなかった。ディックスのバッジを見るのに忙しかったからだ。「バージニア州マエストロ？　へえ、こんなことってあるんだね——ぼくはスタニスラウスの学生だったんだよ。あなたが保安官のディクソン・ノーブル？」ディックスの手を握って上下させると、頭を振りはじめた。言葉はなく、急に怯《おび》えた表情になって、後ずさりをはじめた。興味深いとルースは思い、ディックスは穏やかに言った。「そうです、ミスター・カルディコット。あなたがスタニスラウス在学中に、わたしの妻のクリスティ・ノーブルは失踪しました」

「そう、そう、そうだったね。ひどい話だって、みんなが噂してたんだよ。恐ろしい話だよね。彼女は消えてしまった」指をぱちんと鳴らす。「こんなふうにさ。こんなこと聞いて悪いけど、彼女になにがあったかわかったの？」

ルースにはディックスが身をこわばらせるのがわかった。それが彼なりの苦痛の抑制法だと知っていたので、彼に代わって言った。「坐りませんか、ミスター・カルディコット？」

デビッドがルースを見た。「うん、そうしよう。好きなとこに坐って。チェストはすごく不安定だけどね。ホイットニーと結婚したら、彼女のお母さんを坐らせてやろうと思ってるよ」

ふたりは赤いキャベッジローズ模様のビクトリア朝風のソファにした。

デビッドはふたりの前の床に坐りこみ、スペイン製のチェストにもたれかかった。「あなたたち、なにか飲む？　ホイットニーが開けたワインがあったと思うんだけど。あ、そうか、ごめん、警官だから飲めないんだよね」

ルースは下にいるデビッドに笑いかけた。「けっこうです、ミスター・カルディコット。すてきなお宅にお住まいですね」

デビッドが表情を明るくして、少し緊張を解いた。「ありがとう。三年前に買って、引っ越してきたんだ。修理も、内装も自分でしてる。上の階はまだがらんとしてて、手を入れなきゃならない。バスルームなんてとくにそうだけど、ぴったりの備品と、タイルと、デザインを決めるのに時間をかけてるんだよね」

ディックスは言った。「わたしの妻をご存じですか、ミスター・カルディコット？」

彼はうなずいた。「ああ、まあね。ほとんどの学生は彼女のことや、彼女が何者かを知ってたよ。すごくきれいで、すてきな人だった。コンサートのときは、だいたい来てくれてさ。彼女のおじさんがスタニスラウスの校長のドクター・ゴードン・ホルコムなのは知ってるし、たくさんの学生が彼女におべっかを使ってたけど、彼女のほうはただ笑って、演奏を褒めるだけだった。ぼくが独奏会をしたとき、彼女がやってきて、とても楽しかったと言ってくれたことがある。交響楽団に入ったらいいと言ってくれたし、アトランタ交響楽団という具体的な名前まで出た。彼女がグロリア・ブリシュー・スタンフォードと親友なのは知ってた。ほら、超有名なバイオリニストで、ステージから引退したあとスタニスラウスで教鞭《きょうべん》を執《と》るようになってたんだ。その娘のジンジャーは、音楽家じゃなくて弁護士なんだけど、信じられないよね。理由は知らないけど、ジンジャーはぼくのことがあまり好きじゃないみたいで」デビッドはそこで話をやめ、期待の表情でディックスを見あげた。

「わたしの妻がいなくなったとき、あなたも警察から話を聞かれたんですか？」

「うん、全学生が聞かれたよ。ぼくはいま言ったとおりのことを警官に話した。奥さんのこと、ほんとうに気の毒だと思う、ノーブル保安官。お子さんがいるんだよね？」

「はい。それで、ミスター・カルディコット、あなたにはお姉さんがおられるはずだ。たしか、四歳上とか？」

「ああ、そうだよ、シャーロ――」ぷつりと言葉が途絶えた。唾を呑みこみ、いまにも逃げだしそうなようすになった。

ルースが声で動きを制した。「クリスティ・ノーブルとあなたのお姉さんのシャーロットが双子かと思うほどそっくりなことは、当然、ご存じですよね」

「ううん、いや、そうかも。外見はよく似てるけど、そこまで注意して見たことがないんだ。ほら、子どものころはあまりシャーロットに会ってなくて、ほとんど一緒にいたことがないから。ぼくの記憶だと、彼女は会うたびにぼくのことを変人扱いした。でもあなたの奥さんはいつもやさしかったよ、ノーブル保安官。シャーロットもいまはやさしいけどね」

ディックスもルースも言葉を差しはさまなかった。

「ああ、たしかに、ふたりはかなり似てるかもしれない。いや、そっくりかもね」

「わたしの妻がいなくなったとき、あなたは誰にもそのことを言わなかった、ミスター・カルディコット。どうしてなんでしょう？」

「なぜそんなことを言う必要があるの？　彼女はぼくの姉さんで、そのときは近くにいなかったんだよ」口を閉ざして、意識を集中しているような顔つきになった。「いまとなっては思いだせないよ、保安官。ふたりがどれくらい似ていたか」

ディックスはカラー写真をポケットから取りだした。「これはあなたのお姉さんですか、ミスター・カルディコット？」

「ああ、そうだよ、シャーロットだ」

「実際はわたしの妻、クリスティ・ノーブルです」

デビッドは首を振りはじめた。「嘘だろ、そんなの、あり得ないよ。誓って言うけど、ぼくは気づかなかった――」息を吞んで、動かなくなった。いまや怖がっているのがディックスには見て取れた。なにがしかの理由がある。だが、どんな理由なのか。

「ミスター・カルディコット、お姉さんがミスター・トマス・パラックと結婚した時期を教えてください」

デビッドがはっと頭を起こした。「なに？　ミスター・パラック？　あの気取った年寄りのことを知りたいの？」

「そうです」ルースは言った。「ふたりはいつ結婚したんですか？」

「三年ぐらい前だけど」

「日付を教えてください、ミスター・カルディコット」

「覚えてないけど——いや、ちょっと待って」さっと立ちあがり、暖炉まで小走りで行くと、マントルピースの上にあったアルバムを手に取った。

「ほら、これ、シャーロットが送ってきたんだ」表紙を開いた。「ふたりは八月三日に結婚してるから、やっぱり、三年ぐらいだね」

ルースは手を伸ばして、デビッドからアルバムを受け取った。ページをめくると、写真は六枚しかなかった。ルースは手を止めた。これがクリスティとうりふたつだというシャーロット・パラックか。はつらつとした美女が、倍ほどの年齢の男性とならんで写っている。男性のほうも身なりを整えているけれど、高級な仕立てのスーツでも腹の膨らみまでは隠せない。とはいえ、健康そうで血色はよかった。かつては黒かった髪が薄くなって、白いものが混じっているが、頬にも目の下にもたるみはない——腕のいい整形外科医の世話になったのだろう。抜け目がなくて無慈悲で、指先ひとつで小さな国家を粉々にできそうな男性に見える。ルースは言った。「ミスター・カルディコット、あなたのお姉さんはどうやってミスター・パラックと出会ったの？」

「そんなこと知らないよ、ワーネッキ捜査官。だって——」

ディックスはデビッドのことを、いまにも心臓をつかみだしそうな顔で見ていた。

デビッドは唾を呑み、話を続けた。「姉さんは年上好きなんだ。いや、年上っていうより、ほんとのお金持ちでなきゃだめなんだ。それなら、欲しいものがなんでも手に入るだろ。姉さんは貧乏を毛嫌いしてる。母さんが死んでから、ぼくたちは里親のもとで育ったからだろうね。ぼくは運がよかったけど、シャーロットはちがった。たぶんどうしてもなじめなくて、ずっとそんな環境を抜けだしたがってた。ミスター・パラックは大金持ちで、権力があって、姉さんに惚れこんでる。だから、いまは姉さんもなんの不満もないんじゃないかな」肩をすくめて、疲れた笑みを浮かべた。「年齢で思いだした――そうだね、ぼくはホイットニーが好きで、彼女は少女みたいだ。三十を過ぎてるのに、いまだに年齢確認されてる。笑っちゃうよね」

「あなたのお姉さんとミスター・パラックの出会いについてうかがってるのよ」

「ごめん。ほんとに知らないんだ。知ってるのは、出会ってまもなく結婚したことだけだよ。シャーロットにそう聞いたんだ。ひと目惚れ、って姉さんは言ってた」

「お姉さんがスタニスラウスに来たことはあるの、ミスター・カルディコット?」

「ないよ、ワーネッキ捜査官。一度もないと思う」

デビッドがあわてて立ちあがり、両手をばたばたさせだした。きれいな細長い指をして、爪を短く切ってある。ルースはその手を見て、彼のバイオリン演奏を聴いてみたくなった。

「どうしたんです、ミスター・カルディコット？」ディックスも立ちあがった。

「いや、たいしたことじゃないんだけど、ぼくはこれからはいつくばって、今晩はステーキを焼くからってホイットニーに言わなきゃならない」必死の形相だった。「許してくれるまで、触らせてくれないからね。彼女が本気で怒ると、そういうことになるんだ」うめき声を漏らした。

ディックスは言った。「独奏会のあとに褒められた以外に、わたしの妻と話をしたことはありますか？」

「うん？　ああ、あるよ、もちろん。ほかの学生と同じように、ぼくもマエストロまで買い物に出てた。彼女はよくいたよ。あなたと一緒のところも一度見かけたことがある。彼女があなたにキスして、保安官事務所に押しやってた。彼女、笑ってたよ。ほんと、きれいな人だったな」

ディックスはデビッドの顔を観察していた。とても若く見えるが、実際は自分より三、四歳下なだけだった。どことなく子どもっぽく、大人になりきれていないところがある。これまで彼がどんな道をたどって、そのためにどんな人間になったか、誰にわかるだろう？　デビッドが音楽家、しかもひじょうにすぐれた音楽家であることはまちがいない。ひょっとしたら、そこにヒントがあるかもしれない。ひと晩滞在して、演奏を聴いてみたらどうだろう？　デビッドに近づく別の方法を考えつくかもしれない。

「今晩、交響楽団の演奏はあるんですか？」

「あるよ」デビッドの顔が輝いた。「ぼくはラフマニノフが一八九〇年に作曲した『バイオリンとピアノのためのロマンス』を演奏する」

「あなたの演奏を聴いてみたいですね」

「嬉しいこと言ってくれるね。是非、聴いてよ。これ以上はもうなにも話せることがないんだ。シャーロットとはほとんど話をしなくて、ときどきEメールをやりとりするぐらいだし、ミスター・パラックとはまったく行き来がないし。悪いけど、ホイットニーに去勢されちゃう前に彼女のとこに行かないと」

ディックスは彼と握手し、ルースは笑顔でうなずきかけた。「今夜また、お目にかかることになるかもしれません、ミスター・カルディコット」

そう言ったときの、デビッドの目の輝きときたら。そのときはじめて、ディックスはデビッドとシャーロットの類似、ひいては彼とクリスティの類似をまのあたりにした。彼がにっこりすると、クリスティに似た目に明かりが灯ったようになったのだ。

ディックスがレンタカーのトーラスをカルディコット家の私道から出していると、ルースが言った。「彼が嘘をついてるほうにわたしの下着を賭けるわ。どんな嘘で、なぜ嘘をつくのかはわからないけど」

「おれにはわからない」ディックスは言った。「判断がつかなかった」

その夜、ディックスとルースは、デビッド・カルディコットの演奏を聴きにいかなかった。六時にサビッチから電話があったのだ。

23

サンフランシスコ
月曜日

サンフランシスコ市警は、ジュリア・ランサムが二回にわたって命を狙われたのは、夫であるオーガスト・ランサム殺害の共犯者と仲間割れを起こしたからだと考えている。チェイニーがそのことに気づくまでに二十分かかった。刑事たちから話を聞き、朝、市警察本部でフランクから受け取ったファイルを読んだ。おざなりな捜査でないことはわかったが、食らいつくような気迫も感じられなかった。そこには有名人が殺された場合にあるべき執拗さといったものがない。最初に目をつけたのが未亡人で、そこが揺らがなかった。〝共犯者〟に言及している箇所もいくつかある。ジュリアの単独犯行だとは警官も信じていないからだ。そう、警察は実行犯として男がいるにちがいないと考えながら、ひとりとして見つけられなかった。いまだにその筋書きを信じているものの、彼女に面と向かって言うほど頭が悪くないだけだ。そして、チェイニーに言うほどには。

ジュリアは夫殺しの犯人ではなく、共犯者などいない。チェイニーにしてみれば、それ以外にはありえなかった。つまり警察が彼女の共犯者にしていまや敵となった男を見つけだそうとしているあいだに、オーガスト・ランサム殺人事件の解決に向けて最初から捜査をやりなおさなければならないということだ。

ジュリアがオーガストの書斎に入ってくると、チェイニーは顔を上げた。デスクについて、ファイルのコピーに目を通している最中だった。「警察はなんの根拠があって、きみをご主人殺しの犯人だとみなしたんだ？」

「あら、いまだにそう思われてるわ。あなたにもわかるはずよ」

「ああ、そうだな。で、理由は？」

「なぜなら、警官たちはわたしが老人に、そう、彼らの目から見たら大金持ちの老人に縛りつけられているのにうんざりしたと考えた、いえ、考えてるからよ。オーガストの名声や、世間の評価なんて関係ないの。そして、わたしが彼のお金を欲しがってると考えた。当然、恋人がいるっていう噂も流れたわ。でも、あなたにはわかってることばかりでしょう？　そんなことは、捜査報告書で読んで知ってるはずよ」

「ああ」

「そんな噂がどこから出て、誰がどんな理由で流したのか、わたしにはわからない」顔の前で手を広げてみせた。「大衆紙なんか名前まで出したのよ。そのなかには、オーガストの民事弁護士のザイオン・レフトビッツまで入ってたわ。自分の影のなかでひっそりと暮らしてるような控えめな人なのにね。それに、当然の流れとして、この地域の霊能者の大半も対象になった。ウォーレス・タマーレインにベブリン・ワグナーにソルダン・マイセン。さすがにそこまで話を広げたくなかったのか、キャサリン・ゴールデンまでは持ちださなかったけど。彼女にはオーガストを殺すほどの腕力はないしね。しばらくはベブリン・ワグナーに注目が集まったんだけど、それはたぶん、オーガストとつきあいのあったおおぜいの霊能者のなかで、わたしと年が近かったからでしょうね。念のために言っておくけど、彼はまごついてたわ」ジュリアは声をたてて笑い、しゃっくりのような音をたてた。「ごめんなさい」

「まごつく？　まんざらじゃないはずなのに」

「まさか。彼はオーガストを崇拝してたのよ。オーガストのためなら、両手だって切り落としたでしょうね。わたしを見てはいても、ほんとうに見ているのは、彼自身の神よ。そりゃあ、オーガストの死後はちがったけど。前に言ったとおり、ベブリンはわたしに結婚を申しこんだの。あらためてわたしに恋心をいだいたのか、オーガストの未亡人を助けたかったのかわからないけれど、わたしは彼の申し出を丁重に断わった。警察にプロポーズの件がばれなくてよかったわ。もしばれてたら、かわいそうなベブリンまで標的にされたでしょうね」

「離婚の噂もあったそうだね。動機として書いてあった」

彼女はうなずいた。「ええ、そうなの。恋人説の変形よ。でも、警察は恋人がいるというほんの些細《ささい》な証拠も見つけられなかった。条件に合う人物が見つけられないのに、木曜の夜と日曜の早朝にうちに来たとき、まだその説にしがみついてたわね」

「嘘発見器《ポリグラフ》にかけてくれと、きみから申しでたことは？」

「ないけど。弁護士から反対されたの。リスクがあるだけで、いいことがないって」

「弁護士もきみを疑ってるのかもしれないな」

ジュリアがもそもそと答えた。「いいえ、それはないと思う。ブライアン・ハフといって、オーガストとは二十年来の友人だし、わたしとも気心がしれてるの。わたしが無実を訴えたときも、〝もちろんだ〟と言ってくれたわ。もしわたしが彼の友人兼依頼人を殺したと思ってたら、進んでわたしの代理人になろうとはしなかったでしょうね。オーガストは訴えられたときに備えて、多額のお抱え料を払ってたのよ」

「その男の噂は聞いたことがある。ずいぶん大柄な男らしいな。それで、ポリグラフを試す気はあるかい？　この半年間の疑念を晴らして、警察をいまの事態に集中させるためだ」

「そんなことで、警官たちが考えを変えると思う？」

「ひねくれ者の集まりだから、たぶん無理だと思うが、損にはならない」

「だったら、受けるわ」

チェイニーはオーガストの大きな革張りの椅子の背にもたれ、両手を頭の後ろにあてがった。「ジュリア、きみの息子さんの話をしてくれ」

彼女は殴られたような反応を示した。「殺人事件の捜査報告書に書いてあったの？」

「ああ、そうだよ。話してくれ、ジュリア」チェイニーは立ちあがり、彼女に近づいて手を取った。「頼む、ジュリア。おれがすべてを知っておくことが重要なんだ」

ため息をついたジュリアは、彼に手を握りしめられるのを感じた。「むずかしいの」

「そうだろうが、おれには打ち明けてくれないか？　できるかい？」

ジュリアは彼をじっと見た。心配そうな瞳。気遣いが伝わってくる。それに、やむにやまれぬ気持ちも。力になりたがっているの？　そう、彼は心から力になりたいと思ってくれている。「そうね、あなたの言うとおりでしょうね。息子はリンカーン——リンク——という名前だった。六歳のとき、スケートボードの最中に友だちにぶつかられて、歩道に吹き飛ばされたの。頭を打って、昏睡状態に陥ったきり、二度と目を覚まさなかったわ。

わたしはずっとあの子に付き添って、三週間後に亡くなった」

一瞬眉をひそめたチェイニーは、報告書を見おろした。大切な情報が抜けている。彼女に尋ねた。「息子さんの父親は、一緒にいたのか？」

「いいえ、父親は死んでたから」

「死んだって、なにがあったんだ、ジュリア？」

この際だから、すべてを話したほうがいい。「父親のベン・テイラーはサウド家所有のプライベートジェットを操縦してたわ。でも、リンクが事故に遭うわずか三カ月前に、テロリストに爆弾を仕掛けられたの。飛行機は砂漠の上で爆発して、火の玉になった。ベンと、副操縦士と、ふたりのフライトアテンダントと、六人の乗客は、即死だった。

　事件のあと数十人が逮捕されたけれど、そのうちうやむやになってしまった。殺されたのが王家の直系じゃなくて傍系だったからでしょうね。もしサウジアラビア国王のファハド本人が乗ってたら、サウジアラビア当局もビン・ラディンを捕まえるためアメリカに協力してたかもしれない。ファハド国王はその後まもなく死んで、アブドゥラが跡を継いだわ」

「ご主人のこと、気の毒だったな」

「ありがとう。ベンのことだけど、じつはむかし陸軍の特殊部隊にいたのよ。彼が家庭的なタイプじゃなくて、そうなる見こみもないのに気づいたときは、手遅れだった。しばらくは本人も努力してたんだけど、空を飛ぶのが大好きな人で、なにより王家のパイロットという立場がすごく気に入ってたみたい。中東にいるのも好きで、サウジアラビアで暮らしているようなものだったわ。リヤドで王子同然の生活を送っていたから」言葉を切り、ため息をついた。「はっきり言って、彼には幻滅してた。もう離婚を考えてたの。ほとんど父親に会えないなんて、リンクがかわいそうだった。わたしだってそうよ。でも、そしたら突然、ベンが死に、そのあとリンクまでいなくなってしまった」

　チェイニーは彼女を慰めたかった。その気持ちに嘘はないものの、平然と口から出てきたのは、こんな質問だった。「オーガスト・ランサムにはどうやって出会ったんだ?」

「わたしは〈ハートフォード新報〉にいて、彼の記事を担当したの。リンクが入院中、彼は一日も欠かさずに来てくれた。そしてリンクが亡くなると、そうなの、わたしの力になって、慰めてくれた。わたしは彼ならときどきほんとうにリンクと話せるんだと信じるようになったわ。心の底から信じられた。結婚したあとも、彼は何度かリンクと交信してくれた。でも、そのオーガストももう死んでしまった」

彼女はチェイニーから顔をそむけ、焦げ茶色の革のソファまで行くと、腰をおろした。ソファの背にもたれ、手は力なく膝に置かれている。「わたしはほかの誰にもリンクと交信してくれと頼まなかった。ほかの霊媒師は信じてないからよ。オーガストだけだったの」なにも入っていない暖炉の火格子を見つめた。「人はわたしがお金のためにオーガストと結婚したと思ってる。ファハド国王からもらったお金があったから、お金のために結婚する必要なんてないのにね。自分ひとりでなんとかなるし、わたしには食べていくだけのすべもある。それまでもリンクとわたしの生活を支えてきたの」

「ご主人から送金はなかったのか?」

ジュリアの顔に苦笑が浮かんだ。「あったわよ。でも、リンクの大学資金として全部、貯金してたの。わたしなりの意地みたいなもんね。リンクが亡くなったあと、全額を子どものための医療財団に寄付したわ。手をつける気分じゃなかったの」

しばしの沈黙をはさんで、ジュリアは言った。チェイニーから顔をそむけ、彼には見えないなにかを見ていた。「みんな死んでしまった。わたしが愛した人たちはみんな」

チェイニーは考えるより先に、口を開いた。「おれは当面死なないぞ、ジュリア。きみもだ。そしてなぜオーガストが死んだのか、ふたりで一緒に探りだすんだ。オーガストのことをもっと聞かせてくれ。きみよりかなり年上だったことは知ってる。刑事の備忘録によると、彼はそれが理由できみが彼の死を願ったと考えたようだ。きみは離婚を望んだのに、彼が応じなかったから、人を使って殺させたと」

「ええ」

「オーガストは初婚だったのかい？」

「いいえ。三十代の終わりのころ、最初の結婚をしてるわ。ええ、わかってる、遅いわよね。最初の奥さんは音楽家で、わずか数年後に膵臓《すいぞう》ガンで亡くなったの。まだ二十代で、いまのわたしより若かったのよ。オーガストは再婚しなかった。わたしが新聞の取材でインタビューしたとき、わたしたちはかなり長い時間を共有したの。わたしは彼を好きになったし、向こうもわたしのことをすごく気に入ったみたいだった。でも、正直に言って、わたしはいつも一歩引いてた。彼の名声の源になっていたのは、彼が霊媒師であることで、わたしには信じていいかどうかわからなかったからよ――リンクのことがあるまで。

彼からは一度もセックスを求められなかったし、興味があるようにも見えなかった。ひょっとしたら、かなりの年齢だったから、あたりまえかもね。そして、わたしのほうも全然そういう気になれなかった。それでも、おたがいに相手のことをとても大切にしてた。わたしは彼を尊敬し、信頼できる相手として、裏切るようなまねはしなかった。でも、わたしの道徳心が高かったと言いたいわけじゃないの。一度もそんな気にならなかっただけよ。彼が殺される前に誰かが登場してたら、そうね、ちがう展開になってたかもしれない」

「きみのご両親は健在なのかい、ジュリア？」

「質問の答えはほとんど知ってるんじゃないの？　報告書にすべて書いてあるんでしょう？」

「だいたいはね。だが、きみから聞きたい。きみの感情や、考えを含めて」

「両親はリンクが亡くなる前の年に、ベールでスキー中に亡くなったわ。誰のせいでもないつまらない事故だった。両親は人が通った跡のない場所に行くのが好きだったから、いつも立ち入り禁止の標識を無視してたの。それで雪崩《なだれ》危険地域で雪崩に遭ったのよ。きょうだいはいないわ。もちろん、もうご存じでしょうけど」

ふいに彼女の表情が暗くなり、チェイニーはそれがいやだった。オーガスト・ランサムの捜査報告書をそっとデスクに置いて、話しかけようとしたとき——なにを話すつもりか自分でもわかっていなかったが——携帯電話が鳴りだした。

「はい」

「サビッチだ。コンピュータを起動してくれ、チェイニー。ジュリア・ランサムの殺害を企てたと思われる男の写真を添付したメールを送った。きみと彼女に確認してもらわなきゃならない。その男にまちがいないとわかったら、電話をくれ。そいつのことを話す」

「わかりました、サビッチ」チェイニーは言った。「コンピュータを借りるよ、ジュリア」

24

チェイニーは添付ファイルを開き、男の顔のカラー写真を凝視した。

「この男よ」ジュリアはすぐに言った。「この顔、一生忘れないわ」

チェイニーはうなずき、書斎の電話にサビッチの番号を打ちこんだ。

「そいつか？」サビッチが尋ねた。

チェイニーはスピーカーボタンを押した。「サビッチ、彼女はジュリア・ランサム、ジュリア、彼はディロン・サビッチ捜査官だ。彼は人相書きをＦＢＩ特製の人相認識プログラムに通して、もっとも可能性の高い人物としてこの男を割りだしたんだ」

答えるジュリアに迷いはなかった。「ええ、まちがいありません、サビッチ捜査官。いますぐ逮捕してください」

「すまないね、ミセス・ランサム。彼を逮捕するのはうちじゃなくて、サンフランシスコ市警なんだ。これからこの写真をポーレット警部に送り、きみの確認がとれたと伝える。まもなくベイエリア一帯にこの写真が貼られるはずだ。で、ほんとうにまちがいないんだね？」

「はい、サビッチ捜査官。絶対です」

「彼について、なにがわかったんですか？」チェイニーは質問に移った。

「この男の名前はザビエル・メイクピース。母親はジャマイカ人、父親はイギリス人だ。年は三十七。自分の選んだ仕事で大成功した。どんな仕事かおおかた見当がつくだろうが……暗殺業だ。

　きみを再度狙うとは、プロの殺し屋にあるまじき失態だよ、ミセス・ランサム。きみが警察でつくった最初の似顔絵がよくできてたんで、すでに緊急配備が発令されていた。今後また動くようなことがあれば、写真で特定される」

「問題は」シャーロックの声だった。「この男が自分の仕事に誇りを持っていて、簡単には失敗を受け入れないことよ。あら、失礼、わたしはシャーロック捜査官。ディロンの妻です。ディロン・サビッチ捜査官の」

「結婚してるんですか？」

「ああ、そうだよ」サビッチが答えた。「チェイニー、なにか進展はあったかい？」

「いまのところ、地元の医師や病院からの通報も、メイクピースの目撃情報もありません。シャーロックの説に自分も賛成です。この犯人はそう簡単にはあきらめませんよ。素人の、しかも女にやられたとあっては、経歴上も見栄えが悪い。実際、ジュリアの弾は当たってますしね」

シャーロックが言った。「行動科学課のスティーブンは、犯人がキャラクターにそぐわない行動に走っていると考えてるわ。本来なら、もう街を出てなきゃいけないの。でも、メイクピースは個人的に侮蔑されたと受け取って、彼女を自分のかたきとみなしてるから、尻尾《しっぽ》を巻いて逃げだそうとしないだろうというのが、スティーブンの見解よ。メイクピースは彼女の死を見届けなければならなくなってる。あなたにこんなことを聞かせて気の毒だけど、ミセス・ランサム」

「でも、わたしは彼を撃ちました」ジュリアは言った。「撃つしかなかったからです。彼もわたしと同じぐらい恐れてて当然でしょう?」しばし押し黙り、ため息をついた。「こんなこと質問して、馬鹿みたい。向こうにしてみたら、わたしなんてアリみたいなものよね。ごめんなさい、すっかり気が大きくなってて。彼を雇った人の手がかりは見つかったんですか?」

サビッチが答えた。「それをきみに伝えるのは、ポーレット警部の役目だ。メイクピースを逮捕できれば、そのときわかるかもしれない」口とは裏腹に、可能だとはまったく思っていなかった。チェイニーもシャーロックも同じだ。ザビエル・メイクピースはプロだ。たとえ警察に捕まるようなことがあっても、口は割らないだろう。

チェイニーが言った。「メイクピースの父親はイギリス人だと言いましたね。息子にはイギリス風のアクセントがあるんですか?」

サビッチは言った。「わからない。だが、世界じゅうを渡り歩いてるから、そのときどきでアクセントを変えられると考えておいたほうがいい。それから、とくに、忠誠を捧げる相手はいないようだ。あるときはイスラエル、あるときはイスラム教徒、またときにはＭＩ６の仕事も受けている。決まった手口はない。可能ならワイヤーを使うのを好むが、そのときどきの状況に応じて使い分ける。計画は綿密に立て、ときには異様なほど複雑なこともある。そんなことを十四年ほど続けてきた。やつに近づける人物はごくかぎられ、逮捕できるほど近づける人間はひとりもいない」

ジュリアが言った。「オーガストは絞殺でした」

「ああ、知ってるよ。サンフランシスコ市警にもじきに伝わる」

ジュリアが小声で漏らした。「すごく恐ろしい男」

「そうね」シャーロックが淡々と言った。「でも、あなたにはチェイニーがついてるわ。彼は容赦なしの警察犬よ」

サビッチが言った。「ミセス・ランサム——」

「ジュリアと呼んでください」

「ジュリア、ご主人の依頼人のなかに、トマス・パラックという男性がいたのを覚えてるかい？」

「ええ、よく覚えています。夫とミスター・パラックとは長いつきあいです。どうしてそんなことを?」

サビッチが深々と息を吸う音が聞こえた。「別件にも関係してる可能性がある。近々シャーロックと一緒にサンフランシスコに行くことになりそうだ。そのときは、バージニアの保安官と本部所属の捜査官をもうひとり連れていく。話ができてよかったよ、ミセス・ランサム——いや、ジュリア。明日には会えるかもしれない」

チェイニーは電話を切り、ジュリアを見た。「そうだぞ、おれのことは警察犬だと思ってくれ。おれがついているかぎり、なにも起こらないよ。さて、ウォーレス・タマーレインに会いにいくとするか」

25

ロンバード・ストリートを進みながら、チェイニーは前で落ち着きなく車線を変更する緑のカムリから目を離さなかった。やっとカムリが遠ざかると、ジュリアに話しかけた。「きみに見せてもらったビデオテープのことだが——全部でたらめだと言いたいとこだけど、きみのご主人は別格だよ、ジュリア、信じたくなる。ほかの連中も悪くないが、疑い深さにかけては誰にもひけをとらないおれも、オーガスト・ランサムには完全に引きこまれた。どこまでがすぐれたパフォーマンスで、どこまでが本物なんだ？　おれには区別がつかなかった」

ジュリアは笑った。「オーガストが病院に来てくれるようになるまで、わたしも同じことを感じてたわ。編集者からオーガストの取材を割り振られたときは、天を仰いだものよ。その編集者の奥さんが死んだ父親との交信にオーガストを使ってて、彼のことを褒めちぎっていたと知ったあとは、かわいくて積極的な女が欲しいんだと思ってた。

でも、オーガストに考えを変えられてしまったの。わたしは彼の動きや、働き方を見てきた。彼は悲しみに暮れる人たちに寄り添い、いまは亡き愛する人たちがいまも存在していることを受け入れさせた。彼はいかさま師の多い業界であることや、大金を稼ぐためなら手段を選ばない人たちがいることを、率直に話してくれた。そして、もし才能が――つまりカリスマ性や、弁舌の才があって、人に信じさせる能力ってことだと思うけど――それがあれば、あとは神さまにしか本物かどうかはわからない、悲しんでる人たちは恐ろしく守りが弱くなってるからね、と言ってた。前にも話したとおり、リンクのことがあるまではわたしも確信が持てなかったの」

「きみも深く悲しんでたんだろう？」

彼女はうなずいた。

チェイニーは道を折れてプレシディオに入ると、広々としたかつての陸軍基地を縫うように進み、墓地の隣でアウディを停めて、ジュリアを見た。「そして、きみは彼なら息子さんとほんとうにやりとりできると信じたんだな？」

「そうよ。それに関しては一片の疑いもないわ。ウォーレスに会いにいかないの？」

「急ぐ必要はない」なぜ疑いがないのか尋ねたかったが、代わりに言った。「ウォーレス・タマーレインのことをどう思っているか、話してくれ」

「ウォーレスとベブリンの両方がわたしを好いているのは、知ってのとおりよ。ふたりがオーガストを敬愛し、彼の死をわたしとともに悲しんでくれてることも確かなの。犯人に心当たりがないかと――もちろん、わたし以外で――警察からしつこく訊かれたとき、わたしはウォーレスとベブリンの名前を出せなかった。とにかく出せなかったの。ふたりともわたしの友だちだもの。でも――」口を閉ざし、顔をそむけた。

「ゆっくりでいい」

ジュリアは深呼吸すると、チェイニーのほうに顔を戻した。「ほんとはね、オーガストが殺されてから、とても心細かったの。警察はわたしを犯人扱いしてたし。そしたらこんどは暗殺者、メイクピースに狙われる身になった」腕を伸ばして、チェイニーの腕に触れた。「チェイニー、あなたに知っておいてもらいたいの。わたしは射撃訓練を続けると決めたから、だんだんうまくなると思う。これからも自分を守るつもり。それでね、ひょっとしたらいつかは、あなたのことも警護してあげられるようになるかもしれない」

チェイニーはゆっくりと言った。「おれを警護しようという奇特な人間はあまりいない。恩に着るよ」

ジュリアはほほ笑んだ。「どういたしまして。それで、ウォーレス・タマーレインの捜査報告書を読んでみて、あなたはどう思った？」

「聴取は一度しか行なわれていないから、あまり内容がなかった」

ジュリアは声を低め、彼の右耳に口を近づけた。「知ってる？　八〇年代の末にウォーレスがスペインで奥さんを殺したと思ってる人がいるの」

チェイニーは、まじまじと彼女を見た。「思わぬ落とし穴だな。冗談だろう？」

「いいえ、ほんとよ。もちろん、わたしはまったく信じてないけど、わたしが会うずっと前のことだから、実際になにがあったかは知らないの」

「殺された妻に関する記述はいっさいなかった。もし警察が知ってたら、調べてたはずだ。どうして警察に言わなかったんだ？」

「答えは簡単。オーガストはウォーレスを信じてたし、わたしも信じてるから」

「教えてくれ。話をはしょるなよ、ジュリア」彼女の手を握った。「いいか、きみがメイクピースに二度狙われたこととドクター・ランサムの殺害には、まちがいなく関係がある。おれは全体を検討しなおさなきゃならない。それには入手できるだけの情報がすべて必要だ。おれにはなにも隠すな。誰かを守ろうなんて考えるなよ」

彼女はうなずいた。「オーガストに聞いたんだけど、ウォーレスと奥さんのベアトリスは八〇年代に入ってすぐマドリッドに引っ越し、七年近く住んだそうよ。そしてウォーレスは、お金があって有名なスペイン人を顧客に持つ霊能者になった。依頼人にはファン・カルロス国王と気取った取り巻きという、超一流の顧客まで含まれてたの。オーガストによると、ベアトリスは俗離れした雰囲気がある、とてもきれいなブロンドの女性だったけれど、もの静かで用心深かったみたい。ほかの男性に話しかけるところも、めったに見たことがないと言ってたわ。ウォーレスひと筋だったのね。

ウォーレスは一九八八年、彼女を連れてセゴビアの依頼人を訪ねた。そこで彼女はローマ時代の水道橋から飛びおりた。水道橋に男といるのを見たという目撃者がいたけれど、自殺として処理された。その男性が見つからなかったからよ。スペインにおける事故死の扱いにはならなくて、自殺扱いになったの」

「タマーレインにはアリバイがあったのか？」

「いいえ。依頼人のもとを出たあとだったそうよ」

チェイニーは肩をすくめた。「にしても、実際に自殺だった感じだな。彼女には自殺する理由があったのか？」

「オーガストによると、不安定な女性だったって。ウォーレスは妻の病気の程度を隠して、噂話の的にされないように彼女を守りたがってたそうよ。たぶん、彼女はもう限界だったんじゃないかしら。それで、当然だけど、噂が噂を呼んでたいへんなことになった。スペインのマスコミ報道はここぞとばかりに過熱して、ファン・カルロス国王の名前までもちだされる騒ぎになった。言うまでもないと思うけど、国王にしたらいい迷惑よ。ウォーレスは翌週スペインを離れ、妻の遺体とともにオハイオに戻ったの」

チェイニーは訊いた。「きみはオーガストをどこに埋葬したんだ？」

「コネチカットのハートフォード郊外よ。彼の生まれ故郷だし、高齢のお母さんがまだ住んでるの。オーガストは火葬を望んでいて、遺書にまで明記してたから、こちらで火葬していったんだけど、以来、彼のお母さんは口を利いてくれないわ。オーガストの遺体をきょうだいと父親の隣に埋葬したかったみたい」

チェイニーはしばし沈黙した。やがて手を伸ばして、彼女の手を取った。「ジュリア、この際はっきり言わせてもらう。おれはきみがご主人を殺したと思ってない。だから、その点については思い悩まないでくれるかい？」

こんども彼女から感謝の念が送られてきた。ジュリアは笑顔になり、チェイニーに身を寄せた。「ウォーレス・タマーレインの本名だけど、なんていうと思う？」

「チャーリー・ブラウン？」

「そんなもんじゃないわ」

生き生きとした彼女の顔を見て、チェイニーはにやりとした。「降参だ」

「アクティス・ホリーロッドよ」

「嘘だろ、ジュリア。アクティス（ギリシア神話中の人物。きょうだい殺しで追放され、エジプトで占星術を伝授した）？　なんて名前だ」

「彼のお父さんとお母さん、彼が生まれたときドラッグでぶっ飛んでたのかもね」

「そんなとこだろうな。アクティスか。子どもになんてことするんだろうな」

「ほかにもあるのよ、チェイニー。ウォーレスは少女に目がないの」

「年寄りにはそんなやつが多い。待てよ、まさか小児愛者じゃないだろうな」

「さすがにそれはないけど、投票できる年齢に達してない女の子が趣味みたいよ」

「裏付けがあるのかい？　それとも霊能業界に流れてる噂か？　じゃなきゃ、同業者が彼の心の内を読んで、その行為のビジョンを見たとか?」

ジュリアが首を傾けたので、髪が顔にかかった。「皮肉混じりに聞こえるのは、わたしの気のせい?」

「すべてに対して率直さを心がけてるだけさ。ウォーレスはいつから若い娘を好むようになったんだ?」

「よくわからないけど、奥さんが死んだあとであることを願うわ。オーガストはおもしろがってた。ウォーレスにしてみれば、わたしなんかとうが立ちすぎに見えるかもしれないけど、それでも彼、オーガストには価値があるとか言ってね」

チェイニーが彼女の目の変化に気づいたのは、そのときだった。顔を近づけているせいか、緑色の瞳がひときわ明るく見える。それで、前の週に助けたときの彼女を思いだした。まっ青な顔をして背を丸め、自分のなかに引きこもっていた。ジュリアは変わった。その変化は彼女が自分で自分を救ったときにはじまった。いまも瘦せていることに変わりはないが、か弱くてはかない印象ではなく、優美で力強く見えた。生気に溢れ、地に足がついていて、真《しん》摯《し》に現実と向きあっている。そうだ、ジュリアは現実に向きあい、もはや哀れな被害者ではなかった。

チェイニーは自分が彼女に好意をいだいていることに気づいた。こんな女を暗殺者に殺させてたまるか。

彼の鼻の下で、ジュリアが指を鳴らした。「地球からチェイニーへ、応答どうぞ？」

「おっと。ウォーレスの取り巻き娘に関する噂は、それですべてか？」

「いいえ。じつはわたしも、彼の自宅から女の子が出てくるのを見たことがあるの。人目がないと思ってたらしくて、玄関先で撫でまわしてたわ。そのあとわたしを見て、わたしが彼の行為を見てたのに気づくと、苦々しい顔になった。でも、わたしに彼を責める気や、そのことでからかう気がないのがわかると、それまでどおり愛想よく親切に接してくれた。前にも言ったとおり、ウォーレスはわたしをデートに誘ってたんだけど、その前にも、わたしのようすを確かめて、声を聞くために電話をくれたり、ときどき花を贈ってくれたりしてたの。一度は、わたしじゃ年齢が高すぎるでしょうと彼に言ってみたのよ。なにも言わずに笑ってたわ。

　彼とはたまに食事に出かけるだけにしてた。まだ警察から疑われてたし、たぶん尾行もされてたと思う」

「いや、警察にもそこまでする人員はないだろう」

「でも、一度は年上の男と結婚した女だから、もう一度あるかもしれないと考えて、それを理由に尾行したかもよ。わたしが同じパターンをくり返すかもしれないでしょ」

「ウォーレスがきみに言い寄っていることを、ベブリンはどう考えてたんだ？」

「若いベブリンにしてみたら、ウォーレスなんかおじいさんよ。心配するどころか、気にもしてないでしょうね。霊能業界は狭くて、近親的なの。あまり秘密はないわ」

「そりゃそうだろうな――相互に心を読みあってれば。そういうことだろ？」

「もっと皮肉な状況よ。はっきり言って、読心術の話はあまり聞かないけれど、できる人がいたら悲惨なことになるわね」

チェイニーは車のエンジンをかけた。「さて、タマーレインがまた少女を撫でまわしてるかどうか、見にいこう。フィルバートでいいんだろ？」

「ええ。左から四軒めの家よ」

「きみの家同様の豪邸なのかい？」

「わたしたちのうち、いえわたしのうちとは、ずいぶんおもむきがちがうわ。おかしいかもしれないけど、うちが豪邸だと思ったことはないの。わたしにとってはただの自宅。わたしが暮らしている場所であり、フレディがときどきやってきて、ソファを毛だらけにするってだけの場所よ」

チェイニーは自分が住んでいるコンドミニアムを思い浮かべた。彼女の豪邸の一階の三分の一にすっぽり収まるだろう。殺気立っている大きな猫を想像すると、頬がゆるんだ。

鈍色《にびいろ》の四月の空のもと、その日の朝は道が混雑し、冷たい風が吹きすさんでいた。一時間でも日が射してくれたらと思っていたが、いまは厚い雲に隙間ができて、アウディの前部が太い光の帯に包まれている。いい兆《きざ》しであることを願いたい。

斜度三十度の道をアウディが楽々とのぼるなか、チェイニーは言った。「こういう急斜面をはじめてのぼったときのことは、忘れられないな。地球のいちばん高いところへヨットで乗りだすような気分だったんだ。それからずいぶんたつけれど、いまだにわくわくするよ」

「マニュアル車でやってみればいいのに」

「おれの友だちに、ユタからやってきた捜査官がいる。そいつはマニュアル車に乗ってて、支局でマニュアル車を繰る技術があるのは自分ひとりだと豪語してたんだが、ある日クラッチが故障して、車でいっぱいの交差点に後ろ向きに突っこんだ。さいわい、怪我人は出なかったけどね。以来、そいつを含めて、うちの支局にはマニュアル車に乗る捜査官がいなくなった。きみの髪がおれのデスクに似てるのを知ってるかい？」

ジュリアはびっくりして彼を見た。「え？　わたしがあなたのデスクに似てるの？」

「きみの髪がさ。同じマホガニー色をしてる」

「そういうこと。それで、あなたはそのデスクが気に入ってるの？　仕上げに惚れこんでて、毎日磨いてるとか？　あまりに好きすぎて、足を置けないぐらい？」

大笑いしたチェイニーは、いっとき、肩の重荷がすべて転がり落ちたように感じた。長いあいだ大笑いしていなかった。つぎからつぎへと詐欺師が現われ、鬱憤がたまっていた。だが、いまは心の底から晴ればれしている。「ああ、デスクに足を載せるときは、かならず靴を脱ぐぞ。デスクをあがめたてまつって、すり傷がつかないように、コンピュータの下に紙を敷いてるくらいさ。墓に入るときは、デスクも一緒に埋めてもらうつもりだ」

彼女も大笑いして、チェイニーの髪に軽く触れた。「あなたの髪の色は、わたしが前に乗ってたなめし革色のスバルに似てるわ。ふわっとしたやさしい色で、キャラメルみたい」

道を折れて、フィルバート・ストリートに入った。「よく見ろよ。おれの髪はキャラメル色じゃなくて、ただのつまらない茶色さ」

チェイニーはアウディをウォーレス・タマーレイン宅の広い私道に入れた。「恐れ入ったな。サンフランシスコで二台用の車庫とは、その一点だけをもってしても、この家には大金の価値がある」

「でしょうね」

「ジュリア、タマーレインがきみの友人で、彼のことを気遣ってるのはわかる。だが、よく観察しててくれ。きみなら彼のボディーランゲージや表情が読める。いいな？」

ジュリアはなにか言いたげな顔でチェイニーを見て、やがてうなずいた。

チェイニーは彼女を仰々しいビクトリア朝様式の三階建ての玄関に導いた。「そうしたほうがいいと思ったときは、あいだに割って入ってくれ」

チェイニーから必要とされ、あてにされていることを知って、ジュリアは輝くばかりの笑顔になった。

26

呼び鈴を押すと、全身を堅苦しい黒服に包んだ男が出てきて、戸口の中央に立ちはだかった。

おいおい、執事がいるのか？

「はい？　どういったご用件ですか？」

「自分はＦＢＩのチェイニー・ストーン捜査官、こちらはミセス・ジュリア・ランサムです。ミスター・タマーレインと面談の約束があります」

「ミセス・ランサムは存じあげております。お元気そうですね、ミセス・ランサム、お元気そうでほっといたしました。お目にかかれて嬉しゅうございます。お入りください」

「お久しぶり、オグデン」

「今回の一連の事件をうかがって、胸を痛めておりました、ミセス・ランサム」

ふたりはビクトリア朝様式のリビングに案内された。百年の歴史のある重厚な家具が詰めこまれ、ふたりがけのソファや椅子の背には凝ったクロッシェ編みのカバーがかけられている。壁にはシルクの深紅の壁紙が張られ、チェイニーの父から〝ガラクタ〟呼ばわりされながら母がリビングに飾っていたたぐいの小間物が、いたるところにあった。どことなくアフリカ風の彫り物の動物数十個と、少なくとも家具と同じくらい、あるいはそれ以上に歴史のある小さなティーカップとソーサーがガラスのキャビネットの棚にところ狭しと飾ってある。チェイニーが見るところ、塵《ちり》ひとつなかった。

壁の一面は上から下まで、看護師と兵士の肖像画におおわれている。クリミア戦争時代のもののようだ。家族らしき写真や肖像画は一枚もなかった。

「おはよう、ジュリア、ストーン捜査官」

ジュリアはふり向き、ウォーレスに求められるままハグした。「こんにちは、ウォーレス。会ってくれてありがとう」

ウォーレスは彼女に笑いかけた。「きみに会えて嬉しいよ、ジュリア。きみの頼みを断われると思うかね？　わたしはきみのことを案じているし、きみを殺そうとした不届き者がいることを心配しているんだよ。わたしがまったく関与していないのは、きみにもわかっているはずだが――わたしにはいっさいあずかり知らないことだ」

「もちろんよ、ウォーレス。ストーン捜査官はオーガストが殺された件を調べなおしてるから、関係者全員に話を聞かなくてはならないの」

ウォーレスはうなずいた。「わたしで力になれるなら、なんなりと。ストーン捜査官、きみがオーガスト殺害の件でふたたび全員から話を聞く必要があると考えている理由は、理解できる。だが、時間の無駄かもしれない。わたしはいっさい関知していないんだ」

「会ってくださって感謝しています、ミスター・タマーレイン」チェイニーは軽い調子で言った。「あなたを責めるためにうかがったわけではありません」

「そう願いたいものだ！　坐ってくれ、ジュリア。なにか飲むかね？」

ジュリアは首を振り、ふたりは腰をおろした。だがウォーレスは凝った装飾がほどこされた暖炉まで行き、マントルピースにもたれかかって腕を組んだ。その髪は黒々として、白髪一本見えない。染めているのか？　前日に会ったときは、五十歳前後だと思ったが、いまはさらに十歳ぐらい上に見えた。それほど疲れが目立つということだが、黒い瞳にははっとするほど生気がある。この瞳には、おれに見えないものが見えるのか？　幽霊とか、死者とか？　なくしたはずの結婚指輪とか？

その瞳はチェイニーにそそがれていた。視覚情報を記憶に焼きつけ、奥まで見透かそうとでもしているようだった。薄気味が悪い、とチェイニーは思った。多少恐ろしくもあった。まるでチェイニーの心の奥深くにしまわれて、本人すらその存在を知らない、あるいは記憶していないなにかを知っているかのような態度だったからだ。

今朝のウォーレスは、黒ずくめの執事とは対照的に全身白ずくめだった。ヨーロッパ貴族を思わせる面長な顔で、瞳をのぞくと、全体に物憂い雰囲気があった。

「知りたいことはどんなことかな、ストーン捜査官？」

「あなたの執事はなんとおっしゃるのですか?」

「わたしのなんだと? ああ、オグデンだ。執事の名前はオグデン・ポーといって、なにかというと自分のことをエドガー・アラン・ポーとくらべ、つねに黒ずくめの恰好を好む。とはいえ、クリーニング代はわたしもちだが」

「白をきれいに保つほうがお金がかかると思いますが」チェイニーは言った。「オグデン・ポーがあなたのところで働くようになって、どれくらいですか?」

ウォーレスは肩をすくめた。「さて、十五年ぐらいになるか。なぜそんなことを尋ねるのか、わからないが。ジュリア同様、わたしの時間はわたしひとりのものでないことを理解してもらいたい。あと二十分で依頼人が来ることになっている。それで、わたしになにをお望みだね?」

「ドクター・オーガスト・ランサムのことをどうお考えか、お聞かせください」

「彼は慈悲深く、偉大な男だった。その生涯を通じて、あまたの人びとを助けた」

「真性の霊媒師だったと思われますか?」

ウォーレスは微動だにせず、かすかにあざけりの表情を浮かべた。「なんという侮蔑、無礼きわまりない。よくもそんなことが尋ねられるな。オーガストがどれほど高潔な人物だったか、彼に話していないのかね、ジュリア?」

「疑《うたぐ》り深い人なのよ、ウォーレス。誰しもそうあるべきね。霊能者の言うことを、そのまま鵜呑《うの》みにするのはまちがってるもの」

「いいかね、ストーン捜査官。きみが疑おうとどうしようと、オーガストはわれらが時代でもっとも偉大な霊媒師だった。どれほど多くの人が彼によって愛する死者とつながれたことを感謝していたか、口では言い表わせないほどだ。何千という人が彼を敬愛していた。わたしもわたしが知るすべての人と同じく、彼を敬愛し、心酔していた」

「すべての人とは言えないわ、ウォーレス」ジュリアが言った。「だって、何者かが彼を殺したんだから。そしてそれはわたしではないわ」

「もちろんきみではないよ、ジュリア。だが、わたしは一貫して犯人はオーガストをねたんだよそ者だと信じてきた。彼に腹を立てた馬鹿者が、恨みを晴らすために、復讐《ふくしゅう》したのだろう」

チェイニーは尋ねた。「なぜドクター・ランサムを恨まなければならないのですか？　彼は愛した人は幸せにしてるとか、満足してるとか、天空でのようすを伝えてくれたのでしょう？」

「きみは自分に理解できないことをちゃかしている、ストーン捜査官。きみの職業や人柄を考えれば予想がつくが。オーガストは病気の相談にもときおり応じていた」

「医療に関する助言を与えてたってことですか？」

ウォーレスはうなずいた。

「ドクター・ランサムが医学の学位をお持ちとは知らなかった」

「学位などないわ」ジュリアは言った。「たまに人の声が聞こえて、依頼人の体のなかでなにが起きているか見えることがあると言ってたの。それで、その人が重病なのかどうかなぜかわかるのよ。薬や治療法を指示することもあれば、依頼人を医者にやることもあったけど、それが依頼人にいいかどうかはだいたいわかったみたいよ」

ウォーレスが言った。「そう、そのとおりだ。わたしも、ときにそんなことがある」

「では、ミスター・タマーレイン、ドクター・ランサムは診断をまちがえたために、復讐として殺されたとおっしゃるんですか？」

「ありえない話ではない」

チェイニーは尋ねた。「ドクター・ランサムは、あなたをあなたの親族につなげたことがありますか、ミスター・タマーレイン？」

「いや、頼んだことがないからね。じつを言うと、大半はろくでもないやつらばかりで、多少ましだったのが祖父だ。祖父は銀行強盗をはたらき、八十三のときベッドで死んだよ。そんな連中が幸福かどうか、なぜ聞かなければならない？　実際、連中の幸、不幸など、わたしには関心がない」

チェイニーは言った。「わたしの理解によると、霊能業界では、亡くなった愛する者たちは誰もが穏やかかつ幸せにしているようですが」

「かならずしもそうとは言えない」ウォーレスが応えた。「あと九分だ、ストーン捜査官」

「あなたの奥さんのベアトリスはいま安らかな幸福のうちにあるとお考えですか？」

腹を撃たれたとしても、これほどの衝撃は受けなかったのではないか。ウォーレスはがくっと前にかしいで、倒れそうになった。「なぜわたしの妻のことを口にする？」

ジュリアがとっさに立ちあがり、彼のもとに急いだ。「ストーン捜査官はきついことを言うつもりはなかったのよ、ウォーレス。でも、ＦＢＩの捜査官である以上、あなたの奥さまの死について質問するしかなかったの。お願いだから、わかってあげて」ウォーレスの腕に触れて、気を鎮めようとした。「あなたがショックを受けたのはわかるけれど、彼は仕事をしているだけなの。ベアトリスのことを話してあげて」

ウォーレスは彼女のほっそりした白い手を見おろし、唇をきつく結んだ。「つまりこういうことかね、ジュリア？　スペインでの悲痛な日々をオーガストがきみに話し、きみがそれをストーン捜査官に伝えたと？」

「ええ、もちろん彼女は話してくれましたよ」チェイニーが言った。「あなたについて知っていることを洗いざらい話してくれることが大切だと、わたしが言いましたからね。彼女を責めるのはおかどちがいです。それで、オーガスト・ランサムはセゴビアの水道橋であなたが奥さんを突き落とした証拠を見つけたんですか？　それを公表すると脅したんですか？」

ウォーレスはジュリアの手を振りほどき、マントルピースから離れた。「あんまりだ、ジユリア。なぜそんなことをした？」

「ごめんなさい、ウォーレス。ストーン捜査官、あなたのやり方は汚すぎるわ」

チェイニーは肩をすくめると、顔を伏せて指先を見た。

ウォーレスがどなった。「もういい！　さっさと出ていってくれ、ストーン捜査官。ジュリア、きみは残ってもいいが、彼が一緒なら断わる。わたしはこれから弁護士に電話をする。今後は弁護士を通してくれ」

「教えてください、ミスター・タマーレイン」チェイニーは言った。「高名な霊媒師であるあなたは亡くなった奥さんと話したことがありますか？」

27

ウォーレス・タマーレインの息遣いが荒く速くなった。怒りに頬が染まり、目元近くまで赤くなっている。チェイニーは辛抱強く待った。

ついに、ウォーレスが深呼吸をして、自制心を取り戻した。ジュリアは息を詰めて、以前から好意をいだいていた男、自分に好意をいだき、亡き夫を心から敬愛してくれていた男を見つめた。ウォーレスが本物の霊能者なのか優秀なショーマンなのか、そして正真正銘の霊媒師なのか、死んだ父親と話をしたと嘘をついてその相手の心をかき乱す卑しむべき面々のひとりなのかは、わからなかった。オーガストにも尋ねてみたことがあるけれど、夫は質問をはぐらかして、信じるという気持ちには説明のつかないところがあるから、各自が自分で判断するしかないという、意味のない答えしか返してこなかった。ジュリアはもう一度、ウォーレスの腕に触れた。

ウォーレスは少なくとも表向きはさっきより穏やかに答えた。「いや、妻とは話していない。話そうとしたことがないんだ。妻は自殺した。それがすべてだ。精神的に不安定で薬を服用していたのだが、よく飲み忘れた。その結果の自殺だった。わたしにとってはつらく苦しい時代だったのだ、ストーン捜査官」

チェイニーはうなずいた。「あなたの本名はアクティス・ホリーロッドですか？」

「そうだ。息子にそんな名前をつけるとは、両親は頭のおかしいサディストだったのだろう。十八になったとき、正式に改名した。本来のわたしにより近い名前に」

「十八にして、本来の自分がわかったんですか？」

「当然だろう。わたしは七歳のころから、自分には特別な才能があって、それを使って人を助ける立場にあることを知っていた。それは悲しみに沈む人たちに癒《いや》しと慰めを与えることだ。わたしは助言を与えるようつとめているし、そのことが、わたし自身の霊的な〝気づき〟の深まりにつながるのを祈っている」

「ミスター・タマーレイン、それは〝天福〟のことですか？」

「いや。わたしたちはこの地上におけるわずかな期間に霊的な〝気づき〟を得るよう努力しなければならない。〝天福〟はこの世界を去ったあとのものだ。それにわたしはその用語を使わない。〝天福〟はオーガストが遠いむかしに採用した用語で、若い霊媒師の多くがそれを引き継いでいる。わたしの耳には仰々しすぎるし、ニューエイジ風の無意味な戯言に聞こえなくもない。きみには悪いがね、ジュリア。だが、オーガストは満足していたし、その言葉を使うほかの者たちもそうだ」

「あなたはなんと呼ばれるんですか、ミスター・タマーレイン？」

「わたしはあっさり〝その後〟と」

「〝その後〟とは、具体的にどんなものでしょう？」

「簡単に言うと、ストーン捜査官、人間は死後もその運命の連続性のうちにあり、憂いがなく、永遠という愛に溢れた究極の恩恵に没入できる。〝その後〟とは、完璧さを具現したものであり、わたしたちがいることのできる場所なのだ」

簡単に言うと、だと？

ウォーレスは美しい金時計を白いベストから取りだし、手の震えを抑えながら時刻を見た。

「あと三分半で依頼人が来る。わたしの依頼人は、絶対に遅刻をしない」

「なぜですか？」

「わからないかね、ストーン捜査官、料金を課すからだよ。わたしの時間は、彼らの誰より、あるいはきみたち、つまり連邦政府の一般的な警官のそれより、はるかに価値があるのだよ。わたしは今生に使命があるのに、きみはわたしにはうかがいしれない理由でそれを妨げようとしている。わたしの家に乗りこんできて、わたしを侮蔑した。わたしの哀れなベアトリスのことでも、あてこすりを言った。きみには帰ってもらいたい」

「ウォーレス、そんなに腹を立てないで。あなたと同じように、ストーン捜査官の使命も人を助けることなの」

「きみにはがっかりだ、ジュリア。ほんとうにがっかりした。彼が一緒なら会いたくない」

「ごめんなさい、ウォーレス。でも、三度めの正直で殺されそうで不安なの。オーガストを殺した犯人も見つけなければならないわ」

チェイニーは言った。「わたしはドクター・ランサムの出演ビデオを何本か観ました。彼はそのなかの一本で、〝天福〟にある種のカースト制度があるのではないかと述べていた。亡くなった人物の価値が高ければ高いほど、そこにいる人たちから高い尊敬を受けると」

「ああ、そうだとも。そのことが彼が殺されたことと、どんな関係があるんだ？」

「よくわかりませんが」チェイニーは前置きした。「もし〝その後〟での自分の地位が下がると信じていたら、ドクター・ランサムを殺せるでしょうか？」

「オーガストの言ったとおりだ。人によって尊重される度合いが異なるのは、ここ地上でも〝その後〟でも同じことだ。FBIや警察やお粗末な司法制度はあるにしろ、ここにはたいして正義はないが、〝その後〟はどうか？　そこではまったくちがっている。わたしたちとちがって〝その後〟における永遠の正義を信じていない者ならば、オーガストに無惨な死をもたらすことができる。オーガストはいま〝その後〟で、彼が生まれながらに持っていた善によって与えられた豊かさに浴している。彼に見守られていることが、きみにはわからないのかね、ジュリア？　きみのせいでオーガストのもっとも親しい友人のひとりが赤の他人に攻撃されているのを見たら、彼はどう思うだろう。この男をそばに置きつづけるかぎり、きみはドクター・オーガスト・ランサムの未亡人とは言えない」

チェイニーは言った。「神を信じておられますか、ミスター・タマーレイン？」

ウォーレスは撃たれでもしたように、さっとふり返った。「なんだと？　神とな？　わたしが神を信じているかと？　わたしが信じているのは、この地上と天上にはきみの世界観には収まりきらないものがあるということだ」

「では、シェークスピアの感動的な台詞《せりふ》を信じておられるわけだ。神とはなんです？」

「わたしたちにまさるものがつねに存在するのだよ、ストーン捜査官。わたしたちが考えたり、想像したりする以上の存在が。死の向こうには変わらずなにかがある、そう〝その後〟が。だが、全知とされる存在、全能とされる有力者、つまり神、ゼウス、アラーと呼ばれるものは、存在しない。それらは理解できない対象を説明するために人間が創造し、形作ったものにすぎない。あらゆる文化や文明が、死の苦痛をやわらげるため、季節の移り変わりや日の明け暮れを説明するために、なんらかの形の神格を創りだした。そうしたものを表わすことのできる言語を獲得したときから」チェイニーを追い払うように両手をひらひらさせた。「それはともかく、きみとこんなことを論じあうのは気が進まない。きみのように粗野な心の持ち主とはな」

回れ右をしてふたりから離れ、首だけ後ろに向けて言った。「きみには形而上《けいじじょう》的な事柄を理解する能力がない。きみは偏狭なパラダイム、そう善悪とか、天国と地獄とか、神と悪魔とか、そういった狭苦しい枠組みのなかで思考している。きみのような立場の人間にはそれが適しているのだろう。それに、きみの侮蔑にはうんざりだ。帰ってくれ、ストーン捜査官、ジュリア」

チェイニーはウォーレスに笑いかけた。「あなたの侮蔑もなかなかですよ。〝その後〟の世界で誰が役員特典を与えられ、それがどんなものなのか、知りたいものです。では」

ふたりはウォーレスの家をあとにした。すばらしいカシミヤのコートに身を包んだ六十代後半の男性とすれちがった。その顔は青ざめ、落ち着きのない苦しげな目つきをして、豊かな銀髪が強風にあおられていた。

28

アウディで十九番大通りをゴールデンゲートブリッジに向かいながら、チェイニーは黙りこくっているジュリアに尋ねた。「きみとご主人の結婚生活は何年ぐらい続いたんだい、ジュリア？」

「三年近くよ。そして彼が殺されたの」

殺されていなければ、その老人との結婚生活を続けたのか？

「きみはいくつだ？」

「二十九」

「おれには二十九歳のことを二十歳と九つという言い方をする女友だちがいる」

彼女は無言のまま、前方を凝視していた。

「亡くなったとき、ご主人はいくつだったんだ？」

「六十代の後半、たぶん六十八だったはずよ」

「はず？　自分の夫の年齢を知らないのか？」

「ええ」

「わかったよ。きみはおれに腹を立ててる。黙ってないで、思ってることを言ったらいい」

ジュリアがさっとふり向いた。「なんて人なの！　あなたはそんな必要もないのにウォーレスにひどいことを言ったのよ。彼に嚙みついて、あざけった。少女にいたずらしているといって非難しなかったのが、不思議なくらい！」

「考えてみたが、それでなにかが手に入ると思えなかった」

彼女に腕を殴られた。「オーガストを殺したのはウォーレスじゃない。彼は奥さんも殺してないわ。あなたが疑い深いのはわかったけど、脅す必要はないのよ」

「たしかに、多少やりすぎたかもな。だがな、ジュリア、おれはＦＢＩの捜査官ってだけじゃなくて、法律家でもあるんだ。信じるには、この目で見て、感じて、理解する必要がある。しかも、今回は時間がかぎられてた。ウォーレスを刺激して、怒らせなきゃならなかった。愛想よくしてる余裕がなかったんだ。わかってくれるかい？」

「疑うのはわかるけど、わたしの友人を侮蔑しないで」

「いま考えてたんだが、別の種類の友だちとつきあったほうがいいんじゃないか」

「ほんとそう、別の友だちがほしいわ。警官だけは遠慮したいけど」

「なあ、ひょっとすると、きみは自分が考えてる以上にタマーレインに関心があるのかもしれないぞ。ほんとにただの友だちだと思ってるのか？」

「馬鹿じゃないの、チェイニー・ストーン。あなた、嫉妬《しっと》してるみたいよ。ほんと、若い男って——あなたたちの脳細胞に男性ホルモンがこびりついてるのを忘れてたわ」

チェイニーはどなり返したいのを、ぐっとこらえた。「まさか、嫉妬のわけないだろ」

「もういいから」

昼近いせいか、橋はあまり混んでいなかった。北向き車線は通行料金がないので、そのまま走り抜けた。

「ベブリンを脅さないと約束しないかぎり、彼の家には案内しないわよ」

チェイニーはため息をついた。「わかったよ。ベブリン・ワグナーには手加減する」

「誓う？」

「おれが越えてはならない一線を踏み越えたら、どうするつもりだ？」

「あなたを撃つわ」

思わず声をたてて笑い、降参のしるしに片手を上げた。「ベブリンには冷静な態度を心がけるよ」

「そうしてちょうだい。最初の出口からアレグザンダーに出て、そのままサウサリートの中心部まで進んで」ジュリアは言葉を切り、アウディの窓から外を見た。「あのいまいましい雲が消えてくれないかしら。明るい陽射しのなかで、片側に海、片側に湾が煌めく光景くらい、美しいものはないのに」

「おれの首を絞めたら、急におしゃべりがにぎやかになったんじゃないか？」

「そうよ。傷口に塩をすりこむのが、いいこととは思えないもの」

「それで、きみは二十六のとき、オーガストと結婚したんだな」

「一度食らいついたら放さない犬みたいな人ね。ええ、そうよ。あなたはいくつなの？」

「おれか？　こんどの十一月で三十歳と三つになる」

彼女は笑い声をあげたが、心からの笑いではなかった。「なぜわたしの個人的なことを根掘り葉掘り訊くの？」

「頼むから、協力してくれよ。ぼんやりしてるわけにはいかないんだ。手に入れられるだけの身上関係情報がいる。きみがご主人と結婚したのは、息子さんが亡くなったときそばにいてくれたことに対する感謝からだ」

「一線を踏み越えたわよ」

チェイニーはきれいに弧を描く道を走って、サウサリートの町に入った。冬のあいだたっぷりと雨が降ったために、マリンヘッドランズ一帯の緑は濃く、緑深いアイルランドを思わせた。残念ながら秋には『嵐が丘』のヒースクリフがさまよっていそうな荒涼とした荒れ地となるが。

「それで、ワグナーについてなにを話してくれる？　きみと結婚したがってるのはもう聞いた。ベブリン・ワグナーというのは本名なのか？」

「クロアチア人らしくない名前だって言いたいんでしょう？　クロアチアのアドリア海沿岸にあるスプリットという港町の出身だと聞いたわ。彼が少年のころ、ご両親が合衆国に移ってきたから、そのとき名前を変えたんでしょうね。彼からそれ以外の名前を聞いたことはないの。ベブリンがこのあたりの霊能力シーンに登場して、八年くらいよ」

「彼も霊媒師なのか？　死者と話をする？」

「そうよ」

「だとしたら、きみにとって究極の〝どんでもマスター〟は、霊媒師か。彼には人の運勢を占ったり、ビルの崩壊を予見したり、人殺しの場面を霊視したりといった心霊ショーができるだけでなく、亡くなった大おじさんのアルフィと話せるっていう、セールスポイントがあるわけだ」

「そのとおりよ。あなた、また失礼な人になってる」

　チェイニーは皮肉っぽい笑みを返した。

「オーガストは言ってたわ、ベブリンにはまだ軸がないって。つまり、自分が何者で、なにをするべきなのか、わかってないの。でも、まだ若いベブリンには時間がある、自分のなかにあるものを見いだして、それを使えるようになるまで、あきらめないといいが、とも」

「あの男は緊張が強すぎる。あれが演技じゃないとしたら、自滅するぞ。ただ、昨日、彼からあの深刻な顔を向けられたときは、酒を飲みたそうに見えたけどな」

こんどは、ジュリアも明るく澄んだ声で笑いだした。よかった、彼女は怒っていない。ジュリアが咳払いをした。「こんなこと言うべきじゃないんだろうけど、ベブリンはたまに飲みすぎるみたいよ。去年集まりがあったとき、ベブリンがみんなを緊張させてたの。ほら、思案顔で部屋の隅に坐って、みんなを見つめてたわけ。でも、じつはウォッカを五杯飲んでたの。彼が豹変《ひょうへん》するのを何度か見たことがあるわ。背中を丸めて、ボトルから直接酒をあおってた」

「合衆国に移ってきた両親は、どこに住んだんだ？」

「ニューハンプシャーよ。ベブリンにはクロアチアの出身だと吹聴《ふいちょう》したがるところがあって、はじめての人に会うと、まっ先にそのことを口にするの。そう言えば、相手がトランシルバニアや吸血鬼や夜中に動きまわる魑魅魍魎《ちみもうりょう》を思い浮かべると思ってるのかもね。それで超自然的な知識が染みついてるっていう印象を与えるのよ」

「トランシルバニアがあるのはルーマニアだけどな」

「前に一度、オーガストにそういう軽口を叩いたことがあるわ」ジュリアが眉をひそめた。

「それで？」

「わたしが言ったこと、からかったことが、オーガストには気に入らなかったみたい。つぎの信号を左に入って、チェイニー。ねえ、あの観光客たちを見て。凍えちゃうんじゃないかしら」

両側に観光客の気を惹く店がずらりとならぶサウサリートの歩道には、ジャケット姿の背中を丸めたよそ者がゆうに百人はいて、その手にはアイスクリームのコーンと傘があった。

「気に入らなかったって、なにがだ？」

「あなた、また食らいついてるわよ。オーガストは、将来、世界に多くのことを提供できるかもしれない若い人をからかうのはよくないと思ったのよ」

チェイニーはプリンセス・ストリートに入り、蛇行する坂道をのぼりだした。

「ワグナーが将来、世界に多くを貢献できると思うかい、ジュリア？」

ジュリアはしばし窓の外に目をやり、やがてゆっくりと首を振った。「どうかしら、わたしにはわからない。彼は霊性に関する本を一冊書いてるの。『あなたの魂の飛翔《ひしょう》を見守る』という本なんだけど、持ってるから、あなたに貸すわ。読んでみて。じつは――わたしは一度、その本で助かったのよ」

「わかった、読んでみよう。だが、疑いたくもなるだろう？　行方不明の子どもを見つけるとか、場合によっては大災害を予測するとか、それならまだわかるが、死者と話をするんだぞ。たいがいにしてくれって気分にもなる」

「疑うのは当然だけど、偏見は避けないと。そうはいっても、最後には自分で判断するしかないんだけれど」

「なぜそんなことを気にかけなきゃならないんだ？」

「生きてると、助けがないと受け入れられない現実に直面することがあるからよ。たとえば、受け入れがたい悲劇とか。そんなときわたしたちは、だまそうとして近づいてくる人間につけこまれやすくなるわ――そういうものなの。でも、もしあなたが絶望や悲しみに押し潰されそうになったり、内面に目を向ける必要もなく日々の雑事に追われてきたのなら、彼らや、彼らがしていることを裁くのはまちがってる。だって、彼らが言うとおり、あなたの内なる目は閉じているから」

「内なる目？」

「彼らはそう言うの。その目はわたしたちの心の奥にあって、霊的な慰めを必要とするとき、ときおり開く扉のようなものだって。もちろん、科学や論理では立証しようのないことだけれど」

「きみの内なる目はいま開いてるのか？」

「いいえ。ほら、あそこ、崖の上にあるのがベブリンの家よ」

29

チェイニーは細い曲がり道にアウディを停めた。十段ほどの階段があって、その上にワシの巣のような家が立っている。

ふたりはベブリン・ワグナーの家まで、古い木の厚板でできた階段をのぼった。両側からひょろりとした木や茂みが押し寄せている。鬱蒼と茂って、まるで小さな密林のようだ。開いていたドアからなかに入ると、狭い玄関ホールにぼんやりとした明かりが灯っていた。チェイニーが声を張りあげた。「こんにちは」

「ちょっと待って」二階から男の声がした。「リビングにどうぞ。右側だよ」

こぢんまりとしたリビングには湾を一望できる窓がならび、ベルベディアの一部とエンジェル島、それにアルカトラズ島まで見えている。いずれも明るい赤のビーズクッションが、いくつかまとめて、あるいはひとつぽつんと、部屋じゅうに置いてあった。壁はがらんとしていて、本棚も写真もない。ただ、赤いビーズクッションが十個ほどあるだけだった。

一分もしないうちに、ベブリンがリビングに入ってきた。厚地の白いタオルを腰に巻いただけの恰好だった。

「こんにちは、ベブリン」ジュリアが言った。この状況に動じていない。

ベブリンは彼女に近づき、腰をかがめて唇にキスすると、体を起こして顔を見た。「きれいだね、ジュリア。昨日はまっ青で心配したんだよ。怖くなるくらいね」

彼女はうなずいた。「もうだいじょうぶよ。ストーン捜査官と話をする時間をとってくれて、ありがとう」

「どういたしまして」ベブリンが腰のタオルを少しゆるめるのを見て、チェイニーは唖然《あぜん》とした。「ストーン捜査官、ジュリアを守ってくれて嬉しいよ」

郷には入ったら郷に従え。チェイニーは自分に言い聞かせながら、ベブリンの手を握った。彼の反応を見るためだけに、タオルを引っぱりたくなった。ベブリンは死人のように色が白く、その肌と燃えるような黒い瞳と長い黒髪とが好対照をなしている。体毛はほとんどない。

「シャワーを浴びてたんだけれど、お待たせしたくなくてね」

「あなたはいつもシャワーを浴びてるわね、ベブリン」ジュリアは言った。「なにか着てきて。わたしたちはここで待ってるから。危険なＦＢＩ捜査官にビーズクッションのなかを探らせないと約束するわ」

魂をのぞきこむような黒い瞳がチェイニーをまっこうからとらえた。「髪を洗う時間がなかったよ」

「きれいみたいだから、心配いらないわ」ジュリアが言った。「それより服を着て」

ベブリンは口笛を吹きながら、部屋を出ていった。チェイニーの記憶が確かなら、『ボレロ』だ。

「よくああやって体をさらすのか?」

「そうなの。彼のトレードマークみたいなものだけど、なぜかしらね。とくにすばらしい肉体ってわけでもないのに」

「タオルを落としたことはないのかい?」

「あるわよ。わたしがオーガストより先に着いたとき、彼がタオルを巻いて出てきたんだけど、タオルがドアノブに引っかかって、ぱらっと落ちちゃったの。わたしはまっすぐ彼の顔を見て、優秀なパーソナルトレーナーを紹介しましょうか、と言ったわ」

「傷ついたろ?」

「そうでもなかったみたい。彼は、パーソナルトレーナーは、女性ならいいけど、毛深すぎるし、おっかないよと言ってた」

チェイニーは笑った。「あの赤いビーズクッションの山はなんなんだ? いつからこんなことをしてるんだ?」

「なんでだか知らないけど、わたしが知りあったときにはもうあったわ」

ベブリンが部屋に戻ってきた。グレーのくたびれたスエットの上下を着、細長い素足をさらしていた。「ストーン捜査官、ジュリアの殺人未遂事件のことで、ぼくに話を聞きにきたんだよね」

チェイニーは言った。「はい。お時間を割いていただいて、感謝します。ドクター・オーガスト・ランサムのことを中心にうかがいたい。ジュリアが殺されかかったことと彼の殺害には関係があると思って、まちがいなさそうです」

「悪いけど、ぼくはなにも知らないと思うよ」ベブリンはジュリアに目をやり、思いつめた瞳で舐めるように見た。「ぼくがなにか知ってたらいいんだけど――ふたつの事件はほんとうに関係があるの？　そう、そうだよね、あるかもしれない。ウォーレスもぼくも考えてみたんだ。これだけは言えるよ、ストーン捜査官。オーガストは昨晩訪ねてきたとき、あなたのことが大嫌いだ、危険な男かもしれないから、あなたを怒らせないように気をつけろと言ってた。あなたがジュリアについてまわってるのがいやみたいだね。そうは言わなかったけれど、ぼくがついてるほうがずっと心が安まるんだと思う」

ジュリアが言った。「ベブリン、オーガストがストーン捜査官のことを気にする理由など、どこにも――この世にもあの世にも――ないのよ。オーガストを絞殺した犯人を見つけだそうとしてるんだから。ウォーレスはああ言ってるけど、オーガストは犯人に裁きを受けさせたいと思ってるはずよ」

チェイニーは続けた。「ベブリン、あなたがさっき言ったことですが、あれはオーガストが考えたことで、あなたが考えたことじゃないんですね？」

ベブリンは湾に面した大きな窓に近づいた。「もちろん、オーガストが考えたことだよ」言葉を切った。「やっと霧が晴れてきたね。今日は三件の予約があるんだ。最初の依頼人は、年取った夢見る夢子ちゃんで、彼女のために信託財産を組むと言ってる若い色男に全財産を渡そうとしてる。それで彼の懐には多額の手数料が転がりこむんだ。どんな条件がつけられてるか、神のみぞ知るってわけ」肩をすくめる。

「それで、あなたの出番はどこにあるの？」

「ぼくはすでに彼女のご主人に接触っていうのかな、近づいてるんだ。ご主人はラルフといって、かつてはサウサリートの大半を所有してた人で、彼が稼いだお金を奥さんが失わないように、息子さんに連絡してくれと頼まれた。とても苦労して稼いだ金だから、ごますり色男にみすみす渡させたくないのさ。ラルフが聞いた話だと、奥さんが彼のところに行くまでにはまだ長い時間がかかるそうだ。だとしたら、遺していったお金がまるまる必要になるからね。それでこの前、息子さんに電話した」また肩をすくめる。「頭から湯気を立ててたよ。そこからなにかいい結果が生まれるかもね。そうだ、ストーン捜査官、あなたにその色男をやっつけてもらってもいいね」

チェイニーはいつしか話に引きこまれ、この風変わりな男がいまは亡きラルフとほんとうに話をしたのだとしばし信じこんでいた。

ジュリアにどう思われようと、尋ねないわけにはいかない。「亡くなったご主人に連絡をとって現状を伝えたのは、ほんとうですか、ミスター・ワグナー？」

「ぼくがラルフにかい？　いや、そうじゃない」ベブリンは言った。「ぼくの守護霊のひとりが合図してきて、おかしな老人と話をしろと言ったんだ。なにがどうなってるか知りたがってるって」

「守護霊？」

「そうだよ、ぼくの守護霊。クロアチア語じゃなくて、英語で話してるつもりだけど、ストーン捜査官。どんな人にも守護霊がいる。でも、なかには守護霊の存在すら感じられない人もいる。ぼくにはたくさんの守護霊がついていて、それぞれに担当分野がちがうって言うのかな。金融に詳しい霊や、流暢《りゅうちょう》にヒンズー語を話す霊、絶対音感の持ち主もいる。その能力がすごく自慢みたいで、そのとき耳にした音がどのキーかしょっちゅうぼくに教えてくれるけど、あいにく、あんまり使い道がないんだよね。エジプトのことしか話さない守護霊もいるよ。アレクサンドリアの図書館で過ごした日々のことを延々としゃべってる。

ぼくの第一の守護霊は、根っからのおしゃべりでね。死者に話しかけて、彼らの胸の内をぼくに教えてくれるんだ」

「守護霊たちには名前があるんですか？」

ベブリンは顔をしかめた。「あのね」ゆっくりと言うと、黒い瞳でチェイニーの顔を見すえた。「ぼくのほうから尋ねたいと思ったことはないし、彼らも言わない。みんなとても個性的だから、話をするのに名前がいると思ったことはないよ」

ジュリアが言った。「ベブリン、昨日、オーガストは近くにいるけど、あの場にはいないと言ってたでしょう？　それなのに夜、オーガストと話をしたの？」

「そうだよ」

チェイニーは尋ねた。「彼に話しかけるときも、守護霊に仲介してもらうんですか？」

「いや、オーガストはべつだよ。彼はふつうの死者とはちがう。彼はもともと仕組みを知ってるからね。どうしたらぼくに連絡が取れるかわかってるんだ」

「守護霊などという話は聞いたことがないな」チェイニーは言った。「死者がみずから志願して、その任務をつとめるんですか？」

「それは小説の世界の話だよ、ストーン捜査官。彼らはただ──そこにいる」ベブリンは答えた。「ただそこにいるんだ。ぼくがはじめてほかの子たちには見えない存在に気づいたときは、なにが起きてるのか守護霊が教えてくれた。その守護霊はいまもぼくのところにいる。依頼人との約束があるのに寝過ごしたときなんか、起こしてくれるよ」

「いまそのうちのひとりと話ができますか？」チェイニーは尋ねた。

ベブリンは大きなビーズクッションに坐りこんで、目をつぶり、完璧に静止した。

チェイニーにしてみると、クロアチア版のディズニーランドに迷いこんだ気分だった。

ベブリンがゆっくりと目を開いた。夢を見ているような、ぼんやりとした目をしている。瞬時に驚くべき変貌をとげた。「ぼくの第一守護霊に話をしてみた。ぼくには才能があるけれど、あるべき姿になれるまで成長を続けなきゃいけないと言われた。もっと地に足をつけて、賢者の話に耳を傾けるべきだって。ぼくがいずれ最大限の力を発揮できるようになるのを知ってて、できるかぎりの手助けをしようとしてくれてるんだ」

「ですが、なぜほかの誰でもなく、あなたのところへ？」

ベブリンはチェイニーのほうに頭を傾けた。「少し時間がかかるかも。キッチンに行って、コーヒーでも飲んでて。今朝淹れたやつだから」

そして目をつぶった。一瞬、ベブリンの息が止まったと思ったチェイニーは、一歩前に進みでた。

「だいじょうぶよ」ジュリアが言った。「キッチンに行きましょう。彼のコーヒーは飲めたもんじゃないけど、ペットボトルの水があるわ」

「ああ、そうしよう」言いつつも、チェイニーは後ろをふり返って赤いビーズクッションの上に切り株のようにじっと坐る男を見ずにいられなかった。

30

キッチンは玄関ホールを右に行ったところにあった。光溢れるフレンチカントリー風の狭い部屋で、丸くくり抜いたような奥の空間に小さなテーブルと椅子二脚が置いてあった。

チェイニーは思案顔で言った。「彼には金融に詳しい守護霊がいると言ってたな。株取引を知ってるってことか？　ベブリンが大豪邸に住んでないのが不思議だよ」

ジュリアは冷蔵庫を開け、水のペットボトルを二本出すと、一本を差しだした。「オーガストがよく言ってたわ。霊能者のひとりが宝くじに当たったら、世間の人みんなが信じるようになるだろうって。どうかしらね。わたしは絶対そんなことないけど。裏を見てよ。庭らしい庭もなくて、すぐそばに隣の家があるわ。たしかこの家の上にあと二軒あるはずよ。悪い家じゃないけれど」

「ベブリンは超のつく変人だな、ジュリア」

「変わってるのよ、チェイニー。ただ変わってるだけ」

「いまのこの状況を考えてみろよ。死人みたいな顔で赤いビーズクッションに坐ってる男がいて、守護霊と話をしてるんだぞ。そんなやつが言うとおり、おれのこと、きみは危険だと思うか？」

「ええ」

チェイニーは少し水を噴きだした。左の眉が吊りあがる。

「おたがいさまよ。ほら、わたしも危険人物だってわかったから」小声でなげやりに言った。いまのこの時点で判断すれば、彼女の言うとおりだろう。ジュリアは続けた。「それより、なぜオーガストがあなたのことを危険だとベブリンに語ったかが気になるわ。あなたの言うとおり、ベブリンは多少自分の感情を投影してるのかもしれないわね」

チェイニーはにやりとして、水のペットボトルを打ちあわせた。「おっと、はじまった。ひょっとすると、ベブリンの守護霊はおれが嫌いなのかもしれない。じゃなきゃ、その男だか女だかの守護霊が嘘をついてるか」

ジュリアは残っていた水を飲み干すと、冷蔵庫からまたペットボトルを取りだした。「ベブリンが守護霊とつながってるかどうか、見にいきましょう」

ふたりでリビングに戻った。ベブリンは床にあお向けに横たわり、いまだ目を閉じたまま、胸の上で腕を組んでいた。

「彼に必要なのは罪のない嘘だけだ」チェイニーは言った。「あるいは罪のある嘘か。おれにはどちらかまだ判断がつかない」

「いや、ユリはやめてくれ。ぼくにはユリアレルギーがあるんだ」意味不明のつぶやきをもらすと、ベブリンは目を開いた。起きあがって膝を抱えこんだ。「前に守護霊から言われたことがあるよ。ある日、守護霊が目を覚ましたら、そこに痩せ細った子どものぼくがいて、両親に向かって、なんで同じことを話してるのに気づかないのと訴えてたそうだ」

「デジャブ?」

「そう。小さいころは、そんなふうに考えなかったけど、でもそういうことだった。友だちとのあいだにも、ちょくちょくそんなことがあって、みんなが言おうとしてることが、その前にわかったんだ」

「つまりあなたの守護霊は——寝てたってことですか? あなたがやってくるまで」

ベブリンは肩をすくめ、優雅な身のこなしで立ちあがった。「ただそこにいる感じだよ。自分が何者で、なにをするつもりかわかってないのかもね」

ジュリアがペットボトルを投げると、ベブリンはそれを空中でつかんだ。蓋を開け、ペットボトルを傾けて、いっきに飲み干した。

「こういう行為をすると、わたしもすごく喉が渇くのよ」ジュリアはチェイニーに説明した。

水を飲みおわったベブリンは、ペットボトルを部屋の遠い隅に置いてあるたったひとつのゴミ箱に投げた。壁にぶつかってなかに落ち、小さな音とともに収まった。

チェイニーが言った。「では、ドクター・ランサムを殺した人物に心当たりはないんですね？」

「当然だけど、彼があなたのことを警告してきたときに尋ねてみたよ。ぼくの守護霊たちにも問いあわせてみた。彼も守護霊たちも知らないみたいだ。ぼくに話したくない可能性もあるけど、どちらかはわからない。ぼくが首を突っこむことじゃない、ぼくには手に負えないと思ってるのかもね。オーガストは、ウォーレスも言ってたとおり、犯人は見てないと言ってたよ」ぶるっと体を震わせた。「ほんと突然に起きたと言ってたけど、まだ恐怖感があるそうだ。これから死のうとしてるのがわかるのに、なすすべがなかったからだね。さいわい、痛みはあんまりなくて、たぶん、コカインのおかげだろうって」

ジュリアは言った。「わたしは彼がコカインを使ってるのを知らなかった。でも警察がデスクの抽斗に隠してあったコカインを見つけたし、監察医によってコカインを摂取していたのがわかったの。わたしにはドラッグでハイになってる人がいたらわかると思ってたけど、オーガストはみごとに隠しおおせたのよ」

「親しい友人はみんな彼がコカインを使ってるのを知ってた」ベブリンは言った。「あなたに話そうとは一度も思わなかったよ、ジュリア。それはともかく、彼は解放される感覚があると言ってた。そのあとあちら側に行って、気がついてみると、膝の痛みさえなくなってるって。それがオーガストには嬉しかったんだ」

「ミスター・ワグナー、なぜ守護霊はあなたを大金持ちにしないのですか？」

ベブリンは腋《わき》の下をぼりぼりかいた。「ほんとのとこ、守護霊もすべてを知ってるわけじゃないんだ。若いころのことだけど、ぼくは千里眼《セカンドサイト》って馬に賭けたかった。守護霊に尋ねたら、どの馬が勝つかさっぱりわからないけど、その名前は気取りすぎてて気に入らないと言われてね。ところがどっこい、セカンドサイトが勝っちゃった。そのあとしばらくその守護霊はやってこなかったよ」

チェイニーは尋ねた。「ドクター・ランサムとはどのくらいのつきあいでした？　七、八年ですか？」

「ああ、そのくらいかな。すごい人だった。彼の力を借りて、これまで以上にものが見えるようになれるといいんだけど」

「ドクター・ランサムも守護霊になったということですか？」

「そうだね、そんなふうには考えてなかったけど。ひょっとしたらそうかもしれない」

「誰が彼を殺したんでしょう？　守護霊ではなく、あなたの意見をうかがいたい」

ベブリンは率直に答えた。「業界のなかで誰か選べってことなら、ソルダン・マイセンに一票入れるね。本物の奇人で、変わった恰好をするのが大好きなんだ。いまは極東スタイルに凝ってるらしくて、シルクのローブをまとい、水煙管《みずぎせる》を吸ってるっていうから、おかしな男だよ。感情に波があるし、ケチでもある。彼の過去ならジュリアも知ってるよ。

ウォーレスは忘れていい。人に害をおよぼす人じゃない。キャサリン・ゴールデンのことは、ぼくは、テレビ売春婦って呼んでる。彼女はそれをすごく嫌ってるから、にらまれるけどね。実際、とても優秀なテレビ売春婦で、本名はベティ・アン・クルーザー。十二年ぐらい前に改名したんだ。尋ねられたら誰にでも答えるから、秘密でもなんでもないよ。でも不思議と誰も尋ねない。ぼくにはなぜ彼女がゴールデンなんて名前をつけたのか、わからないけどね。馬鹿げた色だろ？」

「守護霊に尋ねてみたらいい」チェイニーは言った。

「言うね、ストーン捜査官。あなたがジュリアの役に立つあいだは、我慢しなきゃな」

「キャサリンがオーガストを殺した可能性はあるとお考えですか？」

「それはない。キャサリンがオーガストを傷つけるわけないよ。彼のことを愛してたからね」

「そんな話、はじめて聞いたわ。あなたの思いちがいよ、ベブリン」

「いいや、思いちがいじゃないよ。あなたにわかるわけないだろ、誰もあなたには伝えなかったんだから。実際はね、いかさまキャサリンはもうずっと前からオーガストのことが好きだったんだ。彼もキャサリンのことが好きで、あなたが彼女のことで嫌な思いをしないことを願ってた。

ウォーレスとぼくが飲んでたとき、キャサリンが酔っぱらったことがある。たしかソルダンもいたよ。彼がぼくたちをさげすみの目で見るなか、キャサリンは自分とオーガストの魂がいかに親しいか、無邪気にしゃべりたてていた。

　この際だから言うけど、彼女は依頼人が大物であればあるほど、自信過剰になる。そんなところはソルダンに似ていなくもない。テレビ業界に足を踏み入れたとたん、ただの馬鹿が大馬鹿になったからね。ソルダンは業界の誰より、自分が優秀だと思ってるんだ」

「たしかに、ソルダンのほうがお金はあるわね、ベブリン。キャサリンもよ。実際は、ウォーレスもそう。だって、ウォーレスには執事がいるんだもの」

「オグデンは、むかし、ウォーレスが貧乏だったときからいるよ。ぼくとしては、お金を稼ぐようになったいま、オグデンの給料があがってることを願うけどね」

「それに」チェイニーは言った。「ミスター・ワグナーはほかの面々より若い分、将来性があるさ、ジュリア」

「ありがとう、ストーン捜査官。でも事実は曲げられないから、受け入れるよ。キャサリンの最新刊がぼくの本より四万部も売れたって知ってる？　内容はぼくのほうがいいけど、彼女の本は大衆受けする。たぶんぼくは少しやっかんでるんだろうね。守護霊が厳しい顔をしてるよ」

　チェイニーは尋ねた。「キャサリン・ゴールデンは本物の霊媒師なんですか？」

　ベブリンは肩をすくめた。

「では、ソルダン・マイセンは？　テレビをつけると見かけるが」

「ぼくはあえてソルダンの番組を観てみた。ソルダンって、二流のマジシャンみたいな名前だよね、グレート・ソルダンとかなんとか。それはともかく、ある午後、彼が出てたトークショーを観たんだ。ソルダンはスタジオ参加者を相手にコールドリーディングをしてた。つまり、面識のない人たちを前にして、いつもの芸を披露したわけだ。〝わたしはWを感じます、W、あるいはF、そう、WかFです。それに六月。誰かにとって、重要な月なのです〟

彼はそんなことを早口でまくしたてた。ここで重要なのは、可能性のある記号をずらしていくこと。なめらかな口ぶりで彼がそんなことを言っていると、案の定、誰かが叫んだ。〝そう、そうよ、わたしは六月に結婚したの。六月十九日。で、ジョージが亡くなったのも六月近かった。五月二十七日だから〟六月に結婚した人なんてどこにでもいるだろ？　ソルダンはその女性の正面に移動して、顔を近づけ、〝そうそう、ジョージです、そうでした。彼と話ができるかもしれませんよ〟とのたまう。あとは言いたい放題さ。口のうまいソルダンは、参加者の大半を丸めこむ。展開がものすごく速いせいで、たいして一致点がないことに気づく人間は少ない。ほら、彼が言ったのはFとWで、女性が叫んだ名前はジョージだからGのはずだろ。全然ちがうのに、誰もそれに気づかないんだよね。つまり、テンポがよくて、魅力的で、口がうまければ、中身は問われないってことなんだ」ベブリンはそこでまた肩をすくめた。「こちらが投げかけたことに関係のある人がたったひとりいれば、それで成立する。それがソルダン得意のやり口だよ」

チェイニーは尋ねた。「それをコールドリーディングというんですか?」

「そう。それと対になるのがホットリーディングで、こちらは完全ないんちきだよ。相手に内緒で事前に情報を入手するんだからね」

「つまり」チェイニーは言った。坐りたかったが、ビーズクッションに腰をおろすのはごめんだった。「そのソルダンという男は、詐欺師なんですか?」

「可能性はあるね」

「キャサリン・ゴールデンも?」

「彼女は美貌をうまく利用してる。でも、本物の霊能者だよ。彼女が幻視状態に入ったのを見たことがあるけど、本物だとわかった。キャサリンは、前に一度、ウォーレスに向かって、ジョッキーショーツがバイオレットのバックパックのなかに入れっぱなしになってると言ったことがある。バイオレットというのは、当時ウォーレスがつきあってた娘でね。ウォーレスはいまにもキャサリンに殴りかかりそうな顔になった。ほんとに入れっぱなしになってるかどうかわからなかったから、なおさらだ。それにキャサリンは、ぼくの知ってるなかではピカイチの読心術者でもある。とくに相手が彼女のしていることに気づいてないときは」

ジュリアが質問した。「でも、あなたは彼女がウォーレスをからかうために、口からでまかせを言ったと思ってるのね?」

「いいかい」ベブリンは応じた。「この業界では、誰かがケネディの暗殺者に話をしたと言ったら、反論のしようがないんだ。ロックミュージシャンから政治家に転じたソニー・ボノの写真を見ながら、天上でベルボトムをはいて歌いまくってると言い張ることもできる。ほんとは政治家なんて大嫌い、スキーが大好きで、その挙げ句スキーで死んだんだとね。あるいは、ジョン・F・ケネディ・ジュニアの飛行機が海に墜《お》ちたとき、母親のジャッキーが先頭になって彼を光のなかに迎え入れたとかね。くり返しになるけど、大衆を楽しませたり、情緒的な反応を引きだすのが目的なら、なんとでも言える。それをでまかせ扱いできる人なんていないだろ?」

多少なりと知恵のある人なら誰でもできるぞ、とチェイニーは思った。ぬかるみに足を取られそうな感覚が襲ってくる。気を引き締めねば。「ジュリアから自分に乗り換えないという理由で、キャサリンがドクター・ランサムを殺したということはないですか?」

「それはないね。キャサリンは色恋沙汰に深入りしない。それに、オーガストがジュリアを心から愛してて、ほかの女に乗り換えるはずがないのを承知してた」

ジュリアにほほ笑みかけた。「ほんとだよ。オーガストは、たとえ十九世紀のプラハからかの有名なマダム・ゾロアスターがやってきて、彼とつきあいたいと言っても、あなたから離れなかったろう。彼はことあるごとにマダム・ゾロアスターのことを褒めたたえてたけどね。それ以外の霊能者を褒めるのは、聞いたことがない。そうだ、いまごろ彼女に会ってるかもしれないな」

「なるほど」チェイニーは相づちを打った。

突然べブリンがふたりから離れ、表側に面した大きな窓に近づいた。窓から外を見おろして言った。「やっぱりな」ちらっとふり返った。「夢子ちゃんが来たよ。信託財産の件で、ご主人が息子さんの意見に従わせたがってると説得しなきゃならない。オーガストを殺した犯人を見つけてくれ、ストーン捜査官。それと、ジュリアを守って」

チェイニーとジュリアは通りに出るとき、夢子ちゃんと呼ばれた老婦人とすれちがった。淡いブルーでフリルがいっぱいの服を着た彼女は、立ち止まってふたりをしげしげと見ると、ゆっくりとうなずいた。「わかるわ、ワグナーさんのお力を借りたのね。ふたりの波長がぴったり合っててよ。若くて、いつもまぐわっていたいって、すてきねえ。さあ、こんどはわたしの番よ。ワグナーさんがどれほど喜んでくださることか。わたし、かわいい坊やと結婚することになったのよ」ふたたび階段をのぼりはじめた足取りは軽く、ピンクのスカーフからふんわりした白髪がのぞいていた。

「べブリンも苦労するわね」ジュリアは言った。「彼の思惑どおりにはいきそうにないわ」

「ああ、ラルフの思惑どおりにもな。ウサギの穴に落ちた気分だよ。まぐわう？　そんな言いまわしは、十八世紀には廃《すた》れたんじゃないか？」

「なに言ってんだか」

31

ザビエル・メイクピースは中心部のパロアルト・ストリートにあるホテルの窓辺に立ち、要領を得ないタビネズミのように右往左往する人びとを見おろしていた。行き場を見失い、生きている価値を失った人間ばかりだ。できることなら、カラシニコフを手に取り、果てしなく広がる騒々しい人の群れのまっただなかを狙って、三十発ほど矢継ぎ早に撃ちこんでやりたい。そうすればあの愚民どもをすぐにでも惨めな状況から救いだしてやれる。

カラシニコフはザビエルお気に入りのアサルトライフルで、安価にして単純、一度として失望させられたことがない。名前を口にするときはつねに正式名称を味わうようにささやき、AK-47というくだらない短縮形は使わない。だが残念なことに、モンテゴベイにある自宅にしまってこなければならなかった。それでも、開いた窓からライフルをぶっ放すのを想像するのは愉快だった。いまにも悲鳴が聞こえ、恐怖と火薬と死のにおいが立ちのぼりそうだ。これほど興奮させてくれるものは、ほかにない。

そしていまは、興奮できる材料がない。ザビエルは窓に背を向けた。

カラシニコフを手にするまでの日々を思い返した。あのころは若いジャマイカ人でまわりを固めていた。金で動く連中はまともなほうで、その多くには強力なマリファナを渡した。それが彼らの霊的な支えであり、ザビエルから見ると、唯一の逃げ道だった。どんな命令にも従わせることができると信じていたし、ザビエルの願いは、青白い顔をしたイギリス人どもから金品を奪い、その意思をくじいて、冷たい未開の島に逃げ帰らせることだった。なかには、ザビエルに命を託して、イギリスのくだらない法律や退屈な教育、血にまみれた帝国主義の歴史、気取った演説、貪欲《どんよく》な泥棒などと闘ってくれる仲間もいた。ザビエルの父親も闘うべき相手のひとりだった。父は、父からするとつまらない小島に役人として派遣された。住人たちを啓蒙《けいもう》するためだ。そう、ほんとうはその実現など願ってもいないのに。

ザビエルは父より先に、地元の若者たちが啓蒙されたがっていないことに気づいた。彼らが望んでいたのは、日がな一日物陰に寝そべって、神経を麻痺させてくれるマリファナにふけることだった。彼らは父にへつらい、ザビエルからは遠ざかった。まるで彼が頭がおかしく、それをうつされるのを恐れているようだった。

父は無数の規則と規程を強い、劣っているとみなした者たち——英国陸軍士官学校に入学しなかった者全員——にさげすみの目を向けた。

そのくせ、父は地元女性をたぶらかすという見下げた行為に走り、その結果がザビエルだった。やがて父は、英国首相にもひけをとらない教育をほどこすためと称して、息子をイギリスにやった。ザビエルは厳しい寒さと骨身に染みる湿気と雨に辟易《へきえき》とした。雨は延々と降りつづき、首筋を伝って、死んでしまいたいほど悲惨な気分になった。

そして、イギリス人を嫌悪した。教師たちは鍛錬と称して反抗的な生徒たちを鞭打《むちう》ち、ザビエルもその餌食となった。反吐《へど》が出るほど何度も、おまえのためだという台詞を聞かされた。陸軍士官学校を爆破して壊滅させてやろうかと思ったものだ。そんな夢想が、おおいなる喜びとなった。

ザビエルはいつしか痙攣《けいれん》するほど強く手を握りしめていた。あのろくでなしのことを考えると、いまだにはらわたが煮えくりかえるのは、どうしたことか？

不幸な記憶というにすぎない、とザビエルは思った。父親はきれいさっぱり消えはてた。遠いむかし、濡れそぼった夜のベルファストで、胸に三発の銃弾を撃ちこんでやったからだ。父は憎悪に満ちたアイルランドの反抗者と交渉するためその地におもむき、死したふたりのボディーガードにはさまれて通りに横たわることになった。ザビエルが見つめるなか、氷のような瞳から命が抜けていった。その瞳には最初驚きが浮かんでいたが、やがて認知の色が現われた。ザビエルは腰をかがめ、カラシニコフを発明したのはシベリアの卑しい農民だと教え、それで撃たれたのはどんな気分かと尋ねた。父は答えることなく絶命した。

ザビエルは血を吸ったツイードの塊を見おろした。閉じたままの傘が隣に転がっていた。黒い瞳をしたベルファストの男には、ただで自分の父親を殺すとは申しでなかった。遺産とともに、父がもたらした一万ポンドを愉快な気分で使わせてもらった。少なくともあのアイルランド人は残虐なイギリス人を消したがっており、自分は任務を果たした。報酬を受け取って。

それにしても、カラシニコフはすばらしい。かつてはM16こそアサルトライフルの神だと思っていたが、パレスチナ人のグループとともに砂漠で襲撃作戦を行なったとき、腹立たしいことに吹きすさぶ砂のせいで作動不良を起こした。なぜこんな土地に不向きな銃器を使っているのかと、ザビエルはリーダーに尋ねた。だが、リーダーのアラブ人はこともなげに肩をすくめ、アラーの御心《みこころ》を実現しようとする者たちには困難がつきものだと答えた。それで、彼らのイスラエル人に対する強固な憎しみは常軌を逸していることに気づいた。数千年にわたって隣りあわせに生きてきたにもかかわらず、大量の侵入者に戦いを挑んで負けてきたのだ。ザビエルはこうした根深い憎しみが人をがんじがらめにし、標的にされやすくするのを知っていた。確信を持ってすばやく移動すれば、流れる影となって、敵には見えない。憎しみは人を愚かにする。パレスチナ人たちはそう言うザビエルの顔を見ていたが、やがてそそくさと離れていった。その瞬間、彼らから憎しみをなくしたらなにも残らない、人生から意味が失われるのだと悟った。そう、いまホテルの窓の下を行進しているつまらない者どもの群れがそうであるように。その後ザビエルは、どんなグループとも接触しなくなった。いまは独立独行、自分だけを頼りにして、自分の声にのみ耳を傾ける。すばやく静かで徹底した仕事を誇る完璧な暗殺者として、しくじりも騒ぎもなく標的を仕留める。

いままでは。

喉もとに憤怒が込みあげ、酸っぱい刺激に声をあえがせたくなった。

あの馬鹿女め。サンフランシスコ湾でナイフに心臓を貫かれて死んでいたはずなのに、そのど素人に銃を向けられて負傷してしまった。初回はしかたがない。まさかよりによってあの瞬間にFBIの捜査官が登場するとは、予想のしようがなかった。歩く屍《しかばね》であったあの売女《ばいた》の悪運の強いことときたら。にしても、ザビエルの計画に欠点があったせいではない。しかし、土曜の夜にあの女から撃たれた――予測不能の救い《デウス・エクス・マキナ》の手はいなかったにもかかわらず。いまだそんな事態に陥ったことが信じられず、ザビエルは目を閉じた。顔や首にできた十数個の小さな傷が記憶を呼び起こし、ピンセットで木片をひとつずつ引き抜いたときのちくりとした痛みが忘れられない。銃弾は腕の肉にしか当たらず、ありがたいことに貫通していたので、自分で処置することができた。

あの女に殺されていても、おかしくなかった。なぜ殺されずにすんだのか？　なぜあの女は警告を発したのか？　容易に殺せる状況であったにもかかわらず、女は意気地なしの素人だった。みずからの身を守るべきときにすら、恐怖に目がくらんでいた。ザビエルはベッドのほうを向いていた。背中のまん中を撃たれていて当然だった。たんなる幸運、ただの幸運、幸運――。

ふたたび手をこぶしに握った。カラシニコフがないことが悔しかった。あればあの女の自宅へ行き、玄関のドアが開いたとたん、二十発ほど撃ちこんでやる。銃弾のすべてを顔に集中させて、肉も骨もぐちゃぐちゃにし、血と脳みそをあの広々とした大理石の床と美しい木材と壁にならんだ絵画に飛び散らせてやる。誰であろうと一緒にいる者は同じ目に遭わせる。そのあと鼻歌を口ずさみながら豪華な死の屋敷をあとにし、この霧がちで寒い街を出る。

だが手もとにあるのは、三十年の歴史があって、いまはもう製造されていないスコーピオンVz61だった。南アフリカのゲリラ部隊に所属していたザビエルの恩師の持ち物だったが、彼が襲撃によって撃ち殺されたとき、その手に握られていた拳銃をもらってきた。この拳銃は小型で軽くて容易に隠せ、優秀なサイレンサーを取りつけられる。

ザビエルはさらに三錠の鎮痛剤を呑んだ。

あの女を殺すチャンスは二度あった。絶好のチャンスだったのに、まだ女は生きている。雇い主は機嫌が悪いが、かまうことはない。いまさらすごすごと引きさがるつもりはないし、なにを命令されようと、くだらない暴言を聞かされようと関係ない。この状況は受け入れられない。一度として失敗したことがないのに、いまさら失敗したと言って、尻尾を巻いて逃げることはできない。ザビエルはちゃちなデスクにつき、ホテルの備品である安っぽいボールペンを手に取ると、抽斗からホテルの便箋《びんせん》を一枚引っぱりだした。こんどこそあの女を殺《や》る。ザビエルは必要なものを列挙しはじめた。

32

イーストベイ
月曜日の午後

チェイニーは土地勘のある地域を出ると、携帯用のGPSのスイッチを入れた。この先は彼が呼ぶところの中つ国《ミドルアース》。すなわちベイブリッジを渡った先の、一般にはイーストベイと呼ばれる一帯である。複雑な立体交差、ハイウェイを示すたくさんの標識と、それ以外の標識。ここにはオークランド、ヘイワードなど、十いくつの市があり、その大半がいまも成長を続けて、なにもなかった丘陵地帯にまで広がり、夏にはパームスプリングスのような暑さになる。

「イーストベイの道を走るのは苦手みたいね」ジュリアは言いながら、彼がリバーモアの住所を入力するのを見ていた。

「頭がおかしくなる。こいつを手に入れるまでは、ここを走るたびに道に迷ってたよ」チェイニーはたっぷりの愛情を込めてGPSを指さした。三百メートルほど手前で聞こえてくる左折を告げるなめらかな女性の声や、左折直前のやわらかな電子音が耳に心地よかった。

「さて、こんどを今日最後の面談にしよう。道が混みだしてる。おれたちがサンフランシスコに戻るころには、ひどい渋滞になってるよ」

ジュリアはうなずいた。「ベブリンに対する態度はよかったわ。キャサリン・ゴールデンに対しても皮肉屋にならないでしょうね？」

「おれは心を入れ替えた」チェイニーは胸で十字を切った。「繊細かつ思いやり深く接すると約束するよ」

「是非、そうして」

数分後、ジュリアが体をひねって彼を見た。「なにを考えてるの、チェイニー？」

「ベブリン・ワグナーが言ってたコールドリーディングのことさ。霊媒師のすぐ後ろに死者が立ってるんなら、なぜ死者は自分の名前を告げて、誰々に会いたいと言わないんだ？ 自分の名前を覚えてないのか？ それとも、おかしなゲームでもしてるつもりか？ 悪いな、ジュリア。だが、おれには納得できない。霊媒師ってのはただ探りを入れて、死者を悼《いた》むあまり愛する人がいまだなんらかの形で存在していると信じたがっている哀れな人間を引っかけようとしてるとしか思えないんだ」

ジュリアは言った。「霊能業界に山師《やまし》やもどきや詐欺師が多いのは確かよ。ある女性霊媒師のビデオを観たことがあるけど、その霊媒師はかわいそうな若い男性を完全に操ってたわ。あなたの母親はすぐそこにいる、悲しむのをやめてほしがってる、これからは自立しなきゃならない、自分の死によって凍りついているのはわかるけれど、前に進まなきゃいけない。そんなことを話してたの。でも、母親が死ぬ前と同じようにいまも彼を愛してるのをわかってほしがってると伝えたところで、霊媒師は、なにかがおかしいのに感づいたの。彼がまったく反応してなかったからよ。そこで、急遽《きゅうきょ》、話の流れを変えて、親子仲が悪かったんじゃないかと指摘すると、彼がうなずいた。これでまた彼の心をとらえたわけ。霊媒師はしゃべりつづけて母親についてあれこれ探りを入れたわ。それで、母親がずけずけとものを言い、周囲の人に指図する人だったことがわかった。彼はさらにうなずき返したわ。霊媒師は彼の罪悪感につけ入り、終わるころには、彼は泣きながら霊媒師の手にすがってた。それを見ていて、わたしは、いったいいつまでこんな無防備な人がだまされなければならないのかと思った。おそらくは、金儲けのため、名声のため、地位のために。

それでチェイニー、なにが言いたいかと言うと、オーガストがこうしたペテン師を嫌ってたってこと。彼はテレビに出ている自称霊媒師をそう呼んでたの。彼らがしなければならないのは、番組の参加者全員が書いた承諾書に目を通すことだけよ。これはなにか不都合なことが起きるかもしれないことを承諾する書類だけれど、ようは、収録中になにが起きても命のあるかぎり他言しないと誓わせるためのものなの。死んだあとについても、誓わせたほうがいいかもしれないけど」

チェイニーはちらっと彼女を見た。「そんな承諾書があるのか？」

「そう、びっくりでしょう。プロデューサーも霊能者も、番組の放映後、内容がどれくらい編集されていて、霊能者がどんなへまをしたか参加者によってマスコミにぶちまけられたら困るからよ。

オーガストはそういう行為をバーナム（十九世紀にいかがわしい見せ物を売りこんで大成功をおさめたサーカス王のフィニアス・テイラー・バーナム（1810-1891）のこと。誇大宣伝の代名詞）哲学の実践だと言ってた。そう、人びとに望みのものを与えることをね。もし彼らが苦しんでるのなら、その苦しみを取り除く情け深い専門家になるの。こうした行為を成立させてるのは、もっぱら人の悲しみよ。とんでもない大ヘマ——彼らはミスと呼ぶけれど——まで大目に見てしまう。そして、死んだアルバートおじさんがそこ、霊媒師のすぐそばで自分たちを見ていて、とても幸せにしてる、以前より元気で幸せになってるから、なにも心配はいらないと言われて、それを信じてしまう」

チェイニーは尋ねた。「アルバートおじさんは霊媒師に名前すら告げないんだな？　人々が信じようとする気持ちに水を差すから」

ジュリアはうなずいた。「完璧なショーを成立させるには、たいへんな才能がいるわ。カモとなる相手に死者と話をしていると思いこませなければいけないんだから。ときには悲しみを抜けでる手伝いをしてる、独自のカウンセリング手法を使ってるんだって、正当化する霊媒師もいるけど、オーガストは嘘にもとづく行為をいっさい認めなかった。喪失体験専門のカウンセラーになりたいんなら、それを前もって伝えるべきよ」

チェイニーはゆっくりと言った。「よくわからないんだが、ジュリア。オーガスト・ランサムは、死者と話ができると言ってたんだろう？」

「ええ」

「死者は彼に名前ぐらいは伝えたのか？」

「わからない。コンサルタント中は第三者を入れなかったし、わたしにも、ほかの誰にも、彼らのことをしゃべらなかったから」

「だが、きみはご主人が死者と話してたと信じてるんだろ？　死者と意思の疎通をして、遺されて悲しんでる人にメッセージを伝えると」

「彼はリンクと話をしたと言ったし、わたしはそれを信じたわ」

迷いのない、確信に満ちた口ぶりだ。チェイニーはジュリアを見た。どう考えていいかわからないので、そのまま受け流すことにした。ジュリアが夫から聞いた話を、頭から丸ごと信じているのは明らかだ。彼女を夫の弁護にまわらせたくない。

クラクションの音がして、チェイニーはふたたび運転に集中した。ようやくリバーモアの標識が見えてきた。「この件に関しては聞きたいことがまだまだあるが、まずは、キャサリン・ゴールデンのことを話してくれ。あと五分ある」

「彼女がオーガストを好きだったというのは、ベブリンの誤解だと思う。キャサリンは……すごくしっかりしてるの。オーガストみたいな人を好きになるには、自分というものがありすぎるわ。それに、オーガストを自分のものにしたいと思ってたんなら、なぜわたしじゃなくて彼を殺すの？　理屈が通らないでしょう？」

「彼に最後に迫ったときに拒絶されたのかもしれないだろ。それでカッとして、復讐の計画を練ったとか」

「キャサリンはいつもきれいにマニキュアしてるの。それを台無しにするなんて考えられないし、絞殺なんてもってのほかよ。少しつむじを曲げることはあっても、人を絞殺する力がないという事実は動かしがたいわ」

「ああ、それについてはそのとおりだ。だが、そのために人を雇ったかもしれない。おれがいま受けてる印象だと、きみは彼女のことをまったく脅威に思わず、むしろ好意すらいだいてるようだ」

「彼女のことはたぶん好きだし、そうね、あなたの言うとおり、どんな意味でも脅威だと思ったことはないわね。オーガストがわたしを愛してたのは、わかってたもの。疑う理由などどこにもなかった」

彼女の発言をしばし考えてから、チェイニーは尋ねた。「キャサリンは本物の霊能者だと思うか？　オーガストがそうであったように？」

「オーガストがよく言ってたの。自称霊能者の多くは、直感力にすぐれてるだけだって。この人はほんとうに霊能力がありそうだと思ったときは、彼はふたつのビーカーを思い浮かべたそうよ。ひとつは霊能力を測るビーカー、もうひとつは物質的な豊かさに対する野心を測るビーカーで、それぞれのビーカーが満たされるのを観察しながら、その人を判断したの。キャサリンの霊能力のビーカーは半分ほどしか満たされていないけれど、野心のビーカーは溢れそうになってると言ってたわ。彼女がたまに脱線するのはそのせいなの。でも、オーガストによれば、キャサリンはとても自然だし、カリスマ性があって、しかも読心術にすぐれてるから、いまは亡き聖ベルナールと会話してるとさえ信じこませることができる」

車は木の生えていない丘が左右に広がるローリー・ドライブまで来ていた。大きな家が間隔を置いてぽつりぽつりと立っている。チェイニーは車を止めて、あたりを見た。「ミセス・ゴールデンは、霊能業のおかげで潤ってるようだな」

「テレビで昼間やってるトークショーのほぼ常連だもの。二年前には、彼女自身の番組もあったのよ。本を二冊出版して、どちらもよく売れたのは、ベブリンが言ってたとおりだし。わたしも『魂の探索』を読んでみたけど、いい本だったわ。率直に言って、彼女のことはけっして嫌いじゃないけど、向こうはわたしのことを野心家だと思ってるみたい。つまりおもにお金のためにオーガストと結婚したと思ってるらしいってことよ。そして若さと美貌に目がくらんだオーガストは、わたしにだまされたとね」

「皮肉のように聞こえたのは、おれの気のせいか？」

「いいえ、気のせいじゃないわ。わたしの若さと美貌にオーガストが目がくらむなんて、冗談じゃないもの」

チェイニーは彼女を見た。頬骨は高く、青痣も消えかかっている。クリーム色がかった白い肌。瞳は淡いグリーンで、目尻が少しだけ吊りあがっている。唇にはうっすらと淡いピーチ色の口紅が塗ってあった。キャサリン・ゴールデンの意見はもっともかもしれない。

　ジュリアの話は続いていた。「彼女の過去にスキャンダルがあったという話は、聞いたことがないの。わたしに対しては、どことなくよそよそしいし。オーガストのことは愛してたんでしょうけど、でも、男性として見てたとは思えない。みんなと同じように、彼のことを敬愛してたんじゃないかしら」

車が私道に入るとき、ジュリアが言い足した。「前もって電話しないで訪ねるなんて、気が引けるわ」

「彼女が家にいることさえわかってれば、それでじゅうぶんさ」チェイニーは言い、ふたりは板石敷きの道を玄関に向かって歩きだした。いたるところに花がある。道の両脇の花壇にも、フラワーボックスにも、太くて黒い鎖で下げられたハンギングバスケットにも、鮮やかな花が溢れんばかりに咲きほこり、ジャスミンとスミレが乾いた空気に芳香を添えている。

「不意打ちをかければ、思わぬことがつかめるかもしれないだろ。むかしながらの技だよ。おい、ドアが開いたままだぞ。ベブリンの家もそうだった。霊能者ってのは、どうなってるんだ？」

ジュリアがドアを押し開けて、声を張りあげた。「ミズ・ゴールデン？　キャサリン？　ジュリア・ランサムです」

返事がない。

こんどはチェイニーが声をかけた。

それでも返事はなかった。

ふたりは窓のない玄関ホールに入った。薄明かりのなかだと、緑色の大理石のタイルが黒っぽく見えた。「空気を吸ってみて」ジュリアが指示した。

チェイニーは空気を嗅《か》いだ。「バニラ、強いバニラのにおいがする」

「この香りが彼女のトレードマークなの」

キャサリン・ゴールデンがリビングの入り口に現われ、ポーズを取った。見たところ四十代なかば。長袖でスカートのたっぷりとした黒いドレスで美しく装い、黒い髪をあか抜けたシニヨンに結っていた。オープントウのハイヒールをはき、耳にはダイヤモンドのピアスをつけている。このままタンゴを踊れそうだ。テレビの録画撮りでもしているのか？

キャサリンは眉を吊りあげた。「ジュリア、ここでなにをしているの？　この男性はどなた？」

「チェイニー・ストーン特別捜査官よ、キャサリン。いまお話しできますか？」

「ニュース、観ていたわよ。あなたにはじゅうぶんに気をつけてもらわないと。ああ、いまわかったわ、ストーン捜査官。ジュリアの命を救ってくださった方ね」

ジュリアがうなずいた。「ええ、そうなんです。引きつづき、わたしの警護をしてくれてるんです」

ふたりはキャサリン・ゴールデンについて広大なリビングを歩いた。チェイニーが見るところ、家の幅いっぱいの細長い部屋で、部屋の両端にある壁一面の窓には厚い赤紫色のカーテンがかかっている。床板には濃い色のニスが塗られ、ラグは見あたらない。黒っぽい筋が入った金色の大理石でできた巨大な暖炉が反対側の壁にあるが、使われた形跡はなかった。

どこからどう見てもエレガントな、美術館のような部屋なのに、細長い空間にいくつかずつまとめて置いてある家具は、いずれも黒のラタン製だった。対照的なスタイルの組みあわせが異様どころか、むしろ魅力的ですらある。なにか理由があるのだろう。そのとき、純白の壁の一面をおおうモダンアートが目に留まった。暗く荒々しい絵で、描かれた口のいくつかがこちらに向かって叫んでいるようだ。見ていて胸を揺さぶられた。

ふいにキャサリンが立ち止まった。まったく動かず、息さえ止めているようだった。

33

「ミズ・ゴールデン、どうされました？」

「静かに。いまなにかが見えています。あなたとジュリアは――下がって。椅子にかけていてください」

ジュリアはとくに変わったことが起きているとは思っていないらしく、あわてるようすもなかった。チェイニーに黙るよう指示すると、ラタンの長椅子を指さした。

チェイニーはキャサリンはキャサリン・ゴールデンを見守った。ハイヒールを脱ぎ捨てると、たぶん蓮《れん》華座《げざ》というのだろう、その恰好で暖炉と向きあうように坐った。黒いスカートが波のように膨らんでいる。タイトスカートをはかないわけだ。足の爪の形は完璧で、フレンチネイルがほどこしてあった。

チェイニーが口を開きかけると、こんどもジュリアに制された。

ふたりが黙って見守るなか、キャサリンは頭をのけぞらせ、こぶしを太腿に置いて、体を揺すりだした。左から右、右から左へと揺すって、声を放つ。その不気味な声はどことなく滑稽ながら、それでもチェイニーの腕は粟立《あわだ》った。

やがてキャサリンの体が大きな円を描きだした。息遣いが荒くなっている。そんな彼女を見ていると、詐欺罪で逮捕したくなる。たとえば、法の執行官を怖がらせようとした罪で。

揺れが小さくなり、不気味な叫び声も小さなささやきになった。そして、ふいにそれが終わった。一瞬にして覚醒《かくせい》したキャサリンは、優雅な身のこなしでひと息に立ちあがると、スカートの裾を撫でつけ、ふたたびヒールをはいた。

ふたりと向かいあわせの席につき、脚を組んで、ジュリアをひたと見た。「あなたのことが見えたのよ、ジュリア。ビジョンのなかで、わたしはあなただった。わたしは若くて軽やかで、その気になれば木にも飛びつけそうだった。いい気分だったわ。と、男が見えて、その男がわたしを見ていたの。いえ、あなたを。男の核には冷たく黒いものがあったわ。彼のナルシシズムと、彼自身と仕事に対するプライドが、毒々しい紫色の火花となって散っていたの。

あなたの命を狙っているのは、その男です、ジュリア。最初の三十九番埠頭の段階では、あなたは片付けるべき仕事でしかなかった。あなたに対する特段の憎しみはなかったの。でも、いまは憎んでいる」キャサリンが言葉を切った。呼吸が速くなったからだ。ふと目を閉じると、ゆっくりと開いて、まばたきした。

ジュリアはそっけない口調で言った。「あらゆるニュースでその男のことが流れてます、キャサリン。男の顔写真も、たぶんプロの殺し屋であることも」

「いつも少し懐疑的」キャサリンは細くて長い指でスカートの襞をなおした。「オーガストが言っていたのよ。あなたは人の言うことを疑ってかかると。もちろん、彼のことはべつだけれど。

わたしは真実しか語っていないのよ、ジュリア。それに、ニュースよりも内容が深い。わたしには彼の内側にあるもの、その人となりが見えました。とても危険で、とても頭の切れる男だけれど、それでもしょせんは人間です。空っぽで冷酷な男。あなたへの殺意を心の深い部分に持っている」

「警察は男の名前をマスコミに流しませんでした」チェイニーは言った。「ビジョンのなかで、それが見えましたか、ミズ・ゴールデン？」

「わたしを水族館のアシカ扱いして、試すのはやめてください、ストーン捜査官」

答えたも同然だと、チェイニーは思った。「では男のいる場所は見えませんでしたか、マダム？　ふたたびジュリアが狙われる前に逮捕しなければなりません。この怪物を見つけるために、協力していただけませんか？」

キャサリンは深々と息を吸い、ゆっくりと吐きだした。金色がかった濃い緑の瞳、魔女のような瞳が、チェイニーの顔をとらえて放さない。ゴールデンという名前は、この瞳の色にちなんでつけたのかもしれない。

「作家の名前がついているような気がするのだけれど、おかしいでしょう？　当然のことだけれど、人は自分の名前を思い浮かべたりしないものなのに、閃《ひらめ》きがありました。男がたまたまある本を見たとき、それを感じたのです。似た名前の作家がいるのでは？」

たしかに、メイクピースという名の作家がいる。「ええ、います」

「よかった。つぎは彼がどこにいるかね。これについても、本人は自分がどこにいるか考えていません。でも、彼はわたしを見ていた。いえ、ジュリア、あなたを見て、計画を練っていたわ。混沌《こんとん》としたエネルギーが彼のなかで渦巻いていたし、誰が邪魔をしようとしても、その裏をかき、反撃し、殺せると思っているのが感じられたの。でもね、彼は目が悪いようよ。眼鏡をかけているのはすでにわかっているとおりです。彼は一瞬、レーザー手術を受けようかと考えた。けれど、彼にとって視覚はとても大切なものなので、及び腰になっている」

キャサリンはジュリアを見た。「こんど彼のビジョンが得られたときは、場所に関するものでしょうから、そこに注意しておきます。あなたを殺させたくないの。オーガストを失い、その半年後にあなたを失うなど、あんまりですもの。でも、わたしには理解できないのよ。誰がなぜここまでの手間をかけて、あなたを殺そうとしているのかしら。実際は、もしその男が雇い主の動機を知っていたとしても、それを考えるようなことはないでしょうね。いまやあなたは彼にとって挑戦すべき目標、これまでの餌食《えじき》のなかで、もっとも大きな目標になっているようよ。全精力があなたにそそがれている」

「なぜオーガストは殺されたのでしょう、キャサリン？」ジュリアは尋ねた。

「わたしの意見？」

「ええ、霊能者ではなく、一個人として」

「わかりません」キャサリンは言った。「でも、ソルダン・マイセンと話をしてみるべきよ」

ベブリンからも同じ名前を聞かされた、とチェイニーは思った。「ソルダンはオーガストにひどく嫉妬していた」キャサリンは続けた。「嫉妬に焼きつくされそうになるくらい。だからオーガストの大物依頼人を横取りしたいという、単純な理由である可能性もあります。げんに、むかしからオーガストに相談していた大富豪を引っかけたという話も聞きました。トマス・パラックという人物よ」

ジュリアが言った。「それはわたしも聞きました。でも、オーガストの依頼人とは、もうずいぶん話をしてません」

「あなたと話したがる依頼人は少ないわ。あなたを犯人と見なして、できるかぎり事件に巻きこまれたくないと思っているから。誰がオーガスト殺害を裏で操っているにしても、その人物があなたに罪をなすりつけたがっているのは確実でしょうね、ジュリア。実際そうなったけれど、あなたは無事に切り抜けた。殺し屋を雇った人物はあなたを、あなたがなにかを発見することを恐れている。あるいは、あなたがもう犯人の手がかりを見つけているから、その彼なり彼女なりがあなたを消したがっているのかもしれない」

言葉を切り、ため息をついた。「少なくとも、あなたの手もとにはオーガストの日記があるから、彼がどうやって人の人生を変えてきたか――そう、あなたの人生を変えたように――を読むことができるわ。オーガストがみずから書いたものから、彼の本質まで感じ取れるはずよ」ふたたびため息。「わたしもオーガストの日記が読みたいわ。よかったら、見せてもらえないかしら、ジュリア――」

「オーガストが日記をつけていたなんて、初耳です、キャサリン。見たこともありません」

チェイニーは尋ねた。「ドクター・ランサムの日記をその目でご覧になったんですか、ミズ・ゴールデン?」

キャサリンはうなずいた。「八カ月くらい前のことだったと思います。ある夜、わたしが書類を届けにいくと、オーガストが書斎で書き物をしていました。残念なことに、わたしには見えない角度だったので、なかは読めなかった。彼はなにがしか意味があるのは日々の記録の部分で、あとは言葉の羅列にすぎないと言っていました」

キャサリンは立ちあがった。「二十分後にプロデューサーと打ち合わせがあります。ストーン捜査官、あなたは深紅のオーラをお持ちね。とてもきれいで、流れ落ちる滝のように、生気と活力に満ちている。そんなオーラを持った警察官には、はじめて会いました」

どう答えたらいいのだろう?

「そうそう、このことも伝えておかなければ。あなたの撃った弾で、彼は傷を負っているわよ、ジュリア。顔と首の傷のせいで、もっと痛み止めを飲まなくてはと考えていたの。腕の痛みはそれほどでもないようね。少なくとも、薬のことを考えたときは」

ニュースで流されていた話ばかりだが、痛み止めはちがった。薬とは手が込んでいる。アリバイを申し立てる容疑者は、細部をつけ加えると信憑性《しんぴょうせい》が増すのを知っている。霊能者にもその心得があるらしい。

「わたしには彼の怒りが熱風のように感じられたわ、ジュリア。そのあと彼は脚に痛みを覚えて、一瞬、そちらに気がそれた。デビッド・スミスの新しいブーツをはいていたせいで、踵のまめがこすれていたのよ。三十九番埠頭で最初にあなたを狙ったとき、新しい靴をはいているのに、全速力で走ったせいね」

「細部をうまく織りこみますね、ミズ・ゴールデン」

ジュリアはチェイニーをにらんでから、急いで言った。「キャサリン、オーガストを殺したのはその男だと思いますか？　なにか手がかりはないですか？」

「いいえ。オーガストに関することはなにも」キャサリンはふたりの顔を順番に見た。「あなた方はもう恋人同士なのかしら？」

「いいえ」チェイニーはゆっくりと立ちあがると、魔女を思わせる金色がかった緑色の瞳をのぞきこんだ。

「これからそうなります。あなたが警官とつきあうなんて、想像したこともなかったけれど、ジュリア。とはいえ、オーガストと一緒になるのも想像できなかったわね。オーガストのほうがずっと年上で、世代がずいぶんちがったのに、彼には気にならないようだった。あなたとのあいだに絆を、ふたりを結びつける特別ななにかを感じていたの。それがなんなのか、よく考えたものよ。

あえて言わせてもらうと、わたしにとってもオーガストは特別な人だった。毎日、どれほど彼に会いたいか、言葉では言い表わせないくらい。わたしは彼に接触できずにいるの。わたし自身の悲嘆がわたしたちを引き離しているのかもしれないわね」

チェイニーは言った。「ジュリアのことを考えてた男ですが、そのとき、つぎにいつ彼女を襲うつもりでいるか、わかりましたか？」

キャサリンはかぶりを振った。「彼はとても怒っていた。ジュリアが生きていることにひどく腹を立て、自分の失敗にとまどっていた。その思いの強さからして、すぐにまた試みるはずです。焦りは感じましたが、具体的なことはなにも」

ジュリアが尋ねた。「あなたは彼があなたを、いえ、わたしを見つめているのに気づいたんですよね。それは最近のことなの？」

「わからないけれど、そう考えていいのではないかしら。わたしは遠い過去をビジョンとして見たことがないから。でも、彼の頭に時間や日付はなかったわ」

「キャサリン、なにかほかに助けになりそうなことはありませんでしたか？」

キャサリンはこんども首を振った。

「わたし、死にたくないんです、キャサリン」

「わかるわ。オーガストもまだあなたに来てもらいたくないはずよ。その若さですもの」

「ドクター・ランサムがいまここにいる、心配でジュリアにまつわりついているなどと、言わないでくださいよ」チェイニーは言った。

「いたとしても、わたしにはわかりません。さっき言ったとおり、わたしはオーガストに接触できずにいます。よく知っているから、彼がどう考えるかわかるだけです。

こんなこと言って申し訳ないけれど、ストーン捜査官、あなたのオーラが豊かさを失っているわ。不快さが脈打っている。さあ、これで失礼させていただけるかしら。プロデューサーが来ました」

「なにも聞こえませんが、マダム」

そのとき玄関の呼び鈴が鳴った。

34

サンフランシスコ
月曜日の夕方

ディックスはゆっくりと立ちあがった。ポスト・ストリートの〈アグリーダック〉でサービスタイムを楽しむ若い勤め人たちの群れを縫って、シャーロット・パラックが近づいてくる。不思議と今回は、まったくクリスティの面影がちらつかなかった。目にしているのは見ず知らずの女、ディックスに嘘をつき、クリスティのブレスレットを身につけていた女だった。今日はそのブレスレットがないことに、ディックスはすぐに気づいた。

自分からは動かず、彼女が近づいてくるのを笑顔で待った。シャーロットはそばまで来ると、つま先立ちになって唇に唇を押しあててきた。

ディックスは上腕をつかんでゆっくりと引き離した。ディックスの顔を見あげた彼女の目には興奮、あるいは満足感があった。「土曜日に別れたとき、あなたがなんと言ったか、覚えている？」

「絶対にないとは言えません《ネバー・セイ・ネバー》ね」

彼女の目が勝利に輝いた。隠せないのだ。「記憶に残る台詞よ、ディックス。でも、あなたが戻ってくるのはわかっていたの。また会えて、すごく嬉しい」

彼女はもう一度キスをして、ディックスの頬にそっと触れた。「うっすらヒゲが生えてる」

「悪いね。到着したばかりなんだ」

彼女が眉を吊りあげる。「あれからまだ二日よ、ディックス」

「ずっと長く感じる。ずっと」ウェイターを見あげると、黒の上下に白いボウタイを締めていた。ディックスは尋ねた。「酒はなにがある？」

自分にはバドワイザー、シャーロットには白ワインを注文した。

「二日よ」シャーロットがくり返した。「正直、あなたには驚かされたわ。ほんとにサンフランシスコ国際空港から電話してきたの？」

ディックスはうなずいた。「国内線のターミナルを出たつぎの瞬間にね」

「こんども判事のお宅にお世話になっているの？」

「親切に、また招いてもらってね」ディックスはセクシーさが醸しだされることを祈りつつ、彼女に笑いかけた。「ミセス・シャーロックが歓迎してくれたよ。ぼくが長身で瞳と髪が黒く、危険な雰囲気があるからだそうだ。シャーロック判事が大笑いしたことをつけ加えておかないとね」

彼女も笑い声をあげ、ウェイターから白ワインのグラスを受け取ると、ディックスと乾杯した。「新しいお友だちともっともっと深く知りあえることに感謝して」

こんどはディックスが眉を吊りあげた。「この再会をものすごく興味深いかもしれないなにかのはじまりにするっていうのは、どうだろう？」

「賛成」彼女が言った。「空の旅はどうだった？」

「例によって例のごとしさ」

「息子さんたちのご機嫌は？　こんなにすぐまた置いてきて、だいじょうぶなの？」

疑っているのだろうか？

ディックスは手を伸ばし、彼女の手の甲を指先でそっと撫でた。「息子たちには、またここで会議があると言ってきたよ。ふたりとも学年末の試験と卒業記念のダンスパーティのことで頭がいっぱいなんで、おれがいなくてもたいして気にしてない」大嘘だ。息子たちが聞いたら、大笑いして殴りかかってくるだろう。

「わたしを誘惑しにきたの、ディックス？」

彼女の声に含まれているのは、高揚感だろうか？

「さあ、どうかな。じつは、きみの弟さんの話を聞いてね、シャーロット。アトランタ交響楽団でバイオリンを演奏している弟さんだ。おれの町にあるスタニスラウス音楽学校にいたそうだね」

激しくまばたきをしたのち、方針を決めたように、彼女がうなずいた。ワインをひと口飲む。「そのことを尋ねたくて、舞い戻ってきたの？」

「なんでそんな見え透いた嘘をついたのかと思ってね。それこそ、ふたりを結びつけてくれる共通の話題なのに」

「たしかに、話すべきだったわね。いなくなったあなたの奥さまにそっくりとなったら、あなたがわたしのことをできるかぎり調べるのは、当然だもの。真実が知りたい、ディックス？　弟の名前は、ご存じのとおり、デビッド・カルディコット。カルディコットがわたしの結婚前の名字よ。そして、事実として、とても長いあいだ弟とは話をしていなかったの。何年か前に仲たがいしたから。ご多分に漏れず、原因はお金。わたしが貸したお金を返してくれなかったの。それで向こうのほうから離れて、ヨーロッパに行ってしまったわ。帰国してから会ったのは一度だけだけど、その話しあいも物別れに終わって、借金は返してもらわずじまいになっているの。

　スタニスラウスに入学したという話はもちろん聞いたけれど、正直、そのこととあなたが結びつかなかったの」

「ぼくの妻はきみの弟さんを知ってた。世間は狭いね」

「信じられないほど狭いわね」

「妻はスタニスラウスのコンサートやリサイタルに出かけるのが好きだった。弟さんの才能を高く評価していて、本人にもそう伝えたそうだ」

「わたしとデビッドのことを調べたんなら、いま弟がどうしているか教えてもらえる？」

「元気にやってるようだよ。なぜきみの弟さんがぼくの妻に会ったあと、きみとそっくりだと電話して伝えなかったのか、わからないが」

シャーロットはまたワインに口をつけた。「わたし、ピーナッツが好きなのよ」

彼女に考える時間を三分やることにした。どんな話が飛びだしてくるやら。ディックスはウェイターを呼び、ミックスナッツを注文した。ナッツが届くと、彼女がボウルからアーモンドをつまみ、ゆっくりと噛みしめるのを見ていた。ナッツを呑みこんだあと、彼女が尋ねた。「デビッドと話をしたの？」

彼女の声から聞こえてくるのは、警戒心か？　「いや、略歴を読んで、きみの弟さんだと気づいたんだ。それで、クリスティから彼の話を聞いたのを思いだした」

「じゃあ、あなた、あなたの奥さんとわたしのあいだになにか関係があるかもしれないと、まだ疑っているのね？　デビッドからは、一度も電話をもらったことがないのよ。だから、あなたに伝えなくちゃいけない大事なことなんてないの。あの子はただの音楽家で、信用のならないところがある。元気でやってくれているといいけど。さあ、もうこんな話、おしまいにしない？　ディックス、今回はいつまでこちらにいる予定なの？」

「状況しだいだよ」ディックスはゆっくりと答え、視線を彼女の唇に集中させた。彼女が下唇を舐め、濡れた唇に舌を這わせるのを見て、笑みを浮かべた。激しいセックスを予感させるような笑みであることを願いながら。シャーロットの頬がうっすらと赤らんだ。してやったり。

「心が決まったら電話して、ディックス。今日はこれから夫と約束があるの」

ディックスは眉をひそめて、自分の腕時計を見た。「ぼくも夕食の時間には帰ると、ミセス・シャーロックに約束してきた。きみが早く帰らなければならなくて残念だよ、シャーロット」彼女の両手を両手で包みこんだ。「だが、きみに会わずにいられなかった。それ以外の選択肢は考えられなかったんだ」

「電話をもらって、嬉しかったわ」

彼女の手と手首に指をはわせた。「ブレスレットをしてないんだね」

「迷ったんだけど、あなたを苦しめたくなかったから、宝石箱のなかに入れてきたの。明日また、会えないかしら。そうね、午後にでも」

「どこかいいレストランでもあるかな?」

「いいえ、レストランはやめましょう、ディックス。ふたりきりになれる場所がいいから、波止場の〈ハイアット・リージェンシー〉なんてどう? ああいうガラス張りのエレベーターに乗ると、少女に戻ったような気分になるわ。あなたの意見を聞かせて」

〈ハイアット〉が午後だけ部屋を貸しているだろうか? チェイニーは苦々しい思いに駆られた。彼女がほのめかしているのは、そういうことだ。「悪くないね。電話してもいいかな？」

「ええ、携帯のほうにしてね。そのほうが都合がいいの」

チェイニーは席を立つと、テーブルをめぐって向かい側へ行き、立ちあがる彼女に手を貸した。繁盛するレストランのまん中で、黙って見つめあった。ゆっくりと腰をかがめ、彼女にキスをした。下唇を舐められても快感はなく、決意が固まっただけだった。

35

サンフランシスコ
月曜日の夜

あお向けになったルースは、胸を波打たせながら、心臓が飛びだしてしまわないことを祈った。汗まみれで、顔は笑みにゆるみ、気分は最高だった。

その驚くべき喜びを笑い声にして放った。「すごい。あなたのすべてをもらったみたいよ、ディックス」

なぜ彼女はこんなときに言葉が紡ぎだせ、しかもおもしろがらせるようなことが言えるのだろう。おれのすべてをもらった？　たしかにそうかもしれない。いまにも死にそうになっている。

ディックスはなんとかうめき声を押しだした。「きみのほうも、似たようなもんだったろ」

「わたしなりにがんばったのは確かだけど。あのね、あなたはほかの誰よりも高いところを飛んでるのよ。天に近いくらい高いところをね」

いったいどこから笑いが湧いてくるのだろう。今日一日いろいろあったにもかかわらず、ディックスは大笑いした。ルースを抱き寄せて、耳にキスする。「金曜もこのベッドで眠ったんだが、きみと一緒だと、ずっと居心地がいいよ。このうちの人たちは親切だね。二日前におれを追いだしたばかりなのに、またみんなを受け入れてくれたんだから」

「わたしたち、うるさくなかったかしら？」ルースは耳もとでささやき、ディックスの腹部に手を置いた。

「きみの口を押さえてたから、だいじょうぶだろ。指を動かすなよ、ルース。おれは死にそうなんだぞ。いや、鼓動が打ってる、心臓がよみがえってきた。また立ちあがって、空高く舞いあがろうか？」

ベッドサイドテーブルに置かれたランプの淡い光のなかで、ルースの顔がほころんだ。

「ランスのことを思いだしちゃったわ。彼はどこででも立ちあがって、舞いあがれたのよ。シャワーのなかってこともあった。そう、そう、ランスは歌まで歌ったんだから」

「ランスはいくつだったんだ？」

「知りあったころは十八になったばかりだったと思う。卒業祝いに車をプレゼントすることも考えたけど、血気盛んな年ごろだったから、スピード違反で警察に捕まるかもしれないと思って、時計にしたんだけど」

「だとすると、あと一年か一年半したら、おれはロブを閉じこめとかなきゃならないな。マエストロじゅうの娘さんの安全が脅かされる」

「ロブとレイフももうそんなになるのね。年ごろになると、物事の見え方が変わってくるのよね。ひょっとしたら、ランスは二十一、二歳で、時計は大学の卒業祝いだったかも」

ディックスは笑みを浮かべていたし、愉快な気分になっている自覚もあったけれど、現実が戻ってきて、目の前に突きつけられた。

「だめよ、ディックス、いまはやめて。いつだって人生はそこにあるけれど、つねに向きあわなければならないわけじゃないんだから」ルースは彼の手を取り、自分の手を重ねて彼の胸に押しあてた。「すごく不思議な感覚。あなたの手を介して、鼓動を感じる。不思議なことがもうひとつあるの」ルースは続けた。「わたしは一週間毎日、朝になると目を覚まして、ピーナッツバターを塗ったトーストをかじり、環状道路にいるおっちょこちょいを殺さないよう祈りながらＦＢＩの本部ビルまで運転して、殺人犯やらもろもろの反社会的な人間やらを追いかけるわ。すべて好調、期待されたとおりに順調に進んでいると、そのうち妙なことが起きて、足をすくわれるのよ。そうよ、ちょうどいまみたいなことが起きて、〝ここはもう、カンサスじゃないわ〟ってことになってしまう。

でも、わかる？　がんとくるようなことがあっても、わたしはもうひとりで対処しなくていいの。あなたがいつもそばにいてくれるから。そのおかげで、世界はずっといいものになったのよ、ディックス」

ディックスは横向きに体を起こし、彼女のほうに手を伸ばして、濃い色の髪をかき乱した。

豊かに乱れたその髪は、白い肌と美しいコントラストをなし、その黒っぽい瞳に魂まで見透かされそうだった。

ルースがディックスの頬に触れて、小さなため息をついた。「あなたを愛してる」

おれを愛してる？　このすばらしい女性がほんとうにおれを愛しているのか？「いままで一度も言わなかったね」

「いまがそのときだから」ルースはあっさり答えた。その発言に浸っていると、彼女が言い足した。「そうは言っても、フットボールも愛してるけど。開幕までたった四カ月待てばいいだけなんて、神さまに感謝よ」

ディックスは手のひらを上にして、彼女と指を絡めあわせた。「またルース流がはじまったね。きみはしごくまじめな話に、冗談を交ぜる。きみの意見を聞かせてくれないか」伸びあがって、彼女の顎に鼻をすりつけた。「フットボールの開幕前に結婚するってのは、どうかな？　そうしておけば、テレビの前でレッドスキンの試合を見ながら絶叫する前に、たっぷり一週間は高く舞いあがって、シャワーを浴びながらきみのためにアリアを歌えるだろ？それに、結婚するとなにがいいかわかるかい？」

「いつでも最高のセックスを楽しめること？」

「それもある。なおいいのは、疑問や疑いから解放されて、なにかを先送りに――」

「あなたとふたりきり、大きなベッドで、それより大きな――？」

「最後まで言うつもりかい？」

「それより大きなハートよ、ディックス。あなたの家の森に迷いこんでよかった。喜んであなたと結婚する。いまやわたしの人生の中心にいるのは、あなたとあなたの息子たちだもの」

ディックスは彼女にのしかかるようにして、額と額をくっつけた。彼女のうちにある善良さや、気高さ、強さが伝わってくる。「殺人犯や社会性を失った悪党を追いまわすのは、それほどあたりまえのことでないかもしれない。そう、考えたことはないのかい？」

ルースが唇を寄せてきて、ディックスの髪を撫でた。「ないわね。牛のお乳を搾《しぼ》ったり、煙をたてているパソコンのマザーボードを分解するほうが、ずっと考えられないわ」

にやっとしたディックスは、あお向けになり、ルースの手がふたたび腹に載せられるのを感じた。そのまま静かにしていると、彼女が寝息をたてはじめた。無理もない。ふたりともくたくたに疲れている。リッチモンドからの長いフライトのあと、シャーロック判事の家に立ち寄って、ルースを置いていった。早々にシャーロット・パラックに会おうと決めたからだ。できるだけ情報を引きだし、シャーロットやその夫について探りたかったが、うまくかわされてしまった。結局、彼女が自分にほんとうに会いたがっているのか、そのふりをしているだけなのか判断がつかなかった。ディックスが誘惑のそぶりを見せなければならないかもしれないと言うと、ルースはすんなりうなずいて、淡々とした口調で「あなたが決めることよ、ディックス」と言った。

シャーロットと別れたあと、ディックスはしばしレンタカーの傍らで魂が凍りついているのを感じていた。シャーロットのなにかがおかしい。クリスティに関係のある悲惨ななにかがそこにあって、自分が探りだすのを待っているのを感じた。

サビッチとシャーロックは、息子のショーンとベビーシッターのグラシエラを連れて、六時少し過ぎに到着し、一同から歓迎を受けた。とりわけ、シャーロックの両親は大喜びだったし、イザベラは、わたしの赤ちゃんのためにソーセージ・エンチラーダをつくらなければ、と声を張りあげた。

ショーンは「うん！」と叫び返したものの、イザベラの赤ちゃんはわたしであなたじゃないのよ、と母親のシャーロックに言われて、かなり長いあいだ困惑していた。

当然のことながら、一同は大きなコーヒーのポットをお伴にして長い議論を交わし、多くの計画を練った。それは全員がパジャマ姿になって眠気が襲ってくるまで続き、最後にはミセス・シャーロックにベッドに追いやられた。

そしていま、ディックスは罪深いほど大きなベッドに寝転がり、ルースの頭を肩に載せて、息子たちに語った一連の嘘を思いだしながら、罪悪感に苦しんでいる。しかも、それではまだ足りないとでもいうように、自分がルースに愛していると言わなかったことに気づいてしまった。うかつにもほどがある。愛の言葉すら告げずにプロポーズするなど、あったものではない。粗忽者《そこつもの》め。明日の朝、彼女が目を覚ましたらまっ先に告げなければ。まだ温かく、ぼんやりしているあいだに。

眠りに落ちる直前、ルースの髪に顔をつけながら最後に思ったのは、クリスティのことだった。真相を突き止めるからな、クリスティ。きみのために正義をもたらす。それが叶ったら、きみに捧げていたこの心をルースにも捧げるよ。

36

自宅のコンドミニアムで表側に面した窓の近くに立つチェイニーは、ゴールデンゲートの一部が見えるように左側に寄っていた。ジュリアはソファであお向けになって眠っていた。彼女がここに来てくれてよかった。ここならマスコミや現場保存用テープや隣人や、あるいはふたたび訪れるかもしれないメイクピースを避けられる。そのとき突然、ジュリアが怒りに駆られた声ではっきりと、言った。「リンク、だめよ！　リンク！」

はらわたがよじれるような悲痛な声で泣きだし、むせび泣きながら、何度もくり返す。「ああ、リンク、お願いよ。わたしを置いていかないで！　いや！」

チェイニーは彼女を抱きあげて、揺さぶった。「ジュリア、起きろ。だいじょうぶ、ただの夢だ。さあ、目を覚ますんだ」

つぎの瞬間、彼女は夢から覚めて、チェイニーを見あげた。淡い月明かりが表の窓から差しこんでいた。

「悪い夢を見たんだろう。もうだいじょうぶだ」

彼女が平静を取り戻すのにしばらくかかった。「ありがとう、チェイニー。なにかとストレスがかかってるせいで、悪夢が忍びこんだんでしょうね」

リンクの夢をよく見るのか？　チェイニーは内心疑問に思ったものの、いま尋ねることではなかった。「牛乳でも飲むかい？」

ジュリアの顔に作り笑いが浮かぶ。「ううん、もう一度寝るわ。あなたこそ、なぜベッドにいないの？」

「神経が昂《たか》ぶってるみたいだ。じきに眠れるよ」

「あの男がここへ来るのを心配してるんでしょう？」

「ここの住所を調べるのはむずかしくないが、ポーレット警部のおかげで、パトカーが近くからここを見張ってくれてる。メイクピースにしてみたら、試すには分の悪い状況だよ。はっきり言って、まともな人間のすることじゃない」

「でも、まともな男じゃないわ」ジュリアが身震いしたので、チェイニーは考える前に彼女を抱き寄せていた。ジュリアの髪が顔に触れる。

首にあたった彼女の唇が動いた。「キャサリンったら、信じられないことを言うわよね。わたしたちが恋人同士じゃないかなんて。あなたと知りあって、まだ一週間にもならないのに」

チェイニーは黙って聞いていた。彼女の声は、憤慨しているようでも、警戒しているようでもなかった。少し驚いてはいるかもしれないが、好奇心すら滲《にじ》んでいるようだ。身につけているチェイニーの白いTシャツの肩がずり落ちている。

「彼女の言ったことを、まるで信じてないんでしょう？」

ジュリアからふわりとした花のような香りがすることに、チェイニーは気づいていた。

「実際は大半を人から聞いたか、大半をいまの情報から導きだして、あとは推察したんだろう。常識的に考えればわかることばかりだし、人の共感を得られるような修飾に満ちている。それが、彼女の話を聞いたときのおれの感想だ。彼の核は黒で、プライドは紫色、と彼女は言った。それに足の痛みまで持ちだすとは、まったく、かんべんしてもらいたいよ」

「彼女のそぶりや雰囲気から離れて、あなたからそうやって聞くと、物語をつくるのがじょうずな人なら誰でも思いつきそうな陳腐な話に聞こえるわ」

「たいした役者だよ。そこが彼女のすぐれたところなんだろう」

「でも、犯人には作家の名前がついてると思うと言ってたけど」

チェイニーはしかめ面になった。「たしかに」

ジュリアがあくびをする。「まだ服を着たままなのね」

「ああ」

チェイニーは腰をかがめて、彼女にブランケットをかけてやった。「もうひと眠りしろよ、ジュリア」

ショーン・サビッチの目がぱっちり開いた。なんだかにおいがおかしい。そうか、自分のベッドじゃないし、自分の部屋じゃないから。どこかほかの、ほかの怖いところにいる。クロゼットに怪物が隠れているのは、わかってる。怪物にはこのベッドやぼくが見えてる。ショーンはドアが押し開けられたのを感じて、息が止まりそうになった。さっきグラシエラがクロゼットには服と靴しかないとなかを見せてくれたけれど、グラシエラには理解できないし、わかってないことがある。うちのクロゼットでないから、グラシエラには怪物が見えない。怪物はドアが閉まるまで現われないからだ。長いあいだ待ってから、クロゼットの壁の奥にある隠れ場所からのっそりと出てきて、ぼくの服に触れてまわって、においをつけてしまう。そしていま、まずいことに、その怪物がクロゼットから出てこようとしている。

三メートルくらい先のベッドでグラシエラが眠っているけれど、頼りにならない。ぼくを助けようにも、知らない場所だからだ。ショーンは心臓をどきどきさせ、クロゼットのドアを見つめながら、狭いベッドからそっと出ると、寝室から廊下に出て、全速力で走った。最初にあったドアを開けて、その部屋に入ったときには、肩で息をしていた。大きなベッドに人がふたりいる。ベッドに駆け寄り、ふたりのあいだに潜りこんだ。なんとなくしっくりこないけれど、ふたりとも大きいし、廊下で待ち伏せしているものが怖かった。これでだいじょうぶ。ショーンはベッドに深く潜った。このふたりがいれば、傷つけられないですむ。もうなんの心配もいらない。

朝七時、ディックスはふいに首筋にひじ鉄を食らわされて飛び起きた。

「まだ眠ってるわ」ルースがささやいた。

ディックスはまだ幼い少年の腕をそっとおろし、横向きになってルースを見た。あいだにショーンがはさまっていた。

「悪い夢を見たんだな。きみはこの子が入ってきたときに目を覚ましたのかい？」小声で言った。

そのとき、外から大声でショーンを呼ぶ声がした。取り乱したシャーロックの声だ。

ルースはベッドからすべりおりると、足もとに投げてあったローブをはおって、寝室のドアを開けた。「シャーロック、心配しないで。ショーンなら、夜中にわたしたちのベッドに来たわ。無事よ」

シャーロックはその言葉が信じられないように寝室に飛びこんできて、ふいに立ち止まった。安堵感を漂わせながら、首を振っている。「だったらいいの。よかった」ふり返って、輝くような笑顔で夫を呼んだ。「ディロン、こっちよ」

ディックスが言った。「よその家で悪い夢を見て、ショーンからすると隣の寝室がここだったから、ここに落ち着いたんだろう。問題ないよ」

ショーンがあくびをしながら起きあがり、ディックスを見てにこりとした。「おはよ、ディックスおじちゃん。ママは？」ベッドの反対側に顔を向け、小さな手を伸ばしてしかめ面になった。「ママはどこなの？」

「あら、嬉しいこと言ってくれるじゃない」シャーロックが言った。

サビッチが笑った。「やあ、大将、そろそろチーリオズの時間だが、準備はいいか？」

ショーンがベッドから飛びだして父親に抱きあげられるとき、ディックスは首にもう一発ひじ鉄を食らった。サビッチがショーンの頬にささやきかけた。「なあ、ここはサンフランシスコにあるおまえのおじいちゃんとおばあちゃんの家なんだぞ。覚えてるか？」

ショーンは抱かれたままのけぞり、しばし父親の顔を見つめた。「いいね。おじいちゃんとおばあちゃんと遊べる」

ディックスは言った。「ロブも、悪夢を見ては、目を覚まして部屋から飛びだしてきたもんだよ。置いていかれたくなくて、いつもすぐあとをレイフが走ってきた。レイフのほうが、実際に悪夢を見たロブより怖い話をつくるのがうまくてね」

彼の裸の肩を軽く叩いて、ルースが言った。「あの子たちにはちゃんとめんどうをみてくれる大人がついてるのよ、ディックス。心配しないで。ミセス・ゴスとチャッピーがべたべたに甘やかしてくれるし、トニーとシンシアが自動車レース《NASCAR》に連れてってくれるし、明日には総出でロブの試合を応援してくれるのよ。わたしたちがマエストロに帰るころには、ブルースターがタラの統治者になってるわ」

ディックスはまだルースに愛していると伝えていないことに気づいた。

37

サンフランシスコ
火曜日の午前

チェイニーがバックミラーの確認を怠らなかった理由は、キャサリン・ゴールデンから朝の六時半に電話があったからだ。

「またビジョンを見ました、ストーン捜査官。ジュリアを殺したがっている男のビジョンです。彼はパシフィックへイツまで出かけて、ジュリアの自宅に押し入ったわ。わたしにはそれが見えたの。彼は家から出てきました。彼女がいなかったから。だから、腹を立てていた。彼はあなたのことを知っています、ストーン捜査官。あなたの自宅の住所もわかっているようです。ジュリアがいるかどうかわからないまま、そちらに向かいました。ハンドルを握って、車を走らせている。平然としているけれど、内心はちがう。雪が炎を包んでいるようなものよ。そちらに近づいています。お願いですから、気をつけて」

そこでチェイニーは謝意を述べ、電話を切って、鼻で笑った。またもや容易に想像のつくことばかり。前日の彼女の〝ビジョン〟で唯一驚かされたのは、殺人者の名前に関する推察だけだった。たぶんサンフランシスコ市警に知りあいがいて、その人物から聞きだしたのだろう。そうとも、そういうことはあるし、ジュリアが漏らした可能性すらある。そしてまた、同じくらい自明なことを伝えるために電話してきた。チェイニーが自宅にジュリアを匿《かくま》うことくらい、誰にでも容易に想像がつく。メイクピースはもちろん捕まっていない。だが、運転中？　それもありうる話だ。チェイニーはふたたびせせら笑った。

だが、朝の通勤ラッシュで渋滞する道路を進みつつも、キャサリンの電話のことが頭を離れず、バックミラーを確認しつづけた。いまいましいビジョンの件で電話がなければ、こうも頻繁には見なかっただろう。

隣のジュリアは黙りがちで、チェイニーよりもよほど落ち着いていた。キャサリンの電話の内容は伝えてあるが、彼女は、「聞くだけなら傷つかないわ」としか言わなかった。

いまチェイニーは、メイクピースがコンドミニアムまで来て警官が見張っているのに気づき、自分たちが家を出るのを待っていたのではないかと不安に駆られていた。あとをつけているかもしれない。フランク・ポーレットに電話をして、援護を頼んだほうがいいだろうか？　だが、なんと言うんだ？　テレビで人気の霊能者がビジョンを見たと告げるのか？

またもや背後を確認した。サンフランシスコの朝の道路は通勤者で渋滞しているものの、不審な動きをする人間はおらず、団子状になった車の塊のなかから抜けだして近づいてくる車も見あたらなかった。ひょっとするとメイクピースは後ろで、動けない状態に甘んじているのかもしれない。

　チェイニーには自分がびくついている自覚があった。平常心を取り戻さなければならない。必要以上にジュリアを怖がらせたくない。助手席を見ると、彼女は相変わらず黙ったまま、とりたててなにかを見ているようすはなかった。なにを考えているのだろう?

　そこでまたバックミラーを確認した。

　ジュリアが質問した。「あの男が見えるの?」

「いや、見えない。少なくとも近くにはいなさそうだ」

「キャサリンの指摘どおり、もしあの男がもうわたしの家に立ち寄ったんなら、シャワーを浴びて着替えるくらいの時間なら、家に帰っても安全かもね。ソルダン・マイセンに電話するのはそのあとでいいかも」

　チェイニーの不安をよそに、彼女は平然としていた。彼は言った。「まずは、昨晩街にやってきたFBIの友人をきみに紹介したい——」

　チェイニーはいつからか無意識のうちに白のダッジ・チャージャーに目に留め、いまやその車に神経を尖らせていた。チャージャーはさほど速度を上げないまま、さりげなく近づいてきていた。それでも、フォードの黒いSUV車を追い抜き、ギアリー・ストリートの車線を右へ左へと移動している。その無駄がなくてなめらかな動きは、ドライブを楽しんでいるかのようだ。ドライバーは見えず、車内に何人いるかもわからないが、チェイニーはメイクピースだと直感した。そうか、追いかけてきたのか。公道でひと騒動起こしたいのか？　おれはかまわないぞ、できそこないめ。

チャージャーは四台後ろまで迫っていた。

チェイニーはジュリアを見た。「いいな、つかまってろよ」

「え？　あ、あの男がいるのね？　キャサリンは正しかったの？」

「なんにせよな。ああ、メイクピースが背後に迫ってるようだ。しかし、サンフランシスコのどまん中、明るい陽射しのなかで、ラッシュアワーにきみを追いかけるとは、そうとう頭にきてるんだろう。おれとしては、この交通渋滞から抜けだしたい。もしやつが発砲しはじめたら、あわててここを出つつ民間人を傷つけないように気をつけることになる」

彼女がこちらを見た。「白のダッジ・チャージャー？」

「そうだ」

「三台後ろね。それで、どこへ向かうの？」

「つかまってろ」チェイニーはもう一度言うと、ステーションワゴンを追い抜いて、アクセルを踏みこんだ。ジュリアは後ろに押され、シートベルトに圧迫感を覚えた。不思議と恐怖はなく、むしろ興奮していた。これって大騒動よね？　左上のアシストグリップをつかみ、ぐっと体をひねって背後を見た――

銃弾が後ろの窓に撃ちこまれた。一面にガラスが飛び散り、助手席の背後に突き刺さった。

「潜って、頭を引っこめてろ！」

ジュリアはシートベルトを外し、助手席前の狭いスペースに体を押しこめた。

チェイニーが携帯電話を投げてよこす。「四番を押せ——ポーレット警部個人の番号につながる」

蜘蛛の巣状に割れたガラスの隙間からふたたび銃弾が撃ちこまれ、助手席の背後に命中した。妨ぐガラスがないため、銃弾はシートを貫通して、グローブボックスに突き当たった。下げたジュリアの頭から三センチと離れておらず、チェイニーは卒倒しそうになった。「もっと奥に入れ！　もっとだ！」

チェイニーがバックミラーに視線をやると、ついにサングラスをかけたメイクピースが見えた。パトカーのサイレンが聞こえてくるには、まだ時間がかかる。警官が迫ってくるのを察すれば、メイクピースも退却するかもしれないが……。とりあえず、いまできることはなんだ？　正直に言えば、メイクピースを追い払いたくなかった。破滅させてやりたかった。だが、ジュリアの身の安全を優先しなければならない。チェイニーは声に出して言った。「こちらに強みがあるとしたら、おれはサンフランシスコに詳しく、向こうはちがうってことだ」

いま一度アクセルを踏んだ。サンフランシスコのまっただ中で、時速百十キロを超える——その刺激たるや、濃いトルココーヒーをダブルで飲む以上に強烈だった。

そして、これからすべきことが閃いた。

「ジュリア、これから西のオーシャンビーチに向かうとポーレット警部に伝えろ。クリフハウスのすぐ南だ」

朝早いこの時間なら、ビーチには人がいない可能性が高い。寒風が吹いているし、湿気が強い。海の近くなら霧が立ちこめているはずで、だとすれば、ひとけのない海岸線が延々と続いている。

ジュリアの声がした。「ポーレット警部、ジュリア・ランサムです。いまチェイニーと一緒なんですが、トラブルが起きて――」彼女は正確な現在地と、これから向かう先を告げた。

携帯電話を切ったジュリアが、落ち着いた手つきでチェイニーの傍らに携帯を置く。チェイニーは彼女にちらっと笑いかけた。「そこにいろ。多少はらはらするかもしれないが、いいな、頭を上げるなよ」

ジュリアは銃弾が金属に当たる音を聞き、続いて遠くにサイレンを聞いた。

チェイニーは悪態をつきつつ、速度を落とさなかった。

「二台の車が街中をすっ飛ばしてるんだから、警察も見のがせないわ。警官の数が多ければ、あの男を包囲できるかもよ」

なにを寝ぼけたことをと思いつつ、チェイニーは言った。「ありうるが、おれが望んでることはそれとはちがう。さあ、ビーチまで行くぞ。やつを引き離すんだ」

ギアリー・ストリートを突如、左に折れて、三十番アベニューに入った。クラクションが打ち鳴らされ、汚い言葉が飛び交い、タイヤがきしむ。よけたり、かわしたりしながらすっ飛ばし、両脇に駐車車両がぎっしりとならぶリッチモンド地区の狭い通りをすり抜けた。チェイニーは後ろをふり返り、白のチャージャーがスピードを上げてついてくるのを見てにやりとした。「その調子、もうちょっとだぞ。もうちょっとだから、しっかりついてこいよ」まるで呪文《じゆもん》のようだ。彼が同じ言葉をくり返すのを聞いて、ジュリアは笑いだした。

「がんばれよ、ジュリア」

「まかせといて。いま、顔を出してもいい？」

チェイニーが後ろをふり返ると、シボレーの運転手がどなり声をあげてチャージャーの進行を妨げたところだった。メイクピースは後退し、三十番アベニューに停まっている車の列をよけた。これで一ブロックほど差を広げることができた。「いや、まだ出てくるな。やつはそこにいる。そうだ、坊や、まだあきらめちゃいけないぞ。さあ、パパを追ってこい」

さっきよりサイレンの数が増えた。

メイクピースは二度発砲した。一発めで助手席側のミラーが吹き飛んで、駐車中の車の車体にぶつかった。二発めはバックで私道から出てきたミアータの後部バンパーをかすった。

チェイニーはフルトン・ストリートを飛ばしてゴールデンゲート・パークに入り、巨大なレクサスにぶつかりそうになった。急ブレーキを踏むと同時に、右にハンドルを切った。乗っているふたりもろともアウディを叩き潰せるほど巨大な怪物がうなり声をあげて通り過ぎ、その熱を感じたような気がした。一瞬、まっ青な女の顔が視界に入り、恐怖に引きつった目を見たつぎの瞬間には、恐ろしいほどの速度でジョン・F・ケネディ・ドライブに右折して、停まっていたステーションワゴンのフロントバンパーを引きはがしそうになった。

ありがたいことに、公園内はすいていたが、十数台の自転車とランナーで長い列ができていたため、速度を落とさなければならなかった。クラクションを鳴らして時間を与え、相手のほうによけさせた。バイソンの放牧地を高速で通り過ぎ、急いで右折した。あとは一直線だった。ジュリアが助手席に戻ると、右手にはクイーン・ウィルヘルミナ・チューリップ・ガーデンとオランダの水車があり、前方には赤信号が迫っていた。彼女が悲鳴を押しとどめるなか、チェイニーは赤信号を突っ切ってグレート・ハイウェイに入った。

38

クラクションが鳴り響き、ブレーキが悲鳴をあげ、タイヤの焦げるにおいがする。チェイニーは両方向に走る車をよけたりかわしたりしながら進んだ。

大声でジュリアに話しかけた。「きみに話したかな？　おれは４ＷＤを使ってビーチで運転の練習をしたんだ」

笑顔でグレート・ハイウェイを突っ切り、コンクリート敷きの細長い駐車場に入った。チェイニーが願っていたとおり、さいわい人も車もいなかった。駐車場は、ビーチから二メートルほどの高さのある防波堤沿いにあり、ジュリアの前方には防波堤が垂直に立ちはだかっていた。ビーチにおりる階段の狭い入り口をろくに見ることのないまま、車体が中空に飛んだときは心臓が止まりそうになった。

「死ぬ気はない！　しっかりつかまってろ！」空を飛びながら、チェイニーはどこか愉快そうに笑った。正直に言うと、ジュリア自身、恐怖のうちにも爽快感を覚えていた。

アウディは高潮のあとでまだ湿っている砂浜にどさりと着地した。シートベルトに体重がかかり、上下の顎が打ちあわされる。チェイニーは急ハンドルを切ってアウディを左に向け、防波堤と平行に走りだした。「サウスカロライナのビーチで、デューンバギー（砂浜走行用自動車）レースをしたもんさ。ヒルトン・ヘッドが多かったな。さあ来い、アホたれ、おまえにならいつける。よし、あいつも飛んだぞ」チェイニーはハンドルをこぶしで叩いて、雄叫《おたけ》びをあげた。「それでいい！」

「どういうことなの？　彼に追いかけられたがってるみたいだけど」

「そうとも。このかわいいアウディA４は４ＷＤで、向こうはちがう」

ジュリアがふり返ると、チャージャーが四十メートルほど後ろに激しく着地し、雄鶏の尾のように砂と水を巻きあげていた。「砂地をつかめないで苦労してるみたいよ。ううん、待って、こちらを向いた。近づいてくるわ、チェイニー」

チェイニーがこんどもにやりとする。ジュリアはもし自分が乗っていなければ、彼は決闘でもしているようにアウディを迫りくるチャージャーのほうに向け、何度かエンジンを吹かしてから、戦いに挑む騎士さながらにメイクピースに襲いかかるかもしれないと思った。

だが、ジュリアを守るためには、怒りに逸《はや》ってはいられない。一発の銃弾が後ろのタイヤの近くに当たり、その瞬間、ジュリアはシグを持っているのを思いだした。ああ、神さま、バッグはどこなの？

探している時間はなかった。チェイニーが防波堤に向かってアウディを走らせだした。ジユリアはよくその防波堤に腰かけ、足をぶらぶらさせながら、鳴き声をあげるアシカや波を眺めたことを思いだした。それがいまは自分たちを押し潰そうと待ち受ける恐ろしい一枚岩のようだ。と、コンクリートの壁に別の出入り口があり、十段ほどの階段が見えた。アウディはためらうこともすべることもなく階段に近づき、しっかりと段をとらえて、出入り口をいっきに通り抜けた。左右ともコンクリートの壁が舐められそうなほどぎりぎりだった。ジュリアは興奮のあまり、恐怖に彩られた喜びを叫び声にして放った。

チェイニーはブレーキを踏むや、ハンドルを切り、派手な音をたててスピンターンした。アウディをパーキングに入れ、伏せてろ、と彼女にどなると、シグを抜きながら外に飛びだして前かがみになった。

しかし、ジュリアは伏せなかった。ここまできて、隠れることはできない。魅入られたようにチャージャーを凝視した。すべりながらもなんとか前に進み、砂をまき散らして階段に向かってくる。メイクピースが階段をのぼりきれないことに気づいた瞬間がわかった。彼はギアをリバースに入れると、コンクリートの階段をはずみながらバックで砂浜に戻った。

チェイニーが防波堤に駆け寄り、メイクピースに向かって引き金を引いた。弾倉が空になると、ジャケットのポケットからつぎの弾倉を取りだし、ふたたび撃ちだした。チャージャーのフロントガラスが粉々になる。続いて後ろの窓を狙い、ガラスを砕き散らした。

チャージャーを飛びだしたメイクピースが、運転席側のドアの背後にかがみ、いっきに反撃をはじめた。チェイニーは防波堤の背後に身を伏せた。

そろそろとアウディを出たジュリアは、開いたドアの上から前方をうかがった。二十メートルほど先にメイクピースがいる。判事のように悠然とし、黒いサングラスをかけた顔は無表情だった。

ジュリアのバッグは後部座席の床にあった。シグをつかみ、ドアを盾にして、コンクリートに膝をついた。チェイニーが動きを封じられているのを見て、メイクピースに激しく手を振ってから銃弾を放った。

メイクピースが流れるような身のこなしですかさず撃ち返してくる。ジュリアは駐車場のコンクリートにうつぶせになった。さっきの銃声で耳が遠くなっており、鼓動だけが大きく響いている。メイクピースは立てつづけに発砲し、弾倉を空にした。チェイニーはここぞとばかりに深く腰を折って走りだし、一定の間隔で銃弾を放った。チャージャーのドアの窓が砕け、メイクピースの腕が跳ねて、宙を舞った拳銃が砂浜に落ちた。

メイクピースは一瞬チェイニーを見てから、ジュリアに視線を戻すと、チャージャーに飛び乗ってエンジンをかけた。だが、砂にタイヤをとられて動けない。チェイニーはなおも発砲しながら、階段を駆けおりて車に接近した。銃弾が左の後部タイヤに当たって跳ね返った。チェイニーはタイヤを撃とうとふたつめの弾倉を空にしたが、激しく回転するタイヤが砂を巻きあげて視界をはばんでいる。チャージャーは車体をがたがたと揺らし、後部を左右に振っていた。

銃弾がないことを承知しつつも、チェイニーはポケットを叩いた。メイクピースがエンジンを吹かすのをやめると、チャージャーのタイヤがようやく砂地をとらえた。車はふたりを置いて遠ざかった。

チェイニーは拳銃を脇にぶら下げたまま、車を見送った。「ちくしょう」その声を聞きながら、ジュリアは彼の隣にならんだ。

「あなたの撃った弾が当たったわ。腕が跳ねあがったもの。銃を落としたのを見た？」

チェイニーはくるっと向きを変え、ジュリアの腕をつかんで揺さぶった。「怪我は？」

「わたしなら無事よ」

またジュリアを揺さぶった。「なにを考えてるんだ？　あいつを撃って、手まで振るとは。わざわざ標的になるようなもんだ！　どうかしてる！」

「ほんと、そのとおりね。もしあなたがあそこまで撃ち気にはやってなかったら、タイヤを撃てたかもしれないわよね？」

「そのつもりだったさ。ホイールキャップに当たっただろ」

「ええ、そうね。逃がしちゃって残念」

怒りが安堵に席を譲ると、チェイニーは彼女の腕を放した。それでも、彼女をひとにらみしてから、歩いていって、メイクピースの拳銃を拾いあげた。じっくりと見つめる。こんな銃は、この仕事について以来、一度しかお目にかかったことがない。ＦＢＩの元副長官の拳銃コレクションのなかにあったのだ。拳銃を撫でながら言った。「これを見ろよ。スコーピオンＶＺ61だ。チェコ製の機関銃で、最後に製造されたのは七〇年代だ。やつがこれをどこで手に入れ、なんでもっと効率的な武器を使わなかったのか疑問だよ。どうやって国内に持ちこんだんだか」額に手をあてがい、砂浜を見はるかした。メイクピースの姿はもうどこにもなかった。

耳が痛くなるほど、サイレンが大きく聞こえてきた。ふたりが階段をのぼって駐車場に戻ると、六台のパトカーが次々と到着した。ふたりから二メートルと離れていない位置に先頭車が急停車した。警官たちが飛びおり、ドアを盾代わりにして、その上から銃口をこちらに向けてきた。

「警察だ！　いますぐ武器を捨てろ！」

チェイニーは躊躇なく、シグとメイクピースの拳銃をコンクリートに落とした。「ほら、もう銃は持ってないから、撃つなよ！　これからゆっくりと両手を上げるからな！」

先頭の警官の拳銃は、なおもチェイニーの胸に向けられている。「ふたりとも動くな！　銃を捨てろと言ってるだろう、そこの女！」

ジュリアはシグを落とし、「ごめんなさい」と、叫び返した。

「動くな！」

「動かないよ」チェイニーは応じた。

ふたりは静止画のように長らく動きを止めていた。少なくとも一分は静止しているあいだに、パトカーと覆面パトカーからぞろぞろと降りてきた警官たちに取り囲まれた。チェイニーがそのなかの誰かが動揺のあまり発砲しないことを祈っていると、ありがたいことになじみのある声が聞こえた。フランクが叫んだ。「そいつらを撃つなよ、ギブス。悪党じゃないからな」チェイニーが見ていると、車から降りてきた警部は、携帯で話をしながら南のほうを見た。メイクピースのチャージャーを追跡させているにちがいない。携帯を切って、声を張りあげた。「やあ、チェイニー。部下たちから聞いたぞ。車で大立ち回りを演じたらしいな」

チェイニーは叫び返した。「負傷させたかもしれない。拳銃を使うほうの腕だが、まだ運転してた。白のチャージャーだ。そこらじゅうを撃ってやったから、見落とすほうがむずかしいぞ」チェイニーはかがんで、拳銃二挺《ちょう》を拾いあげた。「こいつを見ろよ、フランク」

フランクは拳銃を受け取った。「こりゃまた骨董品《こっとうひん》だな。長らくお目にかかったことがないぞ。かつては、アフリカあたりのテロリストが泣いて喜んだ代物じゃないか。チェコ製か――でもって、驚くなかれ、弾倉はアメリカ人の設計ときてる」

「追跡できるかもしれない」チェイニーは言った。

「それはどうかな。ま、やるだけやってみよう」

チェイニーは続いてジュリアのシグを拾って、彼女に手渡した。「うまくいったな」

「いま考えてたんだけど」ジュリアはのろのろ言うと、灰色がかった青い海に目をやった。「あなたに砂浜でのレースのしかたを教わるのも悪くないかもね」

チェイニーは笑った。

一台のパトカーが近づいてきて急停車した。警官が叫んだ。「警部、車が見つかりました。容疑者は徒歩で逃げたか、駐車中の車を盗んだようです。ナンバープレートを調べたところ、昨夜デーリー・シティの車庫から盗まれた車でした。愛車を目にしたら、所有者も喜ぶどころじゃないでしょうね」

39

カリフォルニア・ストリート
火曜日の午後

トマス・パラックの顔に一瞬いらだちが浮かんだのをサビッチは見のがさなかった。カリフォルニア・ストリートに立つモールデン＆パラック・ビルディングの三十六階の窓を見ていたパラックがふり向き、オフィスの入り口に立つふた組の男女を見たときのことだ。つぎに彼の顔に浮かんだのは、不安であり、おそらくは恐怖だったが、早々に消えてしまった。さらにサビッチは彼のまなざしから、たぐいまれな聡さと不信感を感じ取り、心のなかでこうつぶやいた。ディックス、もしきみが来ていたら、すぐに警備員を呼ばれて、全員がつまみだされていたぞ。

トマス・パラックは四人を順繰りに見た。どんな不都合な話が持ちだされるか、推し量っているのだろう。表情を消して立ちつくしたまま、サビッチがさっき彼のアシスタントに渡した名刺をいじっている。彼が手を振ると、開いた戸口にいたアシスタントはうなずき、上司の顔を一瞬うかがってから、出ていった。

パラックは言った。「これほど濃い霧が立ちこめていなければ、市街地とマリーン・ヘッドランズを一望できたのだが。ほら」窓の外を指さす。「ゴールデンゲートの向こうだ」

一同は言われるがまま、大きな窓から外を見た。ゴールデンゲートブリッジの懸架塔が一本だけ、霧の上に頭をのぞかせている。

「いつもなら、昼には霧が晴れる」パラックは続けた。「だが、あいにく今日はちがった。ミセス・ポッツから聞いたところによると、きみたちのうち三人はＦＢＩの捜査官で、どういう理由だかわからないが、きみ、ジュリアがついてきた。

きみに降りかかった数々の災難に対して、わたしもシャーロットも胸を痛めている。わたしたちはおおいにショックを受けた――たいへんお気の毒だ」

「お気遣いありがとうございます、ミスター・パラック」ジュリアは礼を述べた。

パラックが彼女に向かってうなずいた。

「おそらく、きみが捜査官と一緒にここへ来たのは、それが理由なのだろう？　この人たちが悪党からきみを守ってくれているのだな？」

「そのとおりです、ミスター・パラック」

「これまではトマスと呼んでくれていただろう？」

ジュリアはうなずいた。

「名刺によると、きみがディロン・サビッチ特別捜査官だな。一連の事件を引き起こした人間を逮捕したと聞かせてもらえるとありがたいのだが」

サビッチは言った。「残念ながら、まだ逮捕にはいたっておりません」

「残念だ。ほかの捜査官たちには名前があるのかね？」

サビッチはシャーロックとチェイニーを紹介し、ふたりはそれぞれ盾のバッジを見せた。パラックに指示されるまま、一同はデスクと向かいあわせに置かれたモダンな堅い椅子に腰かけた。

「さて、用件をうかがおうか」

サビッチが答えた。「ミセス・ランサムを警護しつつ彼女が被害にあった事件を捜査する一環として、わたしたちはドクター・オーガスト・ランサム殺人事件を再捜査しています。ふたつの事件には関連があると考えられるからです。ご協力いただけますか？」

パラックは無言でうなずいた。

サビッチが続けた。「長年、ドクター・ランサムの依頼人でいらしたとか」

パラックはふたたびうなずき、いかにも坐り心地のよさそうな革の椅子に腰かけた。ガラスと磨きあげられたスチールからなるきわめてモダンなデスクを前にして、組んだ両手を腹に置いた。彼が落ち着いたことにサビッチは気づいた。宇宙をふたたび手中におさめたように感じているのだろう。それこそがサビッチの狙いだった。パラックは自信に裏打ちされた快活な口調で、すらすらと話しだした。

「オーガストが殺されたあと、サンフランシスコ市警から、彼の依頼人のひとりとしてほかの人ともども事情を聞かれたのは、知っておられよう。警察にその記録が残っているはずだ。残念ながら、ほかの人同様、わたしもたいした力にはなれなかったろう。そんなわけだから、いまさらわたしに協力できることがあるとは思えない」

「あなたはたいへん聡明で、社会的にもたいそうな成功をおさめておられます、ミスター・パラック。この数カ月のあいだに手がかりとなるようなことをなにか思いだされるなり、思いつくなりされているかもしれません。ドクター・ランサムとはいつからのおつきあいだったのですか?」

「亡くなった時点で二十年を超えていた」

「彼の仕事に満足しておられましたか?」

「むろん、満足していた。そうでなければ、彼のもとにそこまで長く通っていない。知ってのとおり、オーガストは愛する両親とわたしを仲介してくれた。両親がなにを言ってどう感じているかを伝えてくれた。たとえば仕事上の問題に対する助言や忠告などだ。わたしの父は生前ひじょうに有能な実業家であり、わたしは父の意見を高く買っている。オーガストとの面談はきわめて有意義なものだった」

チェイニーが身を乗りだし、話に加わった。「ソルダン・マイセンはいかがですか? ドクター・ランサムと同じくらい、力になりますか?」

パラックが思案顔になった。演技だろうか？　チェイニーは判断できないまま、観察を続けた。パラックは手にした高価なペンを縞瑪瑙《しまめのう》のペーパーウェイトに打ちつけて、考える時間を稼いでいるようだった。チェイニーはふとシャーロックに目をやり、彼女が自分と同じくらい熱心にパラックを見つめているのに気づいた。

実のところ、シャーロックはあらかじめ頭のなかでトマス・パラック像をつくりあげていた。いまこうして本人と対面してみると、大きく外れてはいないけれど、目だけはちがった。誇大妄想者の目でもなければ、イデオロギー主義者の目でもない。濃い灰色の不穏な目――陰気な詩人ならこんな目をしているかもしれない。あるいは殺人者の目。どれとも決めかねて、シャーロックは内心首を振った。いいえ、トマス・パラックは大成功した実業家として巨万の富を築きながら、七十歳に近くなったいまもみずからの帝国を完全に掌握し、わがもの顔に権力をふるっている、外見どおりの人物にすぎないのかもしれない。そう、常軌を逸した強迫観念にとらわれているのは明らかだが、なんらかの強迫観念や執着を持つ人は少なくないし、何十年も前に殺された両親と意思を通じあってはいても、帝国を統治するのに支障はきたしていない。それに、彼には人を惹きつけるなにかが、この人が言うことを聞いてみたいと思わせるなにかがある。

沈黙が長引いた。あえて話そうとする者はいない。そんななか、ついにパラックが口を開いた。「いまソルダン・マイセンと言ったな、ストーン捜査官？」眉をひそめて、首を振る。

「そこに意味があるとは思えないが、わたしには重要な問題がたくさんあるので、正直に答えさせてもらおう。ときにソルダンには、わたしの信頼を揺るがせるところがある。なにかと具体的に言える点はないんだ。面談が終わったときにオーガストのような満足感を覚えたことがないだけだ。ソルダンが本物であることは、わかっている。両親と交信できることを一度ならず証明してみせた。両親は彼を介してわたしに話しかけ、わたしはその言葉や表情に両親のいたずら心や愛情深さを感じている。それが尋ねたいことなら、ソルダンは偽物ではない」

「では、なにが問題なのですか？　ご両親が話したいと思っておられることをすべて伝えていないとお感じですか？」シャーロックが尋ねた。

パラックは肩をすくめた。「なんとまあ、ＦＢＩの捜査官が三人雁首《がんくび》をそろえて、こんなことをまじめに論じるとは。死者と話ができると本気で思っているのかね？」

尋ねるサビッチの顔と声は淡々としていた。「お尋ねしたいのはその点ではなく、あなたの印象です」

「サンフランシスコ市警のまぬけどもの、あからさまなあざけりにくらべると、かくだんに進んだ見解だな。彼らは一瞬たりとも、オーガストが正真正銘の霊媒師であることを信じようとしなかった。オーガストに対しても、彼の友人や同業者に対しても、軽蔑以外のなにも感じていなかったのだろう。彼が殺されたことについても、彼が有力者とつながりのある有名人でなければ、さほど興味を示さなかったろうな。マスコミが警察をけしかけたのは、霊媒師の天使がひじょうにセクシーだったからで、そのために警察はお義理にも捜査をするしかなくなったのだろう」

ジュリアが言った。「警察はわたしの手首にはめる手錠まで用意して現われたんですよ。じゅうぶんに興味があるように見えましたけど」

パラックがジュリアを見た。「警察はきみに狙いをつけていたんだよ、ジュリア。きみが持つであろう動機なら理解できるという、ただそれだけの理由で。若く美しい女性が、社会的な地位のある大金持ちの年寄りと結婚した。彼らにはオーガストの本質といったものがまったくつかめていないし、彼が死者と交信することによってときには敵をつくらざるをえないことが理解できていない。だから、きみが標的にされた。そう、悪しき黒後家《ブラック・ウイドー》として。愚か者にもそれなら理解できる。きみやオーガストを知る人間、彼の内なる活力や誠実さを知る人間にしてみたら噴飯ものだが、まあそういうことだ。

きみの命が脅かされてようやく、警察が前の事件との関連を求めてオーガスト殺しの犯人を捜査しなおすことになるとは、気の毒な話だ。しかも担当した警察では足りず、FBIまで乗りだしてきた。正直、わたしにはなぜきみたちが出てくるのか理解できない。純粋に一地域の事件ではないのかね？」

「警察は新たな目を導入したがっています、ミスター・パラック」サビッチは軽い調子で答えた。「それが犯罪分析課設立の目的でした。われわれは地元警察の要請があるときのみ介入します」

シャーロックが言った。「わたしたちの調べによると、あなたはキャサリン・ゴールデンにもご両親との接触を依頼されたけれど、彼女にはできなかったそうですね」

「接触を試みているあいだ、ラジオの雑音のような音しか聞こえなかったそうだ。そういうことはめったにない、とても奇妙な現象だと彼女は言っておったよ」

「それで、あなたはソルダンを探しだされた。あるいは、彼のほうから売りこんできたのですか？」サビッチは尋ねた。

「記憶によると、彼のほうから申し出があった」

ジュリアが言った。「でも、ソルダンには満足がいかないんですか？」

「そうなんだ、ジュリア。ときどき、以前に両親と論じあったことをくり返しているような錯覚にとらわれることがある。デジャブというのかな、同じ場所で足踏みしているようで、いらだたしくなる。

さて、わたしはきみたちの質問に答えた。こんどはわたしの質問に答えてもらおう。なぜ霊媒師とわたしの面談にそうも関心があるのかね？」

サビッチはイザベラが朝食に出してくれた濃い紅茶のように、口当たりのいい声で言った。

「あなたのように実業家として成功された方なら、情報収集を時間の無駄とはお考えにならなないでしょう。わたしたちもそれと同じことをしています。ドクター・ランサムを殺した人物に心当たりはありませんか?」

40

トマス・パラックはなおもペンをもてあそびながら、おもむろに切りだした。「サンフランシスコ市警の刑事は、正面切ってわたしにそれを尋ねようとはしなかった。この数カ月、わたしはそのことを考えてきたし、シャーロットと話しあってもきた。オーガストは同業者に殺されたのだろうか？　彼の成功、あるいは富がねたまれたのか。たぶん、そんなこともあったろうが、それなら世間でもよくあることだ。殺害の動機になるとは考えにくい。聞くところによると、彼は同業者から敬愛されていた。

そしてわたしは、過去もしくは現在の依頼人の誰かだと考えるにいたった。彼が情報をもたらすことによってはからずも傷つけてしまった誰か、あるいは、彼の話に腹を立てた誰かではないかと」

チェイニーは言った。「亡くなった時点で、ドクター・ランサムは数十人の依頼人を抱えていましたが、サンフランシスコ市警はそのなかに犯人はいないと結論づけました。あなたも含めてです」

パラックは肩をすくめた。「ま、きみでないことだけは確かだな、ジュリア。きみが金目当てにオーガストと結婚したという考えは、馬鹿げている。たとえきみがそれを望んだとしても、オーガストがその意図に気づかないわけがないのだから。しかし、わかるだろう——」ジュリアに向かって頭をかしげた。「きみがなぜ彼と結婚したのか、彼らが疑問に思うのは、もっともなことだとわたしは思う」

「ソルダンにお尋ねになったらいかがですか」ジュリアは言い返した。

「そうだな」

チェイニーが尋ねた。「あなたは昨夜、ソルダン・マイセンに会われましたね、ミスター・パラック？」

「ああ。通常、水曜と土曜日の約束なのだが、水曜に用事があったために、ソルダンには昨夜会うことになった。わたしのふだんのスケジュールは、すでに承知しているのだろう？」

チェイニーはうなずいた。「そして、昨夜も満足がいかなかった？」

「ストーン捜査官、昨夜の両親はあまり能弁ではなかった。がっかりはしたが、ときどきそういうことがある。両親はほかのことに気を取られて、集中力を欠いていたようだ。わたしの問題を論じる気がなかったのだろう」

「ご両親はシャーロットのことをどう思っていらっしゃるの？」ジュリアが言った。

予期せぬ発言だ、とサビッチは思った。

「わたしの妻をか？」

「ええ、彼女のことをどう思ってるんですか、トマス？　純粋に知りたいんです。オーガストとわたしと同じで、シャーロットはあなたよりもずっと若いわ。ご両親はその点にとまどっていないんですか？」

「シャーロットに関してはなんの問題もない。母は妻を美人だと認めている。実際、シャーロットのことをわたしにいい影響を与えてくれるいい嫁だといつも言っている」

ジュリアがシャーロットのことを持ちだしたいまが――ひょっとしたら――いいタイミングかもしれない。サビッチは尋ねた。「ミスター・パラック、奥さまと言えば、義理の弟さんのデビッド・カルディコットと最後に話をされたのはいつですか？」

誰もが驚いたことに、パラックは跳ねるように立ちあがった。年齢を感じさせない身のこなしだった。「どういうことだね、サビッチ捜査官？」

彼の憤慨ぶりは度を越していた。サビッチは飄々《ひょうひょう》とした口調で言った。「ふと浮かんだのです、ミスター・パラック。昨夜、義理の弟さんが交響楽団の演奏会に現われなかったことを、すでにご存じのようですね。彼の恋人から捜索願が出ています」

パラックは大きく息を吸いこみ、少し落ち着いたようだった。そして椅子に戻ったが、その目と声には深い疑念が表われていた。「いいだろう、そこまでして知りたいのなら、答えよう。デビッドとは、たしか先週、話をした。元気そうで、恋人とは順調、アトランタ交響楽団で演奏できることを喜んでいた。こんなことにどんな意味があるというのかね？　たった一度、演奏会を休んだだけだろう？　病気かもしれないではないか。デビッドが行方不明になどなるはずがない」

サビッチは言った。「だとしても、昨日から彼に会った人がいないという事実は変わりません」

パラックは声をたてて笑った。「たしかに、演奏会をサボるのは彼らしくないが、そういうこともなきにしもあらずだ。さだめしニューオーリンズにでも行って、煙たなびく穴蔵のような酒場で薄汚いミュージシャン仲間とジャズでも演奏しているのだろう。以前にもそんなことがあって、一週間帰ってこなかった。彼はそんなとき、なにもかも忘れてしまうのだ。行方不明なものか。馬鹿ばかしい」

チェイニーが尋ねた。「アトランタ交響楽団の一員となってからも、ぶらっと小旅行に出て、姿を消したことがありましたか？」

パラックは肩をすくめた。「この件がきみたちを不安に陥れたのはわかった。シャーロットになにか知っているかどうか、尋ねてみよう。誰かが弟を捜していることすら知らないと思うが。それで、なぜそんなことにFBIが興味を持つのかね？」

「別件で、捜査官がデビッド・カルディコットから話を聞いていました、ミスター・パラック」答えたのはサビッチだった。「弟さんに話を聞いた捜査官たちは、なにかを隠していると感じ、そのあと彼がいなくなったのです。彼の失踪に関係があるかもしれないと考えるのが理に叶っていると思いませんか？」

「わたしには話の筋道が見えないが、サビッチ捜査官」

「もう少しご辛抱ください。チャッピー・ホルコムをご存じかどうか、お聞かせください」

「むろん、知っている。また脱線しているぞ、サビッチ捜査官。チャッピーがこの件にどうかかわっているんだ？」

「あなたはバージニア州マエストロに行かれましたね？　チャッピーに会うために」

「ああ、一度、もうずいぶん前だ。仕事だった。なぜそんなことを訊くんだ？」

「義理の弟さんがスタニスラウス音楽学校に在学しておられたころですか？」

「かもしれないが、デビッド・カルディコットを知ったのは、シャーロットと結婚する直前で、彼のほうがここまでわたしに会いにきた。だから、なんだ？　サビッチ捜査官、いいかげんにしてもらえないか」パラックはゆっくりと立ちあがると、前かがみになってデスクに手をついた。よくできた威嚇のポーズだ、とシャーロックは思った。「そうした押しつけがましい質問をする背景を説明したらどうだ。さもないと、弁護士に電話をさせてもらうぞ。嘘ではない。きみも弁護士に電話されたくはないだろう？」

「ドクター・ランサムと同じ弁護士を使っておられるとか？」チェイニーが尋ねた。「ザイオン・レフトビッツですか？」

「彼はわが社の弁護士のひとりだ。民事に関してはサイモン・ベローに頼んでいる」パラックは電話に手を伸ばした。

サビッチはシャーロックを見た。妻は考えこむような顔をしていたが、やがてゆっくりとうなずいた。「いいでしょう、ミスター・パラック」サビッチは言った。「つまりこういうことです。あなたが結婚された女性は、三年ほど前に失踪したバージニア州マエストロの女性にきわめて似ておられる。双子でも通るほどです。その女性の名はクリスティ・ノーブル。チャッピー・ホルコムの娘さんです。チャッピーに会われたとき、あるいは彼女にも会っておられるのでは？」

「うちのシャーロットがそのクリスティという女性に似ていると言うのか？　だからなんだね？　いいかね、そう言われてみればチャッピーには娘さんがいたようだが、その女性には会っていない。で、その娘さんが失踪したと言うのか？」

シャーロックが口をはさんだ。「あなたはわたしの両親とお知りあいですね、ミスター・パラック」

「ああ、懇意にしてもらっている」

チェイニーが言った。「あなたはクリスティの夫、つまりチャッピーの娘婿にお会いになった。ディックス・ノーブル保安官のことです。先週の金曜、シャーロック家で食事をされたときに」

パラックが押し黙った。瞳の色が濃くなり、完全に不透明になった。シャーロックは敵意のせいだと思った。パラックが話しはじめても、彼女は目をそらさなかった。「ディナーのことは覚えているし、保安官がいたのも覚えている。ああ、そういうことか。彼がひと晩じゅう家内を見つめていた理由がこれでわかった。彼の妻だと思ったんだな？」

シャーロックはうなずいた。「はい、ほんの一瞬ですが。あなたの奥さまがクリスティでないことにはすぐに気づいたそうです。いまサビッチ捜査官から話があったとおり、クリスティはチャッピー・ホルコムの娘さんです。彼女にお会いになったことはないんですね？」

「そうだ。それで、保安官はどうやってシャーロットのことを知ったんだね？」

「あなたは先週、資金調達パーティを開かれましたね、ミスター・パラック？」サビッチが訊いた。「招待客のひとりがあなたの奥さまに会って、卒倒したそうですが」

「ああ、ジュールズ・アドベアだろう。たいへん気の毒だったが、こちらでできることはさせてもらった。彼とはその後、話していないが、もうお元気になったはずだ。それで？」

「はい、すっかりよくなられました。あなたが彼の上にのしかかるようにして話しかけたのを覚えていらっしゃいますか、ミスター・パラック？」シャーロックはしばし言葉を切り、わざと早口でつけ加えた。「あなたは彼に言われたんです、たぶんこのとおりの言葉で――〝家内はシャーロットだ。いいな、それを忘れないように〟と。ずいぶんおかしな台詞だと思いませんか、ミスター・パラック？　わたしには脅しにしか聞こえません。なぜそのときあなたがそこまで立腹されたのか、ご説明いただけますか？　あなたの足もとに倒れた招待客に対して、なぜそんな態度を取られたのでしょう？」

パラックが感情を爆発させた。大きな音をたてて立ちあがり、デスクにこぶしを振りおろした。「いいかげんにしないか！　そんなことがあった記憶はまったくないぞ。いったい、なにさまのつもり――」シャーロックをにらみつけた。「そうか、きみの父親がからんでいるのだな。判事がきみにこのことを話し、たぐいまれなひねりを加えたのだろうが――」

「わたしたちに話を流したのはチャッピー・ホルコムです」シャーロックが言った。「ジュールズ・アドベアとチャッピーが長いつきあいなのは、ご存じのはず。ジュールズが病院からチャッピーに電話をかけ、クリスティの夫であるノーブル保安官がサンフランシスコまで裏付けを取りにきたんです。ノーブル保安官はたまたまわたしたちの友人だったので、彼をわたしの両親に紹介しました。この件に関して父から聞いた話はひとつもありません」

サビッチが言った。「ノーブル保安官が奇異に感じたのは、彼がマエストロから来たと話したとき、あなたの義理の弟さんがスタニスラウスに在籍していたことが話題に出なかったことです。奥さまもそれに関してはなにも言われなかった。なぜなのか説明していただけますか」

いまやパラックの顔は紅潮し、目は怒りに燃えていた。人間、ここまで腹を立てると、相手の心臓に短剣を突き立ててもおかしくない、とシャーロックは思った。

パラックは言った。「なぜコールマンとエベリンのような人間が南部の片田舎から出てきた世間知らずの保安官と知りあいなのか、不思議に思っていた。つまり、わたしをディナーに招待をしたのは、保安官のためだったのだな？」

「わたしには答えられません」シャーロックは言った。「それで、あなた方はなぜなにも言わなかったのですか、ミスター・パラック？　奥さまの場合、ノーブル保安官がマエストロから来たことがわかったら、すぐにその話題に飛びつくのが自然だと、わたしは思います。なにせ、弟さんがスタニスラウスにいらしたのですから、世間は狭いとか、なんという偶然でしょうなどと言って、そのまま彼と熱心に話しこみそうなものです」

「もし保安官がほんとうにどこから来たか言っていたとしたとしても、たんに家内が興味を持たなかったというだけだ。いいかね、実際問題として、ノーブル保安官とやらは、わたしにも家内にもなんの意味もなかった。一民間人にしてみたら、ディナーの席をともに囲んだ一人物というにすぎない」

パラックは、ディナーののち二度、彼の妻がディックスに会ったのを知らないのだろうか。たんに知らないふりをしているだけという可能性はもちろんある。シャーロックは言った。

「ミスター・パラック、ジュールズ・アドベアがあなたのお宅で倒れたあと、チャッピーに電話をするであろうことは、あなたにも想像がついたはずです。彼はクリスティの名付け親なのですから。追ってなにかを訊かれるだろうと」

「わたしはそのクリスティとやらを知らないと言ってるんだ！」

シャーロックは身を乗りだし、彼を見すえて、ささやくような声で言った。「怖かったんですか、ミスター・パラック？　運命のいたずらを呪《のろ》ったのでは？　あなたはなにかが起こること、誰かが来ることを知っていた。電話を見つめて、鳴るのを待っておられたのではありませんか？」

「わたしはなにも怖がってなどいないぞ、シャーロック捜査官。そんな理由がどこにある？　わたしは辛抱強くきみたちの相手をした。協力を惜しまず、あらゆる質問に答えた。これ以上、話すことはない。常識外れな尋問をなおも続けたいと言うなら、わたしの弁護士に連絡してくれ。いますぐ全員出ていってもらおう」

「ごきげんよう、ミスター・パラック」チェイニーは一同の最後にジュリアを部屋から押しやりながら言った。そして上司の角部屋の外をうろついていたミセス・ポッツに話しかけた。「結局、霧が晴れるところを見られなかったよ」

ミセス・ポッツは両手を腰にあて、目をぎらつかせた。「そうでしょうとも。今後見せてもらおうにも、二度とこの部屋の敷居はまたげないと思ってください」

41

サビッチが義父から借りてきた黒のBMWのエンジンをかけようとしたとき、シャーロックの携帯から『サウンド・オブ・ミュージック』が流れだした。

「シャーロックです。なんですって？　嘘でしょう！」

サビッチは妻を見た。チェイニーとジュリアも後部座席から身を乗りだしてシャーロックを見つめている。

何分かして携帯を切ると、シャーロックは言った。「ルースからよ。いまローカルニュースで、公園とビーチでのカーチェイスとドンパチ事件が流れたって。ついでに、ある霊能者がビジョンでその光景を見たと言ってチェイニーとジュリアに警告したことや、同じ霊能者が警察の捜査に協力していることが報道されたそうよ」

「彼女はそんなことはしてないぞ」チェイニーが言った。

「なに言ってるの、チェイニー」ジュリアが言った。「相手はマスコミなのよ」

チェイニーは言った。「マスコミが霊能者を特定した、なんてことはないだろうな」

シャーロックが言った。「残念ながら、そうなの。キャサリン・ゴールデンの写真が出たそうよ」

「なんでマスコミが知ってるの？　わたしたちは誰にも話してないのに！」

チェイニーが答えた。「ジュリア、きみは話してないが、おれがフランク・ポーレット警部に彼女のことをすべて話した。彼女からかかってきた早朝の電話のせいで、コンドミニアムを飛びだすことになったことをだ。ビーチ脇の駐車場にはおおぜいの警官たちがうろついてたから、誰かが立ち聞きしたんだろう。あるいは、とんでもない冗談だと思った警官のひとりが、記者に話したか。ありそうな話さ」

シャーロックが言った。「ルースによると、記者はサンフランシスコ市警の関係者から聞いた話だと言ってたそうよ」

ジュリアはチェイニーの腕をこづいた。「たいへんだわ、チェイニー。キャサリンがあの男に狙われるかもしれない」

チェイニーは急いでキャサリン・ゴールデンに電話をかけた。二度の呼び出し音に続いて、彼女が出た。「はい？」

「ミズ・ゴールデン？　ストーン捜査官です。これから言うことを聞いてください。いまあなたの名前がマスコミに出ました。いいですか、いますぐ自宅を出てください。キーを持って車に乗り、警察署に直行してください。わかりましたね？」

「ああ、そして彼女の声がした。「ああ、携帯はつないだままにしてください」

「急いで！　そちらの声が聞こえるように、携帯はつないだままにしてください」

彼女の息遣いと、家じゅうを駆けまわる足音が聞こえた。そして彼女の声がした。「ああ、もう、車の鍵はどこにいってしまったの？」

呼吸が速まっているのがわかる。と、ありがたいことに鍵をまわす音がして、彼女の足音が大きく響いた。「あと少し、もう出ます。ああ！」

玄関のドアが開く大きな音がして、彼女が悲鳴をあげた。あわただしく動きまわる音に続き、どさっとなにかが落ちる音がする。その先は音がなくなり、電話を通じて沈黙だけが伝わってきた。

「まずい、彼女がやつにつかまった。だが、メイクピースはどうやってこんなに早くリバーモアに駆けつけたんだ？」

「近くに隠れてたんだろう」サビッチが言った。「だが、やつがリバーモアに陣取ってた理由は？」

「理由はわからないが、やつが彼女をとらえたのは事実だ」チェイニーは指をぱちんと鳴らした。「鮮やかに」

シャーロックが言った。「ジュリア、リバーモア市警に電話して、キャサリンの家に急行するように伝えて。わたしはディックスとルースに電話するわ。ルースが合流したがってたから」

サビッチはシャーロック判事のBMWを駆りながら、やはり判事の車である黒のシボレー・ブレイザーを必死に運転するディックスと、その助手席で道順を教えるルースの姿を思い浮かべた。チェイニーはフランク・ポーレット警部に電話をかけた。

シャーロックが言った。「デビッド・カルディコットの失踪に続いてキャサリンが誘拐されるなんて、最悪よ」

チェイニーが携帯で話している。「よくない知らせだ、フランク。おれは彼女に電話をかけて、電話はつないだまま家を出るように指示した。そのあと、やつが彼女をつかまえる瞬間をこの耳で聞いてしまった」

「ああ、チェイニー。マスコミのやつらが全部ぶちまけたと、うちのやつから聞いたよ。何本か電話をかけなきゃならないが、それがすんだら現場に向かう。まったく、漏らしたやつのケツを蹴りあげてやる。おまえの聞きまちがいならいいんだが、そんなはずはないしな」

BMWにはサイレンがないし、オークランド市警に止められるのもいやだったので、サビッチは制限速度をぎりぎりで守っていた。

ジュリアがチェイニーの腕をつかんだ。「彼女が殺されたと思ってるのね、チェイニー？あの男が玄関から飛びこんだつぎの瞬間に」

「殺されたとはかぎらない。銃声は聞こえなかった」

「でも、彼の銃はあなたが持ってるのよ！　首を絞めたかもしれないし、刺したかもしれないし、頭を殴ったかもしれない」

「いいや、そういう物音は聞こえなかった」嘘だったが、なにかが倒れる音を聞いたと彼女に言ったところで、得るものはない。「結論を急ぐなよ、ジュリア。まだそうと決まったわけじゃないんだ」

助手席のシャーロックがふり返った。「キャサリン・ゴールデンのことで、教えてもらっておいたほうがいいことはある？」

「申し訳ない、あなた方に急いで経過を伝えておかないと」チェイニーは話しだした。

「――そして今朝、彼女は電話してきて、またビジョンを見た、メイクピースが車で近づいているのが見えたと言ったんだ。こっちは話半分で聞いていた。それは確かなんだが、その電話のおかげで頻繁にバックミラーを確認していて、メイクピースに気づいた。

誓ってもいいが、昨日、彼女から提供されたいわゆるビジョンというやつの大半は、自明のこと、もしくは誰にでも想像のつくことだった。残りについては、サンフランシスコ市警に情報源があるんだろう」

「あなたはどう思う、ジュリア？」

「キャサリンはあらゆる方面につてがあると、ふだんから自慢してるわ。そのなかに警官がいても、不思議はないわね」

「サビッチ、あと十二分ぐらいです」チェイニーは言い、携帯を見おろして、キャサリン・ゴールデンの番号を押した。最初の呼び出し音で、男が出た。

「ストーン捜査官か？　時間がかかったじゃないか、遅すぎるぞ。そうそう、売女に言ってやれよ。遅ればせながら駆けつけるってな。霊媒師はおれが連れている」

「メイクピースが出た」チェイニーは言った。「ゴールデンのようすはわからない。今回は多少イギリス訛りが出てたから、もはや隠すつもりがないんだろう」

「高揚して、自制心を失ってるのかもね」シャーロックが言った。

サビッチはバックミラーに映るジュリアの顔を見て、時速百二十キロまで上げた。びっくりする運転手たちの顔を横目で見ながら、前方の車のあいだを縫って進む。サビッチはにやりとした。「こうなったら、キャサリンの家まで警察に追いかけてもらうまでだ」

キャサリン・ゴールデンの屋敷の私道に車を入れると、すでにリバーモア市警の車が三台停まっていた。ディックスとルースも直後に到着した。

「ジュリア、車のなかで待――」

「そんなこと、考えるだけ無駄よ、チェイニー・ストーン」

サイレンをとどろかせながら、フランクの車が縁石沿いに急停車した。警部は屋敷からばらばらと出てきた警官たちに手を振った。「きみたちは下がっててくれ」軽く後ろをふり返って言うと、走って所轄署の警官たちのところまで行き、バッジを見せた。彼はすぐに戻ってきた。

「玄関のドアは開けっぱなしで、なかはもぬけの空だった。所轄署が事情を知りたがってるから、警部補が到着したら、おれから説明しなきゃならない。誘拐か殺人だろうと言ってある。所轄署が指紋を採取するために鑑識を呼んだ。まったく、きみたちにはわくわくさせられっぱなしだ」

「なかに入ってみたいんだが」サビッチは言った。フランクが彼らのために妨害を阻止し、三分後にドレーパー警部補が到着すると、これまでの経緯を説明した。ドレーパーは家から出てきた数人の警官を近隣の聞きこみにやった。だが、メイクピースが運転していた車の手がかりは得られなかった。

サビッチが玄関ホールに足を踏み入れると、吐き気をもよおすような圧倒的な静けさのなかに、恐怖の気配が漂っていた。

シャーロックが隣にいた。「がらんとした感じが伝わってくるわね」

サビッチはうなずいた。そして恐怖を、キャサリンの恐怖を感じる。その恐怖がまだここに残っている。だが、彼女はここ、この家のなかでは、殺されていない。どこかへ連れていかれた。

「どうしてこんなに早く、やつはここに来られたのか、きみたちもみな疑問に思っているだろうが」フランクが言った。「で、調べてみて、おれなりに考えた——ルース、きみがテレビで観たのは第二報で、うちのやつが観たのも同じだった。一時間ぐらい前に、第一報があったんだ」

「だとすると、やつには一時間ぐらいあったわけだ」チェイニーは言った。「ここで彼女を殺せたのに、殺さずに連れ去った。そこからわかることは？」

ディックスが答えた。「警察がいつ駆けつけるかわからなかったから、屋敷に入るなり、彼女を連れて出たのかもしれないな」

ジュリアが続いた。「彼女があの男を捜しだす手伝いをしているとニュースで報じられたから、連れていかれたのかもよ。ビジョンのことも報じてたから――それで、あの男はチェイニーとわたしを追っているビジョンを彼女が見たという報道を信じたのかも」

「彼女を霊能者だと信じてるんなら」サビッチが言った。「彼女を捜査側から排除したいと考えるだろうな」

ディックスはしばらく考えた末に、肩をすくめた。「たしかに。もっともな説だ」

「わたしも同意見よ」ジュリアだった。「あの男の立場に立ってみると、筋が通ってるわ。キャサリンに居場所を突き止められることを恐れたのかもしれない」

サビッチはふたたび陰鬱で重苦しい空気を吸いこんだ。キャサリンを、彼女の恐怖や驚愕を感じた。そしてそれ以外にもなにか、冷酷で残酷ななにかを。

ディックスが言った。「実際のところ、やつがキャサリンを早々に連れ去った理由はわからない」

「ああ、そうだな」サビッチが相づちを打った。「ポーレット警部、おれたちはサンフランシスコに戻ります。目撃者が見つかったら、連絡してもらえますか？」

キャサリンの家から夕方の熱気のなかに出たとき、ジュリアの携帯が鳴った。彼女は脇によけた。「ウォーレス？　ええ、知ってるけど、キャサリンが誘拐されたのを知ってる？　いいえ、残念ながら行方はつかめてないの。なに？　わたしたちなら、全員で六人よ。ええ、ＦＢＩの捜査官が四人に、保安官がひとり。そうだけど、ウォーレス、なにが——」

ジュリアはしばし耳を傾けたのち、のろのろと携帯を切った。「ウォーレス・タマーレインからよ」ディックスとルースに補足した。「ウォーレスは霊媒師で、オーガストの親友だったの。それで用件というのは、わたしたち全員に彼の家になるべく早く来てほしいって。緊急の用件だと言ってたわ」

チェイニーが言った。「どんな用事なんだ？」

「それは言わなかった。ただ、キャサリンの件で緊急だと」

ルースが一同の顔を順番に見た。「こちらに選択肢はないんじゃない？　そうと決まったら、霊媒師に会いにいきましょうよ」

ディックスが言った。「なぜだろうな。ピーターパンの住むネバーランド行きのバスに乗ろうとしてる気分だよ」

42

五十五分後、ウォーレス・タマーレインの住むビクトリア朝様式の美しい屋敷に到着すると、黒ずくめ恰好をした執事のオグデン・ポーが玄関で一同を出迎えて、リビングに案内した。ウォーレスとベブリン・ワグナーは炎が踊る暖炉を前にして、椅子に坐っていた。

「ここでなにをしてるの、ベブリン?」ジュリアが声をかけた。

ベブリンは肩をすくめた。「ウォーレスに呼ばれたんだよ。人が多いほうがいいからって」

シャーロックにはなにがいいのかわからなかったが、見世物師《ショーマン》であることは見ればわかるので、ここは喜んで待つことにした。「遺跡みたい」ジュリアに話しかけながら、リビングに入った。「あの小さなティーカップとソーサーのコレクションを見てよ。ロンドンのビクトリア・アルバート美術館で似たものを見たことがあるわ。それにクリミア戦争の古い写真がたくさんあるのね。どこで手に入れたのかしら」

ベブリンはシャーロックに答えながら、立ちあがった。「ぼくはビクトリア朝様式って仰々しくて好きじゃないな。空間も景色も広々としてたほうがいいよ」

「おまえは教養のないヒッピーだからな」ウォーレスが言った。「あの赤いビーズクッション——口にするだにおぞましい」

「あのビーズクッションは、存在の活力が宿る小さな部分を象徴してるんだ」ベブリンはそう言い返したが、チェイニーにはどういう意味だかよくわからなかった。

「すべてがとても興味深いけど」ジュリアは、四人のFBI捜査官とディクソン・ノーブル保安官がしだいにじれてきているのを感じつつ言った。「でも、もっと大切なことがあるわ。ウォーレス、あなたがわたしたち全員を呼び寄せたんだから、みなさんを紹介させて」

ウォーレスは四人の捜査官と握手をした。それぞれの前で少しずつ立ち止まり、シャーロックに対して言った。「ときに人はあなたを見て笑顔になり、あなたの本質を見ない。それはとてつもないまちがいではないですか？」

「はい」シャーロックは言った。「そうだと思います」

続いてルースのほうを向き、じっくりと眺めたあと、ゆっくりとうなずいた。「あなたはたいへんに有能だ、ワーネッキ捜査官。多くを見ることができるのだろうね？」

「わたしたちはときに多くを見すぎると思いませんか？」ルースは応じた。

ディックスの前に来ると、ウォーレスは押し黙った。そしてついに口を開いた。「わたしには破れかぶれになりそうな男が見えるよ、ノーブル保安官。理由はわからないが、きみが失望して腹を立てているのは明らかだ」

「そうですか?」ディックスは言った。「あなたは人の心を読む名手ってわけですね?」

「そうだよ、ノーブル保安官。きみがここ、霊媒師の家に来たのは、ほかに選択肢がなかったからだ。きみはほかの誰より、わたしの言動を信用しないでおこうと決めているのではないだろうか。しばしこらえてもらいたい」

ディックスはウォーレスに険しい顔を向けた。

ウォーレスはディックスの肩にそっと手を置き、「きみは最終的に必要なことのすべてを成し遂げる。わたしにはそう思える」と言って、後ろに下がった。その言葉でディックスはシャーロットのことを思いだした。電話をするのを忘れていた。

ウォーレスはチェイニーに身を寄せるジュリアに笑いかけた。「きみたちふたりは……」首を振る。「人生は驚異の連続だ」

そしてサビッチを見ると、ウォーレスはうなずいたきり、押し黙った。沈黙の末に言った。

「ベブリンにも同席を頼んだ。ジュリアに伝えたとおり、人が多いほど、結果が期待できるのでね」

「結果?」チェイニーが尋ねた。「ミスター・タマーレイン、もってまわった言い方はやめてください。なぜわたしたちを呼んだのか、教えてもらいたい」

「いいだろう。ベブリンとわたしはキャサリンのことを心から案じている。正気を失った男が彼女をどうしたかわからないいま、ある種の降霊会のようなものを開けば、彼女の居場所をつかむ手がかりが得られるかもしれない。

全員にここへ来てもらったのは、きみたち全員の力と精神を集中させてもらいたかったからだ。あらかじめ言っておくけれど、わたしは真剣だ。成功すると約束することはできないが、そう、キャサリンに交信できる保証はないけれど、試みる価値はある。

きみたちが来る前に、キャサリンのビジョンについてベブリンと話しあった。正直に言って、わたしはそれが暗殺者を彼女のほうへと駆り立てる理由になるのを恐れている」

「ぼくもだよ」ベブリンは言った。

ディックスは相変わらず硬い表情でふたりを見つめていた。

シャーロックが言った。「では、彼女のビジョンは本物だと？」

「もちろんだ」ウォーレスが言った。「まあ、大半はということだが。キャサリンはたまに話に尾ひれをつける。悪いことではないだろう？　依頼人は彼女がかき集めた情報や、情感に訴える話し方に惹きつけられ、より深く入っていく。キャサリン本人は装飾と呼んでいる。というのも、彼女のビジョンに出てくる死者の背景や、死者を取り巻く環境はつねに鮮明とはかぎらない。その人物以外のすべてに薄い膜がかかったような状態になる。ただ、確かなことがひとつある。彼女がその男を見たというなら、ほんとうに見たのだ。おまえも同意してくれるかね、ベブリン？」

「ぼくはキャサリンがショーマンとしてすぐれていることや、どうやって依頼人に寄り添うかを知っている。依頼人の要求や願いを瞬時に感じ取って、必要としている手がかりが見つかるや、美しい図柄に色をつけるんだ。でも、彼女がそこに実際にある以上のものをほんとうに見ていると感じることもあるんだ」

ふたたびウォーレスが口を開いた。「現実には——そしてきみたち全員がそう考えているのを感じるが——誰でもストーン捜査官に今朝電話をかけて、暗殺者に注意しろ、追われているから車に気をつけろ、と言うことができた。それは忠告として常識の域を出ていない」

ルースが手を上げた。「わたしたちがここへ呼ばれたのは、あなたが降霊会を開くのを手伝うためと言われましたね、ミスター・タマーレイン。キャサリン・ゴールデンに交信してみると」

「そのとおりだ」

ベブリンが言った。「ぼくたちが心配してるのは、キャサリンが本気で怖がってる場合だけだよ。震えあがっていたら、こちらの念を受け取れないかもしれない。そうなると、ウォーレスは彼女とつながれない。その一方で、この事実にも向きあわないといけないんだけど、もう彼女が死んでる可能性もある。そのときは本物の降霊会になる」

「きみは霊媒師なんだろう？」ディックスが尋ねた。「だとしたら、そう問題にはならない」

サビッチは、貴族的なウォーレスの顔に目をやったまま、言った。「いや、彼女は生きてる。わたしのなかではそこには疑問の余地がありません」

ウォーレスは顔をしかめ、黒い眉を吊りあげた。「だったら、彼女と交信できることを祈ろう。これは成功の見こみのない試みではない。あれは二年前になるが、わたしはキャサリンとテレパシーでたがいのメッセージを送りあうという実験をしたことがある。相手から送られてきたと思うメッセージを銘々紙に書いてみたが、かなりの確率で当たっていて、どちらも驚いたものだ」しげしげとサビッチを見た。「サビッチ捜査官、きみには、若いとき人生の曲がり角において何度かなにかを見た人という印象を受けた。霊能力を信じるかね、捜査官？」

サビッチは笑顔であっさり答えた。「霊能力や霊媒師を信じてるかどうか、自分にはわかりません、ミスター・タマーレイン。しかし、ときに恐怖や愛情といった感情が大きくはっきりと響いてくることがあるのは知っています」

「なるほど」ウォーレスは嚙みしめるように言うと、サビッチを見つめた。いま自分たちが追っている悪党よりも、より強力で場合によっては危険であるかもしれない男を。「やはり、きみは幽霊と闘ったことがあるのだね」

サビッチの笑みは消えなかった。「あなたが試されることにわたしは賛成です、ミスター・タマーレイン。あなたがミズ・ゴールデンを見つけてくだされればありがたい。あなたの指示に従います」

「わかった。いいだろう。オグデン！」

オグデン・ポーが音もなくリビングに入ってきて、もの問いたげに眉を吊りあげた。

「頭上の明かりを落としてくれ、オグデン。こんな明るい光のなかでは仕事ができない。カーテンもきちんと閉めてくれ。それときみたち、わたしには完全に静かな空間がいる。用意を頼むよ、オグデン」

カーテンが引かれ、明かりが落とされた。オグデンはふたつのソファをくっつけるように動かし、そこに坐るよう身ぶりで指示した。

ウォーレスは暖炉と向かいあわせに置いた巨大な袖付きの安楽椅子まで行き、一同に背を向けて腰かけた。彼の声が漂ってきた。「全員手をつないで、各自のエネルギーをひとつにして、わたしに送ってくれ」

すぐに完璧な静けさが訪れた。ウォーレスが低く鼻にかかった音を漏らしはじめた。静まり返った室内にやわらかな音が流れる。音は高くなったり低くなったりしつつも、途切れることなく続いた。

ウォーレスが深みのある声でなめらかに言った。「キャサリン、そこにいるのかい？　わたしの声が聞こえるかどうか、教えてくれないか。さぞかし恐ろしい思いをしているのだろうね」

暖炉の薪《まき》が爆《は》ぜて崩れ、火の粉が散った。壁には幻想的な影が映しだされている。いっさいの音が消えていた。長い静寂のあいだ、全員が手を握ったままそれに浸った。と、ウォーレスの声が響いた。「わたしはきみのことを考え、きみに会おうとしているんだよ、キャサリン。わたしの声が聞こえるかね？　わたしの心が？　いまどこにいるか教えてもらわなければならない。以前にわたしと実験したことを、やってみてくれないか」

さらなる静けさ。

長い沈黙のなかで、サビッチはやわらかく暖かな空気がふわっとかぶさってきて、ブランケットのように自分を包むのを感じた。握ったシャーロックの手は、その空気と同じようにやわらかく温かい。それを感じながら、キャサリン・ゴールデンに意識を集中し、彼女のドレッサーの上に飾ってあった写真のイメージを脳裏に描いた。端正で、知的な顔立ち。たぶん、ほかの人が見えないものを見ることができる瞳。サマンサ・バリスターのことを思いだす。サマンサは遠いむかしに亡くなっていたにもかかわらず、サビッチはポコノ山脈で彼女に会って話をした。だが、キャサリンは生きている。どうしてそう断言できるのかわからないが、とにかくそうだった。

キャサリンの心がウォーレスの心とつながる可能性はあるのか？

キャサリンは聡明だ。それがサビッチにはわかった。そして恐怖に深くむしばまれて怯えていることも。心を鎮めると、意識のさざ波が触れるのを感じた。それが遠ざかって、円を描き、ふたたび戻ってくる。ごく少しずつその意識が影のように心に入りこんでくる。いや、もう影ではない。突然、強烈な恐怖に触れた。度を失った、荒々しい恐怖。それがサビッチの心に忍びこみ、めまいと混乱をもたらす。続いて、自分に触れているものが変化しだしたのがわかった。恐怖がやわらぎ、不協和音が小さくなって、ギザギザの線が現われた。古いテレビの空電画像のように、はっきりとそれが見える。サビッチはふたたび集中を心がけ、ギザギザの線を消そうとした。線の動きが遅くなり、薄くなって、最後にはなにも見えなくなった。そのあとある動きが明瞭に浮かびあがってきた。視角の隅にではなく、真正面にあった。薄くぼんやりとしていて、淡い色に彩られているが、やがてゆっくりと形をとり、暗い場所にもかかわらず、くっきりと彼女の姿が浮かびあがってきた。ひとりの女性。顔を取り囲む乱れ髪。破れた服。裸足。椅子に縛られ、猿ぐつわを嚙まされている。彼女の顔がさっと上を向いた。キャサリン・ゴールデン。気配を察し、全神経をサビッチに向けている。

ああ、誰なの？　あなたを感じます。彼はわたしを置き去りにしたけれど、じきに戻ってくるわ。助けて。ディロン？　それがあなたの名前かしら？　助けて。

サビッチは彼女の顔に意識を向けた。メイクピースに殴られた顎に無惨な青痣ができている。自分がしていることに疑問すらいだかずに、サビッチは頭のなかで彼女に話しかけた。

助けますから、落ち着いていてください。

よかった、あなた、そこにいるのね。ディロン――

まるで誰かがコンセントからプラグを抜いたように、彼女がいなくなった。サビッチの心から彼女が消えた。夢想だったのか？　白昼夢でも見たのか？　いや、そうではない。

一分後にウォーレスが立ちあがり、こちらを向いた。「残念ながら、彼女にはつながれないようだ。彼女から返事がない」

オグデンが照明をつけた。

「たぶん」サビッチはのろのろと立ちあがった。「回線が混んでたんだろう」

帰りがけ、サビッチはウォーレスと握手を交わし、続いてベブリンの手を握った。「ご尽力に感謝します。もう失礼しなければなりませんが、キャサリンから連絡があったり、手がかりになりそうなことを見つけたら、携帯のほうに電話をください」それぞれに名刺を渡した。

チェイニーは玄関でふり返った。「あなた方は日記をつけてますか？」

「当然だ」ウォーレスが答え、ベブリンがうなずいた。「わたしたちはみなつけている」

サビッチは自分をのぞく全員が銘々に別れの言葉をつぶやくのを聞いた。ベブリンが、心配いらないよ、自分たちがキャサリンを見つける、ウォーレスは今後も試みてくれるから、と約束していた。

ジュリアはチェイニーとともに後部座席に乗りこんだ。「わたしはなにをしたらいいの、ディロン？」

「きみとチェイニーは、予定どおりソルダン・マイセンを訪ねてくれ。まちがいなく、彼は今回の事件の核心付近にいる。それがすんだら、ふたりそろってシャーロック判事の家に移動だ。きみたちにも泊まってもらう」

43

火曜日の夜

くっきりとした白い半月が、チェイニーの愛車よりも古いダークブルーのアウディに光を降りそそいでいた。今朝ビーチの騒動で傷んだアウディを修理してもらうあいだの代車として、販売代理店から借り受けたのだ。

すべてが十二時間前に起きた。驚いたことに。チェイニーはジュリアを見た。「まだめげてないか？」

「すごい一日だったわね。それは確か」

「タマーレインの降霊会の感想を聞かせてくれ」

「結局、うまくいかなかったってことよね。キャサリンを見つけるにはほど遠かったもの。死んでると思う、チェイニー？」

しばし考えてから、チェイニーは答えた。「いや、正直、そうは思ってない。にしても、メイクピースが彼女をさらった理由が釈然としないよ」

「キャサリンのビジョンを使って、わたしの居場所を突き止めるつもりかも」

チェイニーは笑い声をあげた。「ああ、そうだな」

だが、ジュリアにはちがうと思いきれないところがあった。霊能者の世界に住むようになって三年、いまだなにが本物でなにが偽物なのか、わからなくなる。

「集中力が切れないといいんだが。ソルダン・マイセンはパラックお抱えの霊媒師だ。パラックとならんで、今回の事件の中心にいる」

彼女がうなずいた。「ソルダンには興味をそそられるはずよ。ソルダンは、その、かなり変わってるから。会えばわかるわ」

「おれたちが話を聞いた人たちはみんな、彼をあまり尊敬してなかった」

「ええ。でも、トマス・パラックのことがあるから――彼はオーガストと、その前は著名な霊媒師のリンツ・ノウラーについてたのよ。そんなパラックをソルダンがだませるとは思えない。ペテンにかけるには、とても手強《てごわ》い相手だもの。

三カ月くらい前、ハリウッドのエンターテインメントショー番組のひとつにソルダンが出てたの。彼は陰気な墓地にいたわ。自然に日が落ちたあと、人工の霧が膝まではいのぼってた。ジーンズに九センチのスタックヒール（交互に色ちがいの革などの層を重ねてつくったヒール）のブーツという恰好だったわ。畏敬の念を感じさせたかったんでしょうけど、わたしに言わせれば、営業的には失敗だった。だって、いかにもつまらない人物にしか見えなかったもの。隣には、適当に相づちを打つどうでもいいブロンドの女がいて、亡くなった有名人たちの大判の写真を彼に手渡すの。するとソルダンがカメラに向かってその人がいまなにをしているかとか、まだ生きてる親族のもくろみをどう感じているかを語り、ブロンドはさも感心してみせるのよ。

オーガストはいつも、ソルダンはカメラの前に立つと、いかにも金メッキをしたいかさま師だという印象をぬぐえないと言ってた。霊能者の名を落とす存在だって」

チェイニーはソルダン・マイセン宅の弧を描く私道に車を入れ、玄関の前に停めると、エンジンを切って、周囲を見まわした。「ここの土地も広いな。霊能ビジネスは儲かるらしい」

「そうよ。アサトンは見せびらかすためにお金を使う人たちが住む場所なの。ソルダンは前はスペインの大農場風の家に住んでたんだけど、そこから二ブロック先のオリエンタル趣味の家に移ったのよ」

チェイニーは細長い平屋に目をやった。同じ形の窓が前面にずらりとならび、東洋風の低木が家に沿って密生している。「結婚してるのか？　子どもが走りまわってるとか？」

「子どもはどうか知らないけど、元妻はいるかもしれない。二カ月ぐらい前に女性が引っ越してきたと聞いたから。でも、その人のことは知らないの。それより、ソルダンがいてくれるといいんだけど。もうこんな時刻だから、さすがに電話したほうがよかったかもね」

「いや、突撃訪問すれば、なにが飛びだすかわからない。ほら、家の片側に明かりがついてるぞ」

ふたりは両脇に日本庭園風の低木と草花が植わった板石敷きの小道を進んだ。両開きの玄関扉は艶のある黒い漆で塗られ、竜の頭部をかたどった金色のドアノブがついている。左右に一体ずつ、アジア風の巨大な石像が立っているが、暗すぎてこまかな細工までは見えなかった。チェイニーが竜の鼻を押すと、呼び鈴としてベラ・ルゴシの古典映画『フランケンシュタインの復活』の薄気味の悪い曲が響いた。

「ソルダンは魔法使いでもあるのかもな」

　返事のないまま一分ほど経過したのち、ミュールでタイルの床を歩く音が聞こえてきた。ドアの奥から出てきたのは、胸もとが大きく開き、ピーチ色の軽い生地が足首まであるペニョワール（女性用の化粧着）をまとった女だった。やけに大きな胸をシルクと羽根で飾ったその姿を見て、チェイニーは、西部劇に出てくる酒場の女を思い浮かべた。少しとうが立っていて、少し化粧が濃いけれど、テレビドラマ程度には本物らしかった。

　チェイニーは言った。「こんばんは。こちらはジュリア、わたしはチェイニーといいます。ミスター・マイセンにお話があってうかがいました。ご在宅ですか？」

「見たことのある顔ね」女がジュリアに言った。「殿方のほうはないけど。もう九時過ぎよ。夜なの。どんなご用件？　ソルダンは疲れてるし、招かれざる客には会わないの。それに、あなたたち、どちらも気に入らない顔してる」ジュリアを見つめた。「そうよ、やっぱり見たことのある顔だわ。あなたのことが気に入らないのには、なにか理由があるのかしら？」

　チェイニーは女にほほ笑みかけた。女はふたりを撃ち殺して、六連発拳銃の銃口から立ちのぼる煙を噴き、ウイスキーをストレートであおりそうな顔をしている。「あやしい者ではありません。実際、ジュリアには会ったことがあるのでは？　彼女はジュリア・ランサム、ドクター・オーガスト・ランサムの未亡人です。そしてわたしはチェイニー・ストーンFBI捜査官。お時間は取らせません。ところで、あなたは？」

「やけに愛想がよくなったじゃないの。これまでに会ったなかじゃ、いちばんいけてる連邦の雇われ殺し屋ね。あなたみたいだと、見た目でずいぶん得してるんでしょうね。あたしみたいなうぶな女を言いくるめるのもお手のものってわけ」

「まさか」チェイニーは言った。「そこまでの金はもらってませんよ」

「あら、連邦殺し屋が冗談？　頭もいいのね。でも、あんまりおもしろくなかったけど」

「あなたのお名前は？」ジュリアが尋ねた。

「あたしはソルの母親。わかったわよ、負けたわ。たしかに、彼の母親にしては若くてきれいすぎるわね。ソルのきょうだい――妹よ。断わったって、銃を取りだして、無理やり入ってくるつもりでしょ。それが連邦殺し屋のやり方だもの」

「ええ、それこそがわたしたちのやり方です」チェイニーは腰に携帯しているシグを見せた。はじめて彼女の目に本物の警戒心が浮かんだ。ただし、アイラインが濃すぎて、よくわからない。彼女はチェイニーを遠ざけるように、両手を前に突きだした。「やめて！　いいわ、入って。いまソルに伝えてくるから」軽蔑の目つきでジュリアを見る。「みっともないったららないわ。そんな平凡な顔をテレビニュースで流しまくるなんて」ピーチ色でヒールの高いサテンのミュールをぱたぱたさせながら、気取った足取りで遠ざかった。

チェイニーは言った。「見ろよ。彼女が歩くと、シルクの生地が周囲を漂ってるみたいだ。あんなに怖がってなかったら、セクシーかもな。ほんとにソルダンの妹なのか？」

「どうして？　連邦の雇われ殺し屋なのにわからないの？」

ふたりは家の幅いっぱいの長さがある幅広の廊下を歩いた。表側はすべてガラス窓、左側は半透明の障子で仕切ることができるオープンルームだった。障子はどれも上半分が開けてあるため、室内に東洋の彫像が飾られているのが見える。ブロンズでできた小さな少年の裸像から、一メートルほどの大きさのある石でできた神さまの像まであった。いちばん広い部屋の中央には、隣にある女神像と同じくらい古そうな特大の銅鑼《どら》が鎮座していた。

東洋の神秘主義まで取り入れてるのか？　はっきり言って、三人の霊能者に会ったあとだけに、なにを見ても驚けそうになかった。

だがそれはチェイニーの思いちがいだった。

ソルダン・マイセンは山積みにした五、六個の巨大なシルクの枕の中央に坐り、凝った彫刻がほどこされた赤漆のローテーブルを前にして、水煙管を吸っていた。煙が彼の禿頭を包み、縁なしの丸眼鏡にもやがかかっている。痩せているので、絹でできた深紅のローブに呑みこまれてしまいそうだ。腰には幅広の、やはり絹でできた黒い帯を巻き、ローブの裾からなにもはいていないほっそりした足が片方のぞいている。足の指が醜い、とチェイニーは思った。節だらけで曲がっている。テレビで何度か観たことのある顔だったが、そのときは衣装をまとった小さなパシャのようではなかった。どうせなら、トルコ帽もかぶればいいのに。

ソルダンは煙を透かして黙ってふたりを眺めていたが、しばらくすると、太くてきれいな声で言った。「なぜこの人たちを家に入れたんだ、アンチルラ？　八時以降は依頼人に会わないのを知ってるだろう？　もう九時をとうに過ぎてるぞ。この人たちは何者だ？」

「無理やり入ってきたのよ、ソル。片方はＦＢＩの捜査官だと、少なくとも本人はそう言ってるわ。その隣にいるのはジュリア・ランサムよ」

しょぼついた瞳がジュリアを見た。険しかった口もとがわずかにほころぶ。繊細なガラス製の容器につながっているチューブをそっとおろした。容器内の冷却水がぶくぶくと泡を立てている。ソルダンは眼鏡を外して、シルクのローブの袖で拭いた。「おおや、神聖なるわがオーガストの美しき未亡人であらせられるか。ああ、いまわかったよ、ミセス・ランサム。失礼した。数年前、オーガストが夜会《ソワレ》を開いたときに一度お目にかかったことがあるな。きみのオーラは悲しみに曇っていて、わたしはおかしいと思った。オーガストと結婚した直後だったのでね。だが、やがてわたしにも理由がわかったが、それでも、オーガストにオーラが見えなくてよかったと思った。きみの苦しみの深さを知ったら、どれほど悩んだことか。そうそう、わたしのことはソルダンと呼んでくれ。きみのことはジュリアと呼ばせてもらうよ。さあ、ふたりとも、ごゆるりと」

ふたりはシルクのクッションの山に腰かけ、それなりにくつろいだ。チェイニーはジュリアがこわばったのを感じた。たぶん息子のことを考えたからだろうが、彼女はなにも言わなかった。

「今日のニュースからして、きみのオーラが混沌としていてもおかしくないのに、そうでもないね。テレビ記者によると、きみはＦＢＩの捜査官と一緒にビーチまで狂乱のカーチェイスを繰り広げたとか。だが、死ななかった。それはわたしも嬉しい。ああ、そうそう、わたしにはパトカーに乗るきみの背中しか見えなかったが、いい演出だったよ。わたしにはとても効果的に思えた。きみがオーガスト殺しの犯人だと思っている人がいるとしたら、今回の一件はその潮の流れを変える。きみはとても英雄的に見えた」

「あなたはわたしがオーガストを殺したとは思ってないんですね、ミスター・マイセン？」

44

ソルダン・マイセンは深々と水煙管を吸うと、こんどもそっと下に置いた。つま先を見て顔をしかめ、シルクのローブの下に引っこめた。超一流の技術で周囲に緊張を張りめぐらせている。「わたしが思うに、オーガスト・ランサムのような男を殺すには、格段に強い悪意を必要とし、それには、怒りを着実に溜《た》めこんでおく必要がある。きみのオーラにはそれらしい気配がまったくない」

ジュリアは笑顔で答えた。「あなたが今日テレビで観たのはやらせではありません。わたしたちを追いかけてきたのは、木曜と土曜の夜にわたしを殺そうとしたのと同じ人物で、ザビエル・メイクピースといいます」

「ふむ」ソルダンはふたたび細くて長い指で煙管をつかみ、深く吸いこんだ。ささやきだしたとき、その目は閉じられていた。「オーガストを殺したのも、その男なのか?」

「かもしれません」チェイニーは言った。ソルダンが目を開けるのを待って、盾のバッジを見せた。ついでに手を差しだしたが、ソルダンは気づかぬそぶりで、また水煙管を吸った。

アンチルラがチェイニーに言った。「賭けてもいいけど、あなたか、FBIのあなたの上司かがオーガストに耐えられなくなったのよ。それで、あなたがお気の毒な彼を殺した。じゃなきゃ、相棒に殺させて、その相棒があなたを殺そうとしたのね。暗殺者同士に道義心はないもの」

「よくできた推理だね」チェイニーは彼女のほうに首をかしげた。

ジュリアが言った。「いいえ。わたしの夫を殺したのはストーン捜査官ではありません」

「おや、そうは言うが、きみは連邦殺し屋とねんごろになってるんだろう？　誰がきみの話を信じるだろう？」

「あなたや、あなたの妹さんは信じないでしょうね」チェイニーは室内を見まわした。目がまわりそうなほどに色が氾濫《はんらん》して、エキゾチックな布地でいっぱいの小部屋に、水煙管から漂いだしたハッシッシの煙が立ちこめている。家具も本もなく、この男が死者と交信できると信じさせてくれるようなものは、なにひとつ見あたらなかった。目に入るのは巨大なシルクの枕と布地くらいしかない。ソルダン・マイセンを見ていると、とうのむかしにイスタンブールで力を失ったパシャがトプカプ宮殿でくつろいでいる姿が思い浮かぶ。だが、この男の場合、ハーレムにはあまり興味がなさそうだが。

ソルダンはチェイニーを無視して、また自分のつま先を見つめると、顔をしかめた。「ペディキュアをしないとな、アンチルラ。メモしておいてくれ」

「ええ、ソル」アンチルラは胸からメモ帳とペンを取りだして、ペンを走らせた。

「彼女は妹ではないよ。アシスタントだ」

「でも、あたし、彼の妹さんに似てるのよ」アンチルラが長い髪を手でふわりとさせた。

「このテーブルは好きかい？　日本製でね。東京に住んでる自動車産業のお偉いさんのひとりから最近譲り受けたんだが、すばらしいだろう？　わたしがまっ赤に塗りなおさせた。前はわたしの精神と衝突する濃紺でね、〝あちら側〟とのつながりが弱まってしまった」

「〝あちら側〟？」チェイニーが目を丸くして尋ねた。

「驚いていないようだね、ストーン捜査官。そう、わたしは〝あちら側〟と呼んでいる」ソルダンはジュリアに水煙管を差しだした。「よかったら、極上のアジア産を試してみないか？」

ジュリアは首を振った。「今夜はやめておきます。オーラが乱れるといけないので」

「薬物を使った罪で逮捕するとわたしが言ったら、どうされるんですか？」チェイニーは訊いた。

「きみは暗殺者であって、堕落した警官ではない。それと、おもしろみに欠けるな」

「あたしのことも笑わせようとしたのよ、ソル」アンチルラが言った。「おもしろくないと言ってやったの」

チェイニーは唐突に切りだした。「ドクター・ランサム亡きあと、あなたがミスター・トマス・パラックの霊媒師になったと聞きました」

ソルダンは小首をかしげて、満足げに水煙管を吹かした。「今日は何曜日だったかな、アンチルラ？」

「まだ火曜よ、ソル。火曜といっても、とても遅い時間だけど」

「明日、水曜の夜に彼と会わないと思うと、ひどく奇妙な気がするよ。ああ、毎週水曜と土曜はトマスと会っている。明日の夜は、たまたま彼の用事で休みになるが。昨夜はラッシャンヒルにあるトマスの自宅で、彼に会った。美しいペントハウスで六時から八時まで。ここに帰り着いたのは九時過ぎだったから、わたしにしては遅い時間だ」

チェイニーは質問を重ねた。「裕福な依頼人を横取りするために、ドクター・ランサムを殺したんですか、ソルダン？」

「わたしがそんなことをするとは思えないが。そうだろう、アンチルラ？」

「ええ、ソル。あなたはドクター・ランサムを愛し、事実上の神だと思ってたもの。彼からこの連邦殺し屋を殺してほしいと頼まれたら、喜んで応じてたでしょうね」

「たぶんね」ソルダンは深く煙を吸いこんだ。

「ドクター・ランサムの口座を調べたところ、トマス・パラックはここ十年ほど多額の謝礼を払っておられた」

「もちろん、そうだろう。わたしにもたっぷりと払ってくれている」また水煙管を吸った。

「ミスター・パラックのご両親と交信してるんですか、ソルダン?」ジュリアだった。

「当然だろう。ビンセント・パラックとその妻マーガレットはとても社交的で、息子に話をするのをいつも喜んでいる。ただ、ミセス・パラックは悲しそうな顔で、かわいそうなトマスは年相応に見えると言って、手の甲にシミがあることまで指摘した。息子の嫁のシャーロットが信用できないから、嫁に気をつけるようトマスに言ってくれと頼まれた。どういうつもりだか知らないが、たしかにトマスには若すぎる奥さんだ」

「そのことをミスター・パラックには伝えたんですか?」チェイニーは質問した。

「それとなく。ミセス・パラックはむかしから口うるさい母親だったらしい。死んでもその点は変わらなかった。

彼女の差し出口はたんなる姑《しゅうとめ》の嫉妬だ。わたしはシャーロットがとても好きだし、彼女はトマスにいい影響を与えている。彼の心の支えになり、そのほほ笑みは政治資金の調達におおいに役立っている。トマスの母親はぐちぐち言いたいだけなんだ。それ自体、死者にはよくあることでね。死者のなかにはいるんだよ、いらいらしていて復讐したがる人が。マーガレット・パラックもときにそうなる。彼女が生者を威嚇しなくてよかった。あの女なら得意だろうからね」

チェイニーは尋ねた。「亡くなると年を取らないのでしょうか、ソルダン?」

「ああ、そうだよ。いまではトマスのほうが両親より老けている。ふたりが殺されたときより、かなり年齢が上だからね。当然のことながら、ふたりは当惑しているよ。ふたりは息子に死んでもらいたくないんだ。理由はふたつある。自分たちより老けた息子と永遠の時を過ごしたくないことと、現世に対する唯一にして強力なつながりを失いたくないことだ。ほかに彼らを呼びだしたがったり、呼びだそうと考える親族はいないからね」

「あなたの口ぶりだと、正しい番号を押してテレビ電話をつなげるぐらいのことに聞こえます」チェイニーは言った。

ソルダンは黙って煙を吐いた。

チェイニーの眉間《みけん》にしわが寄った。「ソルダン、さっきあなたは死者が生者を脅かすと言われたが、それではまるで映画です。死者が物理的に生者をどうこうできると思いますか？ 言い方を換えると、もしマーガレット・パラックがシャーロット・パラックを排除したいと思ったら、それを実現できるのですか？」

「それができるのは、連邦殺し屋だけよ」アンチルラがせせら笑った。

「通常は――」ソルダンが説明した。「いったん〝あちら側〟に足を踏み入れると、その人は有体物としての存在を失い、同時にそれに伴う利益も不利益もなくなる」

「不利益？」チェイニーは尋ねた。

「たとえば肝臓病」ソルダンは答えた。「それがわたしがアジア産にこだわる理由だよ。肝臓は繊細な臓器だ。最高級のウォッカでも、うまく処理できない」

チェイニーは言った。「だとすると、有形物としての肉体を想定しつづけられる死者もいるわけですね？」

「ああ、彼らはただ――その点はむずかしいんだが、きみにわかるように説明してみよう、ストーン捜査官。死者のなかには、エネルギーの源を利用できる者がいるようだ。そのエネルギーというのは邪悪な恐ろしいものだ。どこから湧いてくるか、誰にもわからない。わたし自身はそこでのたうちまわっている霊魂につながろうとしたことはないし、つながりたいとも思わない。恐ろしすぎるのだよ。彼らの望みはわからない。きみが映画で観たように、そういう死者たちが実際問題として人を脅かそうとするのか？　ひょっとすると、すべて架空の話かもしれない。わたしにはそれもわからない」

「オーガストが殺されてから、彼と話をしましたか？」

「オーガストは延々と漂い、〝あちら側〟の流浪者となった。わたしには、彼がこれから十年のうちに落ち着くとは思えない。無惨な最期は霊魂を動揺させるものなのだよ」

45

「オーガストに犯人の心当たりを尋ねてみましたか?」チェイニーは尋ねた。

「なんと興味深い質問だろう、ストーン捜査官。いいや、そのような言葉で彼に質問を投げかけたことはないが、本人がわからずにいることは明らかだよ。本人がわたしに語った話だと、殺される前、オーガストは新たなコカインの入手先を見つけようとしていた。それまで使っていた売人が信用できなくなったからだ」

「なぜトマス・パラックはこれほど長いあいだ、死んだ両親と話をしたがるのでしょう?」

「なんと奇妙な」長い沈黙をはさんで、ソルダンは言った。大きく目を見ひらき、アジア産の極上品を吸いこんでいる。「美味なる煙を透かして見ると、きみたちふたりが溶けあっているように見える。きみたちを包んでいるオーラは美しい。ストーン捜査官、きみのオーラは――紫と赤がぶつかりあっている。これは卑劣な行為に従事する際の驚くべき知性と、制御の行き届いた暴力、みごとに制御された暴力を表わしている。そして、ジュリア、きみのオーラは――いまは空に浮かんだ黒雲のように乱れ、恐怖に脈打っている。答えのない問いがたくさんあるからだ。だが、ふたりのオーラが重なっている部分は、熱く興奮している。彼女はきみの怒りをそぎ、きみは彼女の恐怖を弱めている。きわめてまれなことだ」

　チェイニーは言った。「おもしろいですね、ソルダン。あなたが優秀なのはわかりました。ですが、わたしの質問に答えていただきたい。なぜミスター・パラックは両親にこだわるのです？　もう話すことなど残ってないでしょうに」

　軽く眉をひそめただけで、ソルダンは水煙管を吹かしつづけた。

「ソルダン」ジュリアは正座をした。「わたしたちは、オーガストを殺した人物がわたしの命を狙っていると考えています。アンチルラは共犯者がわたしを殺そうとしたと言ったけれど、それは事実に反します。わたしがオーガストを傷つけるはずがないのは、あなたもご存じでしょう。ストーン捜査官にしても同じです」

「もちろん、きみがそんなことをするとは思っていないよ、ジュリア。ただ、きみは彼を愛していなかった。きみが感じていたのは多大な感謝の念であって、全身全霊をかけた情熱的な愛情、若い女が自分の心を奪った相手に対していだくような愛情ではなかった。いや、もしそれをきみが愛と呼んだら、誠実さに欠ける。だが感謝については、溢れるほどに感じていた。オーガストが死んだ息子さんのもとへきみを連れていき、必要なときに慰めを与えてくれたからだ」

　チェイニーには、ジュリアが極度のショック状態に陥っているのがわかった。巨大なシルクの枕から転げ落ちそうになっていたが、やがてまっすぐに前方を見つめて、口を開いた。「オーガストがあなたにリンクのことを話すはずがないわ。彼はそんなことはしない。わたしへの裏切りだもの。なぜリンクが死んだこと、オーガストがわたしを向こうに連れていったことを知ってるの？」

ソルダンはこれ見よがしに肩をすくめた。深紅のローブが肩からずれ落ちそうになっている。「わたしが知っていることはたくさんあるよ。オーガストが自分から語ったわけじゃない。わたしにはテレパシーがあって、それはオーガストも認めていた。その力をみずからのものにできないから、いらだってはいたけれども」

「あるいはグーグルで調べたか」チェイニーは眉を吊りあげた。

アンチルラが苦々しげにチェイニーをにらんだ。

ジュリアが言った。「オーガストがテレパシーであなたと意思の疎通をしようとしたことがあるの、ソルダン？」

ソルダンはうなずき、ほっそりした手で口をおおって上品に咳をした。飾りのない金の指輪を三つしている。「ああ、もちろんあるが、彼にはできなかった。さっき言ったとおり、彼にはテレパシーはなかったからね。わたしは彼がきみの息子さんのことを考えているときに、偶然彼の頭のなかに入りこんだ。彼には黙っておいたよ。ストーン捜査官、わたしは人の秘密を探るためにグーグルを使うような人間ではない。れっきとした霊能者なのだ」

ですか？」

チェイニーは言った。「キャサリン・ゴールデンが今日、誘拐されることはわかってたんですか？」

「いや、残念ながらわからなかった。もしわかっていたら、なにか手を打っていただろう。テレビで特別番組を見たが、キャサリンが哀れでならないよ。彼女は美しい胸とやさしい心という、霊能者には珍しいふたつの長所を備えている」続いてソルダンは、アンチルラに話しかけた。「きみはキャサリンを嫌っているが、そんな必要はないんだよ。ウーロン茶を持ってきてくれないか。アジア産の極上品のせいで、喉が渇いた」

アンチルラはむっとしながら、タイルの床にミュールをぱたつかせながら出ていった。

「あなたはキャサリンの誘拐に無関係だと思っていいんですね？」チェイニーは尋ねた。

ソルダンは無言のまま、苦い顔でアンチルラの後ろ姿を見た。「底のやわらかな靴をはけと言ってるんだが。わたしはあの音が嫌いでね。それなのに彼女は、なにをはこうと勝手だと言うことを聞かない。信じられないだろう？」

「なぜひと思いに、彼女を消さないんですか？」

「わたしが神になったら、そうされてしかるべき人間をもっと懲らしめてやるかもしれないが」ソルダンは言うと、チェイニーに向かって満面の笑みまで浮かべ、金色の奥歯をのぞかせた。「いま思ったんだが、もしそうなったら、ストーン捜査官、きみは苦しむことになる」

「ソルダン、キャサリン・ゴールデンに最後に会ったのはいつですか？　彼女とは長いおつきあいなんでしょう？」ジュリアが言った。

「それはそうなんだが、会わなくなってかなりになる。あの三人はオーガストが死んでから、意味もなく徒党を組んでた。ベブリンとウォーレスとキャサリンのことだ。テレビ記者がキャサリンはメイクピースとかいう男に誘拐された可能性があると言っていた。きみを殺したがっている男だね、ジュリア。その男がなぜわざわざ荷物をしょいたがるのか、わたしには見当もつかない。キャサリン・ゴールデンが誰のなんの役に立つというのだろう？」

「メイクピースはお抱えの霊能者が欲しくなったのかもしれない」チェイニーは言った。

「おやおや、ストーン捜査官」

ジュリアが言った。「あなたが嫌ってやまない三人を含むあなたたち四人全員が、オーガストを敬愛しているようだけれど、どうしてなの？」

「よくそんな質問ができるものだね、ジュリア。きみは彼がどれほど力があるか、身をもって知っているはずだろう。きみは彼が苦痛にもがく多くの迷える魂に慰めを与え、その蒙《もう》をひらくのを見てきた。彼は純粋に善と安らぎを放ってきたんだよ」

「ドクター・ランサムの日記を見るなり読むなりしたことはありますか？」チェイニーは尋ねた。

「まさか、一度もないよ」ソルダンは言い、水煙管を吹かした。

「キャサリンもオーガストの日記のことを言ってたわ」ジュリアは眉をひそめた。「でも、わたしは見たことがないし、あるのも知らなかった。オーガストの持ち物を整理したときも、それらしいものはなかったのよ」

「かわいそうに。おお、わたしのウーロン茶が来たぞ。人工甘味料はひと袋だけだろうね」

「もちろんよ、ソル」

「ありがとう、アンチルラ」

小皿にそっとキセルを置くと、ソルダンはウーロン茶をひと口飲んだ。さらにもうふた口飲み、幸せそうにため息をついた。そして、ふたりを見た。「わたしは話せることをすべて話し、できるかぎり誠実であろうと心がけた。きみたちには帰ってもらいたい。休息をとらなければならないのでね」

アンチルラは部屋の出入り口に控え、片方のミュールでコツコツと床を叩いている。

立ちあがりながら、チェイニーは言った。「会ってくださって助かりました。できれば、本名を教えていただけませんか？」

「愛する両親が誕生にあたって授けてくれた本名にほんの少し手を加えただけだ」

「その本名を教えてください」

しかし、ソルダン・マイセンは水煙管のパイプを振って、答えるのを拒んだ。チェイニーは軽く会釈すると、ジュリアの腕を取り、アンチルラについて応接室をあとにした。

46

シャーロック家
火曜日の夜

「人生でいちばんおかしな一日だったわ」シャーロック判事の家の二階で、ジュリアはあくびをしながら伸びをし、廊下の壁にもたれかかった。漁網をつくろう娘の絵のちょうど下に頭がきた。

「いちばん長い一日でもあった」チェイニーは彼女の頭の隣に手をついた。

ぱっと目を輝かせたジュリアが、顔を寄せてきて、チェイニーの耳にささやいた。「ほんとはもっと楽しめたはずのことがあるのよ。ビーチでのカーレース」

チェイニーは笑った。「砂丘走行用のデューンバギーならもっと楽しめただろうな」

「あなたは彼を引き離したわ、チェイニー。すごくいい作戦だった」ジュリアはため息をついた。「あとは、わたしがもう少し射撃がうまければ言うことなかったんだけど」

「いや、おれがやつを足止めするべきだった」彼女の頬にそっと指を這わせた。「これがほかの女性なら馬鹿みたいに怖がってたろうに、きみはおもしろがってたな」

「わたしのこと、あなたと同類の、無謀な人間だと思ってるんじゃない?」

「時と場合によっては、無謀なのもいいもんさ。ただし、実際いま、まん前にいて、おれが見てるのは、とてもきれいな女性だけどね」

ジュリアから輝くばかりの笑みが返ってきた。少なくともチェイニーには、その目に疲労と興奮が浮かんでいるように見えた。いまはまだその時ではない。チェイニーが後ろに下がると、彼女が尋ねた。「いまのは無謀な会話の具体例なの?」

チェイニーはかぶりを振った。「いや、ただの事実だよ」自分の髪に手を差し入れて、指で髪を立たせた。

彼女が笑いながら、髪を撫でつけてくれた。いっときその手がチェイニーの頬で止まった。

「チェイニー――」

「ウォーレスのことだが、今夜のディックスを正確に言いあててたな。ディックスのフラストレーションが急速に高まってる」

「気の毒よね。無理もないわ。奥さんの生死がわからないまま三年以上もたつなんて。しかも、まだどこにいるかわからないのよ。あなたが突き止めてあげて、チェイニー。あなたにならできる」

チェイニーには黙って彼女を見おろすことしかできなかった。彼女の声に含まれる揺るぎない信頼に驚嘆していた。「ウォーレスの降霊会のことだけど――案の定、なんの役にも立たなかったな」

ジュリアがうなずいた。「でも、へえと思ったことがあるの。ウォーレスがディロンを見たときのようすよ。受け入れてたっていうのはちょっとちがうけど、どこか認めてるというか、いえ、それも軽薄な感じね。なんと言っていいか、よくわからないけど」大あくびをして、口を押さえ、指のあいだから言った。「ごめんなさい。ほんと、長い一日ね」

チェイニーはその両手を取って、長いあいだ彼女を見つめた。「少し眠ったほうがいい。おれもだ」

手を放して、ゲストルームのドアを開け、彼女をなかに押しやる。「いい部屋だな」クリーム色の壁紙と白いベッドカバーを眺めてから、ドアを閉めようとした。

「あの、待って、まだ行かないで」ジュリアはそう言ってドアを押さえたが、そこで言葉に詰まった。なにを言えばいいの？　知りあって五日にして、あなたに飛びかかりたいとか？

笑顔をつくろった。「木曜の夜からいろんなことがあって、これからどうやって生きていくか、つくづく考えさせられたわ。

ショーン・サビッチに会ったとき、わたしはショーンのなかにリンクの面影を見て、声をあげて泣きたくなった。過去も未来も忘れて、悲しみの暗い穴にいっきに引き戻されたの。でも、そしたらあのかわいい坊やがわたしの手を取って、パソコンゲームでママに勝ったんだよって、『パジャマサム』の攻略法を説明しだしたの。わたしは思わず笑って、穴から這いだした」ひととき口を閉ざした。「あの子がなんて言ったと思う？　つぎの誕生日にダディからスケートボードを買ってもらうって。ずうっとむかし、ダディはチャンピオンだったから、教えてもらうんだって。わたしはスケートボードには近づかないでって叫びそうになったけれど、そのときわかったの。はじめてかもしれない、リンクに起きたことが理解できたのは……あれはつまらない事故だった。悲劇だし、胸が張り裂けそうになったけれど、誰のせいでもないし、もう終わったことだって。まだ忘れられないし、一生忘れないけど、誰のせいでもなくて、リンクが愛してやまなかったスケートボードのせいでないことは確かだって」

「それできみは、ショーンになんと言ったんだい？」

「わたしが東海岸に帰ることがあったら、あなたのうちに立ち寄って、あなたとお父さんとスケートボードに乗ってターンしたい、あなたがびっくりするような動きがいくつかできるのよって。ショーンはかっこいいって、わたしとハイタッチしてくれたわ」

チェイニーはゆっくりと彼女を引き寄せると、後頭部に手をあてて、自分の肩に軽く抱き寄せた。「あの子はすごいよ。そして、リンクもやっぱりすごかったんだ。きみに似てたのかい、ジュリア？」

彼女が体を引いた。目にうっすらと涙が浮かんでいる。唾を呑みこんで、ほほ笑んだ。

「いいえ。リンクは父親にそっくりだった」

「シャーロックもショーンのことを同じように言ってたよ」

ジュリアが頭を振る。「ごめんなさい、チェイニー。あなたの前で感傷的になって——」

「いや、いいから黙って。だいじょうぶだ」チェイニーは、彼女の髪を耳にかけ、手のひらで顔を包みこんだ。「いまいろんなことが起きてる、ジュリア。それでいて、なにが起きているのか、おれたちにはさっぱりわからない。だが、それもじきに解決するさ。さあ、ふたりとも疲れきってる。眠れそうか？」

「ええ、でもぐっすり寝るには——いえ、いいの、気にしないで。地下のトレーニングルームに置いてある簡易ベッドで眠れなかったときは、重量挙げでもしてね。ほんと貧相なんだから」

チェイニーは大笑いした。「ミセス・シャーロックによると、あの簡易ベッドもそれほど悪くないらしい。ご主人に腹が立ちすぎて、三室あるゲストルームでもご主人に近すぎると感じたときに、一度あそこで寝たんだそうだ。心配するなよ、ジュリア。きみがどこにいるか、メイクピースには絶対わからないし、フランク・ポーレットにも教えてないから、サンフランシスコ市警からも漏れる恐れはないよ」

「心配なんてしてないわ。少なくともいまはね。チェイニー、おかしいと思わない？　木曜の夜のわたしたちのことや、そのあと起きたすべてのことを考えると、まだ出会って五日なんて信じられないわ」

「五日じゃなくて、五夜だ」彼は言った。「五夜前」我慢しきれずに腰をかがめ、彼女の唇にキスした。ぬくもりと、受け入れてくれている感覚と、興奮の脈動を感じて、やすやすと屈してしまいそうになった。離れなければいけないのに、そうしたくない。タイミング的には最悪だ。チェイニーは身を引き、彼女の鼻の頭をつついて、眉を撫でた。秘密をすべて打ち明けてくれと言いたいが、悔しいかな、まだ早すぎる。「おやすみ、ジュリア」

急に生きている実感を覚えたジュリアは、いまにもはじけそうだった。それなのに彼はおやすみと言う。たった五日間――でも、出会ったのが一時間前だとしても、誰が気にするというの？「そうね、おやすみなさい、チェイニー」

「だいじょうぶだからな、ジュリア」

チェイニーは彼女が寝室のドアを閉めるまで、廊下で待った。今日、ウォーレス・タマーレインが自分たちふたりを見て、人生は驚異の連続だと言っていた。ウォーレスには驚異のなんたるかが、まるでわかっていない。

チェイニーはのんびりとトレーニングルームに移動し、幅の狭い簡易ベッドを見て、ため息をついた。残されているのがわずか数時間だとしても、長い夜になりそうだ。

ジュリアの隣の寝室では、ディックスが手枕でベッドに横たわり、暗い天上を眺めていた。心を鎮めて溜めこんだ思いを整理しようにも、どうすることもできない。昨日サンフランシスコに着いたばかりなのに、それからいままで、ひたすら動きまわって話をしてばかりいる。トマス・パラックには会わないほうがいいとサビッチから言われて、納得したつもりだったが、やはり会いたかった。しわだらけの首に手をかけて、あの老人が真実を語るまで絞めあげてやりたかった。

まだなにひとつわかっていない。シャーロックが気を利かせて、パラックとのやりとりを録音しておいてくれた。それを二度再生した。いまの望みはパラックを脅しつけること、あのいまいましいブレスレットを見つけること。いや、望んでいるのは真実だった。クリスティを見つけだしたかった。

それなのに、やきもきしながら横たわっていることしかできない。問題解決能力は冬眠状態に入っている。

ジュリア・ランサムは感じのよい女性だった。彼女がメイクピースに殺されるのは、なんとしてでも阻止しなければ。誘拐された霊能者はどうなっただろう？　考えてはみたものの、シャーロットとトマス・パラックのことが頭のなかで派手に明滅して、自分には耐えられそうにないことを知りたがっていた。もしかしたら、遅ればせながらシャーロットに電話をして、〈ハイアット〉で会う約束を取りつけたほうがいいかもしれない。とはいえ、有益な情報が得られないことは、心の深い部分でわかっている。シャーロットは恐ろしく狡猾《こうかつ》だ。彼女からさらに得られるものがあるとしたら、シロップでべたべたの甘い嘘だけだろう。自分が彼女を利用しようとしているように、彼女のほうもこちらを通じて情報を集めようとしている可能性が少なからずあった。

隣のルースが、肘を立てて体を起こした。「子どもたちとブルースターに会いたいわ」

「おれもだよ」

「あと少ししたらすべてわかるから、信念を失わないでよ。知ってのとおり、警官の主たる美徳のひとつは我慢強さなんだから、自分を追いつめないで。ひどくこんがらがってるうえに、ジュリア・ランサムまで加わって、メイクピースという悪党まで引き連れてきたけど、クリスティのことはかならず解決するから、そう信じて」

ディックスは彼女を抱き寄せ、首筋にあたる温かな吐息に一瞬、現実を忘れた。「きついよ」彼は言った。「いまはデビッド・カルディコットのことを考えてる。デビッドがみずから姿を消したとしたら、クリスティの失踪に一枚噛んでて、おれたちの登場にびびったんだろう」

「じゃあ、あなたは、彼が自分からいなくなったと思ってるの？　場合によっては国外に出たとでも？」

「彼がみずから姿を消したのでないとすると」ディックスは言った。「彼はおれたちが会いにいったことを誰かに話したんだろう。相手はパラック以外に考えられない。パラックのあわてぶりを見ただろう？　なんであんなにあわてたんだ？」

「まだデビッドが消えて一日半よ。この事件を担当してるアトランタの刑事と話をしたんでしょ？」

「ああ。昨日、向こうの警察は前例がないからといって、ホイットニー・ジョーンズの申し立てをまともに聞き入れなかった。そして、いなくなって一日もたっていない、喧嘩《けんか》しなかったか、ほかに男はいないか、女はいないかと、彼女に尋ねた。ホイットニーは賢明にも――たいしたもんだよ――ＦＢＩがデビッドに会いにきたことを話した」

ルースはディックスの顔を見おろして、にやりとした。「それなら警官も動かざるをえないわね、いいことよ。どんな理由にせよ、ＦＢＩがからんでるとなれば、いまごろ彼の居所を探しまわってるわ。それで、あなたは刑事になにを話したの？」

「多少の真実を。好奇心がそそられる程度にね」

「もし彼らに見つけられなくても、わたしたちにならできるわ、ディックス」

ディックスがしばし手詰まり感を噛みしめていると、ルースが言った。「今夜の降霊会のことだけど、どう思った？」

ディックスが直後に感じたのは、明確な怒りだった。自分の時間が無駄にされたこと、自分には説明のつかないもの、目に見えないもの、受け入れたいとも思わないものに、つきあわされたことに対する怒りだった。そして、いくらかの軽蔑を込めて、こう答えた。「神経がぴりぴりしてたせいで、タマーレインのショーを楽しむ余裕すらなかった。時間の無駄だったな。そうはいっても、おかしな霊能者ふたりにようやく会えたが」言葉を切って、つけ加えた。「興味深い人物像であることは確かだ」

「じゃあ、すべてペテンだと思ったの？」

「いや」彼は言った。「そこまで言うと、単純化しすぎだ。ただ、テレパシーに関する講義とか、そこに坐ってうなってるタマーレインとか、それでもうひとりの霊能者と通じあおうとしてるとか、おれたち全員がソファに坐って馬鹿みたいに手をつなぐとか、明かりを落としたりとか、そういうことはすべてまやかしに感じた」

彼がうんざりしたように鼻を鳴らす。そんなようすに惹きつけられて、ルースは彼にキスした。顔を上げて、指先を彼の口につけた。「あなたにも、物事の本質にまっすぐ切りこむ能力があるんでしょ？　ときどきクリスティが身近にいるように感じて、あなたや息子たちにあったことを彼女に話すと言ってなかった？」

「それは、いくらかの慰めを見いだそうとする無意識の働きにすぎないよ」

「ええ、そうね。さ、おやすみなさい、ディックス」ルースはもう一度彼にキスして、隣に横になった。彼の肩に頭を載せて三十秒もするとダウンして、自分のカウントすら取れなくなった。


廊下のいちばん奥にあるもうひとつの寝室では、サビッチがシャーロックに向かって眉を上下させていた。ショーンはふたりのあいだでおもちゃのポルシェ・カレラを抱えて、軽い寝息をたてている。「おれなら明るい赤がいいな」と、サビッチはため息をついた。愛車のポルシェが爆発炎上した光景がいまも瞼《まぶた》の裏に焼きついていた。〈ボーノミクラブ〉が大混乱に陥ったまっ暗な夜、その混乱のさなかの出来事だった。車は大破して、唯一ぴかぴかのホイールキャップひとつが歩道を転がってきた。その遺品はいまサビッチのガレージの壁を飾っている。

シャーロックが言った。「あれから三カ月かしら。もうじゅうぶんにポルシェを悼んだと思うんだけど。そろそろわたしのボルボから卒業しても、いいんじゃない？　わたしのボルボはあなたの苦痛を感じ取ってるし、あなたがポルシェにくらべて劣ると思うたびに、自己評価を下げてるわ。ある捜査官なんて、ボルボを運転すると気力が萎《な》えるって言ったのよ」

たしかにサビッチは、頑丈一本槍のボルボを運転するはめになるたび、身震いしそうになった。愛するポルシェの圧倒的な馬力や、ほかの車が近づいてくるといきり立つところ、また必要とあらば非常識な速度を出せるところを思いだして、ため息をついた。「おれたちはいつも手いっぱいみたいだな。たとえばいまだって、ここサンフランシスコで、霊能者と暗殺者に手を焼いてる」

「これまでそうだったように、こんども乗り越えるのみよ。ほら、たとえば今週末にでも解決しちゃうとか」

「それもそれほど的外れじゃないかもな。複数の線がいっきに交わってきた」

「ええ、そうね」シャーロックは夫にキスすると、かがんでショーンの小さな頭の後ろに口づけた。「この子の黒い髪の豊かなこと。あなたと同じね」シャーロックとちがって、艶やかでまっすぐな髪をしている。カールした髪やもつれた髪は一本もない。「ぐっすり寝てるわ」ささやいて、体を横たえた。「もう少ししたら、連れてくわね」

「昨日の夜、悪い夢を見たばかりだから、今夜はここでおれたちと寝かせないか？　これぐらいの年ごろの子は、家とベッドがちがうと、うまく対処できない」

「母から聞いた？　母とグラシエラでショーンを動物園に連れてった帰り道、ロンバード・ストリートの道が曲がりくねった一角に出たらしいの。そしたら、ショーンが興奮しちゃって、母は三度もそこを走らされたそうよ」

「グラシエラから聞いたよ。明日はきみのお父さんが裁判所で書記や実習生や判事たちに紹介してくれるそうだ。お父さん、曲がったものが好きならいいものを見せてやろうとショーンに約束してたよ。よくわからないが、被告側の弁護士のことじゃないかな」

シャーロックは笑顔になり、手を伸ばして夫の顔に触れた。「まだタマーレイン家での一件にこだわってるの？」

「いいや、スイートハート。ほかのみんなには知られたくないだけだ。いいね？」

「知る必要もないわ」シャーロックはあくびをした。「あなたが携帯電話も使わずに誘拐された霊能者に連絡をとったと聞いたら、マラー長官はなんと言うかしら。わたしには想像もつかないわ」

いつもとベッドがちがううえに、興奮しきりの一日だったにもかかわらず、三人ともことりと眠りに落ちた。最後がサビッチだった。

明け方近く、キャサリン・ゴールデンの夢を見た。彼女はこんどもひとりきりだった。クロゼットのなかで、椅子に縛られ、顔に髪がかかっている。眠っているようだ。彼女に話しかけたいのに、なぜか口から、いや頭から、言葉が出てこなかった。彼女はぴくりともしない。そこで突然、サビッチは目覚めた。動悸がする。これはどういうことなのだろう。ベッドの脇にあるデジタル時計を見ると、五時少し前だった。

もう眠れそうにない。そっとベッドを抜けだし、ショーンに上掛けをかけなおして、シャーロックの肩に触れた。眠りながらほほ笑んでいる。サビッチは自分の人生のなかで、もっとも大切なふたりを見おろし、感謝の念が湧きあがってくるのを感じた。

ズボンをはき、MAXを手にすると、階段をおりて、シャーロック家のジムに向かった。狭苦しい簡易ベッドでチェイニーが寝ているのを見て、たじろいだ。腕と脚をベッドの脇に垂らしたあお向けの恰好で熟睡している。起こすのはしのびないので、義父の書斎に場所を移し、仕事に取りかかった。一九七七年に起きたというパラック夫妻の殺人事件と、夫妻を殺したコートニー・ジェームズについて詳しく知りたかった。率直に言って有益な情報が見つかるとは思えないが、何事もやってみなければわからない。

47

シャーロック家
水曜日の朝

サビッチはイチゴジャムをたっぷり塗った焼きたてのクロワッサンをショーンに手渡した。ショーンは笑顔でイザベラを見あげた。「ママがね、イザベラのクロワッチャンは世界一だって言ってた」

「ええ、そうよ」イザベラは幼い男の子の黒い髪をかき乱した。「あなたのダディにそっくりで、よかったわね。あんまりハンサムだから、ご近所の女性たちがしばらくわたしにここの仕事をさせてと言うのよ。あなたのダディに近づいて、わたしのかわいいレーシーから彼を奪うつもりかしらね」

「かわいいレーシーって誰?」

「あなたのママよ、坊や」

ショーンが首を振った。「ちがうよ、イザベラ、ママはシャーロックっていうんだよ。みんなシャーロックって呼んで、ぼくだけがママって呼ぶの」

ルースは顔をしかめながら、あくびを嚙み殺した。「彼女がレーシーっていう名前だってことすら、知らなかったわ。じゃあ、坊やとショーンのママって呼び方をやめてみる？　ディックス、こちらがレーシーよ」

ディックスがシリアルのボウルから顔を上げて、シャーロックを見た。疲れたようすで、目のまわりが黒ずんでいる。「やあ、レーシー。いや、やっぱりしっくりこないから、シャーロックにしよう」

「それか、ママかね」ショーンが追加した。

シャーロックはＦＢＩの制服と化している黒いパンツと白いブラウスを着て、黒のショートブーツをはき、シグをベルトに留めつけていた。キッチンの窓から射しこむ朝日を受けて巻き毛が輝き、イザベラの唇と同じくらい濃い赤に見える。緑色の瞳も同じくらい明るく輝いていた。彼女はショーンの頰にキスし、夫の耳たぶを軽く嚙んだ。

ルースが言った。「ねえ、チェイニーとジュリアは？」

イザベラは手もとのフォークに視線を落として答えた。「ジュリアなら、チェイニーに話があるからと言って、下のトレーニングルームに行かれましたよ。三十分ほど前にクロワッサンをたっぷり載せたお皿とコーヒーのポットをお持ちしたんです。そしたら音がして、どうやらおふたりでとても有意義な――」ショーンをちらっと見て、言い足した。「議論の最中だったみたいで」

「どうして喧嘩してんの？」ショーンが知りたがった。

「いいえ、喧嘩じゃなくて、ショーン」イザベラは言った。「議論なのよ」

「有意義な議論ね」ルースが言った。

イザベラは咳払いをした。「ひょっとすると、少し運動されるおつもりかもしれませんね」

ディックスはオレンジジュースを見たまま、にやにやしていた。

ショーンが言った。「ママはダディに腹を立てると、飛びかかるんだよ」

「そうね、ときには」シャーロックは夫に笑いかけ、母が大切にしているエドワード朝時代のポットから自分のカップにお茶を注いだ。

ショーンが言った。「ジュリアが坊やの話、してたよ。死んじゃったんだって」

「知らなかったな」サビッチが言った。

「ジュリアとチェイニーはおじいちゃんとおばあちゃんと一緒に運動してるのかな？」

イザベラはディックスとルースのカップにコーヒーのお代わりを注いだ。「そうかもしれないわね、ショーン。でも、まずはふたりきりで徹底的に語りあいたいんじゃないかしら」

「ギロンでしょ」ショーンは言った。「でもさ、イザベラ、よくわかんないよ。なんで――」

「あら、ショーン、トーストが焼きあがったみたい」イザベラはキッチンの反対側に逃れた。

ショーンはディックスに話しかけた。「ロブとレイフに聞いたよ、ディックスおじさん。ふたりのママはずっと前に死んじゃったって」そして自分の手を母親の手のなかにすべりこませた。

全身をこわばらせて、ディックスは答えた。「そうなんだよ、ショーン」

「ママがいなくなっちゃったら、ぼくやだな」

「きみのママはだいじょうぶだ」ディックスは言った。「このでっかい保安官が約束する。わかったな？」

ショーンはうなずいた。

「それで思いだした」ディックスが立ちあがった。「息子たちに電話しないと。ふたりが真実を語ることを祈るばかりさ」

「わたしからもよろしく言っといて」ルースは遠ざかるディックスに頼み、続けてショーンに話しかけた。「ねえ、ショーン、今日おじいちゃんに裁判所に連れてってもらうんだって？」

チェイニーとジュリアがキッチンの入り口に現われた。たっぷり休息をとって、くつろいだようすだ。ジュリアの瞳が輝いていた。

一日をはじめるのに、有意義な議論ほどいいものがあるだろうか、とルースは思った。

チェイニーの携帯電話が鳴り、彼がその場を離れた。

キッチンに戻ってきたチェイニーは、ショーンをちらりと見てから、言った。「メイクピースがキャサリン・ゴールデンの居場所を伝えてきた。役立たずの愚か者を引き取りにこいと言ってる。彼女はまったく使えなかったそうだ。場所はパロアルトの〈マリナーホテル〉、四一五号室だ」

「罠以外に考えられない」サビッチが指摘した。

「それでもかまわないわ」ジュリアが言った。「彼女を助けにいかないと。わたしのジャケットを取って、チェイニー」

「待て」サビッチが制した。「きみたちを行かせるわけにはいかない。メイクピースがスコープ付きのライフルを手に待ちかまえているのは、よくわかってるはずだ。ここにいろ」命令口調になっている。「ルース、ディックス、パロアルトにはきみたちが行ってくれ。シャーロックとおれは、各方面に連絡して、防御を固めしだい、あとを追う」

それから十分後、ディックスとルースはパロアルトに向かっていた。

シャーロック家の玄関ホールでは、玄関の扉から三十センチと離れていない場所でジュリアがチェイニーとやりあっていた。「あぶないからって、この家のトレーニングルームに隠れてるなんてまっぴらよ。わたしもあなたたちと一緒に行くわ」

「きみはだめだ、ジュリア。シャーロックとくらべるなんざ、百年早いぞ。きみはシャーロックと同じ女性だし、そのことは問題にならないが、彼女はケツを蹴りあげる訓練を積んできたプロだ。きみがホテルに姿を現わすなど、愚の骨頂だ。やつはきみを追い、きみを殺したがってる。危険を冒すわけにはいかない。忘れろ」

「きみも狙われてるんだぞ、チェイニー」サビッチはやんわりと言った。「これ以上、おれの邪魔をして困らせる気なら、おれもきみを狙う。いいか、きみたちにはここに残ってもらう。ポーレット警部が来たから、きみたちから状況を説明してくれ。おれは電話をかけなきゃならない」

チェイニーとジュリアはなおも言い争いを続けた。「やつはパロアルトでおれたちが現われるのを待ってるんだぞ」

「あら、わたしの知るかぎり、あの男なら、市長を殺しに出かけてるわ」

「ふざけるな、ジュリア。必要とあらば、おれはきみを縛りつける」

「なんなら、あなたたちふたりでまた下のトレーニングルームに行ったらどう?」シャーロックだった。

「いいか」サビッチが声をかけた。「キャサリン・ゴールデンを救出できたら、一同、ジュリアの家に集合する。オーガスト・ランサムの日記を捜さなきゃならない。それまでおとなしくしてろ。シャーロック、行くぞ」

一分後、サビッチとシャーロックは判事の黒いBMWで出発した。

フランクがチェイニーに言った。「霊能者を無事救出して全員がここに戻ったときに備えて、準備万端整えておきたい。刑事を何人かは配備したらどうだろう。SWATは人を殺しすぎる、パロアルトのメイクピース相手ならいいがな」

「利用できる人材はあんたのほうが知ってる」チェイニーは返事をした。

四十分後、サビッチは車内からディックスに電話をした。「もう着いたか？」

「いま到着した」

「よし。パロアルトのラミレス警部補に会ってくれ。こちらから大筋は伝えたが、すべては話してない」

「ラミレスがすでに準備を整えてくれてるのは明らかだ。ホテル内を刑事が歩きまわってるよ。いま話してたんだが——もしメイクピースが別の罠をしかけてたらどうする？」

爆弾。ディックスは爆弾のことを言っている。サビッチはゆっくりと話した。「もしきみが爆弾のことを言っているのなら、メイクピースが爆発物を手に入れるには、仲介者がいる。なにがあるかわからないから、くれぐれも慎重にとラミレスに伝えてくれ」

「了解した。ドアマンがそわそわしてるよ。なにかが起きてるのを察知してるんだろう。どうしてみんな口を閉じておけないんだ？」

「不可能なのはわかってるだろ。しっかり目を開いておけよ、ディックス」

ディックスが話しているのが聞こえた。ルースがボーイになにかを言っている。

ディックスが電話に戻ってきた。「これからロビーに入る。ラミレスはそこで、荷物かなにかを待ってるふりをしてるが、首に〝やあ、おれは警官だ〟って札を下げてるも同然だよ。行ってくる、サビッチ。ゴールデンを助けだせしだい、こちらから連絡する」

サビッチは疑問にすら思わず、頭のなかでキャサリンに語りかけていた。いまディックス・ノーブルとルース・ワーネッキが地元ポロアルト警察と一緒にあなたのいる部屋に向かった。あと少しです。

そして、そんな自分にうんざりした。なぜキャサリンに自分の声が届くと思ったんだ？

エレベーターから飛びおりてきたメイクピースが警官たちを一掃する光景が思い浮かび、ふたたびディックスの携帯の番号を押した。電話をして、もう一度話さずにいられなかった。アクセルを踏みこみ、いっきに加速する。ホテルまで三十分ほどの道のりが残っていた。

ディックスが電話に出た。「サビッチ、やきもきしないでくれ。全員、細心の注意を払ってる。いまのところメイクピースの気配はない。これから部屋に入る」ドアの開く音がサビッチの耳に届いた。

「いま部屋に入った。キャサリン・ゴールデンは中央の椅子に縛られて、猿ぐつわを噛まされてる。彼女のところへ行くから、しばらく――」

「ディックス――」

大きな爆発音。

サビッチは必死の形相で、ディックスの携帯にふたたび電話をかけた。

応答がない。

こんどはルースの携帯にかけた。ボイスメールが入ってきた。

キャサリン！

心のなかで名を呼んだが、応答はなかった。

48

サビッチが〈マリナーホテル〉に電話をすると、十度めの呼び出し音で、若い女の怯えた声が応じた。「申し訳ございませんが、いまお話しできません。爆発が起きたんです。何者かがホテルを吹き飛ばそうとして、わたしは——」

「切るな！　こちらはＦＢＩの捜査官だ。きみの名前は？」

「メリッサ・グランビーです、お客さま——いえ、捜査官」

「深呼吸をして、メリッサ。いいぞ。さあ、なにが起きたか教えてくれ」

「少し前に男が、その男はメイクピースと名乗ったのですが、男が電話をしてきて、ホテルの四一五号室に爆弾をしかけたと言ったんです。そのあと、大爆発が起きて、みんなが悲鳴をあげてるし、お客さまは階段を駆けおりてくるしで、たいへんな騒ぎに——」

「しばらくおれにつきあってくれ、メリッサ。ゆっくりでいい。きみはよくやってる。そちらに警官はいるかい？」

「警官？　はい、制服を着た男の人がひとり、階段に向かって走ってます」

「その警官をなにがなんでも止めろ。いますぐだ」

若い心臓に幸あれ。悲鳴や走る足音などパニックで騒然とするなか、彼女はそれに負けじと、大声で警官を呼び止めた。

数秒後、いらだたしげな男の声が電話から聞こえてきた。「あんた、何者だ？　本物のFBIじゃなくて、アホ記者だったら、容赦せんぞ」

「いや、おれはFBIのディロン・サビッチ捜査官だ。いまラミレス警部補と組んで、任務にあたっている。四一五号室に直行してくれないか。向こうに着いたらこの携帯に電話をして、ようすを教えてくれ」サビッチは携帯の番号を教えた。「きみの名は？」

「クルーニー巡査です」

「クルーニー巡査、頼むから急いでくれ」

もはや手詰まりのサビッチには、車の速度を上げることしかできなかった。シャーロックが手に触れて、言った。「わたしたちの身分証明書を準備しておくわ。止められたら、警官の顔に突きつけてやらなきゃ」

サビッチはBMWの速度を落とし、ハンドルをこぶしで殴った。「爆弾を恐れてたのに、時間がなかった。ちくしょう、まっ先に爆発物処理班を派遣して、爆発物探知器を――」

「ええ、ええ、そうね。二時間もあれば彼らを呼べたでしょうけど、わたしたちにはその時間がなかったわ。自分を責めるのはやめて、現地まで安全にたどり着くことに集中するのよ」

「きみの言うとおりだ。だが、ディックスとルースが——キャサリン・ゴールデンがどうなったか……」

「がたがた言わないの、ディロン。父のBMWにはあなたが必要なのよ」

サビッチはふたたび上がっていた速度をゆるめた。比較的、交通量が少なくて助かった。

シャーロックが言った。「つまりメイクピースはみずから爆弾を持ちこみ、名前を名乗ったうえでみんなに部屋番号を伝え、そのあとすぐに爆発を起こした。どうしてなの？　理屈のつく説明ができる？」

サビッチは答えた。「部屋番号を教えたのは、キャサリンをただちに見つけさせたかったからかもしれない。彼女や爆発にみんなの目を引きつけ、混乱状態に陥れる。そして全員がパロアルトまで来ているほうに賭けて、チェイニーとジュリアが見つかるのを願った。逆に、おれたちがチェイニーとジュリアをサンフランシスコに残してくることを願っていた可能性もある」

「問題はこういうことよ、ディロン。メイクピースはパロアルトにいて爆弾を爆発させた。もう一度殺すチャンスがほしいから、チェイニーに自分のところまで来てくれと頼んでいるも同然だわ。彼はわたしたちがそこまで馬鹿だと思ってるの？　ジュリアがサンフランシスコにあるわたしの両親の家で、チェイニーに守られていることを突き止められなかったの？」

そのとき、サビッチの携帯が『ボーン・トゥ・ビー・ワイルド』を奏でだした。「きみか、クルーニー巡査？」

「はい、ひどいありさまです、サビッチ捜査官。ノーブル保安官がここにいます」

助かった。「ディックス、無事か？ ルースは？ キャサリン・ゴールデンはいるのか？」

ディックスは残骸《ざんがい》のただ中にいた。目の上で手を振って視界を曇らせるほこりを払ったり、片方の腕をつかんだりしていた。「ルースもおれもおおむね無事だよ。だが、キャサリン・ゴールデンは重傷だ、サビッチ。血だらけで意識を失い、ルースが彼女の左足の傷口を止血してる。ラミレス警部補もおれも顔に血がついてる。彼の部下もふたり、軽傷を負った。

部屋は悲惨な状態で、煙が充満してる。警報音が無数に鳴ってるが、実害以上に音がうるさいようだ。おそらくセムテックか、それに類するプラスチック爆薬を十五グラム程度使ったんだろう。だが、なぜもっと量を使わなかったんだろう？ なぜ小爆発だったか、おれはいま頭を悩ませてる。ホテル全体を木っ端みじんに吹っ飛ばして、ついでにおれたちを消すこともできたはずだ。なぜ、そうしなかったんだ？」

「ディックス、そのまま電話を切るなよ。爆発したのは、きみがロープをほどいて、キャサリンが立ちあがったあとか？」

「そうだな、ええと、待ってくれ。ああ、そうだ、すぐには爆発しなかった。実際は彼女が椅子から三、四歩離れたとき、どかんときた」

「だとしたら、近くから双眼鏡を使って室内を見てるな。つまり、やつの望むタイミングで爆発させることができたってことだ。たぶん爆弾は携帯電話につながってたんだろう。警官に通り沿いの建物を徹底的に調べさせろ。室内をのぞける場所にいたはずだ。カーテンは開いてるのか?」

「ああ」

サビッチはディックスがラミレスに話しかけ、ラミレスが部下に指示を出すのを聞いた。ディックスが電話に戻った。「さあ、終わったぞ。それと、ずたずたになったカーテンは閉めたからな」

「通りの向かいかもしれない」サビッチは言った。「いや、おれは馬鹿か? 急いで室内を調べてくれ。天井までだぞ。きみたちに向けたデジカメか携帯電話があるかもしれない。それがいちばん簡単な方法だ」

ディックスは言った。「やつが携帯電話をふたつ使って、部屋を出てからもずっと監視してたってことか? それならメイクピースは通りを渡らなくていいし、パロアルトにいる必要すらない。オレゴンにいたっておかしくないぞ、サビッチ」

「ああ、そういうことだ。メイクピースがタイミングをはかって爆発させたとしたら、キャサリン・ゴールデンや、ホテルのスタッフ、やつの警告に従ってキャサリンを見つけた警官たちを殺したくなかったってことだ」

「つまり、やつはおれたちがここに乗りつけたのを見て、動きだした。ホテルに電話をかけ、爆弾を置いたと脅迫した。いま調べてみるから——おい、待てよ、近づくな！　いや、いまはだめ——」

もみあうような音がして、誰かが電話をつかんだ。軽く息を切らしながら、ルースが出た。

「救命士ふたりがディックスをつかんで、止血帯を巻いたところです。これからわたしがカメラ類の有無を調べます。待っててください」十秒もしないうちに、彼女は電話に戻った。

「やりましたね、ディロン。キャサリンの椅子がまっすぐカメラに映るように、携帯電話がカーテンの襞《ひだ》のあいだに留めつけてありました。携帯の回線は切れてましたが、メイクピースはわたしたちを見るなり聞くなりしてた。なぜわたしたちが椅子を離れるまで、爆破を待ったんでしょう？　わたしたちの誰が死のうと、関係ないはずなのに」

サビッチは答えた。「無差別殺人は性に合わなくて、目的のある殺ししかしないのかもしれないな。あるいは、おれたち全員を殺して、世界じゅうの全捜査機関の職員に襲いかかられることを恐れたか」

「あるいは、チェイニーがキャサリンを救出に来て、そこで爆破するのを楽しみにしてたか。キャサリン・ゴールデンはいま運びだされました。まだ意識は戻りません」

「きみとディックスも病院に行って、傷の手当てをしてもらう必要がありそうだ。で、きみ

「絶好調です。ディックスがまたどなり散らしそうな顔をしてるんで、病院から電話をしますね、ディロン。そのとき全員の状態を報告します」

ディックスが誰かをどなりつける声を聞きながら、サビッチはつぎの出口をおりた。「引き返して、街に戻るよ」シャーロックに説明した。「メイクピースの居場所は不明だが、ジュリアの自宅で例の日記を捜したい。今回の事件の中心には日記があるんだ、シャーロック。日記が見つかれば、答えもいくつか見つかる」

「ジュリアも連れてくの？」

「危険なのはわかっているが、知ってのとおり、ジュリアは自宅を隅々まで知ってる。呼ばないわけにはいかない。仮にメイクピースが現われたとしても、ポーレット警部がやつを遠ざけておけるだけの人員を提供してくれるさ」

水曜日の午後

49

その日の午後二時、ジュリアは、サビッチとシャーロックとチェイニーに背後を守られながら、自宅玄関の鍵を開けてなかに入った。広い玄関ホールは暗くがらんとして、静まり返っていた。

「数日じゃなくて、何年も留守にしてたみたい」ジュリアは身震いした。「まるで他人の家だわ」

チェイニーが彼女の手を握った。「長居する気はないからな、ジュリア」恨みがましい顔つきでサビッチを見た。

サビッチは手を上げて、言った。「チェイニー、この件については徹底的に話しあったろ。日記を見つけなきゃならないんだ。キャサリン・ゴールデンも力を込めて話をしてたと、おまえやジュリアも言ってたじゃないか。ソルダン・マイセンも話題にした。この家をよく知ってるジュリアなら、隠せそうな場所もわかるはずだ。ここにあるはずなんだから、さっさと仕事に取りかかるぞ。日記が早く見つかれば、それだけ早くここを出られる。ジュリア、ご主人の書斎はもう調べたと言ってたね。だが、まずはそこから手をつけよう」

「探しまわったわけじゃなくて、彼の持ち物をすべて集めただけなの」

「わかった。じゃあ、きみとチェイニーは書斎に行ってくれ。チェイニーはドラッグの売人より隠し場所に詳しいから頼りになるぞ。シャーロックとおれはまずここ、リビングからはじめる」

シャーロックとふたりきりになると、サビッチは表に面した窓まで行き、厚地のカーテンを開いた。通りの向かいでアロハシャツの男が近所の庭木を刈っている。もうひとり、庭の芝刈りをしている男がいて、どちらも刑事だった。

マントルピースの前にいるシャーロックのところまで行った。上に絵がかかっている。「これがドクター・オーガスト・ランサムか」サビッチは言った。「思いつめた黒い瞳をしてるな。ウォーレス・タマーレインもベブリン・ワグナーもそうだった」こういう目つきが霊能者の必須条件のひとつなのか？　暖炉の隣にかかっている鏡をちらっと見ると、サビッチ自身の黒くて思いつめた瞳がこちらを見返していた。

「仕事にかかろう」

絵の裏に隠し金庫はなく、壁につけて置いてあるひとつきりの本棚の後ろにも、やはりなかった。シャーロックは床板を調べた。どこもうつろな音はせず、絨毯の下からもなにも出てこなかった。

「さあ、つぎはキッチンよ」シャーロックが言った。「サブゼロ社製の冷凍庫を賭けるわ」

ジュリアとチェイニーがリビングに入ってきた。チェイニーが首を振りながら言った。

「でかい机を動かして床板まで調べてみましたが、なにもありませんでした」

ジュリアが言った。「つぎはオーガストの寝室を調べたほうがいいかもしれないわ。さっと片付けをしただけなの。彼はあそこでも仕事をしてたわ」回れ右をしてリビングを出ようとしたその瞬間、頭上でオークの厚板がごくかすかにきしんだ。

全員、天井を見あげた。チェイニーは早くもシグを抜き、サビッチは口に指をつけて静かにしろと指示した。「ジュリア、外の警官に気づかれずに家のなかに入る方法はあるか?」

ジュリアは虚を衝かれたようだったが、やがて思いだした。「そう言えば、屋根裏部屋の窓に避難用の古いはしごがかけてあるの。家の側面にボルトで留まってて、ツタや茂みにおおわれてほとんど見えないようになってる。オーガストが目障りだからと、隠したがったの」

チェイニーが声を低めた。「ジュリアを危険にさらすことはできない。おれは彼女と一緒にキッチンの食品庫で小さくなってます。たぶんこの家でいちばん安全な場所でしょうから。物音をたてないように注意しますよ」

サビッチは言った。「しっかりジュリアを守れよ。シャーロック、きみはおれといてくれ」

チェイニーとジュリアがいなくなると、サビッチとシャーロックは大きな階段の下に立ち、身じろぎせずに耳をすませた。

小さな音ひとつしない。

「古い家のきしみだったのかもね」シャーロックがささやいた。

「ああ」サビッチは階段の反対側に行くよう、手ぶりで彼女に指示した。リビングのドアの向かい側の階段の下だ。

二階の踊り場まで階段を見とおすことができるように、シャーロックは膝をついた。じっとしているのが苦手なシャーロックは、自分の鼓動と喉もとの脈動の音を聞きながら、動きだしたい衝動を抑えていた。夫とともに待つうちに、足が痺《しび》れて、お腹がぐるぐる鳴りだす。ディロンに目をやると、風のない夜の影のように、微動だにしていなかった。

サビッチはシャーロック同様、体の一部を親柱で隠していた。土曜の夜にジュリアの撃った銃弾で削り取られたほうの親柱だ。そして、父親のことを考えていた。父は息子に備わった我慢強さに感嘆したものだ。なぜなら父バック・サビッチは活動的な人で、じっとしているということを知らなかったからだ。サビッチはシャーロックを見やった。彼女から放たれる荒々しい波のようなエネルギーが目に見えるようだ。訓練を積んでいるし、射撃の腕前は一流で、反射神経にも恵まれているが、彼女が危険にさらされるたびに、なじみの恐怖がこぶしとなって腹に突き刺さってくる。この感覚がいつか薄れるとは思えなかった。そして驚くとともに喜んでもいるのは、彼女が自分に対して同じように感じてくれていることだった。

なぜ、もう音が聞こえないのだろう？　誰もいないのか？　だが、サビッチは一秒たりと、人がいると信じて疑わなかった。賭けてもいい。メイクピースは自分たち同様、岩のように動かずに、物音に耳をすませているにちがいない。メイクピースにしてみたら、サビッチたちが家にいることを確かめなければならない。外に警官が配備されていることも知っているのだろうか？　たぶん。ただし、こちらがメイクピースの存在に気づいているかどうかは、つかめずにいる。彼は廊下から二階の踊り場まで出てこなければならない。確かめるにはそれしかないからだ。おれたちがなぜここにいるのか、わかっているのだろうか？　たぶんその理由を正確に知っている、とサビッチは思った。どうやって知ったかは不明だが、メイクピースは知っている。

永遠にも等しい一分が過ぎ、また一分が過ぎた。十年ほどたったようだった。すでにメイクピースも異状を察知しているだろう。さっきの物音から、長い時間がたちすぎている。そのとき、サビッチは気づいた。「伏せろ、シャーロック！」

爆発音が家を揺るがせ、上階から煙と炎が押し寄せ、左側の廊下から、踊り場と階段に残骸が吹き飛ばされた。煙は階段をその渦に巻きこみつつ下ってきた。これは威嚇のためのショーではない。破壊と殺人を意図した大爆発だ。さっきより遠くから、また爆発音が聞こえた。右側の廊下の先、たぶん廊下の突きあたりにあるジュリアの寝室だろう。その部屋の真下がキッチンだった。

天井の漆喰《しっくい》が大きな塊となって落下し、壁が揺らいで傾いた。サビッチはシャーロックの手をつかみ、あたりに立ちこめている黒い煙の渦のなかを走った。大きな屋敷が揺れる音や、天井や壁が落ちる音、めらめらと物の燃える音がした。火勢を増した炎が、急速に広がろうとしている。二階から襲いかかってきた熱気が空気に取って代わった。

キッチンの天井は大きな塊となって落ち、いまだ保たれている梁《はり》は、炎に呑まれていた。黒い煙が室内に充満している。

勝手口に走るチェイニーとジュリアが見えた。どちらも濡らしたタオルを顔に押しあて、チェイニーはジュリアを後ろから出さないように気をつけていた。

「ふたりのカバーにまわるぞ」叫び声とともに、サビッチはそちらへ走った。

チェイニーとジュリアは網戸から外に飛びだすと、腰をかがめて走り、花でおおわれたレンガ敷きのパティオに向かった。そのとき、チェイニーが胸に一発の銃弾を食らい、後ろざまに家の壁に倒れかかった。横によろめいたものの、どうにかジュリアをつかむと、彼女を壁に押しつけ、体をめぐらせてその上におおいかぶさった。

つぎの一発は、チェイニーの背中のまん中に当たった。彼はうめき声を漏らしつつも、ジュリアを壁に押しつけて、おおいつくそうとした。

外に出たサビッチとシャーロックは、左右ふた手に分かれた。標的をふたつにしておいて、あいだにメイクピースをはさみ、屋敷の裏手に向かって確実に銃弾を放った。メイクピースがすまいとしている。「伏せてろ！」サビッチは叫んだ。チェイニーが拳銃を手にして、ふり返ろうとしている。「よせ、チェイニー、ジュリアと一緒にいろ！　伏せるんだ！」サビッチは引き金を引きながら、もう一度叫んだ。チェイニーとジュリアが壁をすべり落ちて、パティオの床にしゃがみこむのが見えた。両側にある陶磁器の大きな植木鉢が多少は盾になるだろう。と、片方の植木鉢に銃弾が当たった。鉢が砕け、土とサクラソウと陶磁器の欠片《かけら》が飛び散った。

二階の窓と開いた勝手口から炎と黒い煙がもうもうと吐きだされ、火のついた木材の塊がパティオにいるふたりの背後に落ちた。サビッチとシャーロックは裏手にあるオークの低い枝に残った銃弾を撃ちこんで、弾倉を入れ替えた。しばらくすると、サビッチは手を上げた。ふたりはいま膝をつき、藤の花におおわれた厚い木製のトレリスの背後にひそんでいる。

あたりが静かになっていた。

サビッチは耳をすませた。炎の爆ぜる音の向こうに、警官の怒号と、二発の銃声、それに遠くにサイレンの音が聞こえる。煙を吸いこんだせいで喉が焼け、息が切れていた。

シャーロックが言った。「ポーレット警部の部下たちが応援に来てくれたみたいね」

「ああ」サビッチは木立に目を走らせた。「メイクピースはいなくなったようだ。自分へのダメージを少なくしたいんだろう」

ふたりはゆっくりと立ちあがると、なおも周囲に銃口をめぐらせて、わずかな動きも見のがすまいとした。しかし、裏庭は、燃えさかる家から放たれて濃くなる一方の黒い煙に包まれているため、先を見とおすことがむずかしかった。

「わたしたちの撃った弾、当たったのかしら？」シャーロックが言った。

激しく押し寄せてくる熱気と煙に押されて、ふたりは咳《せ》きこみ、ぜいぜいと息をしていた。家の側面をまわってくる警官たちの叫び声が聞こえ、喉を下る刺激臭のある煙の味が口に広がっていく。ここを離れなければならない。

サビッチは警官たちがメイクピースを撃ち倒してくれていることを祈った。

くぐもった轟音《ごうおん》とともに、ジュリアの寝室の上の屋根がキッチンに落ちたとき、消防車が表に到着した。

50

すすけた顔を汗が流れ落ちる。サビッチとシャーロックは、ジュリアに向かってどなるチェイニーの脇に膝をついた。「うろうろしながらおれをさするのはやめてくれ。おれはだいじょうぶだ、無事なんだから」

「じっとしてて、マッチョ。ヒーローを演じたがったせいで、二度も撃たれた——」

チェイニーはジュリアを見あげた。顔はよごれ、ポニーテールの髪は乱れて、目は赤く充血している。その肺に煙が入っていると思うと、心配でならない。恐怖に怯えた目つきを見て、そっと彼女の唇に触れた。「ほんと、きれいだな」

「なに言ってるの？　頭がぶっ壊れた？」

これにはシャーロックも大笑いした。「いちゃつくのはそれくらいにして、さあ、あなたたち、ここを出るわよ」

だがジュリアは苦しげに息をしながらも、しがみついている。チェイニーはその手を握った。「いいか、ジュリア、おれの心配はいらないんだ。ケブラーの防弾チョッキを着てるから、体には弾を受けてない。痛みが少しあるだけだ」

「わかってるわ、わたしもそのチョッキを着てるから。なのになぜ、わたしを壁に押しつけて、わたしの盾になったの？」

「わたしは奉仕の精神で守る者ですから、マダム」

疲れきった彼女は、ぶつぶつ言うばかりで、笑顔を見せまいとした。

サビッチが顔を上げたとき、フランク・ポーレット警部がやってきて、チェイニーの傍らにしゃがんだ。「やあ、ぼうず、少し顔色が悪いじゃないか。ケブラーに当たったんだろう？　特大の青痣ができて、肋骨がずきずきするだろうが、命を守るって点でケブラーにまさるもんはないからな。さて、いますぐここを出ないか？」

サビッチは消防士のようにチェイニーを肩にかつぐと、走って家の側面をめぐり、残るふたりはできるかぎりジュリアを防御した。

表側の芝生を走って横切り、縁石のところで止まったときも、身を寄せあったまま、たがいを守っていた。サビッチの肩から地面におろされたチェイニーは、ケブラーを着ていようがいまいが、いきり立ったスペインの牡牛《おうし》に蹴られたような痛みからはのがれられないと観念した。フランクを見あげると、携帯をポケットにしまうところだった。「あんたの部下がやつを逮捕したと言ってくれ。いま聞きたいのはそれだけだ。そう言ってくれたら、立ちあがってダンスを踊ってやるよ」

「いや、まだなんだが、どうせ遠くへは行けないさ。部下たちに追わせてるから、そのうち捕まるだろう。たっぷり撃ってやったとサビッチが言ってたから、うまくすると、弾が当たってるかもしれない」

家の片端で切妻を成していた梁の一本が爆発し、崩れ落ちると同時に、熱い火花が降りそそいできた。

「警部！」

フランクは首をめぐらせた。「捕まえたか、ブッカー？」

「車は盗んでませんでした、盗んだのはバイクです。何軒か先の私道の脇にある茂みに隠してました。チャーリーが轟音をあげて走りだすのを見て発砲し、いまは五、六人の警官があとを追ってます。長くはかからないでしょう」

「負傷してるようすはあったか、ブッカー？」

「チャーリーが言うには、背中を丸めてヘルメットをかぶってたので、わからなかったそうです。メイクピースがどうやってソルターとジェームズの目をすり抜けたのかはわかりませんが、家がぶっ飛ぶまでなにも見えなかったと言ってます」

「わかった」チェイニーが言った。「ジュリア、頼むから、撫でるのをやめてくれないか。なんともないから」

「じっとしてろよ」フランクはチェイニーのシャツのボタンを外し、マジックテープでできた防弾チョッキのストラップを引っぱった。銃弾によってへこみのできたチェイニーの胸のあたりの素材に触れる。そのままチョッキを引きはがすと、チェイニーを横向きにして、背中を調べた。「アカデミー賞ものの青痣だぞ、チェイニー。きみが盾になってなきゃ、ここにいるジュリアはいまこんなに機嫌よくしてられなかっただろう」

一同は、水がいきおいよく弧を描いて燃えさかる屋根にそそがれるのを見守った。チェイニーは、燃える自宅を見つめるジュリアが、うつろな顔をしているのに気づいた。両脇に垂らした手をこぶしにして、彼女の寝室の窓から吹きだす炎を凝視している。

彼女の両手を取り、こぶしを開かせて、黒ずんだ手のひらにキスした。「いいか、きみは無事だったんだ。大切なのはそれだけだ。おれたちの勝ちさ」

まもなく、近所の人たちがこぞって外に出てきた。おののき、魅了されながら、炎に見入っている。自宅の庭と屋根に水を撒《ま》く人たちもいれば、身を寄せあう人たちもいた。五、六人はジュリアにブランケットやコーヒーを運んできてくれたが、大半の人は高みの見物を決めこんでいた。

消防署長のラッキー・マルルーニは、十分後にやってきた。「いい知らせです、ミセス・ランサム。火は治まりました。家の半分ほどは構造上、問題がなさそうですが、慎重に調べてみないことには、捜査員にも確たることは言えません」署長は背後の家を見やった。「まったく――爆弾とは。この街の由緒ある美しい家が燃えるのを見るのは、つらいものです」

「ええ」ジュリアは自宅を見つめたまま、相づちを打った。「わたしを殺すつもりだったんです、マルルーニ署長。でも、失敗した。三度めなんですよ――」続きをさえぎったのは、耳障りな音をたてて三メートルほど先に止まったテレビ局のバンだった。スライドドアが開き、カメラをかついだひとりの男が飛びおりてくる。カメラを左右に動かしながら撮影していたが、ジュリアを見つけるなり、叫び声をあげて彼女をもろに映しだした。たぶんマイクもあるのだろう。そう思ったジュリアは、カメラに笑顔を向け、黒いこぶしを振った。「ねえ、聞いてる、あなたの負けよ！　また殺しそこなったわね！」

そのあとマルルーニ署長が下がっていないとバンにホースを向けるぞとカメラマンを脅し、フランク・ポーレット警部は、数人の部下に周囲を囲ませた。

シャーロックが疑問を口にした。「いま考えてたんだけど、メイクピースはなぜジュリアが勝手口から出てくるのを知ってたのかしら」

「勝手口に賭けたのさ」サビッチが言った。「根拠があったわけじゃない」

フランクが言った。「いや、誰かと組んでる可能性はあるぞ。メイクピースは裏、相棒は表とかな。だが、表には部下をおおぜい配備してたんだが、どこにいたんだ？」

チェイニーが言った。「そこらじゅう、どかどか人が歩きまわってたんじゃ、メイクピースの隠れていた場所など、永遠に見つからないだろうな」

「引きつづき調べるさ。ひょっとしたらタバコの吸い殻があるかもしれない」

「二階から足音が聞こえたわ、フランク」シャーロックだった。「それから爆発まで、あまり間がなかった。つまり、メイクピースは家にいたのよ」

しばらくして、また話しだした。「だからあなたの頭部を狙わなかったのかもね、チェイニー。急いで家を出なきゃならなかったし、確実にあなたを撃ちたかったから。それでジュリアが守りを失うと思ったのよ」

チェイニーは胸をさすった。「おれの胸と背中のまん中か。たいした腕前だ」

フランクが言った。「共犯者の心当たりはないか？　外にいて表側を見ている人間だが」

サビッチが肩をすくめた。「メイクピースを雇ってジュリアを殺そうとしている人物か、その人物が地元で悪さをしてるやつを雇ったか。ただし、メイクピースが人と組むという情報はどこにもなかった」

サビッチの携帯が鳴った。彼は話を聞き、携帯を切って、一同を見まわした。「ディックスからだ。キャサリン・ゴールデンは覚醒してない。しばらく意識を取り戻しそうにないから、スタンフォード病院に送って、警官に病室を見張らせるそうだ」

巡査が走ってきた。「バイクを見つけましたが、警部、メイクピースはとうに消えてました。ここまでが悪い知らせで、この先はいい知らせです」巡査は満面の笑みになった。「目撃者がいました。ブリンクリーの自宅から、七歳になる曾孫《ひまご》の女の子を連れて通りの向かいにある小さな公園に行こうとしていた老人がいましてね。その老人によると、猛スピードで走ってきたバイクが、公園の奥にある鬱蒼とした茂みにまともに突っこんで、止まろうともしなかったそうです。男がバイクから飛び降りたと思ったら、ほどなくブルーの小型車が近づいてきて、それに乗りこみ、そのまま車は走り去ったとか。老人は車に詳しくないそうで、その点では手がかりが得られなかったし、ほかにはなにも見てませんでした。うちの連中がいま近辺で聞きこみにあたってます。誰かがなにかを見てるはずです」

サビッチが言った。「巡査、しばらく待っててくれ。チェイニー、おまえとジュリアはシャーロック家に戻ったほうがいい。シャーロックとおれで目撃者から話を聞いてくる」

「フレディが日曜日に帰ってくれてて、ほんとに助かったわ」ジュリアがつぶやいた。

サビッチが怪訝《けげん》そうに眉を吊りあげた。「フレディ?」

チェイニーは腹を抱えて笑っていた。「隣の猫だよ」

歩いてその場を離れる彼らの二十メートル先で、記者たちが口々に質問を叫んでいた。

51

サビッチとシャーロックは、ジュリアの家から離れることおよそ一キロのブリンクリー・ストリートでその老人に会った。四〇年代に建てられたコテージの表側にあるポーチで杖《つえ》にもたれて立っていた老人は、ふたりに会うなり、あぶないので曾孫は家に隠したと言った。「そりゃあ、乱暴だった」言いながら、首を振った。「あっという間のできごとでな。わしはタック・ウィルソン」

サビッチは自分とシャーロックの名前を告げ、盾のバッジを見せた。老人が手を差しだしたので、サビッチもとっさに握手に応じようとして、自分たちが煤《すす》でよごれているのに気づいた。老人に笑いかけた。「あなたまでよごしたくありません」

「そりゃご丁寧に。じゃあ、あんた方はランサムの屋敷で火事にあったんだな」ウィルソンは玄関のドアに向かって動きだした。「そこらじゅうでニュースになってるよ。よかったらうちでよごれを落としてったらどうだ?」

シャーロックはほほ笑んだ。「けっこうです、ウィルソンさん。わたしどものほうから、バイクの男について、いくつかお尋ねしたいことがあります」

「タックと呼んでくれ。みんながそう呼ぶんだが、曾孫だけはわしを托鉢修道士《フライアー》と呼びよる。こまっしゃくれたお嬢さんだよ」

ウィルソンは手を振って木製のブランコに誘ったが、ふたりは首を振った。

「バイクが茂みに突っこんだというお話ですが、男はそのあと具体的にどうしたんでしょう?」

「さっき巡査に話したとおり、男はバイクから飛び降りてな。バイクには乗り慣れとるようで、そりゃ無駄のない動きだった。そうだ、それで男はふり返って、通りを見た。一分もしないうちにブルーの車がやってきおった。男は助手席に飛び乗り、車は走り去った」

「一分か。サビッチはほほ笑んだ。「バイクの男がどんな風貌だったかお聞かせください、タック」

ウィルソンは杖を振って茂みに向けた。「そりゃあ背の高い男で、黒人だった。恐ろしくすばしこくて、力強くて、優雅な感じだったよ。古くてくたびれた黒い革のジャケットを着て、この年寄りの目でも、革が傷だらけなのがわかった。足もとはブーツだった。カウボーイブーツじゃないぞ、黒い、バイク乗りがはくようなブーツだ。ヘルメットをかぶってた。バイクから最初に飛び降りたとき、なんと、そいつを脱いで、わしを見おった。たしかにわしを、それにアリスを見おったんだが、わしらになにかをしようというそぶりはなかった。

じっと道路を見てた」

「たいしたもんです、タック」サビッチは褒めた。「さあ、もう一度考えてみてください。あなたはブルーの車がやってくるのを見られた。その運転手も見た。その人物のことを話してください」

「ふむ。そっちはちいとむずかしいな。あっという間のできごとだった。男で、バイクの男と同じように若かった――」ウィルソンは言葉を切って、笑いだした。「といっても、わしには六十五以下の連中がみんな若く見えるんだが。ふたりとも年寄りだったとアリスは言うがな、そう言うアリスは七歳なんだよ」

「とすると、中年ってことになりますか？」

「わしほど年を重ねてはおらなかった」

「運転手ですが、禿《は》げてましたか？　眼鏡は？　どんな恰好でした？」

「いや、禿げちゃいなかった。そこんとこは確かだ。髪の残り具合についちゃ定かじゃないが、いくらかはあったぞ。色か？　悪いな、そこはわからない。記憶にないんだ。バイクの男が車に乗りこむあいだ、指でずっとハンドルを小刻みに叩いてて、それを異様に思ったのは覚えてる。そのあと、どなりだしおった」

「なにをどなっていたか、わかりますか？」サビッチは尋ねた。

「〝急げ〟と。そう二度どなってから、悪態をついて、アクセルを踏んだ。いまこうして思い返してみるに、そりゃあ急発進だったから、そのへんの車じゃないんだろう。たぶんドイツ製かなにかの高級車だな。いい音を吹かして、ぴゅっと走っていきよった」

「フライアー、車を運転してた人がものすごく怒ってたこと、話してないよ」

サビッチとシャーロックは小さな女の子を見おろした。玄関からするっと出てきて、曾祖《そうそ》父《ふ》の背後から顔をのぞかせている。「あなたがアリスね？」

アリスはシャーロックを見あげた。「あなたの髪の毛、すごくきれいだと思うけど、洗わなきゃいけないかも。うん、あたしはアリス・ドウガンで、こっちがあたしのご先祖さまのひとりのフライアー。自分のことフライアーって呼ぶの」

シャーロックはふたりの顔を見くらべて、ほほ笑んだ。「アリスと話をしてもかまいませんか、タック？」

「ああ、いいとも。アリス、わしに隠れるのはやめて、こちらに出ておいで。しゃんと背中を伸ばして、肩を引いて、この人たちにおまえが見たことをお話しするんだ。想像でちょこまかつけ加えたりすると、逮捕されるかもしれんぞ。この人たちはＦＢＩの捜査官なんだからな」

アリスは背後から出てきて、ウィルソンの真正面に立った。小首をかしげて、まっすぐふたりを見ている。まったく物怖《ものお》じしない、妖精のような少女だった。「やっぱり汚いね。あたしがそんなによごしちゃったら、ママに生きたまま生皮を剝《は》がれちゃうよ。さっきの大火事のとこにいたんでしょう？」

「そうだよ」サビッチは答え、少女と目の高さを合わせるために膝をついた。「きみのそばかす、すてきだね。うちの奥さんにも赤毛と一緒にそばかすがあればよかったんだけど、この世に生まれてきたとき、神さまにだめだって言われたらしい。うちの息子が頼んだときも、神さまは首を縦に振らなかった」

「あたし、そばかす嫌い。みんなにぽつぽつ顔って、からかわれるの」

「大きくなったら、にっこり笑ってごらん。男どもが列をつくってきみと話をしたがるようになるよ。そのときまで、おじさんの言ったことを覚えといてくれ」

幼い少女はサビッチに笑みを返した。無理もない、とシャーロックは思った。ここはディロンに任せたほうがいい。「アリス、車を運転してた男が腹を立ててたって言ってたね？」

「うん、すごかったんだよ。バイクの男の人に向かって、どなったり、ののしったりしてた。フライアーはあんなにひどかったこと、一度もないよ。あたしのママならオーガニックの大麦ソープであの人の口を洗うと思う。オートミールより、ずうっとまずいんだからね」

「ののしってるほかに、なにか言ってるのを聞かなかったかい？」

アリスが首を振った。「すっごく脚が長くて、ヘビの首をへし折れそうな顔をしてた」

「誰のこと？」

「黒人の気取った人、眼鏡をかけてたほうの人。その人、車のドアを開けると、運転してる人にすんごい言葉遣いで言い返して、能なしって呼んだんだよ」

「これ、アリス——」

「ごめんなさい、フライアー。でも、ほんとにそう呼んでたんだもん——能なしって。〝黙ってろ、能なし、さっさと運転しやがれ〟って言ったんだよ」

「そうか。じゃあ、続きを聞かせてもらおう。運転してた男の人だけどね、アリス、どんなふうに見えた?」

「年寄りで、でも、フライアーほど年寄りでなかった。フライアーぐらい年取ってる人はあまりいないもん。その人はすごくかっこいい指輪をしてて、それをばんばんハンドルに叩きつけてた。あんな指輪、あたしも欲しい。革紐《かわひも》を通して、首に下げるの。学校でも、そういう友だちがいるんだよ」

サビッチは言った。「その指輪のことを話してくれないか、アリス」

「薬指にはめてたけど、結婚指輪じゃないよ。大きなシルバーの指輪で、黒くて四角い石がついてたの。平らな石なんだけど、まん中が出っぱってた。フライアーの指輪みたいに。ちょうど太陽がそこに当たって、光の剣みたいにぴかっと輝いたからわかったの」

「フリーメイソンの指輪に似てるな」ウィルソンが言った。「ほんとに見たのかい、アリス?　作り話じゃないんだな?」

「ほんとだよ、フライアー。ほんとに見たんだってば」

ウィルソンはサビッチに言った。「じつは、フリーメイソンの指輪を持っててね。この子も何度となく見てるんだ。いや、今日は関節炎がひどいんで、してないがね」

「そうだよ、フライアー、あれとそっくりだった。嘘じゃないよ」

「それで」それから五分後、シャーロックはBMWの助手席に乗りこみながら言った。「フリーメイソンの指輪のことだけど、あの子の作り話だと思う？」

「言葉どおりに受け取っておいたほうがいいだろうな。少なくとも、薬指に指輪をした男という点は。多少、見た目はちがうにしろ」サビッチはにっこりした。「かわいい子だったな。白く見えるくらい、明るいブロンドでさ。さて、これで指輪をした男には髪があることがわかったが、色はわからない。そして、見る人が七歳か八十歳かによって、年寄りでもあれば若くもある」

シャーロックが言った。「メイクピースが運転してた男をののしって、どなり返してたとすると、ジュリア殺しを彼に依頼した人物ではないみたいね。メイクピースが今日だけ雇った地元の人間と考えたほうがしっくりくる。思ってたより大ごとになって、その男がびびったんじゃないかしら」

「聞きこみの結果を聞かせてもらわないとな」

シャーロックはにこやかにほほ笑み、指で顔を撫でた。「ほんと、アリスの言うとおりね。そろそろシャワーでお遊びの時間じゃない？」

にやりとしたサビッチの口もとに、白い歯がのぞく。顔のなかで、白く見えるのはその歯ぐらいのものだった。彼はよごれた妻の手に手を重ね、自分の脚に強く押しつけた。「あぶないとこだったな、シャーロック」

「あなた、いつもそんなこと言ってるわね」シャーロックは身を乗りだしてサビッチにキスした。夫がいまも、最悪の事態になった場合を想像しているのがわかる。「あなたがそばにいてくれると安心よ、ディロン。爆発の直前にあなたが伏せろと叫んでくれなかったら、飛んできた階段の柱が当たってたかもしれない。でも、わたしたちは無事だし、ジュリアとチェイニーも、警官もみんな無事だった。ただし、下着まで真っ黒になってそうだけど」

「おれが答えを教えてやるよ」サビッチは止めていた息を吐いた。

サビッチがシャーロック家の私道に車を入れると、開いた玄関のドアの前でルースが手を振っていた。

「おつぎはなんだ?」シャクナゲの茂みに向かって問いかけながら、妻について家に入った。

52

スタンフォード病院にやってきたサビッチとシャーロックは、エレベーターを降りて、ICUに向かった。キャサリン・ゴールデンの病室の外で椅子に坐っていた警官は、近づいてくるふたりをじろじろと見ていたが、やがてゆっくりとうなずくと、椅子から立ちあがった。盾のバッジを見せるまでもなかった。

「巡査——ラザラスだね。サビッチ捜査官だ」サビッチは巡査の手を握った。「こちらはシャーロック捜査官。で、どんなようすだい？」

「いまは落ち着いてます。ですがさっきは——全員、もうだめだと思いました。医師や看護師が迅速に対処してくれたおかげです」

サビッチの心臓がふたたび早鐘を打った。キャサリンが心不全を起こしたとルースから聞いたときのことがよみがえったのだ。だが、キャサリンは持ちなおした。ありがたいことに。

「いま神経科医がミズ・ゴールデンを診察してます。ラミレス警部補と部下の刑事は、五分ほど前に帰りました。彼女の意識がまだ戻らないんで、うかない顔をしてましたよ」

「マスコミに手を焼いてない？」シャーロックは尋ねた。

ラザラス巡査は不敵な笑みを返した。「自分がここへ来てから、三、四人のならず者を追い返してやりましたよ。〈マリナー〉で爆発が起こるわ、ミズ・ゴールデンは霊能者だわで、連中にしてみたら楽しくてしょうがないでしょうね。駐車料金の値上げ以外に報道することがあるんですから。被疑者が見つかるのを祈ってます」

サビッチが静かにドアを開けると、白衣姿の年配男性が目に入った。軽く背中を丸めて、キャサリンの胸に聴診器をあてている。カルテになにごとか書きこむと、こちらを見て眉をひそめた。

「〈マリナー〉から来たのかね？」

「どうしてですか？」シャーロックは尋ね返すと、例によって笑顔をお日さまのように輝かせた。「ここへ来る前にしっかりよごれを落としてきたんですよ」

「きみたちがまとっているのは、オードトワレならぬオードスモークだ。ラミレス警部補ならいないぞ。誰なんだね？　なんの用だ？　なぜ巡査はきみたちを通した？」

サビッチとシャーロックはそろって盾のバッジを掲げ、身分を名乗った。

「ふむ――FBIか。FBIの捜査官に会うのは、はじめてだな。わたしはドクター・セイント」シャーロックをじっと見て、胸を張った。「わたし同様、きみも名前では苦労もし、恵まれもしてきた口じゃないかね？」

同類だ。彼も聖人《セイント》という名前のせいで、人からとやかく言われてきたのだろう。「わたしの父なら、恵まれているほうを強調すると思います。父はサンフランシスコの連邦判事として、被告人とその弁護士の顔に哀れなほどの恐怖が浮かぶのをおもしろがっていますので。じつを言うと、〈マリナー〉での件には立ち会えませんでした。ただ、サンフランシスコで起きた別の火災現場にいたので、煙の香水をまとっていて、申し訳ありません」

「パシフィックへイツの火事かね？　さっき聞いたんだが、大きなお屋敷が爆発したっていうのは、ほんとかね？」サビッチがうなずくと、医師は首を振った。「このあたりで、おかしなことばかり起きるな。それで、ふたつの爆破事件は関係があるのか？」

「それはまだお話しできません」シャーロックは答えた。「ミズ・ゴールデンの容体は？」

ドクター・セイントは腰をかがめ、そっとキャサリンのこめかみに触れた。「見てのとおり、ずっとよくなった。ついさっきまで、心拍のリズムと血圧に異常があって、ここへ運びこんだんだ。鈍器損傷というか、頭部への傷というか、それが原因かもしれないが、なんにしろ、いまは落ち着いている。いちばんに心配されるのは、一度も完全に意識が戻っていないことで、こちらとしても原因がつかみきれていない。CTを撮ってもMRIを撮っても異常は見られず、出血や浮腫《ふしゅ》は見あたらない。それをのぞけば、あとは打撲ぐらいで、脚にあったひどい切り傷はドクター・リングが縫いあわせた。生体反応もいまは安定している。昏《こん》睡《すい》状態ではないものの、朦朧《もうろう》状態にあって、その原因のひとつは投与してる薬のせいだろう。

本人に戻る準備ができていないのだから、いまは待つしかない。たいへんな試練を切り抜けてきたのだからな」

「はい」サビッチはキャサリンを見おろした。「おっしゃるとおりです。心臓はもうだいじょうぶなんですね？」

ドクター・セイントはうなずいた。「命や医療に絶対はないにしろ、現時点では、またあのような状態に陥るとは考えにくい」

キャサリン・ゴールデンの顔は青白く、今朝シャーロック家の窓の外にかかっていた霧を思わせた。そこに青ずんだ痣がかすかに浮かんでいる。腕は両方ともまっすぐ脇に伸ばされ、両方の手首に点滴のチューブがつながれている。それでも、恐れていたよりは元気そうなことにサビッチは安堵した。どこにいようと、彼女のことはわかっただろう。昨夜、彼女をはっきりと見ていたからだ。「もしかまわなければ、しばらくここでミズ・ゴールデンについていたいのですが、ドクター・セイント」

「断わる理由がないよ。きみの好きにしたらいいし、彼女はどこへも行かない。人の声に反応を示すこともあるから、よかったら、話しかけてくれ。こちらで心配しなきゃならんような変化が現われたときに備えて、モニターを見ているからな」医師はふたりと握手すると、シャーロックに笑顔でうなずきかけて、病室をあとにした。サビッチは妻に向けていた目を遠ざかる医師の背中に移しながら、眉を吊りあげた。

「気に入られちゃったみたいね」シャーロックは言うと、窓辺に置いてあったひとつきりの椅子に近づいた。「煙のにおいやら、名前のことやら言われたら、黙ってられないもの」

サビッチは笑いながら、キャサリンのベッドの脇に腰かけた。かがんで彼女の手を取り、軽く皮膚を撫でてみた。かさかさに乾燥している。

意識を集中して、彼女に話しかけはじめた。「おれはここだよ、キャサリン。おれがここにいることをあなたが感じてくれるといいんだが。いま、あなたの手を握ってる。あなたはよくなる。心配いらない。少しのあいだ医者たちを震えあがらせたが、いまはもうよくなった。そろそろ起きたらどうだろう。できれば、ここのところ、ずっとおれの頭のなかにあった人物に会いたいからね」

反応を得られないまま、サビッチは〈マリナーホテル〉で起きたことを話した。五分ほど話したところで言葉を切り、シャーロックのほうを見た。彼女が黙ってうなずいたので、ふたたびキャサリンに話しかけた。「おれの息子、ショーンのことを話させてもらうよ。今日は祖父と一緒にいる。生まれも育ちもサンフランシスコの義父は、連邦判事でね。ふたりで裁判所まで出かけて、十九階までのぼってるはずだ。大人の注目を一身に浴びる息子のはしゃぎぶりが想像できるかい？　今朝は、おじいちゃんが犯罪者をぶっ飛ばすとこを見たいと言ってたよ」

やはり反応はなかった。

「キャサリン、トマス・パラックを知ってるかい？　長年、ドクター・ランサムの依頼人だったらしいね。そう、ドクターが殺される直前まで」

「ええ、彼のことは知っています」

サビッチはキャサリンの目に笑いかけた。まだ薬のせいで曇っているけれど、ついに目を覚ましたのだ。サビッチはシャーロックにうなずきつつ、キャサリンの手をやんわりと握った。「こんにちは。ディロン・サビッチです」

「どこで出会おうと、あなたのことはわかったでしょうね。こんにちは。キャサリンです」

「医者を呼びましょうか？」

「いいえ、お願いだから、いまはやめて。もう少し気持ちが落ち着いてからにしたいの」

「ようやくお目にかかれましたね。医者から脚の傷を縫合したと聞きました。打撲傷があり、脳震盪《のうしんとう》を起こしたそうですが、回復します。あちら、窓の前にいるのが、妻のシャーロックです」

キャサリンはシャーロックに会釈して、ふたたびサビッチを見た。「まだこの世を去らずにすんで、よかったわ。トマス・パラックのことをお尋ねだったわね。ええ、彼のことは知っています」

「では、彼の妻のシャーロット・パラックのことは？」

「面識はあるけれど、どういう人なのかよく知りません。彼女に会うたびに、彼女を包む奇妙なオーラが見えました。オーラが刻々と変化しつづけるのです。まるでカメレオンのように、その時々で人が変わるかのようでした。彼女にはどこかいやな感覚を残すところがある。それがなにかはわからないけれど」

「彼女の弟がアトランタ交響楽団でバイオリンを弾いているのは、ご存じでしたか？」

「そうね――ええ、聞いたことがあるようよ。トマスがそんなようなことを言っていたのかもしれません」

「どうやら、その彼が消えたようで、もう二日ほど、恋人を含めて誰も彼を見てないんです。なにかお心当たりはありますか？」

キャサリンはサビッチの顔を見すえた。ほかの同業者と――あるいはサビッチと――ちがって、その目は黒くも思いつめてもいないけれど、緑がかった金色をしていた。魔女の目だ、とサビッチは心のなかでほほ笑んだ。彼女がささやいた。「考えてみる必要があります」

「あなたは疲れておられる。おれはあなたが無事であることを確認したくて、話しかけてただけですから」

キャサリンが手をつかんだ。「いいえ、お願いだから行かないで」

「わかりました。では、少し水でも飲んでください」

彼女は長い時間をかけて水を飲んだ。

「おいしかった。ありがとう」サビッチを見あげ、顔を観察した。「あなたの声を頼りにして、心のなかにあなたを描こうとしました。深みがあって、溶岩のように黒ずんだ声だった。当たらずといえど、遠からずだったわ。あなたが見えたけれど、はっきりとはしなかった。あなたにはわたしがはっきり見えて？」

サビッチはうなずいた。

彼女は手を上げたけれど、点滴のチューブのせいでサビッチには触れられなかった。サビッチはその手をとらえて、もう一度握った。

「休みますか？」

「いいえ、いいわ。起こしてくださって助かりました。わたしは死を恐れることに忙しかった。あの男、作家の名前を持つ男——あなたがメイクピースと呼んでいた男はとても恐ろしかった」

彼女の脈が速まるのを感じ取って、サビッチは緊張をゆるめようとした。「ええ、危険な男です。少し時間をとりましょう、キャサリン。いいですか、リラックスして」

彼女はしばらく黙っていた。目をつぶって、深呼吸すると、脈が遅くなった。

「ご気分は？」

「頭にもやがかかっているみたい。だるくて、重い気分です。痛みはそれほどでもないけれど」

サビッチが顔を上げると、ドクター・セイントが部屋に入ってくるところだった。キャサリンが覚醒して、サビッチに手を握られているのに気づき、目をしばたたいた。

「これはこれは」ドクター・セイントはかがんでキャサリンの目を調べ、表情をうかがった。聴診器を心臓のあたりにあてて、耳をすませている。ゆっくりと体を起こした。「いつから目を覚ましているんだね、ミズ・ゴールデン？」

「五分ぐらい前からだと思います」キャサリンは答えた。「お世話をかけました。あなたがセイント先生ですね？」

「そうだよ」医師はさらに彼女のようすを観察してから、こう告げた。「きみは意識を取り戻して、調子も悪くなさそうだ、ミズ・ゴールデン。これからはもっと看護師の休憩室に出向いて、ジョリエットのロッカーに入っているフィグニュートンをこっそりつまむことに集中するべきかもしれないな。どうやら奇跡が起きるらしい」

「わたしもフィグニュートンをいただきたいかも」キャサリンは言った。

ドクター・セイントには異論がなかったし、さいわいなことに、看護師のジョリエットも喜んで分けてくれた。「どちらの点滴も、もう必要ないようだ。手が使えるように、左手首のチューブを外そう。そのほうがフィグニュートンを食べやすいだろう」ドクター・セイントはベッドの傍らで聴診器をいじりながら、眉を吊りあげてふたりを見た。「ミズ・ゴールデンが突然目を覚まして、フィグニュートンを食べたがっているというのに、きみは驚いていないようだな、捜査官」

「たんに、こちらに戻ってくる時間だったんでしょう」サビッチは軽い調子で言った。「わたしにもフィグニュートンをいただけますか」

ドクター・セイントは患者を休ませるため、こんどこそ出ていけとサビッチに言いかけたが、どこからともなく口出しを控えるべきだという思いが湧いてきた。そして、多少動揺の滲む声で言った。「きみは霊能者だそうだね、ミズ・ゴールデン」

フィグニュートンを嬉しそうに食べていたキャサリンは、うなずいた。「その能力を使って、昨晩サビッチ捜査官に会いました。そう、降霊会で」

「うん？　昨晩かね？　たしか昨日の午後、誘拐されたんじゃ――」

サビッチが手を上げて、先を制した。「あなたの奇跡に満足して、その先はかんべんしてください、ドクター・セイント」

医師はふたりを交互に見くらべていたが、それ以上は言わなかった。「いいだろう、あとはきみに任せる。いいかね、サビッチ捜査官、患者さんが疲れたら、休ませてやってくれ」

病室を出る前に、こんどもしげしげとシャーロックを見た。彼女は笑顔で手を振った。

サビッチが言った。「二度とメイクピースをあなたに近づけさせないと約束するよ、キャサリン」

じっとサビッチの顔を見ていたキャサリンは、口に残っていたフィグニュートンを呑みこんでから、うなずいた。「よかったら、もう二、三質問させてもらえないか」彼女がうなずくのを見て、先を続けた。「あなたに裏付けをしてもらいたいんだ、キャサリン。起きたことをすべて、記憶にあるかぎり話してほしい。メイクピースがあなたの自宅に現われたところからすべて」

彼女が身震いしたのがわかった。気持ちはわかる。「考えたくないのです。怖かったからではなく、自分がふがいなかったから。ふがいないのは、いやなものよ。

彼は銃床《じゅうしょう》でわたしの頭を殴りました。つぎに目を覚ますと、クロゼットのなかで椅子に縛りつけられ、彼の服に囲まれていた。どこなのか見当もつかなかったけれど、ジュリアを殺そうとしている男だと直感しました。でも、なぜ彼がわたしの正体を知ったのかわからなかった。ジュリアとチェイニーを追って、うちまで来たのかしら？」

「ちがいます。チェイニーがあなたに伝えかけていたように、マスコミが特別番組であなたのことを報道したからです。あなたが警察に協力し、あなたの〝ビジョン〟によってチェイニーの命が救われたと」

「あの男を雇って、わたしじゃなくて、マスコミを襲わせてやろうかしら」

サビッチはにやりとした。「それで、どうなったんですか？」

「そのあとあなたを感じた。心のなかにおぼろげながら、あなたの姿を描きだしました。話しはじめたばかりだったのに、メイクピースがクロゼットを開けて、わたしを引きずりだしたの。トイレに連れていかれ、トーストを食べさせられました。残りものだ、犬を飼ってないんでね、と彼は言った。怖かった。彼から失意と怒りが溢れだしているのを感じたから。そのくせ、ずっと口笛を吹いていたけれど。

ジュリアの居場所を尋ねられました。わからないと、わかるわけがないと答えました。そしたら、おまえは霊能者として警察に協力し、チェイニー・ストーンとジュリア・ランサムのためにビジョンまで見たのだから、ふたりの居場所をおれに教えられるはずだと、そう言われました。わたしにビジョンを見させたかったのです。そもそも、それがわたしを誘拐した理由でした」

「それもあるかもしれない」サビッチは言った。「ですが、最大の動機は、あなたに邪魔させないことだった。それに、爆弾がらみであなたには使い道があった」

「ええ、それなら筋が通っているわね。話を戻すと、わたしが人に命令されてもビジョンは見られないと言うと、彼は何度かわたしを殴って、クロゼットに戻しました。そして今朝まで出してもらえなかった。何度もあなたと交信しようとしたのよ、ディロン。でも、なにも起きなかった。

今朝、あの薄気味の悪いクロゼットから連れだされたとき、もう一度、ジュリアの居場所を聞かれました。わたしは、パシフィックヘイツの自宅で、チェイニーに守られているのが見えた、と伝えました。彼は嬉しそうでした。わたしに笑いかけると、頬を軽く叩いて、口笛を吹きながら出ていきました。

クロゼットに閉じこめられなかったことに気づくのに、少し時間がかかりました。ロープをゆるめようとがんばったけれど、とてもきつく縛ってあって。わたしはまたあなたに交信しようとしたのよ、ディロン。でも、あなたはいなかった。

そのあと警察が駆けこんできて、爆弾が爆発したのです」

サビッチはポケットからメイクピースの写真を引っぱりだした。「この男ですか？」

「ええ、そう、これがメイクピース」

「部屋を立ち去る前に、なにか言い残していきませんでしたか？」

「いえ、なにも」

「彼のところに、電話はなかった？」

「ありました、一度。でも、内容はわからないわ」

「いいんです。彼が大がかりな制作活動に取りかかっていたのは、わかってます」

「ごめんなさい、これ以上はお力になれません」

驚いたことに、彼女は晴れやかな笑みを見せた。「そのあと目を覚ましたら、あなたの顔があったわ。起きるのを手伝ってくれて、ありがとう。いま思ってたんだけど」キャサリンは自分を見るシャーロックの笑顔を見あげた。「フィグニュートンって世界でいちばんいいものかもしれない」

53

ザビエル・メイクピースはひくつくジョニー・ブースを見ていた。この男はいつもこう、スイッチを切ることのできない、電池入りの人形のようだ。ジョニーは指を曲げたり伸ばしたりし、それでは足りないのか、ふたたびげんこつでハンドルを叩いた。ひくついたり、ののしったり、あるいはこぶしで物を殴ったり、おれらはまちがいなく捕まる、全部おまえが悪いとこぼしたりで、少しも落ち着かない。「おめえがやり損なったんだ。みんなぐちゃぐちゃにして、地獄送りにしちまいやがった。ひょいとザンジバル島に飛べるおめえはいいが、おれにゃパスポートすらねえんだぞ。どうしろってんだ？　おめえの言うことを聞いちゃいけなかったんだ。ザニーの話なんぞ、聞くんじゃなかった。あの女はふだんからおめえのことを国際的なモダンアイコンだとかって言って、どんな意味だか知らないが、たぶんおめえに気があるんだろう」

これで少なくとも三度めだ。ザビエル・メイクピースは穏やかな口調で諭すようにくり返した。同じことを言うのは大嫌いだし、相手が救いがたいアホときたら、なおさらだった。

「警官がどうやっておまえを捕まえるんだ、ジョニー？　うまく逃げ切ったと言ったのは、おまえだぞ。おまえはランサム家で目撃されてないし、おれを拾ったあと、走り去るところを見てた人間もいない。そう言ったのは、おまえじゃないか」

「そりゃそうだけど、そういうことじゃなくて、言ったとおり、いけねえのは、じじいがいたこと——」

「おまえが言ったんだぞ。そのじじいはよぼよぼの老いぼれで、そいつが連れてた幼女は五歳にもなってなかったと。それが問題になるか？」

「そのじいさんはおれをよく見てたし、そのチビは親父《おやじ》の指輪をじっと見てやがった。だからよ、どちらもおれを見て、観察してたって、そういうことさ。あのじじい、ナンバープレートだって見てるかもしんねえ。それに、人がおおぜい外にいたじゃねえか。おれが気づいてねえだけで、誰が見てたっておかしかねえんだ。道路のコブをちゃんと見てろって、親父がよく言ってた。近くに行くまで隠れてやがって、転ばされちまうぞってな。そうさ、あのじじいが警察におれのことを話して、悪辣《あくらつ》な警官のひとりがおれに気づくにちがいねえ。警官ってのは、おめえが考えてるほど馬鹿じゃねえんだぞ。おめえにしたって、ケブラーを着てなきゃいまごろ寝転がって息してねえんだからな。今回はあぶなかったんだろ？」

　いますぐこのアホを黙らせないと、頭が破裂してしまう。それにジョニーの言うとおり、あの老人が人相を警察に語っていて、身元が特定されるかもしれない。ま、どのみちたいした問題ではないが。

メイクピースは底なしの辛抱強さを発揮して、ジョニーに応じた。「だが、やられなかっただろう？　だからおまえもやられないよ、ジョニー。心配もたいがいにするんだな」だが、このアホの言うとおり、今回は危機一髪だった。防弾チョッキに四発浴び、そのうち三発は命にかかわる箇所だった。そのことがメイクピースを、ジョニー以上に腹立たせた。

「パシフィカの出口でおりろ、ジョニー。しばらく市街地で休みたい。しゃれたカニ料理の店がある。おまえも気に入るぞ」

「おめえのそのしゃべり方、どうしちまったんだよ？　ころっと変わっちまったじゃねえか。いけすかないイギリス野郎みたいだぞ。それに、パシフィカなんぞ、おれは行きたくねえやい。近づくのさえ、ごめんだね」メイクピースに見つめられて、ジョニーはふたたび悪態をつきながら、ハンドルを叩きはじめた。いまや自分をののしりながら、それでも出口へ向かった。

「おまえはタクシーで帰ったらいい、ジョニー」メイクピースは言った。「不首尾に終わった今回の仕事の報酬としておれがやった金があれば、リムジンだって呼べる。そこを右だ。ビーチにおりたい」

「ビーチだと？　どうかしてんじゃねえか？　いいから聞けよ。おれは健康上の不安に対してボーナスをもらいてえ。あやうく、追いつめられて攻撃されかけたんだからな。おめえはただの強盗だから、ちょろいもんだって言ったんだぞ。ボーナスぐらい当然だろ」

「そこを曲がれ、ジョニー」

ジョニーがビーチに続く細い道に折れ、なだらかな土手を手前に弧を描いて進むと、打ち寄せられた木材で茶色に見えるビーチに出た。右側に狭い駐車場があり、そこから何本か遊歩道が伸びている。「ここに停めろ、ジョニー。自然と対話したい」

「そりゃ、できの悪い冗談かなんかか？　笑えねえな。自然なんざ、ほっとけってんだ。それより、ボーナスはくれるのかよ？　こんなことに引きずりこんだんだぜ、くれて当然だろ？」

「ああ、おまえの言うとおりだな。おまえの不安を慰めてやるぐらいの余裕はあるから、心配するな」

駐車場は狭く、ほかに車はなかった。ジョニーはエンジンを切ると、シートにもたれて両手で顔をこすった。「めちゃ怖がっちまって、悪かったな。あんなことに巻きこまれるとは、思ってなかったからよ。ほら、そこらじゅう、警官だらけだったろ。まるでおれらのことを待ってたみたいにさ。あいつら、おめえを待ってたんだよな？　おめえが現われるって、なんで知ってたんだ？」

おれは連中がいることを望んでたよ。それでこそ、おもしろくなる。

メイクピースは笑顔になり、捜査官に撃たれた肩をさすった。あと少しで防弾チョッキをそれて、首に当たるところだった。あぶなかった。黒髪に黒い瞳の大柄な男と、燃え立つような赤毛の女を思い描いた。あのふたりの正体を突きとめてやる。ストーンとかいう捜査官はしとめてやった。心臓に一発と、背中に一発——ただし、ケブラーを身につけていなければの話だ。運のいい男だし、ここまでその運に守られてきたのだから、こんども防弾チョッキを身につけていたと考えたほうがいい。

「おめえがあの家を爆破するつもりだったとはな。そんなこと、言ってなかったろ？　おい、海を見てみろよ。すげえきれいだぜ。鐘のように清らかでやがる——なんでそんな言い方すんだろな？　鐘ってのは、そんなに清らかか？」

「教会の鐘だろ、ジョニー」

「なんだっていいさ」

「そうだな。それよりこれを見ろよ、ジョニー」メイクピースは銀色のワイヤーを取りだした。

54

水曜日の夜

チェイニーは言った。「だめだ、ジュリア、やめとけ、きみはどこへも行かせない。きみが安全に過ごせるのは、ここシャーロック判事の家だけだ。きみがここにいることは誰も知らないからな」

「チェイニー、聞いて。わたしの家は黒くくすぶる焼け跡になってて、持ちだせるものがあるかもしれない。そして保険会社の人たちや、片付けの人、それに消防局の火災捜査員たちに対応しなきゃならないの。それに、着るものがないわ」ジュリアは彼女が身につけているターコイズブルーのスエットの上下を見おろした。エベリン・シャーロックから借りたのだが、パンツの丈はくるぶしから五センチ上までしかなかった。

たしかに、少しみっともない。

ルースが言った。「心配いらないって、ジュリア。明日にはわたしが服を仕入れてくるから。チェイニーの言うとおりよ。あなたはここにいなきゃ」

サビッチが携帯を手にリビングに入ってきた。一同をひとりずつ見て、シャーロックに尋ねた。

「あのちっちゃなアリスが逃走車の運転手の薬指にあった指輪のことを詳しく話してたのを覚えてるかい？　フリーメイソンの指輪のことだとタックが言ってたろ？」

「ええ。なんで？」

「パシフィカ市警が絞殺された男の指にその指輪を見つけたのさ。死体は、パシフィカ郊外にあるビーチの駐車場に停められていた濃紺の小型フォードに残されてた。現場にいた警官が指輪に気づいて、すぐにフランクに電話したんだ。担当刑事が言うには、フォードは全体がパワーアップされてたそうだから、たぶん逃走用に改造された車だろう」

「男か」ディックスが言った。「何者なんだ？」腕の縫い跡の周囲を軽く掻いた。

「警察のほうでジョニー・ブースと特定した。案の定、まっとうな市民じゃなかったよ。武装強盗とポン引きという二件の重罪を犯し、サンクエンティンに合わせて九年ぶちこまれた。一度は酒屋の店員を殺した罪で逮捕されたが、刑をまぬがれてる。副本部長は三振即アウト法でつぎは重罪に問われるから、カリフォルニアにはいないと思ってたそうだ」

「メイクピースは中途半端が嫌いみたいね」シャーロックが言った。

「ただのケチだったりして」ルースが言った。「そいつに報酬を払いたくなかったとか」

チェイニーの携帯が鳴った。彼は軽く会釈してリビングを出ていき、戻ってきたときには困惑顔になっていた。「こちらが考えていた以上に、メイクピースは忙しくしてたようだ。こんどもフランクからで、アサトンの警察署から、ソルダンが死んだと連絡が入ったそうだ。ソルダンは例のエキゾチックな部屋で赤いシルクのローブを着てシルクの枕にあお向けになっているところを発見されて、絞められた首に深い傷があったそうだ。フランクによると、やられたときは、ハッシッシを吸いながらマーク・トウェインの『地中海遊覧記《イノセント・アブロード》』を読んでたとか。鑑識は死後一時間と言ってる。発見者はアシスタントのアンチルラで、ＡＡ《アルコホーリク・アノニマス》のミーティングから帰ってきたら、死んでたそうだ。

犯人が背後から忍び寄ったのは明らかで、首にワイヤーをかけたら仕事は終わったも同然だった。ソルダンはひと晩じゅうハッシッシを吸ってたとアンチルラが言ってるから、近づくのは簡単だったろう。

だが、首にワイヤーをかけられたソルダンは反撃してた。鑑識によれば、指の爪に皮膚が残ってるらしい。たぶんメイクピースのものだろう」

「メイクピースは満身創痍《そうい》ね」ルースが感想を述べた。「銃創でしょ、親柱の爆発による顔のすり傷でしょ、それにマイセンの爪跡よ。それでも、あいつはまだ動きまわってる」

ジュリアが言った。「強い欲求に後押しされてるのよ」

「殺したあと、ソルダンの爪をそのままにしたのが解せないわ」シャーロックが言った。

「メイクピースはプロよ。プロならそういう確実な証拠を残さないものだけど」

ディックスが顔を上げた。「誰が気にする？　メイクピースにとっては、どうでもいいことさ。おれたちはまだやつを捕まえられずにいる。パラックのこともだ」席を立って、表に面した窓まで行くと、顔だけふり向いて言った。「おれたちはまだなにもつかんでない――証拠も、目撃者も、ドクター・ランサムの日記も。その日記があれば動機の解明につながるんだろうが――」窓のほうを向いた。「おれたち全員がわかってるとおり、パラックにちがいないんだが」

「そうね」ルースが言った。「なぜパラックはメイクピースにソルダンを殺させたのかしら」

サビッチが答えた。「なんらかの理由で、ソルダンが危険な存在になったんだろう。ランサムとソルダンの両方が、パラックお抱えの霊媒師であったことを忘れるなよ。ディックスの言うとおり、パラックは今回の事件全体の中心にいる。中心まで行くさ、ディックス。ここが踏んばりどころだ」だがサビッチには、自分の言葉が彼には届いていないのがわかった。

「ねえ」ルースだった。「ソルダンがメイクピースを雇って、オーガスト・ランサムを殺させたっていう線はない？」

チェイニーが答えた。「依頼人が欲しいってだけでか？　おれには考えられないが、死人と話ができるってやつだから、わかったもんじゃないよな」

気詰まりな沈黙が流れた。誰にもつぎの方針が立てられなかったからだ。だが、突然サビッチが立ちあがり、シャーロックとともに夜行便でニューヨークへ向かうと告げた。

ふたりは二十分とかけずにサンフランシスコ空港に到着し、離陸までわずか五分を残してゲートにたどり着いた。

55

アッティカ・ニューヨーク
木曜日

サビッチとシャーロックがJFK空港で飛行機を降りると、ニューヨーク支局のビッグ・ソニー・モルダボが到着ゲートで待っていて、ふたりをアッティカへ運ぶために待機させてあったFBI所有の黒いベル・ヘリコプターまで運んでくれた。「あなた方のパイロットはボビーといって、荒くれ男です。ヘリのパイロットとして〝砂漠の嵐〟作戦に参加し、退屈するたびにイラクの共和国防衛軍に威嚇飛行をしたという逸話の持ち主ですが、なに、心配はいりません。ちゃんと目的地まで運んでくれますから」ビッグ・ソニーがふたりを荒くれ男に託して立ち去ると、ボビーはゆうに二メートルは唾を飛ばし、おもむろに伸びをしてから、物憂げな笑みをふたりに向けた。「こんな特別待遇を受けるとは、あんたら、本物の重要人物なんだな。で、アッティカはロチェスターとバッファローのあいだにある。そう時間はかからんよ。機乗して、バックルで体を固定してくれ」一分もしないうちに離陸したふたりは、みごとに晴れわたったマンハッタン南端部を見おろしていた。

シャーロックは水をひと口飲み、サビッチにペットボトルを手渡した。たっぷりと水分をとったサビッチは、手の甲で口をぬぐった。

シャーロックは地上を見おろした。マンハッタンのあたりはすでに通りすぎていた。いま飛んでいるのは平野部で、ところどころにマツやオークの森があり、ぽつりぽつりと現われる小さな町が、田園風景のアクセントになっている。シャーロックは朝日を浴びて煌めく赤い納屋を指さした。

サビッチはうなずいた。「今回の騒動だが――こちらがいくらパラックのしわざだと確信していても、判事を説得して彼のペントハウスやオフィスの捜索令状を出させる材料がないことには身動きできない」

シャーロックは指先で脚を小刻みに叩いた。「わかるけど、まだサンフランシスコに入って数日だってことを忘れないで。その間にあれだけのことが起きたんだから、びっくりよ。なぜいまごろわたしたちがコートニー・ジェームズに会わなきゃならないの、ディロン？」

「この前の朝、MAXにジェームズのことを調べさせた。彼はパラックの生家の近所に住み、パラック家の全員を長年にわたって知ってた。それでおれは、いま生きているなかで彼ほどトマス・パラックをよく知る人物はいないことに気づいた。空白を埋めることのできる人間がいるとしたら、ジェームズをおいてないと、思ったんだ。

そのあとおれたちはメイクピースと刺激的な時間を過ごして、おれはやつを棚上げにするほかなくなった。

だが、この件にかかわってわずか数日とはいえ、おれはディックスが心配でならない。あれだけ追いつめられてると、いつ爆発してもおかしくないぞ。じつは期待してることがあるんだ、シャーロック」妻の手を持ちあげて、口づけした。「サンフランシスコで立ち往生してるいま、ひょっとしてひょっとしたら、コートニー・ジェームズが道路封鎖を突破する材料を提供してくれるかもしれないと思ってさ」

「彼がなにを提供してくれるの？　パラック家の人たちに関する知識も記憶も、三十年前のものなのよ」

サビッチはため息をついた。「わかってるよ」

「それでもあなたは期待してる」

妻にキスしたサビッチは、唇をつけたまま言った。「ああ、期待してる。じきにわかるさ」

シャーロックも期待していた。とはいえ、コートニー・ジェームズが有益な情報をもたらしてくれるとは想像できない。あくびが出る。夫婦そろって飛行機のなかでもよく眠れるたちだが、この数日間でどちらも消耗しきっていた。頭を背もたれにつけ、目を閉じると、ヘリコプターのプロペラの音が頭のなかに響きわたった。そのまま、アルバのビーチで親子三人水入らずで楽しんでいる光景を思い描いた。

一時間後、ボビーはふたりを乗せたヘリコプターを、アスファルト面が荒れたヘリポートに着陸させた。場所はアッティカ郊外にある小空港、トムリンソン・フィールド。それから、滑走路の端に停めてあった、元の色が判然としないベージュのフォード・エスコートを手で指し示した。きりっと敬礼をすると同時に物憂げな笑みを浮かべ、「あんたらがおしゃべりでなくて助かった」と言ったつぎの息で、「そうだな、帰りはちょいと遊んでもいいな」とつけ加えた。

「待ち遠しいよ」サビッチが言った。「おれのトレッドミルなみにスムーズな移動だったからね」

「ほんと。とくに着陸前、あなたが機首を上げて急降下したときの、胃が耳までせりあがってくる感じが最高だったわ」シャーロックが言った。

ボビーはにやりとした。「また工夫しないとな。大物ふたりを悪《あ》しき大都会に送り届けるのに、退屈させせちゃ申し訳ない」

太陽は三十分前に黒雲の背後に隠れ、いまだニューヨーク西部では姿を現わしていなかった。ときおり風が道路脇に堆積《たいせき》した土ぼこりを巻きあげるなか、春の雨のおかげで、木々は青々と茂っていた。地面は平らで、牧草地は牛で混みあい、アレグザンダー・ロードはすいていた。サビッチは〈アッティカ・モーテル〉の前を通りすぎざま、ここに入って、部屋のシェードをおろし、月曜日までシャーロックと眠りたいと思った。夜行便で東部に飛ぶと、どうしようもなく疲れが残る。

ふたりは看守ふたりと看守長に伴われて、敷地内の病院まで言った。広大な矯正施設にある大半の建物と同じで、なんの変哲もない赤レンガ造りの三階建てだった。ふたりはそこでダニエル・ラファティ刑務所長に会った。すでに二度、身元をチェックされていたにもかかわらず、所長は度の強い眼鏡を持ちあげてじっくりと身分証明書を見てから、ふたりと握手をした。「コートニーは夜になると息が苦しくなるので、検査のためにここに連れてきています。長年、心臓がよくありませんでね。命にかかわるような病気ではないのですが、用心に越したことはありません。三階にいるので、ご案内します」

シャーロックは、先を行く所長と距離ができると、手で口をおおってささやいた。「刑務所長がじきじきに出迎えてくれて、大量殺人犯をコートニーと呼んでるわ。彼がいつか仮釈放されたときに新しい建物を寄付してもらえるよう、ちゃんとお世話してるみたいね」

ラファティ所長は笑い声をあげながらふり向き、シャーロックに向かってにこりとした。「病院内では音が異常に響くんですよ。それはもう、あなたの言うとおりです。コートニー・ジェームズは別格です。彼がほんとうに大量殺人犯だと思いますか？」所長は肩をすくめた。「どうせここで一生を終える身なんですよ、かまわんでしょう？　正直、わたしはあの老人が好きなんです。妙な声にやれと命じられて無作為に人を殺せる人間だとは、一度も思ったことがありません」

サビッチとシャーロックは所長について厳重に施錠されたドアをふたつ抜けた。どちらにも看守が配置されており、シャーロックが笑顔で会釈すると厳しい威圧の表情を消した。

途中、コートニー・ジェームズの部屋から出てきた医師と出くわした。ラファティ所長によると、部屋は個室で、老人の空間を邪魔したがる囚人などいないとのことだった。「ここにおられる先生も証言してくれますよ。どんなに品性下劣な人殺しも、敵意に満ちたサイコパスも、コートニーには道を空けます。食事の列で先を譲り、運動の時間は彼がひとりにならないようにゆっくり穏やかに歩調を合わせます。コートニーには彼らの望むほとんどすべてのものを合法的に、あるいは非合法に買い与えてやれる金がある。タバコとかキャンディとかCDとか、そんなたぐいです。ですが、それだけでなく、コートニーは敬意をもって彼らに接します。毎年クリスマスには、わたしにまでオレゴン州のどこかで修道士がつくっているかなりいけるフルーツケーキをプレゼントしてくれるし、服役者や看守にはクリスピー・クリーム・ドーナツを大箱で取り寄せるのです」

ドクター・バージェスは背中の丸くなった、しわくちゃの老人だった。老けて疲れた目で捜査官を眺めたのち、ラファティ所長に言った。「あいつはわたしにもクリスマスプレゼントとして毎年フルーツケーキを贈ってくれとる。コートニーは元気だ。酸素チューブは外してやったよ。ポーカーゲームで羽目を外しすぎて、へとへとになったらしい」

シャーロックが片方の眉を吊りあげた。

ラファティ所長は笑い声をたてた。「全員が一組ずつカードを持ってましてね。凝った暗号を考案して、監房の壁を叩いてやりとりするんです。やれ、コールだ、レイズだ、フォルドだと。どうやら、黒歯のモーゼスが大勝ちしてて続けたがるのです。――コートニーはとりわけいいようにやられてるようです。コートニーはモーゼスをがっかりさせたくないばっかりに、倒れるまで相手をしてしまう。それで黒歯のモーゼスを筆頭に、囚人全員が肝を冷やすんです。もちろん、言うまでもなく、看守もです」所長の口調が少し熱を帯びてきた。「そうなんです、看守たちはあの老人とクリスピー・クリーム・ドーナツが好きなんです。砂糖衣でコーティングされて、触れるとまだ温かく、作りたてとさほど変らないあのドーナツが」

三人は白い壁の小部屋に入った。病院用のベッドが三台あるが、そのうち二台は空だった。隅に実用的な椅子が一脚置いてあり、ひとつきりの窓は庭に面していた。ラファティ所長について、ふたりはベッドに近づいた。

一九七七年の逮捕から一九七九年に陪審によって有罪を言いわたされるまでのコートニー・ジェームズの写真は、あらかじめ見てあった。だが、それから三十年ほどたっている。いまふたりが目にしている老人に似た写真は一枚としてなかった。

「コートニー？」

鮮やかな青い瞳がまず所長を見つめ、続いてシャーロックとサビッチをとらえた。彼はにやりとした。「どういうことかな？　きれいな女性を連れてきてくれたのか？　なんと美しい瞳だろう。わたしの瞳によく似てると思わないかね？」

「思わないよ、コートニー」

「わたしのお迎えが近づいてるのかい、所長？」

「いいや、あなたはここの常連だからね。彼女はただきれいなだけじゃなくて、ＦＢＩの捜査官なんだよ。名前はシャーロック。こちらはサビッチ捜査官だ。この方たちはあなたと話がしたくていらした。いま話せそうかね？」

「もちろん、この美しい女性と話させてもらうよ。もう三十年きれいな女性を見ていないし、こんなに美しい髪を見るのは人生ではじめてだからね。うちの母親は髪を赤く染めていたが、染めた髪はわかるもんだ。けれど、きみの髪はちがうね、シャーロック捜査官。結婚しているのかい、べっぴんさん？」

シャーロックは腰をかがめて、頬骨の突きでた細面に顔を近づけた。驚くほどしわのない、青白い顔をしている。この老人は病んでいる、とシャーロックは思った。病によって犯した罪の現実感がかすんでいる。「気をつけてくださいね、ジェームズさん。サビッチ捜査官がわたしの夫なんです」

コートニーが言った。「いや、わたしに嫉妬してもしかたがないよ。わたしはくたばりかけの老人にすぎないのだからね。哀れに見えるよう、努力したほうがいいかもしれないな。その酸素チューブを鼻に戻してくれ。それにしても、大男じゃないか。朝食に釘《くぎ》を食べそうな顔をしている」

「まさか」サビッチは言った。「幼い息子と一緒にチェリオスを食べてます」

「いまじゃ、それがいい刺激ってとこか?」抜け目のない瞳がサビッチからシャーロックへ、そしてまたサビッチに戻った。「わたしと話したいのかね? なんの話だろう。再捜査してもらえるのかい? わたしをここから出したいとか?」

「そうできればいいのですが」サビッチは言った。「それは無理ではないでしょうか」

「いいかね、捜査官、わたしが死体の埋葬場所を言えないのは、なんと言われようとわたしがその人たちを殺していないからだ。パラック夫妻はたしかに殺したし、わたし自身、逮捕されたことを悲しがっていることは神がご存じだ。率直に言って、あの夫婦は殺されて当然だった。クソのような夫婦で、とくに女のほうは最低だった。夫より息子より、あの女がひどかった」コートニーは深いため息をついた。「きみの髪を触ってもいいかね、シャーロック捜査官? たいそうな名前をお持ちだな」

「ありがとうございます、ジェームズさん」シャーロックは身を引くことなく、老人が血管の浮いた細い手を持ちあげ、豊かな髪を触るにまかせた。

ラファティ所長は左右の足に体重をかけ替えている。ふたりの捜査官がのんきに世間話をしていることを不審に思いつつも、沈黙を守ってくれている。サビッチはそれに感謝した。

サビッチは言った。「さて、ミスター・ジェームズ、妻といちゃつくのはそれくらいにしてもらいましょう。いいかげんにしないと、痛い目に遭わせますよ」

老人はこんども満面の笑みを浮かべ、自前らしい白い歯をのぞかせた。「運のいい男だな」サビッチに言った。「さて、きみはわたしから話が聞きたくて、ここへ来た。事件があったのは明らかだ。なにがあった？」

「パラック一家について、記憶にあることを洗いざらい話してください。両親のこと、息子のトマスのこと、すべてです。ミセス・パラックがいちばん悪かった、夫よりも息子よりも悪かったとあなたはおっしゃった。どういう意味でしょう？」

コートニーはのっぺりした白い壁に目をやった。「遠いむかしのことだが、ときにはある場面が写真のように固定されて、永遠に脳にとどまることがある。わたしが最初に刺したときの彼女の顔は、いまだに目に浮かべることができるよ。いいだろう、ここから過去をたどってみよう。マーガレット・パラックはわたしが出会ったなかじゃいちばんの美女で、本人もそれを自覚していた。わたしが殺したときの彼女は六十手前、夫のほうは六十五だったが、信じられんことに、彼女はまだきれいだった。背が高くすらっとしていた。体形を保つために、自宅にトレーニングルームまであって、毎日体を鍛えていたんだ。そして、顎にかかるきれいな黒髪の持ち主だった。実年齢を知らなければ、四十前だと思っただろう。彼女はそれを承知していて、うまく使っていた」

「そこまで褒めそやされる女性を、なぜ殺したのですか？」

「そうだな、きれいな女性に尋ねられたから答えるが、つまり、彼女はわたしと寝ていたんだ。色事話の好きなアホ警官どもには一度も話さなかったがね。連中はわたしのことを極悪非道なサイコパスと決めてかかり、動くものならなんでも惨殺すると信じていた。だが、いまきみに打ち明けるのはかまわない。じつは、わたしは、トラックの荷台がいっぱいになるほど、訴願を出してきた。

連続殺人犯などという言いがかりは、おそらくトマスの仕組んだことだろう。トマス・パラックは母親という古いレンガから欠け落ちた古いレンガ片で、つねに母親が握る紐につながれている。それがトマスという男だった。検察官は参考書類に〝ほかの犯罪〟や〝ほかの被害者〟といった文言を忍びこませたがったが、証拠などまったくなかった。

そうとも、トマスのしわざだと賭けてもいい。あの傲慢《ごうまん》なウジ虫男はむかしからわたしを嫌っていた。彼が母親を見つめているのを見たことがある。そのあとわたしを見て、わかっているぞといわんばかりに、憎々しげな顔になった。しかも、嫉妬しているようだった。たとえわたしが彼の両親を殺していなくても、彼はわたしにその罪をなすりつけようとしたんじゃないかと、よく考えたものだ。だが、実際は、さっき言ったとおり、わたしが殺してやるしかないやつらだった」しばらく話すのをやめ、目の前にある白い壁を見つめていた。

ついにサビッチが口を開いた。「ミスター・ジェームズ、率直にお話しいただいて、感謝します」

「話してはならない理由があるかね、サビッチ捜査官？　あと少しで八十だ。この先、いつまで所長のすてきなカントリーホームにいられることやら。さっき話したとおり、わたしは長いあいだ、わたしが連続殺人犯で、悪魔の声が聞こえるといった戯言を信じている人たちに囲まれてきた。ここの精神科医にもちがうと訴えてみたが、誰も聞く耳を持たなかった。それがいまになって、真実を聞こうというふたりの捜査官が現われた。そうだろう？」

「はい、ミスター・ジェームズ。わたしたちは真実を探りだすために、長い道のりをやってきました」

「しかし、シャーロック捜査官、きみのようなきれいでかわいい女性にわたしの話を聞かせるのは心苦しい。いまや血は乾いているとはいえ、けっして気持ちのいい話では――」

「わたしはとても気丈なんですよ、ジェームズさん。仕事ですから」

コートニーが知性に明るく輝くブルーの瞳をシャーロックに向けた。しばらく観察したのち、やさしくほほ笑みかけてきた。シャーロックは一瞬、彼が殺人犯であることを忘れそうになった。

「きみが聞きたいことは、すべて話そう」コートニーが言った。

「助かります」サビッチが言った。「〝きみ〟のなかに、わたしも含めてください、ミスター・ジェームズ。録音してもいいですか？」

老人はゆっくりとうなずいた。「彼女の名前はマーガレット。わたしはマーガレット・メイと呼んでいた。ふたりでベッドにいるときは、『マギー・メイ』を歌ったものだ。わたしが彼女を殺す前のことだ」

56

「どうしてそう呼んだんですか？」コートニーがふたたび黙りこんだので、シャーロックが先をうながした。

「彼女のほうが年上だったからだろうな。ロッド・スチュワートの古い歌、『マギー・メイ』と同じだった。当時わたしは中年だったが、彼女にとっては若い男で、彼女の出来の悪い息子とは十歳ほどしかちがわなかった。そうだよ、わたしは彼女と寝ていた。そして、それを事実として知っている人間はいなかった。わたしは秘密を守り、死んだ彼女の評判を守った」

サビッチが言った。「息子のトマスには言わなかったんですか？」

「言ったが、それはのちのことだ。トマスは疑っていただけで、わかってはいなかった」

「トマスがあなたに嫉妬していたようだとおっしゃいましたね」

「ああ、そうとも。トマスは息子が母親に対していだいてはならない感情をいだいていた。病んだ背徳者のひとりとして、寝椅子で横になって治療を受けることになっても不思議はなかった。当時の彼は気づいていなかったこと、ひょっとするといまだに気づいていないかもしれないことは、彼の〝大切なお母さま〟が狡猾きわまりない売女だったことだ」

「どういう意味ですか？」シャーロックは尋ねた。「なにがあったんです？」

コートニーは、こんどもやさしくほほ笑んだ。「そういう関係になって三カ月ほどしたある午後、わたしがこっそり彼女の家に行くと――旦那はゴルフに出かけて留守だったんだが――彼女はキッチンにいて、わたしがお金と引き替えに少年にいたずらをしていると息子から聞いたと言いだした。わたしがトマスを口説いたとも言った。たいへんな言いがかりだったが、彼女はさかんに言い立てた。そうこうするうちに、旦那が勝手口から帰ってきて、彼女は舌を呑みこんだような顔になった。あのときのことはいまもはっきりと覚えている。わたしは立ちあがって、旦那に笑いかけた。きみに向ける感じのいい笑顔とはちがってね、シャーロック捜査官、恐ろしく悪意のこもった笑みだったよ。わたしはずばり、尻軽の奥さんと寝てるぞ、と言ってやった。年寄りで痩せこけたおまえとちがって、奥さんはセクシーで情熱的で、売女ではあるけれど、すごくいい女だからな、と。

なんと、旦那はわたしに向かってゴルフクラブを投げつけた。もちろん、女々しい男だから、クラブはわたしよりだいぶ向こうで落ちた。大笑いしてやると、怒りにまかせて飛びかかってきたんだ。彼女が悲鳴をあげるなか、わたしはキッチンにあったナイフを一本つかんで、旦那の首に突き刺した。たいへんな血だった」コートニーが言葉を切り、一瞬、歓喜に顔を輝かせたのがふたりにはわかった。「そこらじゅうが血だらけで、彼女は悲鳴をあげつづけた。それで、胸にナイフを突き刺してやったんだ。わかるかね、小さくヒッと言っただけ、それだけだった。そのあと、何度も何度も彼女を刺した。何度刺したかわからないが、刺しては抜いてを延々とくり返した。

ふたりとも死んでいた。広いキッチンに横たわって、白いタイルの床じゅうに血が広がっていた。ほら、日曜日だったから、使用人は休みだった。わたしはそこに佇《たたず》んで、ふたりを見おろし、どうしたらいいか考えていた。馬鹿ではないから、念入りに掃除をして、ナイフを持って家を出た。パラック家のわずか二軒先がうちだったから、裏庭を抜けていけば、誰にも見られずにすんだ。

かなりのあいだ、不自由なく自宅で暮らせたが、トマスがわたしに目をつけているのはわかっていた。犯人だとわかっているような目つきだったが、なにせ証拠がなかった。その点はトマスを褒めてやらなければならないだろうが、トマスはありったけの金を注ぎこんでわたしを追った。探偵を六人も雇ったんだ。彼の狙いはわたしだけだったが、ご近所全員を調べているように見せかけていた。たぶんうちの電話には盗聴器がしかけられていたろう。探偵たちはわたしの血縁者全員に話を聞き、クレジットカードの明細まで手に入れた。

ある日、いつもより早く帰宅すると、地下に警察がいて、わたしは自分が窮地に立たされたことを知った。トマスの力添えがあって、捜索令状が取れたんだろう。中世の拷問道具が見つかり、乾いた血がついていたと、弁護士から教わった」

サビッチはうなずいた。

老人は首を振った。「だが、それはわたしのものではなく、父のものだった。父は歴史の愛好家で、そういう古い道具を、尋問官が使っていたものならなんでも、集めることに情熱を燃やしていたんだ。父が拷問部屋――と、本人が呼んでたんだが――を持っていることは、みんなが知っていた。エキセントリックな男でね。トマスが父の道具になすりつけるまでは、血などどこにもなかった。父は虫も殺せないような男だったからね」

「そして警察がラジエーターの裏からナイフを見つけたんですね」シャーロックが補足した。

「馬鹿にされたものだ！　わたしがそんな間抜けなことをすると思うか。あれは別のナイフだった。トマスが両親と同じ型の血液を手に入れて、ナイフに塗りつけたにちがいない。あの当時はＤＮＡ鑑定などなかったから、簡単なもんだ。そして、それを隠しておいて、警察に見つけさせたんだ」

「あなたが使ったナイフはどうしたんですか？」

「自宅から車で二十分ぐらいのランスキー川に捨てたよ。だが、わたしになにができた？　答えはなにも、だ。

どちらにしてもわたしはもうおしまいだったし、それはわかっていた。犯してもいない大量殺人の罪をなすりつけられて、どう闘ったらいいんだね？」

「マーガレットと関係があったことを、いつトマス・パラックに打ち明けられたんですか？」シャーロックは尋ねた。

老人は声をたてて笑った。「有罪判決が下った直後、ふたりの看守にはさまれて法廷を出るときだ。トマスが駆け寄ってきて、わたしの前に立ちはだかった。勝利に浮かれたようすで、優越感に浸りたがっているのがわかった。それで、彼の顔の前で母親とのことをささやき、『マギー・メイ』を歌って、舌なめずりをしてやった。彼は飛びかかってきたが、看守が引き離してくれた。看守に連れだされるわたしが大笑いしてやったときの、トマスの荒い息遣いがいまでも聞こえるようだ。

けれどな、わたしはここにたくさんの友人ができたし、わたしがいなくなって世界は安全な場所になった。ああ、疲れてきたよ。モーゼスとまたあとでポーカーができるように、眠っておきたい。モーゼスという年寄りは、たいそうなゲーム好きなんだが、少々戦略にキレがなくてね。しかも、まったくはったりが利かない」

サビッチは言った。「ミスター・ジェームズ、あったことを話してくださって感謝します。ただ、あなたに会いにきたほんとうの理由は――」老人の瞼が閉じるのを見て、鋭く強い調子であわててつけ加えた。「トマス・パラックがようやく結婚したのをご存じでしたか？まもなく三年になります」

コートニーの目がぱっと開いた。驚いた顔をしている。「それはまた異なことを。いいや、知らなかった。ここにいるとあまりニュースが入ってこない。驚いたな。いつもママ、ママだった男が。墓参りをして死を悼み、彼女のことを夢に見て夢精していると思っていた」

これでコートニーの意識を引き戻せた。ここからが本番だ。シャーロックは尋ねた。「トマス・パラックはあなたが彼の両親を殺したあと、毎週水曜と土曜に霊媒師を介して死んだ両親と話してると言っています。ご存じでしたか？」

これがコートニーを元気づかせた。「霊媒師？　わたしをかつぐ気かな？　彼がとある人物を——霊媒師か？——探しだして、その人物が死者に話しかけるだと？　ずいぶんと興味深い話じゃないか。トマスは夢中になってるんだろう？」

「母親に対してどんな感情をいだいてるにしろ、心から両親を愛してるようです」サビッチが言った。「両親が助言をくれる、自分がいまやっていることを気にかけてくれて、いつも自分のためにそこにいてくれると、本人は言ってます」

老人が鼻を鳴らした。「死者が彼のためにそこにいるか。さて、その図式のどこに問題があるか？　少なくとも、父親のほうは彼のためにそこにおらんだろうな。ありえないことだ。そしてトマスのほうも、父親の意向など、つゆほども気にかけなかった。くり返すが、彼は母親を愛している——過剰なほどに。

で、その男が結婚したんだな？　ようやく母親の後釜《あとがま》が見つかったか。腐ってウジだらけになったマギー・メイばあさんがそのことをどう思っているか、想像してみるといい」

後釜？

「トマスの奥さんがどんな顔をしているか、気になるな」

「待ってください、ミスター・ジェームズ」その瞬間、サビッチはアドレナリンが噴きだすのを感じた。シャーロックの手がかすかに震えているのを見て、彼女も同じだとわかった。ブリーフケースを開け、取りだしたカラー写真を老人に手渡した。シャーロットではなく、クリスティの写真だが、問題にはならない。コートニーとともに、その写真を見おろした。

コートニーが顔をひねって、サビッチを見あげた。「いったいどういうことだ、捜査官？」

「さっき申しあげたとおり、トマスの妻です」

「いや、いや、いいかげんにしてくれ。そこまで老いぼれておらんぞ。マギーの揺れる黒髪はよく覚えているし、この青みがかった明るい緑の瞳はマギーのものだ。それに彼女の白い肌。それはそれはやわらかだった――」コートニーがふっつりと押し黙り、食い入るように写真を見つめた。ついに口を開いたとき、その声には困惑が満ちていた。「そうか、これはマギー・メイだが、ずっと若いときのものだ。それに服と髪形がちがうな。きみはこれがトマスの妻だと言うのかね、サビッチ捜査官？」

「はい、そのとおりです、ミスター・ジェームズ」

「わたしにはわけがわからない」

「すべてが解明したら、あなたにも結果をお伝えします」サビッチは言った。「これはわたしからの約束です。あなたにはたいへん力になっていただきました。ありがとうございます」

「見さげ果てた男トマスを、なにかの罪で逮捕するのか？」

サビッチは無言で笑みを浮かべ、老人と握手した。シャーロックはやせ衰えた腕を握り、もう一度彼に髪を触らせると、サビッチの腕を取って病室を出ようとベッドに背を向けた。

コートニーがラファティ所長に話す声が聞こえた。「わたしは輪廻《りんね》転生など信じていなかった。きみはどう思うね？」

所長が答えた。「どうですかね、コートニー。本気にしたことはないけれど、あなたはどう思います？」

「こうなると、よくわからないよ。なにせ、所長、あの写真……あれはマギー・メイだった。そんなことがどうしたら起きるんだ？　それにトマスが死んだ両親と話すとかいう、わけのわからない心霊話。身の毛がよだちそうだったよ」

「同感です、コートニー」

老人はしばし目を閉じた。「こんなときだよ、甘いクリスピー・クリーム・ドーナツが食べたくなるのは」

57

サンフランシスコ
木曜日の夜

トマス・パラックの自宅ペントハウスがある建物は、ラッシャンヒルのレブンワース・ストリートから少し入った袋小路にあり、美しく刈り整えられた木立と茂みの奥に引っこんで立っていた。ペントハウスに明かりはなく、ひとつ下の階のふたつのコンドミニアムも事情は同じだった。合わせて十一戸が住所を共有し、百年以上の歴史のある建物に住んでいた。ディックスが見るところ、照明がついているのは二戸だけで、三階と四階に一戸ずつだった。残りの窓は暗い。住人は出かけているか、眠っているかのどちらかなのだろう。パラック家については、夫婦そろって〈ハイアット・エンバルカデロ〉で開かれている政治資金の調達パーティに出かけており、終わるのは夜遅い時間になると思われた。

ディックスはやっとのことでチェストナット・ストリートに駐車できるスペースを見つけ

た。ここから二ブロック先で、消火栓のすぐ近くだが、木曜日のこんな時間に警官が違反切符を切らないことを祈ることにした。

腕時計を見ると、あと少しで十一時だった。かなり手間取ると思ったほうがいい。シャーロック家から静かに徒歩で外に出たあと、ここまで運転してくるのに、わずか七分しかかからなかった。

シャーロック判事のシボレーK5ブレザーをロックすると、物陰から出ないように気をつけながら、パラックの自宅のある建物まで引き返した。緊張して、神経が張りつめている。保安官として法律を重視してきたディックスが、いまはここでパラックのペントハウスに侵入する準備をしている。しかも、拳銃まで携帯して。いくら保安官だろうと、今回の件がばれたら実刑十年は食らうはずだ。だがその点については、わずかな駐車スペースが見つかるまでのあいだに、自分のなかで十回は議論を闘わせてきた。ディックスはしばらく立ち止まって、心を鎮めることにした。決心はできている。あとは計画を実行に移すだけだ。ルースが計画に気づいて、あとを追ってこないのを祈るしかない。へたをするとチェイニーやジュリア、場合によってはサビッチとシャーロックまで連れてくるだろう。ここには真夜中までいる予定だ。突発的な事態が起きたときに備えて、真夜中にアラームを設定してルースの携帯にメールを送っておいた。警察から保釈されるのに、彼女に助けてもらわなければならなくなった場合の備えだった。

もっと早く決着をつけるべきだった。自分が迅速に動いていれば、ソルダン・マイセンは死なずにすんだかもしれない。コートニー・ジェームズの話をサビッチから聞かされたときは、圧倒された。クリスティとシャーロット・パラックは、どちらもマーガレット・パラックに生き写しだったという。あまりの異様さに身がよじれるようだ。たんなる運命のいたずらによって、クリスティがパラックの目に留まってしまったのだ。

サビッチとシャーロックが新たな事実を掘り起こしてきたとはいえ、それだけでは捜索令状は出ないし、パラックが罪になりそうなすべての証拠をいつ消してもおかしくなかった。彼はクリスティを殺しておきながらその罰をまぬがれ、このままでは真相が闇に葬られてしまう。やはりこうするしかない。これが最善にして唯一の方法だ。

ルースが不審に思っていないといいのだが。ルースには、散歩して頭をすっきりさせ、レイフとロブにどう話をするか考えてみる、と言って出てきた。ルースについていくと言われて、ひとりになりたいからと答えると、彼女はディックスをじっくりと観察してからうなずき、ジュリアと一緒にオーガスト・ランサムの日記の件を話しだした。ジュリアの家の火事で燃えたのだろうか？　パラックのペントハウスで見つかる可能性もあるが、ディックスがなにより見つけたいのはクリスティのブレスレットだった。それで答えがわかる。もちろん、パラックが捨ててしまったかもしれないが。いまいましいパラックを追いつめる確たる証拠が見つからなかったときのことは、考えたくもなかった。

ディックスは建物の裏手にまわった。このために黒い服を着て、黒いブーツをはき、黒い毛糸の帽子をかぶってきたうえに、影に紛れこめるように顔まで黒く塗ってきた。腕の痛みはそれほどでもない。腕を動かして、こぶしを握ってみた。これならやれる。

急いでセキュリティシステムを見つけて、解除した。思っていたとおり、最上位の機種だった。

業者用の出入り口のロックには、ほとんど手を焼かなかった。荷物の保管と受け取りのための部屋を通り抜けると、郵便受けとヤシの木がある、狭くて優美なロビーだった。エレベーターを避けて、最上階まで階段を使った。わずか六秒でロックを解除し、パラック家の玄関を静かに開けた。玄関ホールに足を踏み入れたとき、またもや自分の行為のとてつもなさに衝撃を受けた。いや、もう懐疑や疑問は持つまい。行動するのみ。すでに法を破って、住居侵入を犯している。ディックスはその足で窓まで行き、シェードをおろして、カーテンを閉めた。そうしてはじめて、懐中電灯をつけた。

六階のフロアをすべて使ったペントハウスは、少なく見積もっても三百五十平米はあり、それが二層になっていた。ディックスは二階から作業に着手した。主寝室を見つけ、まず向かったのはシャーロット・パラックの宝石箱だった。リヒテンシュタイン公国王家の宝石をしまっておけるくらいの大きさがあるフランス製のアンティークだ。さまざまなポーチや箱をひとつずつ慎重に調べていった。高価な品がたくさんあるが、捜しているものはなかった。

シャーロットが今夜あのブレスレットを身につけているのか？　いや、ディックスにブレスレットをしているところを見られたため、パラックからブレスレットの着用を禁じられているのではないか？　すでにパラックが捨てた可能性もある。あるいは、金庫にしまってあるか。

豪勢にしつらえられた広い寝室を手際よく探っていった。懐中電灯のほかに明かりはなく、閉じられた厚いカーテンの向こうには息を呑むような夜景が横たわっている。壁にかかっている現代絵画六枚を持ちあげ、広いウォークインクロゼットを入念に調べ、パラックのシャツの奥の壁まで叩いてみたが、ひとつの金庫も見つからなかった。主寝室を出る前にカーテンを開け、最後にもう一度ふり返った。室内は入ったときと同じに見えた。

二階にあるほかの部屋は探さず、下にあるパラックの書斎に直行した。明るい自然光のなかで見ても、暗くて重々しい印象を受けそうな部屋だった。調度は赤褐色の革製で、壁三面が本棚になっていた。期待をいだける最後の場所であり、いちばん期待している場所でもあった。ディックスはかすかに高級シガーのにおいがするマホガニーの大きなデスクの奥にまわり、最上段の抽斗に手をかけた。鍵がかかっている。開けるにはわずか数秒しかかからなかった。

嬉しいことに、その抽斗の鍵を開ければ、ほかの抽斗もすべて開けられるようになっていた。ディックスはすべての抽斗を徹底的に調べた。銀行の取引明細や、小切手帳など、パラックとメイクピースやデビッド・カルディコットやクリスティを結びつけられる記録を見つけたかったが、請求書の束と、パラックやその資金調達パーティを報じた新聞の切り抜き、多種多様な重要人物からの書状、それにデスクの抽斗に入っていそうな小物しかなかった。ディックスは内心祈りを捧げながら、パラックのコンピュータを起動した。

パスワードが設定されていた。こんなことだろうと思って、パスワードになりそうな単語や数字を列挙してきていた。ひとつずつ打ちこみ、組みあわせを変えたり、複数を合わせてみたりしたが、どれも合致しなかった。ハッキングの能力は持ちあわせていない。こういうことが得意なのはサビッチだ。

これまでに見たどんな人間にも似ていない、奇妙な形を描きだした、ピカソのオリジナル線画の背後に、金庫が見つかった。ダイヤル錠になっていて、組みあわせ番号か溶接ランプがなければ、絶対に開けられない。ディックスはデスクに引き返すと、床に膝をつき、ひとつずつ抽斗を開けて、底面を調べた。どの抽斗にも組みあわせ番号はなかった。そこでキーボードを持ちあげると、中央のGとHの裏あたりに二桁の数字を三つ書いた紙が貼りつけてあった。シャーロック家を出てからはじめて、ディックスは笑顔になった。

金庫の扉はほどなく開いた。半分ほど埋まっている。大半はゴム輪で種類ごとにまとめてある書類の束だ。それに大きなアコーディオンポケットフォルダーがひとつ、合わせて五万ドルほどとおぼしき百ドル紙幣の山がひとつあり、その傍らにベルベットのポーチが五、六個あった。濃い赤褐色のポーチの口を開き、ひっくり返して中身を出したときは、鼓動が速くなった。まばゆいばかりのダイヤモンドのネックレスとイヤリングの山が手のひらにできた。つぎに、濃いブルーのベルベットでできたポーチを開いた。ダイヤモンドはないが、彼の親指の爪ほどの大きさがあるエメラルドと、十カラットはありそうな、血のように赤いルビーの裸石が六個入っていた。ブレスレットはない。ディックスは宝石をそれぞれのポーチに戻し、百ドル紙幣の山の隣にそっと置いた。続いて書類の束を取りだした。どういうならびになっているかを記憶しながら、順番に目を通していく。パラックの遺書、シャーロットの遺書、パートナーシップ契約に関する書類の束が六組、世界じゅうに点在する不動産の権利証書、フランス語とギリシア語の文書、保険証書、それにまだ目を通す時間はないけれど当面放置しておいていい業務契約書。

ディックスはひとつきりのアコーディオンポケットフォルダーを取りだして、輪ゴムを外した。厚みのあるフォルダーのなかには、十冊ほどのノートが入っていた。

これはなんだ？

いちばん上に一枚の写真があった。ディックスが大判のカラー写真を手に取ると、デビッド・カルディコットが女性と写っていた。ディックスは動けなくなった。これはクリスティか？　それともシャーロット？　説明はできないものの、いま見ているのはシャーロット・パラックではなくクリスティだと、魂の深い部分で直感した。デビッドはクリスティのことを知っていると言っていた。彼女がデビッドの演奏に感心し、近づいてきて話しかけてくれたと。だが、写真のふたりはたんなる知りあい以上の間柄であることを感じさせた。音楽学校の見慣れた建物が背景に写りこんでいる。季節は秋で、地面には赤や黄色、茶色の落ち葉が深く散り敷き、木々はほぼ裸になっている。デビッドもクリスティも笑顔だった。誰がこの写真を撮ったのか。ディックスは写真を裏返した。日付だけが走り書きされていた。三年と四カ月前だ。

ディックスは写真を上着のポケットにすべりこませた。そして薄いノートの束を見ているうちに、それがオーガスト・ランサムの日記であることに気づいた。だが、どうしてここにあるのだろう？　一冊めのノートの表紙の下から、たたんだ便箋が三枚のぞいていた。上にあった一枚を開くと、新聞から切り抜かれた文字を貼りあわせてつくった文章が現われた。

　ミスター・パラック、オーガストの日記はこちらにある。あなたのことはすべて彼から聞き、いまはその裏付けもある。五十万ドル用意しろ。明日正午、その金を機内持ちこみ用のカバンに詰めてワシントンスクエアの彫像の足もとに置くように。

ディックスはほかの二通も急いで読んだ。日付がないので、どのくらいの間隔を開けて送られたかわからない。要求額は合わせて二百万ドルにのぼった。二通めをじっくりと検討し、最後の数行を五、六度読み返した。

いまわたしたちは、すてきな関係が築けていると思わないか？　けれど、オーガストは、ほかの人にそう言われても、わたしが強欲な人間だとは信じなかった。もう二度とわたしからは連絡をとらない。

だが、パラックのもとには、当然のごとくふたたび恐喝者から連絡があった。三通めの文章は短く、〈ニーマンマーカス〉に入ってすぐのところの宝飾品カウンターの脇に百万ドル入りのブリーフケースを置けという指示のみが書いてあった。時間はこんども正午だった。名前は入っていないが、恐喝者はどういう意味なのか、〝アスタ・ルエゴ〟と記していた。このあとも脅迫状は届いたのか？　それとも、ほんとうにこれが最後の要求になったのか？　すべてをもう一度読むと、文章にどこか親しげな調子があるのがわかり、それが気にかかった。ふいに、眉間を打ち抜かれるように閃いた——そうだ、ジュリア・ランサムを思わせる筆致になっているのだ。

すべてがしかるべき場所に収まった。パラックはメイクピースを雇ってジュリアを殺そうとした。なぜか。彼女が恐喝者だと思ったからだ。

だが彼女は日記など見たことがない、あったことも知らないと言っていたし、ディックスもその言葉を信じていた。では、パラックがまちがえたのか？

だとしたら、誰だ？　つぎの瞬間、ディックスは答えに気づいた。パラックお抱えのもうひとりの霊媒師にちがいない。ソルダン・マイセン以外に考えられなかった。

ソルダンとオーガスト・ランサムはむかしからの知りあいだった。ソルダンは日記の存在を知っていて、目にしたこともあった。オーガスト・ランサムが殺されたあと、ジュリアの家に忍びこんで日記を盗み、金鉱を掘りあてたことに気づいたにちがいない。まずは金銭をゆすり取ることからはじめて、そのあとパラックを依頼人として招き寄せた。

その事実に気づいたとき、パラックはどう思っただろう？　ソルダンは彼から金銭を巻きあげたばかりか、オーガスト・ランサムの日記に書いてあった会話を利用して、パラックに彼の両親と交信できると信じこませたのだ。ディックスはシャーロックが録音した、彼らとパラックとの会話をはっきりと思いだした。パラックは両親と類似の会話をしたことがあるのを感じ取り、デジャブのようだと言っていたではないか。

それを口に出して言ったとたん、霧が晴れたんだろう、パラック？　ソルダンにたぶらかされていたことに、あのとき気づいたのか？　ソルダンはこれだけの金をゆすり取っておきながら、それでも足りず、依頼人として週に二度通わせるというふざけたまねをした。

パラックは最後の百万ドルをソルダンが殺される前に払ったのだろうか？　それとも、代わりにその金をメイクピースに払ったのか？

パラックは憤怒に駆られ、すぐに行動を起こしたはずだ。そして、メイクピースもすぐに行動した。お抱えの暗殺者がいるというのは、便利なものだ。

ディックスは日記の最初のページをめくった。パラックとのセッションの内容が書いてあるが、罪になるようなことはなく、ただの記録だった。


トマスはわたしを恐れている。その件で話をしようとしたが、断わられた。例の女性の話をしたことをひどく悔やんでいるようだ。トマスが彼女のことを話したのは、彼の母親が彼女はどこへ行ったのか、おまえはなにをしたのかとしつこく訊いたからにすぎない。そのあと母親は大笑いし、その笑い声にわたしはぞっとした。それでトマスは語ったのだ。母親に生き写しの女性に会ったこと、一目で恋に落ちたことを。だが、彼女はトマスを受け入れなかった。受け入れるべきだったのだ――そう言って、トマスは首を振り、わたしに視線を投げて、それきり口をつぐんだが、言ってしまったことをなかったことにはできず、それはトマスにもわかっていた。

彼はいまにいたってもなお、三十年前に死んだ女性から指図されている。わたしは彼の精神科医ではないが、母親とのこうした関係は不健全だと伝えた。死者にこだわるのはやめて、未来に目を向けるべきだと。すると彼は攻撃的になった。

これが最後の書きこみだった。

ディックスは息をするのがやっとだった。クリスティ、きみがここに書いてある女性だったんだな。それを知ったいま、涙を流して泣きたかった。クリスティが死んでいるのはわかっていたが、その証拠がいま眼前に突きつけられていた。

ディックスは携帯電話を取りだして、カメラを起動すると、日記の最後の数ページを写した。法的には証拠として認められないが、確実な証拠であることはまちがいない。全ページを写す時間があればどんなにいいか。だが、腕時計を見て、出なければならないと気づいた。日記を閉じ、ほかの日記と重ねて、アコーディオンフォルダーに戻した。それを輪ゴムで留めて、金庫のあったとおりの場所に返し、扉を閉めると、その前にピカソの絵をかけて、すべてを元どおりにする作業をはじめた。

そのとき、玄関のドアが開く音がした。

58

ディックスはパラックのデスクをふり返り、すべてが元どおりになっていることを祈りつつ、抽斗に鍵をかけた。パラックは気づくまい。だが、もしパラックかシャーロットがリビングに入って、いつものすばらしい景色が見えないことに気づいたらどうなるのか？

玄関のドアが閉まる音がした。夫妻の声が聞こえ、足音がした。ディックスは書斎の奥の長いカーテンに目をやった。月並みだけれど、ほかにこれといって隠れる場所がなかった。急いで書斎を横切って、深緑色で床まで届く長さのブロケード織りのカーテンまで行くと、その奥に潜りこんだ。カーテンの前に椅子が一脚ある。それで切り抜けられることを祈るばかりだ。カーテンの合わせ目に小さな隙間をつくり、書斎のようすをうかがうことにした。パラック夫妻が書斎のドアの近くまで来て、立ち止まった。

パラックがいらだたしげな声で言った。「まったく、どうしようもないセキュリティシステムだな。今月に入って三度めだぞ」

シャーロットは疲れて、神経質になっているようだ。「たぶんもうご近所が電話してるわ」

パラックはうめいた。「腹が立ってしかたがない。バーバラが左寄りだという話、信じられるか？」

シャーロットが気乗りしない口調で応じた。「あの人たちの言うとおりかもね。それより、あなたが今夜、誰がどんな発言をしたか覚えてることが驚きよ。あそこから連れだしてくれて、助かったわ。あれ以上くだらないおしゃべりを聞かされたら、絶叫していたかもしれない。トマス、わたしたち、これから、どうしたらいいの？」

ディックスはトマスの声に不快感を聞き取った。「そう神経質になるな。もう片がついて、後始末も終わったんだ。ソルダンは死に、わたしたちの手もとには日記がある。これでおしまいだ。これでメイクピースが街を出れば、あとはすっかり忘れてしまえる。ちょっと待ってくれ、〈ベレンジャー・セキュリティ〉に電話して、システムが切れた原因を突き止める」

「でも、あの人たちが知ってるわ！」

「あのＦＢＩのアホどもか？　ジュリア・ランサムか？　それがどうした？　連中がなにを思おうと、どうすることもできんさ」

ディックスはパラックの重い足音を聞きながら、彼が書斎に入ってきてカーペットを横切り、デスクの電話に近づくのを見ていた。

彼についてシャーロットも入ってきたが、デスクまでは行かなかった。疲れた声で言った。「ＦＢＩについては、あなたの言うとおりであってくれたらと思うわ。だとしても、メイクピースの心配が残ってる。わかるでしょ、あの人、わけがわからなくなってるわ。あなたに日記を持ってきたときだって、ジュリアを殺すことしか話さなかったのよ」

パラックが肩をすくめた。「ほうっておけ。ジュリアなどどうでもいい。メイクピースが彼女を殺すにしても、本人が自主的にすることで、わたしたちの懐が痛むわけじゃない。彼にはそう言いわたしてある。ベッドに行ってなさい、シャーロット。わたしもすぐに行く」

シャーロットのヒールが廊下の木の床をこつこつと叩く音が聞こえ、階段の厚いペルシア絨毯にいたって音がくぐもった。

パラックはデスクについて、電話を引き寄せた。セキュリティ会社にシステム不良を伝え、電話の向こうの担当者を口汚くののしっているのが聞こえた。電話を切ると、コンピュータを起動し、鼻歌を口ずさみながらキーボードを叩きはじめた。

こんな夜中になにを打ちこんでいるんだ？

電話が鳴った。

パラックが出た。「はい？」

パラックは耳を傾けていたが、やがて言った。「彼女がシャーロック家の世話になろうとなるまいと、わたしの知ったことではない。もはや彼女を追う理由はないんだ。それより、ここへは電話するなと言ったはずだぞ。公衆電話？　だとしてもだ――いいか、わたしはすでにオーガストの日記を手に入れた。これでおまえとのビジネスはおしまいだ。あとはおまえが早々にサンフランシスコを出るだけだ。いいかげんにしてくれ。ジュリア・ランサムなどザコにすぎん。それに付随する結果に対処するのは、わたしの望むところではないんだ。いや、今夜はおまえに会いたくない」

パラックはいらだっているらしく、指で小刻みにデスクを叩きながら、話を聞いていた。

「おまえは全体像を見失っている、ザビエル。悪いことは言わない、コスタリカにでも飛んで、ビーチでのんびりしてこい。わたしが渡した金で楽しむがいい。これで終わりだ、わかったな？」

パラックが急に受話器を遠ざけた。相手が電話を切ったのだろう、とディックスは思った。パラックはゆっくりと受話器を置いた。じっと電話を見て、首を振っている。

カーテンの隙間から、シャーロットが書斎に引き返してきたのが見えた。前面に〝振れるんなら左《アイ・オンリー・スイング・レフト》〟というロゴの入ったナイトシャツを着ている。シャツの裾から太腿が丸見えになっているが、クリスティの脚とはちがった。全然ちがう。「トマス、デビッドからだったの？」

パラックはいらいらと答えた。「いや、デビッドではない」

「電話くらい、くれればいいのに。もう二日以上よ」

「そうだな、わたしもさすがに心配になってきた。人を雇って捜させたほうがいいかもしれない」こぶしでデスクを叩く。「あの常識なしにおとなしくサンフランシスコを立ち去らせることさえできたら、それでいいんだが。ジュリアなんぞにこだわりおって。いまメイクピースがその件でまた話しあいたいと言ってきたが、断わってやった」

シャーロットは手を揉みあわせながら、デスクの前を行きつ戻りつしはじめた。「あの人はやめないわ、わかってるでしょ。あの人にそんなことはできない」

「さっきから言っているだろう。警察が握っているのは、たくさんの偶然と、気になるあれこれ、それに憶測だけで、確たる証拠はひとつもない。メイクピースがジュリアを殺したいなら、殺せばいい。長い目で見れば、どうということはない。警察にはわたしたちを有罪にできる材料はないんだ」

シャーロットは納得のいかない顔をしていたが、歩きまわるのをやめて、自分を抱きしめるように腕を組んだ。

「セキュリティシステムはなんだったの？」

「〈ベレンジャー・セキュリティ〉の男は、システムを再起動させた、今回はこの建物の大半で作動していなかったから、こんど徹底的に調査すると言っていた。ここの住人のうち三軒に連絡がとれたが、誰もシステム不良に気づいていなかったそうだ。どうしてこんなことになったか、原因は不明だと言っていた」

「もう真夜中よ、トマス。あなたも疲れてるんだから、ベッドに入って。今夜できることはもうないわ」

一瞬の静けさのあと、ディックスは、コンピュータの電源が落ちる音を聞いた。明かりが消えた。ふたりの足音が遠ざかる。ディックスは耳をすませたまま、それからさらに十分待った。聞くべき話は聞き、見るべきものは見た。

もはやなんの物音もしない。夫妻は二階の寝室にいて、下にはディックスひとりだった。カーテンの奥から出ると、闇のなかをそろそろと進んだ。椅子やランプ、ソファを避けて、ドアまで行った。外にはがらんとした暗闇が広がっていた。何歩か歩き、ふたたび立ち止まって耳をすませた。廊下の壁でセキュリティシステムの赤いランプがまたたいている。セキュリティ会社がふたたびシステムを起動させたのだ。住居侵入を疑われなくて助かった。調査が行なわれれば、たぶんばれるだろう。当面の課題はセキュリティを解除して、ここを出ることだった。

ディックスは廊下を進んだ。

「そこで止まらないと、撃つぞ!」

ディックスはぴたりと止まった。トマス・パラックが背後、一メートルとない位置にいた。パラックからはよく見えないから、侵入者の正体がわからないはずだ。ディックスは自分より十五センチほど低いトマスの姿を思い描いた。右手に持った銃は、胸の高さでまっすぐ前に突きだしている。このまま必死に逃げて背中から撃たれないことを祈るか、さもなくば

―

体を回転させながら右足を突きだして、パラックの手にあった拳銃を蹴り飛ばした。拳銃がオーク材の床に落ちてすべる音がし、最後はにぶい音とともに幅板に当たって止まった。

つぎの瞬間には襲いかかり、顎への一発でパラックは気絶した。さっと立ちあがったディックスは、自分の妻を殺した老人を見おろし、逃げなかったことを心から喜んだ。二階の踊り場から、夫を呼ぶシャーロットの声がする。「トマス、どうかしたの?」

上階の明かりがついた。アラームにかかずらっている余裕はない。ディックスはわずか数秒でペントハウスを飛びだした。耳の奥でアラームが鳴り響いている。システムが反応したいま、すぐにでも警察が駆けつけるだろう。階段を駆けおりて、表玄関から外に出た。

木立や物陰に身を寄せて走った。パトカーのサイレンが聞こえてきた。二分とたっていない。高級住宅街からの通報だと、警官の反応が早い。

ディックスは動きを止め、パトカーのドアが開いて閉まる音に耳をすませた。男の声がして、走る足音が聞こえた。さらに一分待った。いよいよ自分の車まで走ろうと思ったそのとき、耳もとで太い声が聞こえた。「動かないほうが身のためだぞ。おまえが誰だか知らないが、じきにわかる」

警官だ。そう思ったディックスは、わずかに緊張を解いた。しかも優秀ときている。空に月がのぼるように、音をたてずに動いている。ディックスはふり返らなかった。「聞いてくれ、話せばわかる。サンフランシスコ市警のフランク・ポーレット警部に連絡してくれ。警部がおれの身元を保証してくれる」ふり返って、警官と向きあい、自分が危険な人物でないことをわかってもらおうと思った。だが、男は言った。「つぎに動いたら、耳の穴から銃弾をぶちこむ。わかったな？」

「わかった、もう動かない。おれはディックス・ノーブルといって、バージニア州の保安官だ。いま所轄署と連携して動いてる。ジャケットのポケットに身分証明書がある」

「財布を漁《あさ》ってるうちにおまえに襲われそうだな。おまえは自分のことを大物で、力が強く、その気になればおれとやりあえると思っている。最近のおれの星回りからいって、おまえにしてやられるかもしれない」

ディックスはうなじに強く銃口が押しあてられるのを感じた。「驚いたろう？　おまえを見ただけで、おまえのやることがわかってしまう。この拳銃にはサイレンサーを装着していないし、こんなところで音を出すのは是が非でも避けたい。もちろん、おまえをうろつかせてその音を聞かせるつもりもないが」

男の声にはどことなく特徴があった。かすかにイギリス訛りが混じっているような気がする。そう思った瞬間、ディックスは気づいた。

背後の男が笑い声をあげ、その息が耳にあたった。

「法を守る立場の人間が市民の私邸に押し入るとはな。しかも、そんじょそこらの家じゃない、押しも押されもせぬ立派な紳士、トマス・パラック氏のペントハウスときた。ずいぶんと体裁のいいことじゃないか、保安官？」

ディックスは答えなかった。

「おや、ようやく察しがついたか？」ディックスの右こめかみに銃床が思いきり振りおろされた。ディックスは地面に倒れなかった。完全には意識を失わなかったのだ。男の肩にかつぎあげられたのがわかり、頭が逆になったせいで吐き気をもよおした。「さて、ミスター・パラックがお住まいになっている雲のなかの小さなおうちに帰るとしよう」

薄れゆく意識のなかで、ディックスは、警官が気づいてくれるはずだ、と思った。

だが、気づかなかった。

メイクピースが六階へと階段をのぼりはじめたとき、意識が途絶えた。

59

ディックスは遠くに声を聞いた。続いて近くに女の声を。多少クリスティに似ているものの、それはシャーロット・パラックの声だった。苦いものが込みあげて、むせそうになったが、そうはいかない。くり返し呑みこんで、吐き気がおさまるのを待った。ここで吐いてはいられない。ディックスは動かなかった。

トマス・パラックの尖った声が聞こえ、メイクピースの声がしたが、なにを言っているかわからなかった。意識の曇りがゆっくりと晴れてきている。だが、顔を上げて、みんなにあいさつをするような場面ではなかった。じっと動かず、ただ耳をすませた。

「なぜこの男を連れこんだ？　なにを考えているんだ？」

「警官たちがいったんここに入って、出ていくのを見たからさ。連中は表から出て、もう裏には来なかった。そこで業者用の出入り口から保安官を運び入れて、階段を使った。点数を稼ぐいい方法だと思ったんだが、パラック、ちがったか？　おれに金を払って、この男を消そうとは思わないか？」

「この男の正体に心当たりがあるのか？」

「本人がディクソン・ノーブル、バージニア州の保安官だと言っていた。なぜここに侵入したんだ？」

「おまえの心配することではない。まったく、信じられないな、この男は歩く武器庫だ」パラックはデスクを見おろした。メイクピースが保安官から奪った武器が積みあげてある。

「仕事の準備にぬかりなしってことだ。携帯電話に、でかいベレッタ、アンクルホルスターには小型のデリンジャー、それに刃渡り十五センチの頑丈な小型ナイフ、ファルクニーベン。いいナイフだ」

「ナイフはナイフだろうが？」

ディックスは思った。メイクピースは十六歳の誕生日に父からもらったナイフを持ち帰るつもりだろうか？

「いい道具は楽しむものだ、パラック」

パラックがうろついている。ディックスの前を行ったり来たりする音がした。「よりによってこんなことが起きるとは。アホな保安官が自警団気取りか。金庫を破られなかったのはさいわいだが」

シャーロットが尋ねた。「でも、なぜうちに侵入したの？　なにを見つけたかったの？」

「馬鹿な質問をするんじゃない、シャーロット。保安官はブレスレットを捜していたんだ。

おまえがあれをはめて外出しなければ――」

「だったら、なぜ結婚祝いにくれたのよ？　はめるに決まってるじゃない」

「ブレスレットを求めて保安官が住居侵入か？」メイクピースは愉快そうだった。「どんなブレスレットだ？　なぜそのブレスレットにそうもこだわる？」

シャーロットは質問を無視した。「トマス、あなたはあのブレスレットがほかの女性の持ち物だったことさえ、教えてくれなかったのよ。教えてもらえたのは、わたしがはめているのに保安官が気づいたあとだったわ。なぜプレゼントしてくれたときに、話してくれなかったの？」

「だったらおまえは、ほかの女の宝飾品を喜んで身につけたとでも言うのか？　いいか、シャーロット、それはどうでもいいことだ。おまえにあのブレスレットをやりたがったのは、ほんとうはわたしではなくて――いや、いい。過ぎたことだ」

だがシャーロットは引きさがらなかった。「わたしを陰でこけにしてたんでしょう？　あなたか、あの牝犬《ビッチ》かが」

「そんな呼び方をするな！　母は牝犬じゃない――いや、なかった。なんということだろう。なぜ、おまえに母の心や知性がないことに気づかなかったのか。保安官に色目を使って、その腹の内を探らせるつもりだったのに、おまえにそれができたか？　そうとも、できはしなかった。その挙げ句がこのざまだ。保安官がわが家に押し入ってきた」

「もう一度訊く。保安官はなぜそうもそのブレスレットにこだわるんだ？」メイクピースが質問を発した。

シャーロットが感情のこもらない声で言った。「保安官の妻のものだったからよ」

「黙ってろ、シャーロット」

「なぜ？　メイクピースに知られても問題はないわ」

「それで、保安官はブレスレットを見つけたのか？」メイクピースがまた尋ねた。

「見つけるわけがなかろう」パラックが答えた。「保安官がブレスレットに気づいたとシャーロットから聞かされた一時間後には、わたしが湾に投げ捨ててやった」

「では、この男がサンフランシスコまで出てきたのは、そのブレスレットのためなのか？　だが、どうやってこの男はブレスレットのことを知ったんだ？」

「不運な偶然だ」パラックが言った。

「あんたはなにをしたんだ、パラック？　保安官の奥さんを殺したあと、ブレスレットが欲しくなって、奪ったのか？」

ディックスの心臓が止まりそうになった。そこに坐って気絶したふりを続けることが、いままで体験したなによりつらく感じた。質問に答えろと、パラックをどなりつけてやりたい。だが、パラックはその質問を聞き流した。

「では、この男はジュリア・ランサムとは無関係なんだな？」メイクピースは尋ねた。

んだ」

「ええ」シャーロットが答えた。

パラックの声は低くて悪意に満ちていた。「ジュリア・ランサムが夫殺しの犯人として逮捕されればそれでよかったのに、おまえはそれだけの証拠を残してこなかった。首尾よくことをなし遂げて、最初に日記を見つけていれば、ふたたびおまえに電話することもなかったんだ」

「で、おれがふたたびここに来なければ、いまだにあんたは脅迫の真犯人だったソルダン・マイセンに骨の髄までしゃぶられてただろうな」

「そうだな。ああ、おまえの言うとおりだ」パラックは認めた。「さて、おまえにはあとひとつだけやってもらうことがある。この保安官を処分することだ。それがすんだら、おまえは街を出る。以上だ、わかったな？　わたしの言うとおりにするんだぞ」

ディックスは空気が変わったのを察知した。その源はメイクピースだった。パラックにはわからないのか？　彼の喉をいっきに掻き切ることのできるサイコパスを、言葉でねじ伏せようとしていると。

メイクピースは歯切れのよい笑い声をあげた。だが、笑いにはほど遠いその声に、ディックスはぞっとした。頭の霧はすっかり晴れていた。これで頭が使える。メイクピースによって腕は椅子の背にまわされ、手首を縛られていた。ディックスはロープをゆるめにかかった。

「それで、もし保安官が見つけていたらどうするんだ？　日記のことだぞ」

「たとえありかがわかったとしても、金庫のなかまでは手を出せない。日記はわたしがしまったとおりの場所にある」

「なんでそんなものを後生大事に取っておくんだ？　あんたは最初、ジュリア・ランサムが日記を持っていると思っていた。それで、発見されずにすむように、おれが家を焼き払った。そしたらあんたは、ランサム家から日記を盗みだしたのはソルダン・マイセンだったと言いだした。なぜあっさり日記を破棄しない？　寝る前のおとぎ話代わりにでもするつもりか？」

このあてこすりにパラックが激怒したのが感じられた。ひりつくような時が一秒また一秒と過ぎていく。だが、パラックは口を開くと、言った。「当初の計画どおり、ランサムを絞殺したときに日記を見つけていれば、その後のごたごたはいっさいなかった」

「日記はあそこになかった。あのとき話したはずだ。あれば、おれが見つけていた」

「ソルダンは見つけただろう？」

ディックスはメイクピースを思い浮かべた。口もとに笑みをたたえて、パラックを震えあがらせているのではないか。その声は不思議と楽しげだった。「そうだな。ソルダンはとてもできがいいせいで、おれがあのふざけた族長部屋に入りこみ、くだらない本を背後から一緒に読んでいても、まるでおれに気づかなかった。細い首にワイヤーをかけてやるまでは、顔すら上げなかった。やつが日記を赤いシルク地にくるんで、ローテーブルの下に無造作に突っこんでいたのを知ってるか？　たいした度胸だよ、あの馬鹿が」

「わかった、わかったから、もう終わりにしよう。忘れてくれ、メイクピース。保安官をここから運びだし、二度と人目につかないようにしろ」

一瞬の間をはさんで、メイクピースが言った。「あんたのためにこの男を運びだし、地中深くに埋めよう。マリン西部の森のひとつなんかどうだ？　おれはそのあといまいましいジュリアを殺し、ここでの仕事を完了する」

パラックは卓面をこぶしで叩いた。「いいかげんにしろ。ジュリアなど、どうでもいい。殺すまでもない。なんなら、百まで生かしておけ」

メイクピースがかすかな小声で言った。「そうはいかない。ソルダンが死んだいま、これからあんたはどうやって両親と話すんだ？」

「両親と話せたのはオーガストだけだ。ソルダンはオーガストの日記を使って両親との会話をくり返していただけだ」声に悲痛さが響く。「かわいそうに、母はわたしに忘れられたと思っているだろう。この半年間、一度もわたしから声をかけていないから、混乱しているにちがいない」

「おれにはもう驚くことなどないと思っていたが、あんたにはびっくりだ」メイクピースが言った。「あんたのように金のあるやつが、そんなまやかしを信じられるとはな」

パラックの声には皮肉が混じっている。「わたしのことをお人好《ひとよ》しの馬鹿だと思っているのだろうな？　そう言うおまえは、ジュリア・ランサムを何度やりそこなった、メイクピース？　おまえに彼女を殺せるだけのおつむがあるのか？」

ディックスは、パラックに黙れと言ってやりたかった。メイクピースに拍車をかけているようなもので、ジュリアとチェイニー、果てはパラック自身まで殺されかねない。

「あんたは報酬をはずんでくれるからな、パラック、利口なおれはあんたを殺さずにいる。十万ドルで保安官の処分を引き受けよう。それがすんだらシャーロック判事の家まで行って、ジュリア・ランサムを片付ける」

パラックが驚いた調子で言った。「どうやって彼女の居場所を突き止めた？」

「例の捜査官たちをつけたのさ。捜査官の、ストーンという男と一緒にいるのが窓越しに見えたよ」

シャーロットが言った。「それで、どうするつもりなの？　爆弾をしかけて、なかにいる人もろとも、判事の家を爆破するの？」

ディックスは少しだけ頭を持ちあげ、三人を視界に収めた。メイクピースの冷酷な目がぎらつくのがわかった。「なるほど、悪くないアイディアだ。敗者を一度に処理できる」

「複数のＦＢＩ捜査官を殺すことになるぞ」パラックは言った。「それに連邦判事とその妻、さらにはあの家にいる人間のすべてを。一生、警察に追われる」

「追わせておくまでだ。いまにはじまったことじゃない。世界じゅうのどんな警官だろうと、おれには近づけない。あんたにもだぞ、パラック。自分で思ってるぐらい、あんたが賢ければな」

「彼らは核心に近づいてるわ」シャーロットが言った。「どうしてもというならジュリアは殺せばいいけど、ほかの人には手を出さないで」

「いいか、メイクピース、わたしはおまえに保安官の処理代として十万ドル払う。ただし、ジュリア・ランサムには手出ししないと約束してもらおう」

緊張をはらんだ沈黙が続いた。

メイクピースはトマス・パラックの左肩あたりに視線をやった。そしてついに言った。

「取引成立だ。以前と同じ口座に送金してくれ」

ディックスは、メイクピースが自分を見ているのを感じた。どうやって運びだし、どこで殺すか、考えているのだろう。

だが、それはディックスの誤解だった。メイクピースはまだ楽しむ気でいた。「じつはオーガストの日記を奪ったあと、おれはしばしの休憩をとり、少々読み物をした。ある部分に、シャーロット、きみがパラックの母親にそっくりで、もうひとりの女と同じだと書いてあった。それで、いったいどういうことだか頭を悩ませていたんだ。いま保安官に会ったおれは、彼の妻が不運にもパラックの母親に似ていたんじゃないかと考えている。オーガストが日記に書いていたのは、その女なのか？」

室内が静まり返った。最初にしゃべりだしたのは、シャーロットだった。「ええ、信じられる？　わたしたち両方が年寄りの魔女に似ていたなんて。ただ、保安官の妻だったクリスティだけは彼の求めに応じなかった。それで殺されたのよ」

「黙らんか、シャーロット！」

「あんたがファーストレディを殺そうとなにしようと知ったことじゃないが、パラック、これだけは言わせてもらうぞ。死んだ母親とあんたの関係——わかってるのか、病気だよ、どうかしてる」

「よくそんなことが言えたものだな、殺し屋のサイコパスが。それに、わたしはクリスティを殺していない。あれは事故だった、わたしのせいではない。あんなことになるとは思っていなかった」

メイクピースは大笑いした。「彼女はあんたが年寄りすぎると思ったのかもな、パラック。ちがうか？」

ディックスの手首はロープで擦れて、いまやひりひりしていた。自分の血の粘つきを感じ、においが鼻をつく。そして、なにをおいても、自分が血だらけの手でパラックの太い首を絞めたがっているのに気づいた。やつがクリスティを殺したのと同じ方法で殺したい。パラックが夢見るような、悲しげな調子で言っているのが聞こえた。「わたしがすべてを捧げると約束したのに、彼女は聞き分けがなかった。わたしから逃げようとした。殺すつもりなどなかったのだ。事故だったのだ。母は彼女のことを知りたがり、それを仲介したオーガストは知ってしまった。彼にも生きていてもらいたかった。わたしは彼を必要としていたんだ。だが、ほかに選択肢がなかった。わたしにはなんの落ち度もない」

ディックスには、パラックと言い争うクリスティが見えた。最初は懇願し、最後は彼から逃げようとした。逃げきれなかっただけだ。クリスティはパラックに殺された。そして彼は、自分のあやまちすら認めていない。

ディックスのそんな思いを、はからずもシャーロットが代弁した。「あなたはなにも悪くないと言うのね、トマス。でも、こうしてるいまも、わたしの弟は行方知れずなのよ」

「言っているだろう、デビッドのことはわたしにもわからない」パラックが言った。

「でも、なぜ弟はFBIから話を聞かれたぐらいで、逃げなければならなかったの？」

メイクピースはふたりを見くらべてから、言った。顔には笑み、目にはパラックに対する悪意が浮かんでいた。「どうやら、きみのご主人は、おれにデビッドの殺害を依頼したことをきみに言ってないようだな？　そうだよ、おれが約束を取りつけた」ぱちんと指を鳴らす。

「そして、デビッドはいなくなった」

「人殺し！」

「さあ、パラック、彼女に言ってやれよ。話したほうがいい」

そしてパラックは、妻に向かって大声を張りあげた。「おまえの自堕落な弟のことを話してやる！　デビッドはわたしがクリスティを殺したことを知っていた。わたしをつけていて、その事実をわたしにぶつけたんだ。そして、あろうことか、わたしのことを笑い飛ばした。笑ってから、クリスティにそっくりな姉がいる、姉なら簡単にクリスティの代わりになれると言いだした。そして、姉は誰ともつながりがなく、ひたすら金を欲しがっていると。わたしはおまえのかわいい弟と取引をした――わたしは口八丁のろくでなしに、そいつが言うところの仲介手数料とやらを渡した。やつがおまえに電話をしたのはわかっている。クリスティの髪の色やヘアスタイル、歩き方を教えたはずだ。そしておまえは、わたしを引っかけた。そこのところはよくわからないが、それでもわたしはおまえを見て、幸せな気分になった。恵まれていると思った。考えてもみろ、この世におまえがふたりいたのだから」

怒りに満ちた重い沈黙が続いた。ディックスはシャーロットがパラックに近づくのを見た。いまもナイトシャツしか着ていないが、誰も気にしていないようだ。彼女は夫に面と向かって言った。「あなたの話は嘘よ。たしかに、弟からあなたのことを聞いたわ。あなたがわたしを切望していることも、わたしの望むものはすべて与えてもらえることも。わたしはデビッドを愛していた。それをなんてひどい男なの――どうしたら、メイクピースに殺せなんて言えるのよ？」

メイクピースが答えた。「へえ、そうか、それを訊くか？　あんたらにはカタルシスのあるやりとりだろうが、はっきり言って、おれには退屈だ。あんたらにはうんざりした。もう遅いことだし、この坊やを運びだして、しっかり地中に埋まってもらおう。ジュリア・ランサムについては、やっぱりさっきの条件は気に入らないから、彼女のために特別なものを用意するつもりだ、パラック。ひょっとしたら、セムテックに落ち着くかもしれない。あれはとても効率がいいからな」

ディックスはシャーロック家が爆発する場面を想像した。ルースもショーンも、悪いことが起きることなど想像もせず、みんな眠りについているだろう。そして、なすすべもなくやられてしまう。そのとき、メイクピースの足音が近づいてきた。

メイクピースだけで、ほかのふたりはいなかった。ディックスはチャンスに備えた。かがんだメイクピースに顎をつかまれ、上を向かされた。「まだぼんやりしてるのか？　どうしたんだ、坊や？　そんなに強く殴った覚えはないぞ」

ディックスは負傷した腕に走る激痛を無視して、いっきに腕に力を入れた。手首のロープが切れて手が自由になるや、立ちあがって、後ろに引いた足に体重をかけた。そして、メイクピースの肝臓を蹴りつけた。

60

メイクピースは音もなく後ずさりをするや、体を回転させて、流れるように蹴りをくりだした。ディックスは急いで体をひねり、股間をかばった。尻に鋭い痛みを感じつつ左にフェイントをかけると、親指の付け根で回転し、右足でメイクピースの胸を蹴った。

こんども、メイクピースは音をたてなかった。後ろに倒れ、一回転して立ちあがった。息を切らしつつも、右手に拳銃があった。三八口径がディックスの心臓を狙っている。「そこまでだ、保安官」手の付け根で胸をさする。「少しでも動いたら、この場で撃つ。困るのはパラックで、おれはかまわない」

一発の銃声が狭い空間に響きわたった。

メイクピースがたじろいだ。ゆっくりと顔をめぐらせ、パラックを見つめた。顔にはとまどいが浮かび、口から血が溢れだした。三八口径がずるずると手を離れ、カーペットに落ちた。ふり返ろうとするものの、もはやできない。膝から崩れ落ちると、ゆっくりと後ろに倒れて、デスクの端で頭を打った。

パラックの銃口がディックスに向けられた。

シャーロットがメイクピースを見おろす。「なぜこの男に保安官を殺させなかったの?」

パラックは顔を紅潮させ、目を興奮に輝かせている。「いちばんの危険人物はメイクピースだからだ。いや、保安官、下がってろ。派手な蹴りをわたしに試そうとしたら、いますぐ撃つぞ。考えなければな——よし、こういうことにしよう。メイクピースがおまえを殺そうとして、おまえが先にやつを撃った」

「もはやこれまでだ、パラック」ディックスは身じろぎもせずに言った。「おまえは暗殺者を殺し、そのことでは法もおまえの腕には針を刺さないだろう。だが、おれを殺したら、厳しい処罰が下る。時間切れだよ、あの音が聞こえないのか?」

パラックは遠くにサイレンの音を聞いて、硬直した。

血迷った老人を見つめるうちに、ディックスの体を激しい怒りが突き抜けた。「おまえはおれの妻を殺した。彼女がおれや息子たちを捨てなかったという理由で。それがどんなにおかしなことか、わかってるのか?」ディックスは体を傾け、パラックの右腕を狙って足を突きだしたが、パラックは背後に飛んで発砲した。銃弾はあらぬ方角へ飛び、壁に張ってある栗色の羽目板に穴を開けた。

パラックが苦しげな叫び声をあげながら、書斎を飛びだす。

ディックスはデスクにあった自分のベレッタをつかんで、あとを追った。

ふたたびパラックが撃ち、銃弾はディックスの頭の脇をすり抜けて壁に当たった。ディックスは床に伏せ、パラックが走りだした。玄関のドアをいきおいよく開けるときだけ立ち止まって、駆けだしていった。ディックスが跳ねるように立ちあがると、シャーロットがまっ青な顔で、自分の腕を抱いているのが見えた。パラックのデスクの隣に立ち、足もとにはメイクピースの死体が転がっている。

サイレンの音が迫っている。

ディックスがペントハウスの玄関から走って外に出ると、短い通路の先にある金属製のドアが音をたてて閉まった。重いドアを引き開け、コンクリートの階段を十数段駆けのぼって、小さな踊り場に出た。鋼鉄で補強された屋上のドアを押したが、飛んできた銃弾が跳ね返ったので、身を引いた。

ディックスはドアをはさんで叫んだ。「パラック、非常階段をおりたら、まちがいなく警官に撃たれる。観念しろ、もう終わりだ。命までは失わない」

パラックの荒い息遣いが聞こえる。心臓発作を起こしかけているのか？　ディックスはドアの裏から六階建ての屋上に出た。パラックは端に立って下を見おろし、柵《さく》に膝をつけて、銃を持った右手をだらりと下げていた。

下の通りから声がした。サビッチとルースの声が混じっている。

「観念しろ、パラック」ディックスはくり返した。銃を構え、パラックに近づいた。

パラックはゆっくりとこちらをふり返った。不安そうなようすはどこにもなかった。まだ脇に拳銃をぶら下げている。そして、ほほ笑んだ。「きみの奥さんは美しかったよ、保安官。だが、結局、彼女はわたしを受け入れてくれなかった」笑い声。「彼女は何度も何度もきみと息子たちのことを言って、わたしに放してくれと頼んだ。そうだ、認めよう、わたしは負けた」肩をすくめた。「彼女はわたしから与えられるものに見向きもしなかった」

ベレッタの引き金にかけたディックスの指が震えた。造作ないのはわかっていた。わずかに引けば、ほんのわずかにバネの作動を迎えれば、それで終わる。

「おまえはまともじゃない――おまえのいまいましい母親に似ているという理由で、おれの妻を殺した。似ているのは顔だけで、おまえにはそれ以上の意味はなかったんだ」

「言ったろう、あれは事故だったと」

ディックスには、まもなく屋上に警官が押し寄せるのがわかっていた。パラックを殺すなら、いましかない。パラックの胸にベレッタの銃口を向けた。「おれがどれだけ妻を捜したか、わかってるのか？　おまえに対する憎しみの強さが多少なりとわかるか？」

「それがどうした？　保安官の職にある者が、無慈悲にもわたしを撃つのか？」

「もしおれが撃ったとしたら、パラック、それは処刑だ」引き金にかけた指に力が入った。その刹那《せつな》、ディックスは温かで穏やかななにかが自分に触れるのを感じた。自分の外側にあるなにかであることはわかったが、その存在によって感情の安定と判断力がもたらされ、希望が胸にきざした。呼吸が鎮まる。ディックスはベレッタをおろした。「いいや、おまえの血でこの手をけがしたくない。いますぐ銃を捨てろ、パラック。さもないと、撃つぞ」

パラックは笑った。「きみがわたしを撃たないのはわかっていたよ、保安官」

「保安官は撃つ必要ないわ、トマス」

ディックスがさっとふり返ると、シャーロットが背後にある屋上のドアの前に立っていた。ナイトシャツの裾が風にあおられている。その手にはディックスが携行していた装弾数二発のデリンジャーがあった。「わたしの銃には弾がふたつ入ってるわ、トマス」

「こいつを撃て、シャーロット！　正当防衛が適用される。悲しみのあまりわれを忘れ、わたしが彼の妻を殺したと思いこんで押しかけてきたことにすれば――」

「黙って、トマス。でも、拳銃を置いてもらえるかしら、保安官。くり返すけど、この銃には弾がふたつ入ってる。これはあなた用よ、トマス」

「やめなさい、シャーロット、やめてく――」

シャーロットは平然とさえぎった。「なんて下劣な老人なの。デビッドを殺させるなんて。わたしの弟なのよ」

「しかたがなかったと言っているだろうが？　デビッドは取り乱して電話をしてきて、FBIが来た、クリスティのことを根掘り葉掘り尋ねられた、金をくれ、くれないと全部ぶちまける、と言ったんだぞ。わたしにはどうしようもなかった。わたしのせいじゃない、あれを生かしておくわけにはいかなかったんだ」

シャーロットは引き金を引いた。

パラックの拳銃が宙を飛んだ。肩をつかんで、よろよろと後ずさりをする。このまま屋上から落ちるのではないか？　つかの間ディックスはそう思ったものの、パラックはぐいっと体を横にひねって、膝をついた。肩の傷口の血が指のあいだから溢れだしている。

パラックは痛みに濁った瞳を妻に向けた。「馬鹿め！　わたしがいなければ、おまえなど何者でもないというのに！」

ふたたび引き金が引かれたが、シャーロットは狙いを外した。

シャーロットの泣き声を耳にしながら、ディックスはパラックに飛びかかった。顎を殴り、骨が砕けたのを感じた。もう一度殴った。倒れたパラックに馬乗りになり、シャツの襟もとをつかむ。そして頭を持ちあげて、屋上の床のざらついた石材に打ちつけた。「おれの妻を殺しやがって！　この化け物が！」

パラックが意識を失いかけてうめいているにもかかわらず、再度殴った。そしてディックスは、うつむいて涙を流しだした。

誰かが肩をつかんだ。「気絶してるわ、ディックス。もうやめて」

女の声。ふり返ると、ルースの顔があった。「この男がクリスティを殺したんだ」

「ええ、わかってる」

ルースの向こうに、シャーロット・パラックに手錠をかけるシャーロックが見えた。

屋上は人でいっぱいになった。サビッチの声がする。チェイニーはフランク・ポーレット警部に携帯で電話をかけていた。そしてジュリアもそこで、制服警官にザビエル・メイクピースは書斎で死んでいると話している。ええ、わたしを殺そうとしたのは、あの男です、と。

ディックスはサビッチに言った。「パラックがデビッド・カルディコットの殺害を依頼したんだ。シャーロットはそれを知らなかった」口にするのもいまいましかった。なぜなら、パラックが犯したほかのすべての罪に関しては、彼女も共犯だと知っていたからだ。それでも、彼はつけ加えた。「結局、シャーロットがパラックを撃ったんだ」

シャーロットは落ち着き払っていた。「わたしが彼を撃ったおかげで、あなたは命拾いをしたのよ、ディックス。もし取引できるのなら、トマスがしたことをすべて話すわ。クリスティ・ノーブルが埋められている場所も教えてあげる」

「きみが知ってるとは思えない」ディックスはゆっくりと言った。

「あら、知ってるわよ、弟に教わったの。何回か、彼女の墓参りに行くトマスをつけたんですって。トマスは何時間もそこで過ごし、彼女の傍らに坐りこんで、わけのわからないことをわめいたりどなったりしていたそうよ」にっこりする。「彼に不利な証言だってするわよ」

「あなたは正真正銘のマザー・テレサみたいね、シャーロット」ルースはそう言うと、手を差し伸べて、ディックスを立たせた。「行きましょう、ディックス。終わったのよ」

エピローグ

サンフランシスコ

マリンヘッドランズまでやってきたチェイニーとジュリアは、肩をならべてゴールデンゲートブリッジを見おろしていた。帯状の濃い霧が橋を吊るケーブルを縫うようにたなびいている。ふたりとも革のジャケットを着て手袋まではめていた。身を切るような風にあおられて、ジュリアの髪が顔のまわりで躍っている。

「サンフランシスコを離れずにいてもらえたら嬉しい、ジュリア」チェイニーは言った。「おれのそばにいてほしいんだ。おれたちにぴったりのすてきな家がきっと見つかる」

彼女は小首をかしげ、指先で自分の顎をつついた。「あら、それってプロポーズ？」

チェイニーは驚いた顔をした。「そうだな、まだその特別な目標に向かってスタートも切ってないが、たぶん、おれの脳はそれを言葉にして出したかったんだと思う。どうかな、ジュリア？　結婚してくれないか？」

彼女の目は興奮に輝いていた。それを見て、チェイニーは笑みを浮かべようとしたが、彼女の返事はこうだった。「あなたが言ってるのはたいへんなことよ、チェイニー。あなたは一度も結婚したことがない。わたしは二度経験したけど、どちらも結果はよくなかった。わたしたちはまだいわゆるおつきあいをする関係になってないし、ただの一回もデートをしたことがないのよ。シャーロック家のトレーニングルームで一度、情熱的な時間を共有したことがあるだけなの。だから時間をかけて、もう少し状況が落ち着いてから――」

チェイニーは彼女の肩に手を置いた。「おれを見てくれ、ジュリア。そうだ、おれを見て。きみに対する思いは、この顔に出てる。なにかが正しいときは、正しいと感じるものだ。おれにはわかる。きみはどうだい？」

ジュリアは彼から顔をそむけて、しばらく下唇を噛んでいた。チェイニーの不安が最高潮に達しようとしたそのとき、彼女が顔を上げて、晴れやかにほほ笑んだ。「そうね、そう、イエスよ。あなたと結婚します。さっきの発言は撤回させて。さっきわたしの口から漏れだしたのは、気の滅入《めい》るつまらない分別と常識よ」

「そこにあるのは、皮肉の響きかな？」

「かもね。それでね、チェイニー、あなたは目をぐるぐるさせずにわたしの霊能者友だちを受け入れることができる？　お行儀よくできるの？」

「ベブリンにもかい？」

「ベブリンにはとくによ。彼は本来あるべき姿へと成長中なの。才能に磨きをかけようと努力してるとこなのよ」

チェイニーは天を仰いだものの、彼女が笑いをこらえているのに気づいた。

「見たぞ」

「我慢できなくて」

風がいきおいを増し、ジュリアがさらに体を寄せてくる。彼女はチェイニーの首や顎にキスをする合間に言った。「それにあなただって認めるでしょう、キャサリンのふるまいはそこそこ常識的よ。時と場合によるけど」

「まあ、そう言えなくもないな」

「たぶん、すてきだと思ってるあなたのことを怖がらせたくないからよ。彼女がすてきだと思ってるのは、ひょっとしたらサビッチかもしれないけど。でもわたしは、いつだってあなたがいちばんよ」

チェイニーは両手を彼女の頬に添えて唇を重ねた。「おれにとっても、いつだっていちばんはきみだよ。彼女をサビッチにくれてやるのはかまわないが、あとでおれが彼に痛めつけられそうだな」

ジュリアが耳にキスしてくれた。

チェイニーは言った。「両親に電話したんだ。きみのことを話したよ」

「そういえばあなたの家族のこと、考えたことなかったわ。大家族なの？」

「ああ、そうだよ。男のきょうだいが三人に、女のきょうだいがふたり。姪と甥《おい》が一ダースに、忘れちゃならないのが両親で、その全員が人のことに首を突っこむのが大得意ときてる。でも、やつらはきみに夢中になるよ、ジュリア。きみが望むと望まざるとにかかわらず、きみを輪のなかに引き入れて、すぐにお節介を焼きはじめるだろう。職業の選択から、休暇の過ごし方、クリスマスの計画、おれたちの子どもの進学先——おれたちがアラスカに引っ越そうと、おかまいなしさ。おれと結婚したら、きみにはプライバシーがなくなる。そんなでも生きていけるかい？」

「すばらしいわ。でも、その人たちはわたしのこと、あまり知らないんでしょう？」

「ああ。でも知ったら、ヒロインとしてもてはやすさ」

ジュリアが見ると、寒風のなか強がってジーンズと半袖のTシャツ姿の観光客がふたりいた。がたがた震えている。そのうち太陽が出ますよ、とでも声をかけるべきなのだろうけれど、そうする代わりに、胸を張って『トゥモロー』を歌いだした。十メートルほど先で震えていた五、六人の観光客までふり返り、歌声に耳を傾けて、終わると拍手してくれた。ジュリアは軽くお辞儀をして、手を振った。

「地方検事から、今日電話があったわ。心の準備はできてる、チェイニー？　なんと、謝ってきたのよ。トマス・パラックに不利な証拠は山ほどあるうえに、シャーロットは進んで不利な証言をしたがってるって。本気で謝ってくれたわ」

地方検事がどれだけジュリアに謝ったとしても、顔面にパンチを食らわせてやりたいというチェイニーの思いは収まらなかった。

「それと、またパパラッチがうるさくなってるわ。どうせしばらくのあいだでしょうけど。自宅で保険会社の人と話をしていたら、写真を撮られたの」

「おれのコンドミニアムまでつけられさえしなければ、心配いらないさ」

ジュリアはため息混じりに、彼に体をすりつけた。風が弱まるにつれて霧が濃くなり、橋の先端部分はほぼおおいつくされている。残念だけれど、今日はもう太陽を拝めそうにない。ふたりは、船体を鋭く傾けた二艘《そう》きりのヨットが真横後ろに風を受けて帆走する光景を見ながら、そろって身震いした。

「世界じゅうどこを探しても、ここほど美しいところはないわね」彼女が言った。「たとえ、夏の半分は凍えているとしても」

チェイニーは笑顔になった。笑みがこぼれるくらいの幸福感がある。まだそれほど遠いむかしではない木曜日の夜、三十九番埠頭にある〈クラブハウス〉にデートに出かけ、魚介類のシチューは食べられなかったが、代わりにジュリアを手に入れた。

目がくらみそうな運命だけれど、受け入れている。あやしげな地元霊能者に関しては、天を仰がずにいるのがむずかしそうだ。チェイニーはいまにもずり落ちそうなタオルを巻いたベブリンを思い浮かべて、にやりとした。

「コーヒーでも淹れて、これから見つける新しい家のことを話しあおう」

バージニア州マエストロ

クリスティの墓穴はたやすく掘れた。ボビー・レイ・パーカーとリン・トマスには機械さえ必要なかった。早朝、前夜から降りだした小糠雨《こぬかあめ》のなか、土は湿っていて掘りやすかった。ふたりはクリスティ・ノーブルのこと、彼女のやさしさ、息子たちの試合で絶叫していたこと、人生がときには耐えがたいほどつらくなることなどを話しあった。いまがそうだろ、ひどすぎる、と。だが、少なくとも彼女はこれで帰り着くことができた。

それから四時間後、ディックスは湿った黒土の山を見つめていた。その上には、三輪の赤い薔薇《ばら》がうやうやしく置かれている。心臓に傷がついたような痛みがあった。

息子たちの手を握り、息子たちから強く手を握られるなか、リンジー牧師が墓地での短い連祷《れんとう》を捧げた。牧師の太く静かな声が少なくとも五百人はいる参列者の端々にまで行きわたった。その全員がマエストロ長老派教会での告別式からペンハロー墓地に直接やってきて、クリスティ・ホルコム・ノーブルが母親の隣に埋葬されるのに立ちあった。

ディックスはローン・ツリー・ヒルに目をやった。古くからの番人である一本きりのオークの木が、なだらかに連なる丘と、幾重にも列をなす墓石を見守ってくれている。葉が青々と茂っていた。そのときふいに、雲間から太陽が顔をのぞかせ、陽射しが小雨に滲むなか、オークの葉についた雨粒を激しく煌めかせた。息子たちの手を強く握ると、ふたりはゆっくりと顔を上げ、父親がうなずきかけた先にあるオークの古木を見た。雨を透かして陽射しが降りそそいでいる。ロブがため息をつき、ふたりともディックスに身をすり寄せてきた。

そんな三人の背後にはサビッチとシャーロックが控えていた。サビッチは頑丈な壁のようだし、シャーロックは埋葬式のあいだじゅうそっと肩に触れてくれている。サビッチに対する怒りはとうに消えているが、彼からクリスティの遺骸は見せられないとにべもなく言われたとき、どれほど顔を殴りつけたかったかは覚えている。なぜそんなことをする必要があるんだ、とサビッチは尋ねた。きみの心と魂のなかには、きみが永遠に残しておきたいと思っている彼女のイメージがあるだろう、ディックス。そのままにして、彼女を休ませてやれ。もういいだろう、やっと終わったんだ、と。

シャーロックはサビッチの側につき、ルースはなにも言わなかった。いま思い返してみるに、ルースはディックスがわめきどなるのを、ただ黙って聞いていた。たぶんこの先一生、ルースはテネシー州南部で犬が見つけたあのへんぴな場所のことを口にしないだろう。ああ、これでもう終わりにしよう。クリスティが命を失って、三年以上の月日が流れた。

ディックスは姿勢を正して、リンジー牧師による最後の祈りの呼びかけに応じた。これは受容の祈り、自分自身に心の安らぎを認め、生成の機会を与える祈りだった。いまの自分にとって生成とはなにを意味するのだろう？　そう問うてはみたけれど、もちろん答えはわかっていた。ルースを完全に受け入れること、母親に終《つい》の別れを告げさせて息子たちを前に進ませること、そして、自分たちが本来の姿になることだった。その姿とは、おたがいにとってどんなものだろう？　いまはまだわからないが、なにがあろうと、これからは四人一緒に進んでいける。

終わった。リンジー牧師が口を閉ざした。ディックスは自分に触れる手を感じ、自分と息子たちに話しかける静かな声を聞き、延々と続く言葉の羅列を受け入れた。いまはなにを言われているか理解できないが、記憶に刻まれて、いつか思いだせることがあるかもしれない。

チャッピーは涙で頬を濡らし、ディックスを放したがらなかった。ディックスはクリスティの父親を支えた。これまで何度となく手を焼かされてきたが、それでもクリスティの父親として彼女を誰よりも愛し、その息子をかわいがってくれている。チャッピーの後ろには、クリスティの名付け親であり、サンフランシスコでシャーロット・パラックを見て倒れたあのジュールズ・アドベアが控えていた。チャッピーからの電話が、はるかむかしのことに思えた。

単調で穏やかな声が途切れることなく続き、そのうち泣きたくなった。一度泣きだしたら、止まりそうになかった。

最後にリンジー牧師がやってきて、握手を求められた。牧師の手は乾いていて力強かった。

「ディックス――」

牧師がそれきり黙りこんだので、ディックスは顔を起こしてまっすぐ目を見た。牧師はとても静かな、それでいて頼もしい声で話しだした。「クリスティは帰宅した。そして、きみと息子たちがこれからも彼女を心に宿してくれることを知っている。彼女との豊かな思い出は、けっしてきみたちから離れることはない」サビッチのようなことを言う、とディックスは思った。牧師が両手を息子たちの肩に置いた。「ロブ、レイフ、お母さんが喜びと笑いに満ちた、どこまでも善良な女性であったことを忘れないでほしい。彼女は全身全霊をかけてきみたちを愛した」息子たちを抱き寄せた。「彼女はきみたちをとても自慢にし、きみたちを喜びにしていた」

牧師は続いてチャッピーを見ると、腕に抱き寄せた。抱いたまま、なにも言わなかった。太陽はふたたび雲に閉ざされ、雨がさっきより激しく降りだした。

ルースは上を向いて顔に雨を受けた。温かな雨が胸が張り裂けそうな苦しみを洗い流してくれるようだった。ディックスが息子たちの頭越しにこちらを見た。

笑顔で彼にうなずきかけ、その手を取った。四人肩を寄せあって、帰りかねている町民たちのあいだを縫って進んだ。故人とただの顔見知りの人もいれば、親しい友人だった人もいる。涙で赤い目をした人たちのそばをゆっくりと通り抜けながら、彼らと目顔であいさつしたり、握手をしたりした。たくさんの手が差しだされ、その人たち全員がこんなときにふさわしい言葉を探していた。ロブが泣きだした。ルースはかがんで頬にキスするにとどめた。

ロブは前に進み、父親にならって、話したりうなずいたりしはじめた。こんなにたくさんの人が母親にお別れを言いにきてくれたことをありがたく思っているようだ。

サビッチとシャーロックはトニー・ホルコムとその妻のシンシアと一緒にいた。トニーは頬に涙の跡を残しつつも、笑顔でサビッチと握手をした。

「ディックスに手を貸してくださったこと、感謝します。姉を連れ帰ってくれて、ありがとうございました」

「ディックスがひとりでなし遂げたことです」シャーロックが言った。「彼はあきらめなかった。幕を引いたのはディックスですよ」

数時間後、来客の引けた家は静かだった。ようやく四人だけになり、おたがいがおたがいのためにそこにいた。ふと、ディックスは動きを止めた。クリスティが近くにいるのがわかった。彼女のぬくもりを感じて、頬を触れる彼女の指が記憶の底から浮かびあがってきた。クリスティが目の前で、ほほ笑みながらうなずいていた。そしてゆっくりと後ずさりをし、だんだん遠くなっていき、最後にはいまだぬくもっている空気と、彼の家族だけが残された。

ワシントンDC

レーガン空港を出たサビッチは、昼近くの明るい陽射しに目がくらみそうになった。サングラスをかけ、機内持ちこみカバンとＭＡＸを持ちあげて、タクシーの列に向かった。

叩きのめされたというか、燃えつきたというか、そういう感情をこれほど強く感じたことは、かつて記憶になかった。全部放りだして、つぎの飛行機に飛び乗りたい。行き先など、どうだっていい。自分自身とクリーブランド市警の警官たちが感じているやり場のないいらだちと、失敗したことに対する怒りが溜まっている。彼らに手を貸して被疑者の所在を突き止めたものの、各自が最大限の努力をしたにもかかわらず、被疑者は網の目をすり抜けてしまった。

中央分離帯を歩いていても、ため息が出た。誰が悪いわけでもないのに、幸運な殺人者は、当面、風に吹かれて手の届かないところへ行ってしまった。四人の命を奪ったジョセフ・ピンカートン・ペインターは、リオで日光浴をしているのかもしれないのだ。そしてここまで疲れていると、そいつと一緒でもかまわないという気分になる。

ここからなら、ジョージタウンのわが家までタクシーに乗って四十五分とかからない。車内で仮眠しておけば、玄関を開けるなりシャーロックとショーンの両方を抱きあげて、笑いながらキスできるかもしれない。そうしよう、とサビッチは思った。

つぎのタクシーに合図を出そうと一歩踏みだしたとき、けたたましいクラクションの音がして、そちらを見た。

鉄灰色のボルボに乗ったシャーロックが、激しく手を振っていた。彼女の嬉しそうなおかえりなさいのほほ笑みや、顔を彩る豊かな赤毛を目にしたら、少なくとも三キロは肩の荷物が軽くなった気がした。ボルボが音をたててサビッチの傍らにすべりこむと、怒ったタクシーの運転手ふたりが彼女に向かってどなりたてた。ひとりはロシア語、もうひとりはアラビア語だったが、まちがいなく、どなっている内容は同じだった。

サビッチは着替えの入ったカバンを後部座席に投げ、その上にそっとMAXを置くと、助手席に乗りこんだ。

怒声が飛び交い、鋭い目つきをした空港保安員が近づいてくるのをよそに、サビッチは妻にキスをした。サビッチの顔を撫でて髪を耳にかけたシャーロックは、その手をベルトのバックルの下に潜りこませながら、会えなかった寂しさを小声で切々と訴えた。

「早くここを離れないと、保安員にぶちこまれるぞ。それと、きみの手だけど、スイートハート、疲れすぎて首から下の感覚がないんだ」

シャーロックは笑いながら、シートベルトを留めなおした。「ふたりで確認しましょう。ただし、あとでよ。それより、わたしのベイビーを運転しない？」

「頼むよ」としか、サビッチは言わなかった。

「わたしの車をそこまで嫌うなんて、信じられないわ。頑丈で――」

サビッチが天を仰ぐ。

シャーロックは笑い声をあげた。「はい、はい。八時間は眠れそうな顔しちゃって。なんなら、旗を半旗の位置まで下げて、家に着くまで閉店してったら？」

サビッチは空港の出口にたどり着くより先に眠りに落ちていた。

なにかを頰に感じた。やわらかな息遣いが聞こえる。いや、待てよ、少し肌に引っかかるから——顔じゅうに浴びせられるキスだ。温かくて、湿っていて、ハチミツのにおいがする。ハチミツ？　目を開くと、緑色をした妻の瞳があった。

彼女の頰に手をあてた。「家に着いたのか？　もう？」

「いいえ、そうじゃないけど」シャーロックはもう一度キスした。こんどは舌を使ってきたので、それでいっきに目が覚めた。

少しの間を置いて、サビッチは尋ねた。「そうじゃないって？　まだ家じゃないのか？」

シャーロックはうなずいて、サビッチの頰を軽く叩くと、そろそろと下がって、運転席側のドアを開けた。「行くわよ、ディロン。われに返って、世界に向きあう時間よ」

世界になど、向きあいたくない。そんなことは当分したくなかった。いまは土曜日の昼前だ。月曜日の朝まではどんな世界にも背を向けていられる。いましたいのは、眠ること、シャーロックと愛しあうこと、息子とバスケットボールに興じることだ。あくびをして、ようやく周囲に目を配った。

「ジョージタウンじゃないのか？」

「ええ、ちがうわ、よくわかったわね。さあ来て、ディロン、やることがあるんだから」

ボルボを降り、後部座席から荷物を取りだそうとすると、彼女に腕をつかまれた。「ううん、荷物はいいから、一緒に来て。あなたを驚かせることがあるの」

驚かせる？　サビッチは立ちあがって、あたりを見まわした。いまいるのは、広い庭のある大きな板葺《いたぶ》き屋根の家の私道で、両側から木立が迫っている。見覚えがあるような――

「なんでメートランドの家にいるんだ？」

「答えはあとで。来て」

シャーロックに手を取られ、なかば引っぱられるようにして板石敷きの小道を歩いた。両脇には、これまで見たことがないほど、たくさんの花々が咲き乱れていた。ミセス・メートランドの自慢にして、喜びの源である。

「でも――」

突然玄関のドアが開いた。サビッチはシャーロックになかに引っぱり入れられた。どう考えても何百という人間にもみくちゃにされているようだった。みな口々に「サプライズ」と叫び、笑いさざめいて、いっぺんに話しだし、サビッチのことをしけたトーストのようだとからかった。全員がサビッチに群がって、両方の手を握手攻めにして、背中を平手で叩き、女たちは頰にキスした。そこでようやく、ミスター・メートランドの登場と相成った。牡牛のように体格のいいメートランドの隣には、にこにこと彼を見あげる小柄な夫人の姿があり、両脇にはいかつい大男ぞろいの四人の息子が控えていた。

「ダディ！」

ショーンが全速力で駆けてくる。サビッチが抱きあげて、頭上に抱えてやると、ショーンが叫んだ。「びっくりするよ！　ママが用意した——」

「ショーン、だめよ！」

「わかった」ショーンは飼いはじめたばかりの金魚のことを話しだし、テリアのアストロが水槽に頭を突っこもうとしたのだと報告した。

やっとのことで、サビッチは口をはさんだ。「シャーロック、どういうことだか説明してくれないか。なんで——」

メートランドがサビッチの腕をつかんだ。「こちらだ、友よ。特大グラスに注いだアイスティーと、胸が悪くなりそうなパプリカとオリーブのサンドイッチを出してやる。シャーロックがうちのやつにおまえの好物だと話したんだ」

「ですが、あの——」

サビッチは押されたり、つつかれたりしながら、家の奥へと進んだ。細長いフランス窓があって、そこからつながる裏のパティオには、縁取りのように芝地が広がり、オークの木立がならんでいる。

ドアが開かれ、オイリー・ヘイミッシュがサビッチの耳もとでささやいた。「一歩外に出てください。一歩だけですよ。そう、そうです。さて、ショーン、オイリーおじさんのところへおいで」

息子がオイリーの腕に抱かれ、ひょいと肩に載せられると、サビッチはパティオに続く三段の階段をおりた。

「ディロン、右側を見て！」

そう叫んだのはルースだった。サビッチはディックスと彼の息子ふたりがルースと一緒にいるのを見て、彼女に笑いかけた。そして、なにが飛びだすかわからないまま、ゆっくりと顔をめぐらせた。そこで目にしたのは、真に美しいものだった。まっさらでぴかぴかの赤いポルシェ911カレラカブリオレが一台だけ、華々しく私道に鎮座していたのだ。車体には大きな赤いリボンが巻かれ、ハンドルには巨大な蝶々結びが載っていた。

「お誕生日おめでとう、ディロン！」

「誕生日は今日じゃない」そう言いつつも、サビッチは究極の車から目を離さなかった。

「いや、いいんだ今日で」メートランドはサビッチの肩に手を置いた。「おまえはフォート・ノックス・ボルボに長く乗りすぎたとシャーロックが判断したんだ。おまえが真夜中に燃えつきたポルシェのことでめそめそ言うことに、いいかげんうんざりしたのさ。どうだ、きれいだろう、サビッチ？」

だが、サビッチは口を利くことができなかった。立ちつくしたまま、消防車のように赤いコンバーティブルと、ブラックレザーの内装をただ見つめていた。フォード・マクドゥーガル捜査官の大声が聞こえた。「五秒とかけずに、ゼロから六十に上がるらしいな」

「実際は四・八秒だ」サビッチは顔も上げずに、運転席側のドアをそっと撫でて、車の後尾にまわった。クラシックですっきりとしたラインだ。なだらかな形をしたトランクを撫でおろした。

笑い声が聞こえた。だいたいは女性の声で、なかのひとりが言った。「じゃあ、男が超越感を持つには、こういうのが必要なわけ？」続いてミセス・メートランドの声がした。「四・八秒で飛びだせたからって、いったい、なんの役に立つのかしら」

「それが可能だという事実が大切なんだ」メートランドが言った。

「ディロン？」

ゆっくりと妻をふり返った。シャーロックが言った。「ご覧のとおり、ミスター・サビッチ、車輪は十八インチの合金よ。言うまでもなく、機器類を全部つけたら、車内は宇宙船のように光り輝くわ。ダッシュボードに通信システム、ナビもつけてある。エンタメ情報も表示されるから。この子の長所を挙げたら、きりがないわね。ファブリック・トップで、内装の縁取りはカーボンファイバー、それにボーズのサラウンドサウンド・ステレオを載せてあるわ」

「わかってる」サビッチは彼女を抱きあげると、強く抱きしめてキスをした。

「ダディ、ぼくにも運転できる？」

あと二十年ぐらいは無理だな。内心そう思いつつ、答えた。「もちろんだ。もう少し脚が伸びて、ブレーキに届くようになったらな」

「ダディの膝に乗る！」

そうはいかない。サビッチは手を伸ばして息子の黒髪をかき乱した。父親同様、興奮しているらしく、またポルシェを見ている。

「さあ、あなたの鍵よ。だめよ、ショーン、乗せてもらうのはつぎにしましょう。はじめての今回は、絆を築かなきゃならないのよ。男とマシンのあいだにね」

サビッチは差しだされたシャーロックの手から鍵を取り、それ以上はなにも言わずに、巨大な蝶々結び――ポルシェとまったく同じ、ぶっ飛びそうな赤だ――の端をつかんで、結び目をほどき、肩の上から後ろに投げた。花嫁がガーターを投げるようだったので、みんなから笑い声があがった。デーン・カーバーが叫んだ。「そうだ、ニック！　いまにも爆発しそうな黄色のポルシェを買わないか？」

サビッチはドアを開けて、運転席についた。目を閉じて、うっとりするほど深みのある革のにおいを嗅ぎながら、シートに身をゆだねた。イグニションにキーを差し、馬力のあるエンジンがかかりだすと、車体がかすかに振動するのを感じた。ああ、これぞ宇宙に捧げる甘い音楽だ。

頭を後ろに倒し、この世界と自分の居場所の完璧さに陶然とした。ファーストにギアを入れ、アクセルを軽く踏んだ。そう、最初はやんわりと。

　ポルシェが轟音とともにメートランド家の私道を飛びだして公道を走りだしたとき、その場にいた全員がサビッチの笑い声を耳にしていた。

訳者あとがき

ＦＢＩシリーズ、第八弾『幻影（原題 *"Double Take"*）』をお届けします。シリーズ一冊めとして『迷路』が出版されたのが二〇〇三年の三月ですから、それからまもなく九年。これまで手に取ってくださったみなさまのおかげで、ここまで来ることができました。ＦＢＩの犯罪分析課の上司と部下として出会ったサビッチとシャーロックも、いまでは結婚して、息子が生まれ、その息子ショーンもすっかり口が達者になりました。今回は西海岸がおもな舞台。ひさびさにシャーロックの実家の面々も登場します。

そして『幻影』は、このシリーズでは珍しく、前作『失踪』の続編にあたります。休暇中に洞窟探検に出かけたルース・ワーネッキ捜査官が事件に巻きこまれ、記憶喪失になっている彼女を救ってくれたディックスことディクソン・ノーブル保安官と恋仲になったのが『失踪』でのお話。ディックスには三年前に行方不明になったままのクリスティという妻がいます。ディックスは自分と息子を愛していた妻が家出するわけがないので、殺されたと考えていますが、手がかりはまったくないため、ディックスの家族は宙ぶらりんの状態のままこの三年間を過ごしてきました。そしていまや存在しないクリスティの影が、ルースとともに将来を切りひらく障害にもなっていますが、反面、ディックスの息子ふたりもルースになつき、四人のあいだには確かな絆が築かれつつあります。

そんなある日、クリスティの名付け親から連絡が入ります。サンフランシスコで開かれた政治家の資金調達パーティの席上でクリスティを見かけたというのです。ディックスはサンフランシスコに飛ぶことになり、ルースとしては内心穏やかではいられません。さて、その女性はほんとうにクリスティなのか？　クリスティだとしたら、なぜ別の名前を名乗り、ほかの男性——高齢の政治家——と結婚しているのか？

これが今回の謎解きの大きな柱の一本です。ですが、複雑な人間関係を描くのが大好きなキャサリン・コールターのこと、これだけですむはずもありません。このFBIシリーズでは、複数の事件が並行して扱われるのが特徴のひとつ。今回のもうひとつの柱が、サンフランシスコの有名霊媒師（！）オーガスト・ランサム殺人事件と、その若き未亡人ジュリア・ランサムの殺人未遂事件です。

ジュリア・ランサムは二十九歳。半年前に有名霊媒師であった夫が殺されてからというもの、警察からもマスコミからも世間からも、年の離れた夫を殺した邪悪な未亡人として扱われてきました。けれど、後ろ暗いところなどないのですから、当然ながらどこにも証拠はありません。ようやくマスコミのカメラもよそを向きはじめて、散歩に出たジュリアは久々に自由の感覚を味わっていました。しかし、そんな矢先、近づいてきた長身の黒人に殺されかけ、海に落とされます。偶然その場を通りかかったFBIサンフランシスコ支局のチェイニー・ストーン捜査官に救出されたものの、夫殺しの容疑は晴れるどころか、所轄署の担当刑事からは仲間割れした共犯者に殺されかけたのだとさらに疑われる始末。しかも悪いことに、犯人はジュリアの殺害をあきらめておらず、夜中に自宅まで忍びこんできます。さいわい物音に気づいたジュリアは、自力でなんとか無事に切り抜けます。犯人が顔を隠そうとしていなかったため、精確な人相書きが作られ、犯人が一匹狼の殺し屋であることが明らかになります。このままでは早晩ジュリアは殺されてしまう。ジュリアが夫殺しの犯人ではないと直感的に感じ取ったチェイニーは、彼女の命を守るために、オーガスト・ランサム事件の再捜査に乗りだします。まず捜査しなければならないのは、オーガストと同じ霊能業界に身を置くサンフランシスコの霊能者たち。チェイニーはジュリアの協力を得て、オーガストと親しかった霊媒師のウォーレス・タマーレインや、ウォーレスを若くしたような風貌のベブリン・ワグナー、美貌の霊能者キャサリン・ゴールデン（どことなくキャサリン・コールター自身を思わせる風貌です）、東洋趣味のソルダン・マイセンといった個性的かつ眉唾物《まゆつばもの》の面々につぎつぎと会います。けれど、その間にも殺し屋はジュリアを狙い、ジュリアに警告を発したキャサリン・ゴールデンが犯人に誘拐されることに……。

ルース・ワーネッキの上司であるサビッチは、妻にして部下のシャーロックを伴って、奇しくもふたつの謎が重なることとなったサンフランシスコに乗りこみます。クリスティに似た女性は、はたしてクリスティなのか？　ちがうとしたら、クリスティの失踪になんらかのかかわりがあるのか？　オーガスト・ランサムを殺し、ジュリアの命を狙っているのは誰なのか？　その動機は？

以上、あらすじをざっと紹介させていただきました。いつにも増して複雑な様相を呈していますが、前作を読んでくださった方はディクソン・ノーブル保安官とルース・ワーネッキ捜査官の今後を含め、クリスティに似た女の正体に興味を惹かれるかもしれません。また、この作品から入られた方なら、一般の物差しでははかれない霊能者たちのありようにおもしろみを感じられるかもしれません。本来が法律家であるチェイニー・ストーン捜査官は、目に見えないものを信じないたちなので、そんな霊能者たちがうさんくさくてしかたがありません。けれどジュリアは、オーガストが本物であること、死後の世界があることを確信しています。ジュリアには中東でプライベートジェットのパイロットをしていて爆発事故で死んだ前夫とのあいだに息子があって、その子をスケートボードの事故で亡くしています。オーガスタがその息子と交信してくれていたのですから、彼のことを信じずにはいられません。オー彼と四十歳近く年の差があるにもかかわらず結婚したのは、その霊媒能力に対する感謝と尊敬の念によるものでした。そんなジュリアとチェイニーが組むのですから、もめることも当然あるわけで、そのへんもアクセントになっています。

なお、本書のなかでは死者とコンタクトできる能力を霊媒とし、霊媒を含む超自然的な能力全般を霊能力としました。霊能力のなかには読心術や千里眼、予言などが含まれます。また本文中にコールドリーディングという用語が出てきます。これは事前に情報を入手することなく、相手のことを探りだす話術のこと。相手が知らず知らずに提供している情報（服装や表情など）を手がかりに、多くの人にあてはまる一般的なことから言いあてて信頼関係を深め、さらに探りを入れていく技術です。占い師さんなどはこれを多様していますね。ただ、詐欺まがいの行為かといったら、そうとも言いきれません。医者や警察官、セラピストなど、対象から多くの情報を引きだすことが必要な職業の人なら、ふつうに使っています。また他人と話していて「あなた鋭いですね」などと言われる人は、知らず知らずのうちに使っているかも。そんな方は一度自分の話し方に注目されてみるとおもしろいかもしれません。捜査や法律にかかわる部分については、友人の元警官、小西歳博さんにチェックをお願いしました。〝天秤〟や〝備忘録〟の話、おもしろかったです。ありがとうございました。

さて、つぎにお届けする〝*Tailspin*〟は、ジャクソン・ジャック・クラウンＦＢＩ捜査官がケンタッキー山中に不時着するところからはじまります。ジャクソンの友人であるサビッチとシャーロックはワシントンDCから現地へ向かいます。さいわい、ジャクソンはレイチェル・アボットという女性に助けられて無事でしたが、知りあってみると、このレイチェルという女性はかつて上院議員をつとめていたジョン・ジェームズ・アボットの非嫡出子で、異母きょうだいから命を狙われているようす。どんなロマンスが花開き、どんなえぐい話が飛びだしますやら！　どうぞお楽しみに。

二〇一一年十月

23 ザ・ミステリ・コレクション

幻《げん》 影《えい》

著者　キャサリン・コールター
訳者　林《はやし》 啓恵《ひろえ》

発行所　株式会社 二見書房
東京都千代田区三崎町2-18-11
電話 03(3515)2311［営業］
03(3515)2313［編集］
振替 00170-4-2639

印刷　株式会社 堀内印刷所
製本　株式会社 関川製本所

落丁・乱丁本はお取り替えいたします。
定価は、カバーに表示してあります。

ISBN978-4-576-11135-3
http://www.futami.co.jp/

迷路
キャサリン・コールター
林 啓恵［訳］

未解決の猟奇連続殺人を追う女性ＦＢＩ捜査官。畳みかける謎、背筋つたう戦慄……最後に明かされる衝撃の事実とは⁉全米ベストセラーの傑作ラブサスペンス

袋小路
キャサリン・コールター
林 啓恵［訳］

全米震撼の連続誘拐殺人を解決した直後、サビッチのもとに妹の自殺未遂の報せが入る…。『迷路』の名コンビが夫婦となって大活躍！絶賛ＦＢＩシリーズ！

土壇場
キャサリン・コールター
林 啓恵［訳］

深夜の教会で司祭が殺された。被害者は新任捜査官デーンの双子の兄。やがて事件があるＴＶドラマを模した連続殺人と判明し…待望のＦＢＩシリーズ続刊！

死角
キャサリン・コールター
林 啓恵［訳］

あどけない少年に執拗に忍び寄る魔手！事件の裏に隠された驚くべき真相とは？謎めく誘拐事件に夫婦ＦＢＩ捜査官Ｓ＆Ｓコンビも真相究明に乗りだすが……

追憶
キャサリン・コールター
林 啓恵［訳］

首都ワシントンを震撼させた最高裁判所判事の殺害事件殺人者の魔手はふたりの身辺にも！夫婦ＦＢＩ捜査官サビッチ＆シャーロックが難事件に挑む！ＦＢＩシリーズ

失踪
キャサリン・コールター
林 啓恵［訳］

ＦＢＩ女性捜査官ルースは洞窟で突然倒れ記憶を失ってしまう。一方、サビッチ行きつけの店の芸人が何者かに誘拐され、サビッチを名指しした脅迫電話が…！

二見文庫 ザ・ミステリ・コレクション